DROEMER

Von der Autorin sind bereits folgende Titel erschienen:
Unsterblich wie der Tod
Der Tod wartet nicht

Über die Autorin:
Stefanie Baumm arbeitete viele Jahre als freie Journalistin, bevor sie mit dem Schreiben von Romanen begann. Ihre politisch brisanten Thriller »Machtlos« und »Die Marionette« sowie die Romane »Dein totes Mädchen« und »Tochter der Angst« erschienen unter dem Pseudonym Alex Berg. Mehr Informationen zur Autorin unter www.alex-berg.com.

Stefanie Baumm

AM ANFANG WAR DER TOD

Kriminalroman

DROEMER

Jede vermeintliche Ähnlichkeit der Orte oder der Figuren des Buches mit lebenden oder verstorbenen Personen wäre rein zufällig und nicht beabsichtigt.

Besuchen Sie uns im Internet:
www.droemer.de

FSC
www.fsc.org
MIX
Papier aus verantwortungsvollen Quellen
FSC® C083411

Vollständige Taschenbuchausgabe Dezember 2015
Droemer Taschenbuch

Covergestaltung: Network! Werbeagentur GmbH
Coverabbildung: istock/pamppa
Satz: Adobe InDesign im Verlag
Druck und Bindung: CPI books GmbH, Leck
ISBN 978-3-426-30487-7

2 4 5 3 1

Für Philipp, Victor und Tristan Baumm

»Drei Dinge sind uns aus dem Paradies geblieben,
die Sterne der Nacht,
die Blumen des Tages
und die Augen der Kinder.«

Dante Alighieri

I died for Beauty – but was scarce
Adjusted in the Tomb
When One who died for Truth, was lain
In an adjoining Room –

He questioned softly »Why I failed?«
»For beauty,« I replied –
»And I – for truth, – Themself are One –
We Brethren are,« He said –

And so, as Kinsmen, met a Night –
We talked between the Rooms –
Until the Moss had reached our lips –
And covered up – our names –

Emily Dickinson

PROLOG

Der Tod strich um ihn.

Wenn er seine Hand ausstreckte, berührte er ihn. Tauchte er ein in jenes Nichts, dort neben dem Körper des Mannes, dessen Leben noch wie ein schwaches Glühen, ein Rest Wärme vor ihm verharrte. So, als ob er noch nicht abgeschlossen, noch etwas zu sagen hatte, das keinen Aufschub duldete.

Er lauschte in die Stille. In diese dichte, erdrückende Lautlosigkeit, in der das Tropfen des Blutes nachhallte, das auf den kalten, grauen Steinboden aufschlug, so stetig, wie das Leben aus dem Körper des Mannes floss. Eine rote, sich langsam vergrößernde Lache.

Er wollte es halten. Zurückhalten. Aber es war zu spät. Schon zog Ferne in den Blick des Mannes. Wurde das Lächeln in seinem faltigen Gesicht zu einer Maske. Nur der Atem des Todes war noch zu hören. Näher, immer näher.

»Nein«, hörte er sich selbst plötzlich flehen. »Noch nicht.«

Sein Flüstern brach sich an den weißen Wänden, tanzte durchs Gebälk. Der Mann, der so seltsam friedlich in dem Gang zwischen den alten hölzernen Kirchenbänken lag, sah ihn an. Nur eine flüchtige Bewegung der Augen. Es war ein Wunder an sich, dass er wach, bei Besinnung war. Der Schlag hatte seinen Kopf gespalten wie eine reife Melone. Weiße Knochensplitter ragten wie tote Finger aus dem leuchtenden Rot. Dazwischen die graue Masse seines Hirns. Und über allem hing der schwere, metallische Geruch des warmen, frischen Blutes. Er atmete ihn ein mit jedem Atemzug, schmeckte ihn tief in seinem Rachen und kämpfte gegen den Würgereiz, der sich unwillkürlich einstellte. Seine Hände verkrampften sich zu Fäusten, und kalter Schweiß legte sich über seinen Körper.

Licht drang durch das Kirchenfenster über dem Altar. Bunte Sprenkel berührten Wände und Bänke wie leuchtende Mosaiksteine. Zitternd verbreiteten sie einen Augenblick Wärme und Leben in der kalten Stille der Kirche. Auch der Mann vor ihm spürte die Berührung, hielt seinen Blick einen letzten Atemzug, liebkoste ihn beinahe, als wolle er sein Bild mitnehmen in jenes unbekannte Universum, auf dessen Schwelle er bereits stand. Der Geruch des Blutes verlor sich.

Doch der Aufschub währte nur einen Moment. Dann verdunkelte eine Wolke die Sonne jenseits der Mauern, die so dick schienen, als trennten sie Welten voneinander. Die Schatten kehrten zurück. Die Kälte, die aus den Steinen aufstieg. Die Blässe in dem Gesicht des Mannes. Stärker noch als zuvor. Er hatte die Augen nicht von ihm abgewandt.

Der Tod war jetzt so nah, dass es ihm den Atem nahm. Er drängte sich zwischen sie. Hüllte den Mann ein. Es gab keine Hoffnung. Er hatte es von Anfang an gewusst, als er gesehen hatte, mit welcher Wucht der Schlag den Alten getroffen hatte.

Er sah auf.

Flüchtig berührte ihn der Blick des Todes. Streifte ihn mit alten, wissenden Augen, als ahne, als wittere er etwas. Dann verschwand er, die Seele des Mannes geborgen in seinen Armen.

Es dauerte eine Weile bis er realisierte, dass er allein war. Das Leben sickerte zurück in die Kirche. Lichtstreifen. Vogelgezwitscher. Entfernte Motorengeräusche.

Langsam stand er auf, schritt mit steifen Beinen über den ausgetretenen Steinboden des Kirchenschiffs auf die Eingangstür aus altem Eichenholz zu und schob sie auf. Die Sonne hatte eben ihren höchsten Stand passiert und blendete ihn, als er hinaustrat.

I.

Hauptkommissar Armin Stahl ließ seinen Dienstwagen ausrollen und blickte über eine niedrige Mauer aus Feldsteinen auf den dahinterliegenden Friedhof. Über Gräber mit grauen, verwitterten Grabsteinen, die längst eingewachsen waren, wie die wenigen Büsche zwischen ihnen. Alte Rosenstöcke schmiegten sich an die Steine, als suchten sie Schutz vor dem Wind, der ständig über die weiten Felder und Wiesen die Anhöhe hinauffegte und gegen die windschiefen Wände der Kirche schlug. Das Sonnenlicht brach sich auf dem grauen Schieferdach, aus dem ein hölzerner Glockenturm ragte, genau über dem Eingang der Kirche.

Neben dem schlichten Portal stand eine einfache Bank. Ein Mann saß darauf und lehnte sich gegen die weiße Wand der Kirche, die Arme vor dem Körper verschränkt, die Beine ausgestreckt und die Augen geschlossen. Er hatte sich nicht geregt, als der Wagen auf dem schmalen Weg unterhalb der Kirche vorbeigerollt und schließlich stehengeblieben war. Etwas an ihm war seltsam vertraut. Stahl registrierte die dunkle Lederkleidung und einen Helm neben ihm auf der Bank.

»Ist das der Mann, der angerufen hat?«, fragte sein Kollege Birger Harms.

Neben Stahls voluminöser Gestalt wirkte er klein, zierlich fast und verschrumpelt wie ein vertrocknetes Stück Obst mit seinem Gesicht voller Furchen. Er zog ein Päckchen Zigaretten aus der Brusttasche seines Jacketts, riss es auf, nahm eine heraus und klemmte sie zwischen die Lippen.

Stahl stemmte seinen übergewichtigen Körper behutsam aus dem Wagen. Die Fahrt von Kiel an diesen kleinen am Kanal gelegenen Ort ganz im Süden ihres Zuständigkeitsbereiches hatte fast eine Stunde gedauert, und seine Knochen waren steif von dem langen Sitzen. »Ich weiß es nicht«, erwiderte er und reckte sich unauffällig. »Warum fragen wir ihn nicht einfach?«

Die Luft war warm und weich, fast wie an einem Sommertag, durchtränkt von dem bittersüßen Geruch der Rapsfelder, die sich wie in jedem Frühjahr leuchtend gelb durch das Land zogen. Eine eiserne Pforte trennte das Kirchengelände von der Dorfstraße. Sie quietschte leise beim Öffnen. Die groben Kiesel auf dem Weg bohrten sich unangenehm in Stahls Schuhsohlen, als er hinaufstieg und hinter der Kirche das alte Pfarrhaus erblickte, einen roten Klinkerbau, schmucklos, bis auf die weißen Einfassungen der Fenster und den verzierten Giebel über dem Eingang. In der Einfahrt vor dem Haus stand im Schatten alter Bäume ein Motorrad.

Der Fremde an der Kirchenmauer sah zu ihnen herüber, und plötzlich wusste Stahl, warum er ihm so vertraut erschienen war. Dunkle Augen musterten ihn, aber die vertraute Arroganz darin schien gebrochen. Es war der einzige Hinweis auf die Emotionen hinter dem ausdruckslosen Gesicht von Leif Falkner.

»Das ist aber eine Überraschung«, sagte Harms, der sich als Erster wieder gefasst hatte. »Was treibt Sie in die norddeutsche Provinz?«

»Das Mordopfer ist mein Vater«, erwiderte Falkner mit kühler, zurückhaltender Stimme.

»Das tut mir leid«, sagte Stahl und konnte seine Verwunderung nicht verbergen.

Falkner nickte langsam. »Ja«, sagte er dann, »mir auch.«

Es war eine seltsame Reaktion. Stahl hätte sie bei jedem anderen als unpassend empfunden. Doch sie passte zu dem Mann, mit dem er vor etwas mehr als einem Jahr in dem Organhandelskandal an der Kieler Universitätsklinik ermittelt hatte. Falkner war aufgestanden und machte einen Schritt auf sie zu. Groß und ein wenig schlaksig wirkte er in seiner Motorradkluft. Das Leder seiner Hose beulte an den Knien, seine schweren Stiefel waren offen, ebenso seine Jacke, unter der sein weißes T-Shirt auf der Haut klebte, von Schweiß durchtränkt. Stahl hatte den Beamten des Bundeskriminalamtes bislang als tadellos in der äußeren Erscheinung und distanziert im Umgang kennengelernt und tat sich mit diesem unerwarteten Zusammentreffen schwer.

Unten auf der Straße fuhren drei Wagen vor.

Der Chef der Spurensicherung mit der ausgeprägten Hakennase, seinem prägnanten Äußeren nach von allen nur Habicht genannt, stieg aus dem ersten Fahrzeug. Schon von weitem konnte Stahl seine missfallend zusammengezogenen Brauen und seinen im Sonnenlicht wie poliert wirkenden kahlen Schädel erkennen. Dann stürmte Habicht auch schon durch das Tor.

»Sie erinnern sich an Axel Thode, unseren Leiter der Spurensicherung?«, fragte Stahl Falkner.

Der nickte nur.

»Wart ihr schon drin?«, wollte Habicht statt einer Begrüßung wissen. Die Kontaminierung eines Tatorts war zweifellos ein Trauma für ihn, das er nur zu häufig erlebte.

»Nein, wir waren noch nicht drin. Wir haben auf dich gewartet.« Harms' Stimme klang gepresst. Das Verhältnis der beiden war seit langem gestört. »Wo hast du so lange gesteckt? Habt ihr euch wieder verfahren?«

Habichts Lippen verwandelten sich in einen schmalen Strich, aber er erwiderte nichts. Nur die Flügel seiner scharf gebogenen Nase zitterten leicht. Sein Team zog sich bereits um. Die Schutzanzüge knisterten und verwandelten die Männer in weiße, unförmige Fremdkörper. Der Anblick raubte der malerischen Kulisse auf dem Kirchenhügel ihre unberührte Lieblichkeit. Stahl kam es vor, als mische sich eine Spur von Fäulnis unter den Duft, der von den wogenden gelben Rapsfeldern emporgetragen wurde.

»*Ich* war in der Kirche«, mischte sich Falkner jetzt ein. »Aber ich habe nichts angefasst außer ...«

Habichts Blick schoss zu ihm hinauf.

»Ich habe den Toten gefunden«, erklärte Falkner reserviert. »Er ist mein Vater.«

Habicht räusperte sich, blinzelte und betrachtete den hochgewachsenen Mann genauer. »Haben wir uns schon einmal gesehen?«

»Leif Falkner.«

»Falkner ... der Mann vom BKA?«

Falkner bejahte, und Habichts Nasenflügel bebten erneut. »Dann wissen Sie ja, worum es geht.«

»Sicher«, erwiderte Falkner, und Stahl meinte, eine gewisse Resignation in seiner Stimme zu hören. Sie schien plötzlich in seiner ganzen Haltung zu liegen. Was war mit Falkner los? Es ging nicht nur um den Tod seines Vaters. Warum war er hier?

Habicht, unberührt von Stahls Argwohn, griff ohne ein weiteres Wort nach seiner Tasche, die er neben sich auf den Boden gestellt hatte, und folgte seinem weißgekleideten Team zur Kirchentür. Eilig zog auch er sich um, während er erste Anweisungen gab. In dem Moment, als die Tür hinter ihnen ins Schloss fiel, schlug die Glocke. Es war ein Uhr mittags.

Es war nicht viel, was Falkner zu erzählen hatte. Jemand hatte seinem Vater den Kopf eingeschlagen. Mit roher Gewalt.

»Er lag schon in der Kirche, als ich kam«, sagte Falkner.

»Hat er noch gelebt ... etwas gesagt?«, wollte Harms wissen.

»Er hat noch gelebt ...« Falkner blickte über das weite Land, das am Horizont mit dem Himmel zu verschwimmen schien, und Stahl spürte, wie er ihnen entglitt, abtauchte in eine Welt und Zeit, die nur er sehen konnte. Harms öffnete den Mund, um etwas zu sagen, doch Stahl hielt ihn zurück. Schließlich wandte sich Falkner ihnen wieder zu. »Mein Vater hat noch gelebt, aber er konnte nicht mehr sprechen.« Dann berichtete er, dass er nach seiner Ankunft seinen Vater zunächst im Pfarrhaus vermutet hatte, dort aber nur offen stehende Türen und keine Menschenseele gefunden hatte.

»Fehlt etwas?«, fragte Stahl.

»Ich hab keine Ahnung.« Falkners Gesicht war blass.

»Wusste Ihr Vater, dass Sie kommen?«, fragte Harms.

»Wir waren verabredet ... ja«, sagte er mit einem Zögern in der Stimme, das Stahl aufhorchen ließ. Er sah zu der bepackten dunklen Rennmaschine vor dem Pfarrhaus, dann zurück zu Falkner, der seinem Blick gefolgt war.

»Diese Verabredung ist nicht der eigentliche Grund für Ihre Fahrt, oder?«, fragte er.

»Nein, ich bin ... auf dem Weg nach Skandinavien.«

»Warum wollte Ihr Vater, dass Sie kommen?«, mischte sich Harms erneut ein.

»Er wollte am Telefon nicht darüber sprechen.«

»Sie wissen es also nicht?«

Falkner schüttelte den Kopf. Wieder wanderte sein Blick über die Felder, und er stand völlig verloren, in Gedanken versunken zwischen ihnen.

Zwei Kollegen aus Habichts Team kamen aus der Kirche und verschwanden in Richtung des Pfarrhauses. Gleich darauf streckte Habicht seinen Kopf zur Tür hinaus. »Wir wären so weit.«

Es war kein schöner Anblick, der sich ihnen in der von Scheinwerfern ausgeleuchteten Kirche bot. Die Leiche des alten Mannes lag ausgestreckt im Mittelgang zwischen den Bankreihen. Sein aufgeplatzter Kopf in einer großen Lache allmählich gerinnenden und sich an den Rändern dunkel verfärbenden Blutes. Seine Augen starrten blicklos zur Decke.

Harms räusperte sich. »Es gehört einiges an Kraft und Wut dazu, den Schädel eines Menschen so zu zertrümmern.«

Stahl sah zu Falkner, der ihnen in die Kirche gefolgt war und mit ausdrucksloser Miene auf den Leichnam seines Vaters starrte, und fragte sich, wie er den Anblick ertrug. Er hatte dem alten Mann nicht einmal die Augen geschlossen. Den Tatort offensichtlich nicht berührt. War er so professionell?

»Wir haben hier vermutlich die Mordwaffe«, sagte der Chef der Spurensicherung. In der Hand hielt er einen schweren Kerzenhalter aus Metall, der säuberlich in Folie verpackt war. »Inklusive Fingerabdrücken.«

»Wo lag er?«, fragte Stahl.

»Hinter der Kirche. Vom Altarraum führt eine Tür auf den Friedhof. Durch die ist der Täter wahrscheinlich geflohen. Wir haben dort auch Fußabdrücke gefunden.«

»Sie müssen den Täter knapp verfehlt haben«, wandte sich Habicht an Falkner. »Sie haben wirklich nichts gesehen oder gehört?«

»Nein, tut mir leid.«

Habichts Männer hatten sich in der ganzen Kirche verteilt und suchten unter Bänken und auf der Empore nach weiteren Spuren. Ihre leisen Stimmen hallten zwischen den hohen, nackten Wänden wider. Harms hatte sich zu dem Leichnam hinuntergebeugt und betrachtete die Hände des Toten. Er zog ein Paar dünne Gummihandschuhe aus seiner

Jackentasche und streifte sie über. Inspizierte die dicken, leicht wulstigen Finger genauer. »Habt ihr das hier unter seinen Fingernägeln gesehen? Sieht mir aus wie …«

»Holzspäne«, fiel ihm Habicht ins Wort. »Und Erde. Vielleicht hat er heute Vormittag im Garten gearbeitet.«

Stahl bemerkte, wie sich Falkner neben ihm reckte, als ob er etwas sagen wollte, aber der dunkelhaarige Mann trat nur einen Schritt zurück.

Harms fasste in den dunklen Jackenärmel des Toten.

»Wir haben schon alles durchgesehen«, bemerkte Habicht.

»Sicher«, erwiderte Harms trocken und präsentierte ein zusammengeknülltes Stück Papier, das er behutsam auf dem Boden glättete. Dunkle Spritzer wie von Blut waren darauf und eine Telefonnummer. Die eines Mobilanschlusses.

»Kennen Sie die Nummer?«, fragte Stahl Falkner. Ganz flüchtig nur hatten sich Falkners Augen beim Anblick der Nummer geweitet.

»Nein«, antwortete dieser jedoch mit fester Stimme.

Harms richtete sich auf und reichte Habicht den Zettel. Murmelte etwas, das wie »der Vollständigkeit halber« klang, und trat beiseite.

»Seid ihr fertig?«, fragte Habicht mit säuerlichem Unterton.

»Ich denke schon«, erwiderte Harms.

Stahl war froh, wieder ins Sonnenlicht treten zu können und den Tod zurückzulassen.

Die schwere Eichentür fiel ins Schloss, als das Tor zum Friedhof mit leisem Quietschen geöffnet wurde. Eine ältere Frau schritt auf sie zu, den Blick noch auf die Fahrzeuge von Thodes Team gerichtet. Ihre Finger umklammerten eine Holzkiste mit Sommerblumen, während sie hilfesuchend nach oben zur Kirche sah und die Fremden entdeckte. Falkner hatte die Polizei vor Ort nicht informiert. Warum auch immer. Niemand war mit Blaulicht durchs Dorf gefahren, das bis zu diesem Moment in seinem Dornröschenschlaf lag. Nicht ahnend, was in seiner Mitte, in seinem Herz geschehen war.

Und noch geschehen würde. Wie Gewalt und Tod hereinbrechen würden, das Leben in dieser Gemeinschaft auf ewig verändern und sie ihrer vermeintlichen Unschuld berauben würden.

»Was ist hier passiert?« Die Stimme der Frau durchschnitt die Stille. Ihre Augen blieben an Falkner hängen, unsicher, doch dann leuchteten sie plötzlich auf. »Leif?«

Schmerz huschte über Falkners Gesicht, aber er hatte sich schnell wieder im Griff. »Ja, ich bin es. Hallo, Amelie.« Er machte ein, zwei Schritte auf die Frau zu, deren graues Haar zu einem Knoten im Nacken gefasst war. Einzelne Strähnen hatten sich daraus gelöst. Sie stellte die Holzkiste mit den Blumen neben sich ab und strich sich die Haare aus dem Gesicht. Ein einzelnes rotes Blütenblatt löste sich, wehte, von einer Brise getrieben, auf Falkner zu und verfing sich an dem Klettverschluss seines Stiefels, leuchtend wie das Blut auf dem Steinboden der Kirche.

»Dein Vater hat nicht erzählt, dass du kommen wolltest«, sagte sie. Ihr fragender Blick streifte Stahl und Harms, doch bevor sie noch etwas hinzufügen konnte, öffnete sich die schwere Kirchentür erneut, und die bereits eingetroffenen Mitarbeiter des Bestattungsinstituts traten mit einem grauen Sarg heraus. Alle Farbe wich aus dem Gesicht der Frau, und sie schlug die Hand vor den Mund. Fassungslos starrte sie auf den Sarg.

»Dein Vater«, flüsterte sie kaum hörbar.

»Ja«, erwiderte Falkner. »Jemand hat ihn umgebracht.«

Die Frau rang nach Luft.

Das war das Stichwort für Stahl. »Entschuldigen Sie«, mischte er sich ein. »Armin Stahl, Kripo Kiel. Sie sind …?«

»Amelie Dahms.«

Sie war eine Freundin, Bekannte der Familie auf dem Weg zum Grab ihrer Eltern. Sie hatte dem Pastor in den vergangenen Jahren im Haushalt geholfen. Und nein, sie wusste nichts. Sie hatte keine Ahnung, wer einen Grund gehabt haben könnte, Eckhard Falkner den Schädel einzuschlagen. Und während sie auf Stahls Fragen antwortete, starrte sie Leif Falkner an wie einen Geist, der sich jeden Moment in Luft auflösen konnte.

»Sie waren lange nicht hier«, bemerkte Harms, als sie die alte Frau entlassen hatten.

»Ja«, erwiderte Falkner nur.

»Wann haben Sie Ihren Vater das letzte Mal gesehen?«

»Als ich von hier fortgegangen bin.«

Einen Moment lang war nicht mehr zu hören als das Zwitschern der ersten Schwalben auf dem Kirchendach.

»Hatten Sie in der Zwischenzeit Kontakt gehabt?«, fragte Harms schließlich.

»Sporadisch.«

Falkners Aussagen kamen so kurz und knapp, so abgehackt, dass Stahl sich fragte, ob der Mann nicht reden wollte oder sich einfach nur schwer damit tat angesichts des eben erlebten Verlustes.

»Ich denke, alles Weitere können wir auch morgen besprechen«, warf er ein, als er sah, dass Habichts Mitarbeiter aus dem Pfarrhaus traten und ihm ein Zeichen gaben.

Falkner zog seine Brieftasche aus seiner Motorradjacke und reichte ihnen seine Visitenkarte. »Halten Sie mich auf dem Laufenden?«

»Selbstverständlich«, versicherte Stahl. »Wir werden noch einmal auf Sie zukommen müssen. Erfahrungsgemäß tauchen die meisten Fragen erst im Zuge der Ermittlungen auf, wie Sie selbst vermutlich wissen.« Dann sah er Falkner prüfend an. »Können wir Sie allein lassen, oder sollen wir …«

Falkner ließ ihn nicht einmal ausreden. »Ich komme zurecht, danke.«

»Ein verdammt arroganter Bastard«, stichelte Harms, als sie im Auto saßen und Stahl den Motor anließ. »Ich kann den Kerl nicht leiden.«

Stahl sah noch einmal zur Kirche hinauf. Falkner stand noch immer vor dem Eingang, seinen Helm in der Hand, und starrte auf die geschlossene Tür. »Vielleicht muss man ihn nur besser kennenlernen.«

Er spürte Harms' überraschten Blick. »Und das von dir?«

Stahl ließ seine Finger über das von der Sonne aufgewärmte Leder des Lenkrads gleiten und zuckte die Schultern. »Ich war wohl zu viel mit Uta zusammen in der letzten Zeit. Das färbt ab. Musst du doch am besten wissen.«

Harms zog nur die Brauen hoch.

Laufen, immer nur laufen ... weiter und immer weiter. Als ob er so hinter sich lassen könnte, was geschehen war. Wieder spürte er die Wucht des Schlags, hörte er das unheimliche Knacken des Schädels, sah er das Blut spritzen, fühlte die klebrig warme Flüssigkeit in seinem Gesicht, auf seinen Händen. Sah er den alten Mann fallen und bei dem Aufprall auf den Steinboden der Kirche den Schädel bersten. Ungläubig hatte er auf die graue Gehirnmasse gestarrt, das Blut, das herausgepulst war, und das kalte Weiß der Knochen unter den spärlichen Haaren, den Hautfetzen. Es waren Bilder, die sich eingebrannt hatten, nicht nur auf seine Netzhaut, sondern tief in sein Inneres. Auch wenn er die Augen schloss, sah er sie vor sich, verfolgten sie ihn ...

Sein Herz schlug ihm bis zum Hals, seine Ohren dröhnten. Keuchend blieb er stehen und blickte auf den kleinen Bach, der ihm den weiteren Weg über die Felder versperrte. Er schaute sich um, aber hier draußen war niemand. Um diese Zeit machten sie alle Mittag.

Eilig strömte das Wasser in seinem begradigten Bett durch die Felder, braun und moorig. Er streifte seine Kleidung ab und stieg hinein, ignorierte die Kälte, die gegen seine nackten Beine schlug, kniete sich in die Strömung, wusch sich das Blut ab und spülte sich den Mund aus. Wasserpflanzen streiften ihn, verfingen sich an seinen Waden. Die Bilder in seinem Kopf rasten, bunt wie ein Kaleidoskop. Wieder spürte er Übelkeit, würgte und erbrach sich in den Bach. Schließlich kroch er heraus und fiel in das Gras. Seine Hände waren rauh und rot von dem kalten Wasser. Brannten in der Sonne. Doch das klebrige Gefühl des warmen, langsam trocknenden Blutes haftete noch immer an ihnen, braunrote Spuren unter den Fingernägeln, in den Hautfalten.

Er wandte den Blick ab von seinen Händen und starrte auf das wogende Grasland, das von aufblühendem Löwenzahn durchsetzt war. Er sah weder das Grün noch das leuchtende Gelb. Er sah wieder die Augen des Alten vor sich, den Triumph darin, der sich mit einem einzigen Lidschlag in Entsetzen verwandelt hatte.

Er hörte wieder die Stimme, den Schrei, der sich in einem fremdartigen Gurgeln verloren hatte, und ein Schauder durchlief ihn. Genauso kannte er es aus Filmen und Computerspielen. Womit er nicht gerechnet hatte, war der Geruch. Und auch nicht mit dem Gefühl, den Tod zu spüren. So nah und kalt.

Das Wasser plätscherte leise. Nicht weit von ihm entfernt begann ein Vogel zu singen. Er verfolgte den kleinen dunklen Punkt mit den Augen, wie er sich jubilierend höher und höher in den Himmel schraubte. Er schluckte gegen die Tränen an. Er hatte einen Menschen getötet mit seinen eigenen

Händen. Sicher hatte jemand den Alten schon gefunden, und der Ort wimmelte vor Bullen. Er wusste, was da ablief. Er hatte es oft genug im Fernsehen verfolgt. Die Sonne streichelte sein Gesicht und trocknete seinen Körper, und für einen Moment spürte er die Stille wie ein lebendiges Wesen, das ihn schützend einhüllte.

Sie würden ihn einsperren.

Marek war schon einmal im Bau gewesen. Er hatte damit vor den anderen geprahlt, aber wenn sich sein Freund unbeobachtet gefühlt hatte, hatte er die Angst in Mareks Augen gesehen. Die Dunkelheit.

Er musste fort.

Sie durften ihn nicht finden.

Er richtete sich auf und griff nach seiner Kleidung. Die Blutflecken waren braunrot eingetrocknet. Das Dorf lag nun schon weit hinter ihm. Nur schemenhaft konnte er die Anhöhe mit der Kirche noch erkennen. Glaubte er Gestalten dort zu sehen, die ameisengleich hin- und hereilten, scheinbar sinnlos aus der Entfernung, schnürte ihm die Angst erneut die Kehle zu. Er hatte getötet. Wenn sie ihn entdeckten, war alles vorbei.

Er sah zu dem einzelnen Gehöft hinüber, dessen Dach sich einen Kilometer entfernt in einer Gruppe alter Bäume dunkelrot aus dem Grün abhob. Er kannte die Hofstelle, auf der nur ein alter, halbblinder Hund, eine Frau und kleine Kinder wohnten.

⁂

Leif Falkner hatte vergessen, wie weit der Himmel hier im Norden war. Wie es sich anfühlte, sich im Anblick der ziehenden Wolken und der jagenden Schwalben zu verlieren. Den Duft nach Raps, Flieder, Kühen und ganz entfernt auch nach Meer einzuatmen und die Berührung des Windes zu spüren, in dem immer ein Hauch von Kälte lag, auch wenn die Sonne noch so heiß brannte. Er atmete tief ein, in jede Zelle seines Körpers, und spürte, wie die Luft und die Gerüche Bilder weckten, Erinnerungen, die zurück ans Licht strebten. Nichts hatte sich verändert. Die Zeit schien stillzustehen hier draußen auf der Anhöhe vor der Kirche. Dem Friedhof, auf dem die schiefen Grabsteine seit Jahrzehnten beharrlich dem Sturm trotzten, und in dem Dorf, das sich mit seinen wenigen Höfen gegen den Hang schmiegte, der sanft auslief in die endlose Weite der Felder und Wiesen.

Er war wieder Kind und kam mit jenem Hunger auf das Pfarrhaus zu, der nie gestillt worden war. In der Tür stand seine Mutter, ihr dunkles Haar in weichen Locken um das schmale Gesicht, die Hand zum Gruß erhoben, wie immer, wenn er aus der Schule kam, von seinen Freunden, von irgendwoher. Immer schien sie dort zu stehen und auf ihn zu warten. Und als sie es nicht mehr getan hatte, war er nicht mehr nach Hause gekommen. Bis zum heutigen Tag. Einen kostbaren Moment lang spürte er wieder ihr verhaltenes Lächeln, ihre scheue Freude, die Berührung ihrer Hand, wenn sie ihm im Vorbeigehen so flüchtig über die Wange oder das Haar strich, dass nur er es bemerkte. Einen kostbaren Moment lang sah er sie wirklich in der Tür stehen, dann löste sich das Bild auf, und übrig blieben lediglich die alten Eichen, die sie so geliebt hatte. Das lichte, zarte Grün ihrer aufbrechenden Blattknospen, über das die Sonne ihr flirrendes Licht warf, Schatten auf den Sand zauberte zwischen den mächtigen Stämmen und die Stufen vor der Tür, ausgetreten und voller Moos in den vom Frost aufgerissenen Spalten. Zeichen von Alter und Verfall, die ihm erst jetzt schmerzlich bewusst wurden. Langsam ging er auf das Haus zu. Die Männer der Spurensicherung hatten die Tür nur angelehnt, sie bewegte sich leicht im Wind.

Im Flur war es kühl und dunkel. Es roch nach Mittagessen, nach Büchern und altem Holz. Er stieß die Tür zur Küche auf. Auf dem Herd simmerte ein Topf mit Gulasch, die Flüssigkeit fast verkocht. Das Mittagessen seines Vaters.

Er schaltete die Herdplatte ab, wanderte ziellos durch den Raum, zurück in den Flur und öffnete die Tür zum Wohnzimmer. Sonnenlicht strömte über honigfarbene Dielen, und er blickte auf plüschige Sessel, einen großen Fernseher und Wände voller Bücher. Die meisten Bände befassten sich mit Kirchengeschichte und Religionstheorien.

Die Tür zum Arbeitszimmer seines Vaters gab es nicht mehr, stattdessen einen breiten Durchbruch. Leif konnte eine Ecke des schweren dunklen Schreibtisches sehen. Er ging nicht hinein, sondern stieg die alte hölzerne Treppe hinauf ins Obergeschoss. Der Teppich unter seinen Stiefeln schluckte jedes Geräusch.

Das Badezimmer war neu, so wie die Einrichtung im Schlafzimmer seines Vaters. Er zögerte, bevor er die Klinke der nächsten Tür herunterdrückte, und atmete tief durch. Im Nähzimmer seiner Mutter hatte sich nichts verändert. Es war, als wäre sie nur kurz hinuntergegangen, um nach dem Essen zu sehen, und würde gleich zurückkehren, um ihre Arbeit wiederaufzunehmen. Die Fenster waren geputzt. Nirgendwo lag Staub, und in der Luft hing wie früher der Geruch von Lavendel und Zitronenmelisse, der eine Flut von Erinnerungen in ihm auslöste. Er hörte ihre Schritte auf der Treppe. Eilige Schritte. So lief sie nur, wenn …

Er spürte ihre Angst wie die seine. Als sie ihn sah, zog sie ihn ins Zimmer und kniete neben ihm nieder. Strich über sein Haar, seine Wangen. Lächelte ihr wunderbares Lächeln. Doch im nächsten Moment gefror dieses Lächeln, erstarrte sie in ihrer Bewegung. Ihr Blick glitt an ihm vorbei, auf seinen Vater, der unbemerkt hinter ihm im Türrahmen erschienen war. »Schick den Jungen raus«, sagte er, und in seiner Stimme lag nichts von der Güte, mit der er mit den Menschen sprach, die seine Kirche besuchten. Gerade hatte sie ihn noch gehalten, wie einen Schild, und er hatte gespürt, wie ihr Herz schlug. Viel zu schnell tanzte es in ihrem Körper, hämmerte verzweifelt. »Geh«, hatte sie schließlich geflüstert und ihn von sich geschoben, als er zögerte. Mit zitternden Knien hatte er sich an seinem Vater vorbeigequetscht, hatte versucht, nicht den Streit und die lauten Worte zu hören, nachdem die Tür hinter ihm ins Schloss gefallen war und er blind vor Tränen die Treppe hinunterstürzte. Er war fortgelaufen. Weit fort. Immer wieder. Mit einer Schuld auf seinen Schultern, die nicht die seine war.

Mit einem heftigen Ruck schloss er die Tür und spürte der plötzlichen Leere nach, die ungeachtet all der Jahre, die vergangen waren, erneut in seinem Inneren aufstieg. Und er schluckte, als er die nächste Tür öffnete. Sein Zimmer. Ebenso unverändert. Ebenso sauber …

Sein Vater war ein einsamer Mann gewesen, nachdem er das Einzige, was er geliebt hatte, zerstört hatte. Und nichts hatte seinen Schmerz lindern können. Es hatte keine Erlösung gegeben. Das Zeugnis dafür lieferten diese beiden Räume.

Er musste hier raus.

Raus.

Fort von Emotionen, die er nicht hatte wahrhaben wollen, und Gedanken, die er über all die Jahre erfolgreich verdrängt hatte. Er eilte die Treppen hinunter, durch die Tür, die mit einem Krachen hinter ihm ins Schloss fiel. Erst unter den Eichen blieb er stehen, spürte den Wind in seinem Gesicht und holte tief Luft. Er blickte auf das Motorrad neben sich. Es war alles noch gepackt. Er brauchte nur aufzusteigen, fortzufahren, ohne zurückzusehen, und nie wieder zu kommen. Nichts war mehr hier, das ihn noch hielt oder verpflichtete. Alle familiären und freundschaftlichen Bande hatte er bereits vor Jahren abgeschüttelt, und nun war auch das letzte zerrissen. Seine Finger glitten über die Sitzbank, griffen nach seinem Helm, den er dort abgelegt hatte. Nach seiner Jacke.

Willst du schon wieder davonlaufen?

Er sträubt sich gegen die Frage, gegen die Stimme, die sich in sein Bewusstsein bohrte.

Davonlaufen … davonlaufen …

Es hallte in ihm nach.

Er nahm seine Jacke. Fühlte das feste Leder unter seinen Fingern. In weniger als zwölf Stunden ging seine Fähre. Alles, was zu regeln war, ließ sich auch telefonisch erledigen. Er hatte hier nichts mehr verloren.

Doch er spürte die Gegenwart des Hauses hinter sich und die Macht des jahrelangen Schweigens hinter seinen Wänden. Die Einsamkeit von drei Menschen brach auf ihn nieder wie eine Woge ungezähmter Kraft. Er drehte sich um und sah auf die Fenster, in denen sich das Blau des Himmels spiegelte, auf den Vogel, der auf dem Rand der Regenrinne wippte und keckerte, als wolle er ihn und seine Ängste verspotten. Leif Falkner holte noch einmal tief Luft und begann, sein Motorrad abzuladen.

Er war so in seine Erinnerungen versunken, dass er nicht hörte, wie das Tor zum Friedhof geöffnet wurde, und auch nicht die Gestalt bemerkte, die langsam, zögerlich fast, den Weg zum Haus hinaufkam. Die im Schatten der Bäume innehielt und wartete, während sie ihn beobachtete, jede seiner Gesten in sich aufsog wie etwas besonders Wertvolles. Erst als sie sich endlich ins Licht wagte, sich ungelenk die nackten Arme rieb und ihn schüchtern anlächelte, sah er auf.

»Andi«, entfuhr es Leif überrascht.

Das Lächeln im Gesicht des Mannes weitete sich. Weiße Zähne blitzten. Leif stellte seine Tasche auf den Boden, machte einen Schritt auf den Mann zu und verschwand gleich darauf in muskelbepackten Armen.

»Du warst lange weg.« Andis Stimme war so tief, wie sein Brustkorb breit geworden war.

Sie sahen einander schweigend an. So als müsse jeder erst die Veränderungen im Gesicht des anderen studieren und lesen, was passiert war in fünfundzwanzig langen Jahren.

Leif war es schließlich, der als Erster wieder zu sich fand. »Geht es dir gut?«, fragte er, während er einen Schritt zurücktrat und nach seinem Tankrucksack griff.

Andi zuckte die Schultern. Eine flüchtige, fast abweisende Geste, die Leif mehr verriet als alles, was Andi hätte sagen können.

Leif bemerkte die Unsicherheit in Andis Haltung, das Zittern seiner Finger, als er in seine Brusttasche griff und eine Schachtel Zigaretten herauszog.

Tiefe Falten durchzogen Andis wettergegerbtes Gesicht, seine Augen waren gerötet. Und der Anblick schmerzte ihn.

»Warum bist du hier?«, fragte Andi.

»Ich bin hier, weil mein Vater mich bat zu kommen«, sagte er und vermied es dabei, Andi anzusehen. »Es lag ... auf dem Weg.«

»Averdieck hat mir erzählt, was passiert ist«, sagte Andi leise. »Hast du ... deinen Vater noch gesprochen?«

»Nein.«

»Es tut mir leid.«

»Danke.«

Andi zündete sich seine Zigarette an. Einen Moment war es sehr still zwischen ihnen. Schließlich räusperte sich Andi. »Bleibst du länger?«, fragte er.

»Ich weiß es nicht«, erwiderte Leif wahrheitsgemäß. Im Grunde konnte er es sich nicht erlauben, irgendwo länger zu bleiben. Aber das war ein anderes Problem. Eins, über das er gerade jetzt nicht nachdenken wollte. Er setzte einen Fuß auf die Treppe. »Willst du mit reinkommen?«

Andi nahm einen langen Zug von seiner Zigarette, stieß den Rauch in den blauen Himmel, und für einen kurzen Moment glaubte Leif, er würde seine Einladung annehmen, doch dann schüttelte Andi den Kopf. »Ein andermal vielleicht.«

Ein andermal. Leif fragte sich, ob es das je geben würde, und spürte, wie ihm erneut die Zeit entglitt.

Andi trat seine Zigarette auf dem sandigen Weg aus und hinterließ mit dem Profil seiner Sohlen einen verwischten Abdruck. Dann hob er kurz die Hand zum Gruß, nickte und ging ohne ein weiteres Wort. Leif sah ihm nach, und alles in ihm zog sich zusammen bei dem Gedanken, dass aus dem lachenden, überschäumenden Jungen, der einst sein bester Freund gewesen war, dieser wortkarge, in sich gekehrte Mann geworden war. Die alten Bilder verloren sich angesichts einer neuen Realität, von der er nicht wusste, ob sie vielleicht nicht noch schlimmer war als das, was er zurückgelassen hatte. Es war ein Fehler gewesen, zurückzukommen. Er hätte Vergangenes ruhen lassen sollen. Andi drehte sich am Friedhofstor noch einmal zu ihm um, wie um sich zu vergewissern, dass Leif noch in der Tür stand, und winkte ein letztes Mal zögerlich. Leif winkte zurück und spürte, wie sich die enge Welt des Dorfes um ihn schloss. Nichts hatte sich verändert und alles.

*

Auf dem Dorfplatz pickten Hühner in dem kurzgemähten Gras rund um das steinerne Ehrenmal, das an die Gefallenen der beiden Weltkriege erinnerte, teilten sich das Terrain mit einem halben Dutzend bunter Enten, die quakend am Rand des dahinterliegenden Teichs durch die Schatten der alten

Bäume watschelten. Kinder spielten in der Sonne auf der anderen Straßenseite. Irgendwo krähte ein Hahn. Und von einem der umliegenden Höfe zog der schwere Geruch von Silage herüber. Armin Stahl lehnte an der Tür seines Dienstwagens und betrachtete diese Idylle mit einem Anflug von Unbehagen, bevor er Harms zu dem kleinen Bäckerladen auf der anderen Seite des Platzes folgte. Es gelang ihm nicht, die Mastställe und Biogasbehälter auszublenden, die hinter der pittoresken Fassade der Höfe lauerten, die Ölmühlen und Getreidesilos, die an eine Ursprünglichkeit erinnerten, die es längst nicht mehr gab.

Die Tür des kleinen Ladens öffnete sich mit leisem Klingeln, und die Gespräche über die Glasauslage mit den Backwaren hinweg verstummten jäh, als sie eintraten. Es roch nach Brötchen und frischem Kuchen. Wenigstens sechs Augenpaare wandten sich ihnen zu, musterten sie. Eines davon gehörte Amelie Dahms.

»Tag«, sagte Stahl in die Runde. Sein Lächeln prallte an den verschlossenen Gesichtern der Frauen ab. Stahl konnte ihre Ablehnung förmlich spüren. Lediglich die Verkäuferin lächelte einladend und lehnte sich ein wenig über den Tresen, was Stahl einen Blick auf ihren üppigen Busen gewährte. »Was darf es sein, die Herren?«

»Haben Sie belegte Brötchen?«, fragte Stahl.

»Nicht fertig, aber ich kann Ihnen was machen. Mettwurst oder Käse?«

»Mettwurst«, erwiderten Stahl und Harms unisono.

Die Frauen um sie herum schwiegen.

Die Verkäuferin griff sich zwei Brötchen und ging in einen Nebenraum. »Kleinen Moment, bitte.«

Harms räusperte sich. »Harms ist mein Name, Kripo Kiel. Wir ermitteln in dem Todesfall von Pastor Eckhard Falkner und haben ein, zwei Fragen, bei denen Sie uns vielleicht weiterhelfen können.«

Wenn es möglich war, wurde das Schweigen um sie herum noch eisiger, die Mienen noch feindseliger. *»Dorto künnt wi nix seggen«*, sagte eine der Frauen stellvertretend für alle.

›Das klappt so nicht‹, schoss es Stahl durch den Kopf, und er fragte sich, ob es möglich sein würde, diese kollektive Ablehnung in Einzelgesprächen zu durchbrechen. Er seufzte unwillkürlich bei dem Gedanken. Die Verkäuferin kam zurück und reichte ihnen ihre Brötchen über den Tresen. Harms bezahlte. »Das wird zäh«, bemerkte er, als sie wieder draußen standen und in die Sonne blinzelten.

Stahl konnte nur nicken, denn er hatte bereits den Mund voll.

Sie gingen über den Platz zu ihrem Dienstwagen zurück, als sich die Tür der Bäckerei öffnete und Amelie Dahms herauskam. Sie warf einen flüchtigen Blick über den Dorfplatz, wandte sich dann hastig ab und verschwand zwischen den alten Kastanien, die die Straße säumten.

Stahl ließ sein Brötchen sinken und fing Harms' Blick auf.

»Die weiß nichts«, erklang eine Stimme mit starkem norddeutschem Akzent hinter ihnen. »Die hat einfach nur einen leichten Schatten, genau wie ihr Sohn.«

Sie blickten in das wettergegerbte Gesicht eines älteren Landwirts. Er hatte seine Hände in den Taschen einer vor Schmutz starrenden Arbeitshose vergraben. In seinem Mundwinkel hing eine kalte Pfeife. »Ihr seid doch die Kriminalpolizisten aus Kiel?«, fragte er.

»Armin Stahl«, stellte sich Stahl vor. »Und Sie sind?«

»Ernst Averdieck, Bürgermeister. Von der Hofstelle hier.« Er wies auf den nächstgelegenen Hof, nahm die Pfeife aus dem Mund, klopfte die Asche an seinem Schuh aus und ließ die Pfeife in seiner Hosentasche verschwinden. »Schlimme Sache, das mit dem Pastor, schlimme Sache. Er ist erschlagen worden, nicht wahr?«

Stahl betrachtete den Mann genauer und fragte sich, woher er die Information hatte. »Können Sie sich vorstellen, warum?«, fragte er dann.

Ernst Averdieck sah ihn betroffen an. »Das ist für mich unvorstellbar. Er war so ein guter Mensch. Immer hilfsbereit. Unfassbar, was da passiert ist. Einfach unfassbar, ja …«

Stahl bemerkte Harms' Ungeduld, schüttelte unauffällig den Kopf, und Harms schwieg.

»Wer hatte denn engeren Kontakt zu Ihrem Pastor und könnte uns etwas erzählen?«, fragte Stahl weiter.

Averdieck rieb sich nachdenklich das Kinn. »Vielleicht unser Kirchenvorsteher Gregor Tiedemann. Er und der Pastor haben viel zusammengesessen, schon wegen der Renovierung der Kirche.«

»Gregor Tiedemann«, wiederholte Stahl, »wo wohnt der Mann?«

»Unten an der Hauptstraße. Dürfte aber noch bis halb vier in der Amtsverwaltung sein.« Averdieck räusperte sich. »Stimmt es, dass der Sohn vom Pastor wieder hier ist?«, fragte er.

Stahl wischte sich die letzten Brotkrümel von seinem Hemd. »Warum gehen Sie nicht einfach zum Pfarrhaus rüber und sehen nach?«

Der Mann sah ihn prüfend an. Dann tippte er wie zum Gruß an seine alte Schiebermütze, zog die Schultern hoch und trat ein paar Schritte zurück. »Nichts für ungut, die Herren«, sagte er noch, bevor er sich abwandte und zu seinem Hof zurückging. Die Kinder, die immer noch auf der Straße spielten, sahen kurz auf.

»Dann sollten wir Herrn Tiedemann jetzt einen Besuch abstatten«, sagte Harms. Er öffnete die Beifahrertür, nahm eine Flasche Mineralwasser aus dem Auto, schraubte sie auf und nahm einen langen Schluck. »Und mit Frau Dahms, sollten wir auch noch einmal sprechen«, fügte er hinzu. »So ganz in Ruhe. Wenn sie bei dem Pastor geputzt hat, muss sie doch irgendetwas mitgekriegt haben.«

»Und ich wüsste gern, warum Leif Falkner uns, aber nicht die lokale Polizei informiert hat«, fügte Stahl hinzu.

»Wo fangen wir an?«

Stahl sah auf seine Uhr. »Baumann und die anderen müssten gleich hier sein, dann können wir uns aufteilen.«

Als ob er damit das Stichwort gegeben hatte, rollten in diesem Moment zwei Fahrzeuge aus einer der Seitenstraßen auf den Dorfplatz und hielten neben ihnen.

Aus dem einen stiegen Dirk Baumann und Sebastian Behnke, aus dem anderen Uta Thormälen. Sie hatte den jungen Mann dabei, der in ihrer Abteilung gerade sein praktisches Semester im Rahmen seiner Ausbildung als Kriminalbeamter absolvierte.

Behnke reckte sich und zog irritiert die Nase kraus, was Baumann zu einem launigen Spruch über gesunde Landluft veranlasste. Der Praktikant lachte pflichtschuldig, womit er sich einen strafenden Blick von Uta einhandelte und mit rotem Kopf eilig zu Boden sah. Stahl grinste. Uta war einzigartig in ihrem Team. Er erinnerte sich, dass sie irgendwann einmal erwähnt hatte, dass sie vom Land kam. Ihre Eltern – oder waren es ihre Großeltern gewesen? – hatten einen Bauernhof gehabt.

Zusammen mit Harms wies er die Kollegen ein. Nicht viel später verschwanden sie in den engen Straßen des Dorfes zwischen Häusern, die an diesem Nachmittag alles andere als gastlich wirkten. Harms stieg ins Auto und fuhr zur Amtsverwaltung. Stahl machte sich zu Fuß auf, um Amelie Dahms einen Besuch abzustatten.

Ihr Haus war das letzte in der schmalen Straße, die hinter der dichten Weißdornhecke ihres Gartens zwischen den Feldern und Wiesen verschwand. Die weißen Blütenknospen waren kurz vor dem Aufbrechen. Durch die Zweige hindurch sah er ein kahles Gemüsebeet. Amelie Dahms kniete darin und zupfte Unkraut.

»Ich hab mal gehört, dass kein Frost mehr zu befürchten ist, sobald der Weißdorn blüht«, begann Stahl ein Gespräch über die Hecke hinweg. Sie hielt inne und strich sich mit der Handkante eine Strähne aus dem Gesicht, die sich aus dem Knoten in ihrem Nacken gelöst hatte. Eine Geste, die er schon auf dem Friedhof beobachtet hatte.

»Ist da was dran?«, fragte Stahl.

»Kann sein«, sagte sie und stand langsam auf, so, als ob es ihr schwerfiel, ihre Glieder zu bewegen. »Was wollen Sie?«

»Mit Ihnen reden.«

Sie machte keine Anstalten, ihn hereinzubitten.

»Über Pastor Falkner«, fügte Stahl hinzu.

Sie rieb ihre Hände an ihrer Schürze ab, unter der sie nicht mehr das geblümte Sommerkleid trug, sondern eine einfache graue Hose und eine an den Nähten ausgefranste Bluse.

»Warum fragen Sie nicht seinen Sohn?«

»Er war längere Zeit nicht hier, wenn ich das richtig verstanden habe.«

»Lassen Sie mich in Ruhe. Ich habe nichts mit der Sache zu tun.« Sie wandte sich dem kleinen grauen Spitzdachhaus zu, an dem nicht nur die Fenster einer Sanierung bedurften.

Aber Stahl ließ nicht locker. »Sie haben einen Sohn?«

Sie blieb stehen und drehte sich langsam wieder zu ihm um. »Andi hat damit nichts zu tun.«

»Wo ist er?«

»Er arbeitet«, sagte sie kurz angebunden.

»Frau Dahms, ich hätte da noch ein, zwei Fragen.«

»Nicht hier draußen«, erwiderte sie.

Das Innere des Hauses war genauso grau wie seine Fassade.

Amelie Dahms verlor sich darin wie ein Schatten. In der

Küche stand ein Kohleherd, und in die Wand eingelassen war ein alter gelbfleckiger Spülstein, wie Stahl ihn das letzte Mal in seiner Kindheit gesehen hatte. Die Frau wusch sich die Hände, nahm ihre Schürze ab und betrachtete Stahl mit gerunzelter Stirn.

»Setzen Sie sich«, sagte sie schließlich.

Am Küchentisch standen zwei Stühle, und Stahl fragte sich, ob sie sein Gewicht aushalten würden. Vor dem Fenster hüpfte in einem kleinen weißen Käfig ein Kanarienvogel hin und her, der zu zwitschern anfing, als Amelie Dahms in seine Nähe kam.

»Was wollen Sie wissen?«, fragte sie, und er hatte das Gefühl, dass sie es eher tat, um ihn möglichst schnell wieder loszuwerden, als um zu helfen.

»Sie leben hier allein mit Ihrem Sohn?«

»Ja«, sagte sie nur. Sie setzte sich nicht zu ihm. Stand mit dem Rücken zum Fenster, was es ihm schwermachte, ihre Gesichtszüge zu erkennen.

»Sie haben beim Pastor im Haushalt gearbeitet?«

»Ich hab dort zweimal die Woche geputzt.«

»Ist Ihnen etwas aufgefallen in letzter Zeit, ich meine …«

Sie konnte oder wollte ihm nichts erzählen. Auf jede seiner Fragen antwortete sie – wenn überhaupt – nur zögerlich, und er war sich nicht sicher, wie er ihre abwehrende Haltung bewerten sollte.

Schließlich gab er es auf und stand auf.

»Sind Sie telefonisch erreichbar?«, fragte er abschließend.

Sie nannte ihm ihre Nummer. Es war eine jener alten, dreistelligen, wie es sie nur noch auf den Dörfern gab. Stahl schrieb sie sich in seinem Notizbuch auf. Dann ging er durch den engen, dunklen Flur hinaus, froh, als er die Haustür öffnete und die Sonne im Gesicht spürte.

»Wo finde ich Ihren Sohn?«, fragte er noch schnell, bevor sie die Tür hinter ihm schließen konnte.

»Andi hat nichts damit zu tun. Lassen Sie ihn in Ruhe.«

»Frau Dahms …« Er hoffte, dass Harms mit seinen Nachforschungen mehr Glück gehabt hatte.

⁂

Ernst Averdieck trat hinaus auf seinen Hofplatz und blickte dem silbergrauen Audi nach, der im Schatten der Bäume verschwand, und spürte, wie sich das Unheil wie eine dunkle Wolke über dem Dorf zusammenzog.

Nachdem das Motorengeräusch verklungen war, hing die Stille schwer über dem Platz, wie immer um diese Zeit am Nachmittag, kurz vor Ende der Mittagsstunde, bevor die Geschäftigkeit wieder losbrach. Auf dem Dorfteich zeichneten die Enten silberschimmernde Bahnen. Die Höfe lagen verlassen da. Nur eine einsame Katze sonnte sich auf einer Mauer. Eine trügerische Idylle. Ernst Averdieck ließ sich davon nicht täuschen.

Einer der beiden Kripobeamten war zu Amelie gegangen. Was mochte sie ihm erzählen? Und wenn nicht sie das Schweigen brach, wer würde es dann tun?

»Ist es wahr, dass Eckhards Sohn wieder da ist?«

Ernst Averdieck blickte in das Gesicht seiner Frau. Er hatte sie nicht kommen hören. »Scheint so«, sagte er nur. »Ist der Junge zurück?«

Sie schüttelte den Kopf. Angst lag in ihren sonst so herrischen Augen und ihrer ganzen Haltung. Er atmete tief durch.

»Was machen wir?«, fragte sie.

»Nichts«, antwortete er. »Wie die letzten fünfundzwanzig Jahre auch.«

II.

Propst Johann Wehmut lauschte ungläubig den Worten, die aus dem Telefonhörer an sein Ohr drangen. »Was sagen Sie da?«

»Unser Pastor ist ermordet worden!«, wiederholte Gregor Tiedemann mit einer Stimme, die sich vor Hysterie fast überschlug.

Wehmut sank in seinen Bürostuhl zurück und schloss entsetzt die Augen. Beinahe hätte er noch einmal gefragt. Eckhard Falkner sollte tot sein? Das war – unmöglich! Sie hatten tags zuvor noch gesprochen. Er war hier gewesen, hier, in diesem Büro. So lebendig, so voller Ideen. Wie konnte er jetzt tot sein? Sie hatten Kaffee getrunken. Pläne geschmiedet und natürlich gestritten, freundlich gestritten, wie sie es immer taten.

»Propst Wehmut, sind Sie noch da?«

Wehmut schlug die Augen wieder auf. »Ja, ja … natürlich …« Sein Blick fiel auf einen Fleck auf seiner Schreibtischunterlage und er erinnerte sich, dass es Kaffee war, den Eckhard am Vortag beim Absetzen seiner Tasse verschüttet hatte. Wie von selbst glitten seine Finger darüber. Eckhard Falkner war tot. Er konnte es nicht glauben.

»Wie ist es passiert?«

»Jemand hat ihm den Schädel eingeschlagen. Der Kriminalbeamte, der bei mir war …«, Tiedemanns Stimme versagte, und Wehmut hörte, wie er sich räusperte, »… er sagte, es wäre mit großer Brutalität geschehen.«

Ein Schauder ergriff Wehmut trotz der sommerlichen Temperaturen in seinem Büro. Es fiel ihm plötzlich schwer, einen klaren Gedanken zu fassen. »Gibt es schon eine Spur?«

»Nein …«, wieder räusperte sich Tiedemann.

Da war noch etwas.

»Herr Tiedemann?«

»Die Spendengelder … sind weg.«

Auch das noch. Wehmut zwang sich zur Ruhe, und wie von selbst bewegten sich seine Lippen in einem flüchtigen Gebet, griff seine freie Hand nach dem Kreuz, das er um den Hals trug. »Also … war es ein Raubmord,« sagte er angespannt. Er durfte jetzt nicht die Nerven verlieren.

Tiedemann bestätigte seine Vermutung mit zitternder Stimme, und Wehmut fragte sich, wie er diesen Eklat dem Bischof erklären sollte.

Er war von vornherein dagegen gewesen, das Geld in der Kirche zu belassen. Doch er hatte sich breitschlagen lassen gegen alle Vernunft. Das hatte er davon. »Wie viel Geld war in dem Tresor?«

»Mehr als zweihunderttausend Euro.«

Wehmut stand von seinem Schreibtisch auf. Unfähig, länger still zu sitzen. Zweihunderttausend Euro. Eine lächerliche Summe angesichts der Kosten, die bei der Sanierung des historischen Kirchengebäudes auf sie zukommen würden. Aber darum ging es nicht. Die Kirche in Moorbek war zu einem bundesweiten Sinnbild für alle geworden, die im Namen Gottes kämpften, Zeichen setzten für die Wichtigkeit der kirchlichen Gemeinschaft insbesondere im ländlichen Raum. Das Wort des Herrn berührte sie wieder, sie fühlten sich aufgenommen in einer Zeit, in der die Menschen nach einem spirituellen Halt suchten, ohne es wirklich zu wissen. Selbst die Medien konnten sich dem nicht mehr verschließen.

Doch es kam noch schlimmer.

»Da ist noch etwas, Propst Wehmut – Sie erinnern sich vielleicht an Eckhards Sohn … Er ist zurück … Er war es, der ihn in der Kirche gefunden hat.«

Wehmut versuchte sich zu sammeln. »Ich muss mit dem Bischof sprechen, Herr Tiedemann«, sagte er dann. »Ich rufe Sie später zurück.« Aber statt die Nummer seines kirchlichen Vorgesetzten zu wählen, starrte er vor sich hin und versuchte Ordnung in seine Gedanken zu bringen. Die Kanten des Kreuzes schnitten schmerzhaft in seine Handfläche, als sich seine Finger haltsuchend noch fester darum schlossen. Sie hatten so viel erreicht. So viele Menschen zurückgeführt in Gottes Licht. Sollte das alles vergeblich gewesen sein? Er erinnerte sich gut an Leif Falkner. Zu gut. An sein plötzliches Verschwinden und den Skandal, den sie nur mit Mühe verhindert hatten. Wieso musste er gerade jetzt zurückkehren? In Gedanken überschlug er die Zeit. Mehr als zwanzig Jahre. Er hörte schon die Fragen der Journalisten, sah die Schlagzeilen in der Zeitung. Schließlich griff er zum Hörer.

Bischof Gottfried Thedens war zu seiner Überraschung bereits informiert.

»Mein lieber Johann, das ist eine ganz entsetzliche Geschichte«, sagte Thedens mit seiner sonoren Stimme. »Unser guter Eckhard. Ermordet auf diese schreckliche Weise in seiner eigenen Kirche! Welche Prüfung erlegt der Herr uns auf?«

Sie schwiegen beide, und für einen Moment meinte Wehmut sie zu spüren, die Nähe seines Schöpfers und mit ihr einen flüchtigen Hauch seines Trostes. Eine erneute Prüfung. Ja, das war es. Und er würde sie in Demut annehmen. Wie all die Prüfungen zuvor. Wie alle, die noch kommen würden.

»Wenn ich inmitten der Drangsal wandle, wirst du mich

beleben«, sagte Thedens schließlich und zitierte damit einen Wehmut nur allzu bekannten Psalm, mit dessen Worten auf wundersame Weise seine Kraft zurückkehrte, und mit ihr sein Willen, sich dem Unvermeidlichen zu stellen.

»Wie es aussieht, handelt es sich um einen Raubmord«, fuhr Thedens fort. Er sagte noch mehr, aber Wehmut hörte nur noch mit halbem Ohr zu, mit der Gewissheit, dass Thedens kurz vor seiner Verabschiedung nichts tun würde, was die Erinnerung an seine Verdienste im Namen der Kirche schmälern würde, zumal allgemein bekannt war, dass Wehmut die Verantwortung für die Spendengelder auf seinen Schultern trug. »Ich kann mich auf Sie verlassen, dass Sie die richtigen Worte gegenüber den Medien finden?«, fragte Thedens abschließend und formulierte auf diese für ihn typische Weise seine klare Bitte, ihn aus allem weitestgehend herauszuhalten.

»Natürlich«, versicherte Wehmut. »Mit Gottes Hilfe werden wir jeden Schaden von seinem Haus abwenden.«

»Ich wusste, das die Angelegenheit bei Ihnen in den richtigen Händen liegt.«

Nachdem er aufgelegt hatte, starrte Wehmut aus dem Fenster seines Büros hinaus auf die Straße. Die Menschen, die dort in der Frühjahrssonne so ahnungslos ihren Besorgungen nachgingen. Was würde in ihren Köpfen vor sich gehen, wenn sie am kommenden Tag erfahren würden, welcher Teufel wieder in ihrer Mitte gewütet hatte? Resigniert kehrten seine Gedanken zu den Journalisten zurück, und er fragte sich, ob sie den leergeräumten Tresor schon auf die kleinen Speicherkarten ihrer Digitalkameras gebannt hatten und welche Überschrift er zu dem Bild am nächsten Tag finden würde, wenn er die Zeitung aufschlug.

Der Hofplatz war groß und leer. In den Fenstern im Erdgeschoss des Hauses spiegelte sich die Umgebung wider: Himmel und Bäume und der alte VW-Bus, der vor dem Haus stand.

Der junge Mann verharrte im Schatten der alten Pappeln, halb verborgen hinter einem der rauhen grauen Stämme. Das Keckern einer Elster durchschnitt die Stille. So unerwartet, dass er erschreckt zusammenfuhr. Er presste die Lippen zusammen, während er dem großen schwarz-weißen Vogel nachblickte, der ungelenk über den Platz flatterte und hinter dem Haus verschwand.

Nichts regte sich dort.

Er zögerte, doch dann hastete er über den sandigen Platz bis zu dem Bus, an dessen vom Haus abgewandter Seite er schwer atmend stehenblieb. Erneut lauschte er. Nichts. Durch die Fenster des Busses warf er einen Blick auf das Gebäude vor ihm. Durch die roten Steine der Fassade liefen Risse, die Fenster waren schmutzig vom letzten Regen, und zwischen den Gehwegplatten vor der Tür und aus einem grünbemoosten Blumenkübel spross Unkraut. Drei Schritte. Sein Herz schlug ihm bis zum Hals. Er spürte den rauhen Stein unter seinen Fingern. Ein Windhauch streifte ihn, der einen intensiven Ziegengeruch mit sich trug. Langsam schob er sich an der Wand entlang bis zu einer angelehnten Stalltür. Staub tanzte in dem Sonnenstrahl, der ihn hineinbegleitete. Alte, verrostete Gerätschaften füllten die Buchten des ehemaligen Kuhstalls. Die Selbsttränken und Ketten waren überzogen mit Spinnweben, schwer und braun vom Staub, der über allem lag. In einer Ecke lag eine vergessene Futterschaufel, daneben Rattendreck und die Häute längst geflohener Spinnen. Eine alte Holzleiter lehnte ein Stück weiter an einer Wand, über der sich ein weiter dunkler Heuboden öffnete. Auf Zehenspitzen schlich er darauf zu, kletterte hinauf und ließ sich zitternd in Reste von altem Heu sinken.

Die Luft stand hier oben, war staubig und heiß und machte das Atmen schwer. Und es war still. So still, dass ihm das Klopfen seines Herzens wie der Paukenschlag einer gewaltigen Trommel erschien, der laut von den schweigenden Wänden widerhallte, auf ihn herabfiel und ihn einzwängte. Er schloss die Augen und wartete.

Nach einer Weile hörte er draußen eine Tür klappen. Kinderstimmen kamen näher und entfernten sich wieder. Ein Motor wurde angelassen, dem Rasseln nach der des alten Busses. Einen Moment lauschte er dem sich entfernenden Motorengeräusch, dann tastete er in seiner Hosentasche nach seinem Handy. Doch seine Finger griffen ins Leere. Schweiß brach ihm aus. Hektisch durchwühlte er noch einmal alle Taschen, dann sank er resigniert zurück ins Heu. Seine einzige Verbindung zur Welt hatte er verloren. Seine einzige Hoffnung auf Rettung. Aber wo? Am Bach auf der Wiese? Der Gedanke, zurückzugehen über die ungeschützte Weite der Felder, ließ sein Herz erneut rasen. Nein, er musste weiter. Er durfte nicht bleiben und schon gar nicht umkehren. Vorsichtig stieg er die Leiter wieder hinunter, schlich durch den Stall und spähte zur Tür auf den verlassenen Hofplatz hinaus. Der VW-Bus war fort, so wie er es vermutet hatte. Sein Blick fiel auf ein schweres rostiges Eisenrohr neben der Tür an der Wand. Vermutlich ein Stück einer alten Wasserleitung. Er hob es auf, wog es in der Hand und ging zur Rückseite des Hauses.

Das Glas des Fensters barst mit lautem Klirren. Scherben sprangen, glitzernd wie Juwelen im Schein der Sonne. Er hielt den Atem an und lauschte. Es war nichts weiter zu hören. Sie hatten, wie es schien, sogar den Hund mitgenommen. Er stieg durch das Fenster ins Haus, rutschte mit den glatten Sohlen seiner Turnschuhe auf den am Boden liegenden Scherben aus und griff haltsuchend ans Fenster. Ein stechender Schmerz durchzuckte seine Hand, und er spürte warmes klebriges Blut. Sein Blut. Es tropfte über den scharfkantigen Splitter, der sich in seine Handfläche gebohrt hatte, lief über seine Finger …

Bei diesem Anblick sah er den Alten in der Kirche wieder vor seinem inneren Auge. Seinen geplatzten Schädel und das unwirkliche Weiß des Knochens inmitten des leuchtenden Rots. Er presste die Hand gegen seinen Körper, versuchte das plötzliche Zittern seiner Beine zu ignorieren, als er durch das Zimmer auf die Tür zustolperte. Im Flur war es dunkel und kühl. Er lehnte sich an die Wand. Ihm war schwindlig, und sein Herz hämmerte in seiner Brust. Alles um ihn herum verschwamm. Seine Hand schmerzte, und er spürte, wie sein warmes Blut durch sein Hemd hindurch seinen Bauch nässte. Die Tür auf der anderen Seite des Flurs schien zu weit weg, um sie zu erreichen. Die Küche. Dort hatten sie zusammen gesessen: er und Mila, und hatten Pläne geschmiedet. Die Erinnerung schnürte ihm die Kehle zu, so fest, dass es ihm den Atem nahm. Er durfte jetzt nicht an sie denken. Nicht jetzt. Später wieder, wenn alles vorbei war. Taumelnd stieß er die Tür auf und sank auf einen der Küchenstühle nieder. Auf dem dunklen Holztisch lag ein kariertes Küchenhandtuch. Er zog es zu sich heran und presste es auf die Wunde in seiner Handfläche. Dort gegenüber auf dem Stuhl hatte sie gesessen. Vor dem Fenster, das Licht im Rücken. So hatte er nicht die dunklen Schatten unter ihren Augen sehen können. Nicht die Blässe ihrer Haut. Nur ihr zögerliches Lächeln und ihre Hände, die nervös mit einem Knäuel Wolle gespielt hatten. Für einen Moment war ihm, als könne er ihr Lachen hören, ihre Stimme …

Es war nicht ihre Stimme.

Die verletzte Hand an seinen Körper gepresst, wandte er sich langsam um. Er war nicht allein. Jemand war im Haus. Mühsam stand er auf. Der Stuhl scharrte über den alten

Holzfußboden. Er hörte Schritte im Flur, die plötzlich innehielten.

⁂

Leif Falkner betrachtete den getrockneten Blutfleck auf dem Boden der Kirche. Die Steine hatten beinahe denselben Farbton, ein mattes Rostrot, unterbrochen nur von grauen Fugen, durch die das Blut wie durch feine Kanäle hindurchgelaufen war, sich verteilt hatte, bis unter die Bankreihen, in denen unzählige Füße den Stein über die Jahrhunderte glatt poliert hatten. Als er wieder aufsah, stellte er fest, dass eine Frau in der Tür stand, in ihrem Arm ein Strauß Wiesenblumen. Er hatte sie nicht hereinkommen hören. Langsam stand er auf.

»Guten Tag«, sagte sie leise. Zwei Worte nur, doch sie genügten, um ihm ihre Herkunft zu verraten. »Ich habe Blumen … für den Pastor. Ich habe gehört, er ist …« Ihr Blick blieb an dem Blutfleck neben Leifs Schuhen hängen. Sie sah aus, als würde sie gleich in Ohnmacht fallen.

Leif machte einen Schritt auf sie zu.

»Setzen Sie sich«, erwiderte er auf Russisch und führte sie zu einer Kirchenbank. »Ich hole eine Vase.«

Sie blickte erstaunt zu ihm auf, während sie auf die Bank sank. Er fand die Vasen in dem Wandschrank, gleich hinter dem Eingang zur Kinderkapelle, ein Platz, den noch seine Mutter ausgesucht hatte. Es hatte sich nichts geändert. Warum auch? Die Frau reichte ihm mit zitternden Händen die Blumen.

»Wer sind Sie?« Sie flüsterte es auf Russisch.

»Leif Falkner. Der Sohn des Pastors.«

Sie schlug die Hände vor den Mund. »Es tut mir so leid«, stammelte sie und bekreuzigte sich. »Sie müssen mir glauben, es tut mir so leid.«

Leif stellte die Vase ab. »Beruhigen Sie sich … bitte.«

»Es waren meine Söhne«, sagte sie leise. »Meine Söhne haben ihn getötet.« Wieder bekreuzigte sie sich.

»Wie kommen Sie darauf, dass es Ihre Söhne waren?«

Sie wühlte in den Taschen ihres leichten Mantels, zog ein schmutziges Papiertaschentuch hervor und schneuzte sich umständlich. Sie wischte sich die Tränen von den Wangen, die nicht aufhören wollten zu fließen. Ihre Hände waren abgearbeitet, ihre ganze Erscheinung zeugte von Armut und Entbehrung.

»Sie haben sie geholt«, sagte sie. »Mitgenommen nach Kiel ...«

Leif hörte nicht mehr zu. Der kleine Glatzkopf von der Spurensicherung hatte die Tatwaffe gefunden. Finger- und Fußabdrücke. Aber das allein war nicht ausreichend. Er legte seine Hand auf die Schulter der Frau. »Haben Ihre Söhne die Tat zugegeben?«

»Macht das noch einen Unterschied?«, fragte sie ihn irritiert.

»Wir sind hier nicht in Russland.«

Sie schnaubte abfällig. »Wir sind hier nicht in Russland, nein, aber ...«

»Hätten Ihre Söhne irgendeinen Grund gehabt, den Pastor zu töten?«

Sie schüttelte den Kopf, ohne ihn anzusehen. »Aber sie hatten auch keinen Grund, Fenster einzuschmeißen und Autos aufzubrechen. Wir haben nicht viel, aber genug. Sogar ein Haus, am Dorfrand. Mein Mann hat Arbeit. Trotzdem haben sie aus den Werkstätten der Höfe in den umliegenden Dörfern Werkzeug und Maschinen gestohlen, um ...«

»Es gehört mehr dazu, einen Menschen brutal zu erschlagen, als in Werkstätten einzubrechen. Trauen Sie Ihren Söhnen das wirklich zu?«

»Ich weiß es nicht. Ich weiß überhaupt nichts mehr. Ich ...«

»Wie alt sind Ihre Söhne?«, fiel Leif ihr ins Wort.

»Fünfzehn und sechzehn Jahre.«

Fast noch Kinder.

»Gehen sie zur Schule?«, fragte er.

»Sie machen gerade einen Deutschkurs – in der Stadt.«

»Zusammen mit anderen Aussiedlern, nehme ich an.«

»Du weißt, wie es ist«, flüsterte sie und ging formlos vom Sie zum Du über.

Leif starrte auf die bunten Kirchenfenster. Ja, er wusste, wie es war. Wie es zuging in diesen Kreisen. Er reichte der Frau die Hand. »Geh nach Hause. Ich werde sehen, was ich für euch tun kann.«

Sie umschloss seine Hand und hielt sie fest, klammerte sich fast daran. »Du bist ein guter Mensch«, sagte sie leidenschaftlich, »genau wie dein Vater.«

Leif wich zurück und schüttelte den Kopf. »Nein, das bin ich nicht«, widersprach er ruhig. »Und du hast meinen Vater nicht gekannt.«

Sie antwortete darauf nicht. Bekreuzigte sich nur und sah ihn an aus ihren grauen, vom vielen Weinen rotgeränderten Augen, die so tief in ihrem blassen, verbrauchten Gesicht lagen. Als sie die Kirche verließ, verfing sich die schon tiefstehende Sonne in ihrem kurzen Haar, hüllte sie ein und wob für einen flüchtigen Augenblick das Bild der Frau um sie, die sie hätte sein können, wenn die Umstände es zugelassen hätten. In Moskau hatte Leif zu viele Menschen gesehen wie sie. Erfüllt von derselben, verzweifelten Hoffnungslosigkeit. Er zog die Kirchentür zu und drehte den großen, alten Schlüssel im Schloss. Er ging zum Pfarrhaus, doch auf halbem Weg blieb er plötzlich stehen und zog sein Handy aus der Tasche.

Im Kieler Kommissariat meldete sich eine ihm unbekannte Stimme.

»Armin Stahl? Moment, ich stelle durch.«

Stahls Stimme klang vorsichtig. »Was kann ich für Sie tun?«

Leif sah den fülligen Kommissar vor sich in dem viel zu kleinen Büro, den kettenrauchenden Kollegen gegenüber. »Wie sind Sie auf die beiden Russenjungs gekommen?«, fragte er ohne jede weitere Einleitung.

Stahl antwortete nicht gleich. »Hat ja nicht lang gedauert, bis Sie es erfahren haben«, sagte er schließlich.

»Die Wege hier sind kurz.«

»Ja«, erwiderte Stahl gedehnt. »Wir haben einen Tipp bekommen, von Ihrem Dorfpolizisten.«

»Sönke Piehl?«

»Ja, so heißt er, wenn ich mich nicht irre.«

Leif spürte Wut in sich aufsteigen. »Vielen Dank«, sagte er und wollte auflegen, doch Stahl hielt ihn zurück.

»Warum haben Sie eigentlich uns und nicht ihn informiert, als Sie Ihren Vater fanden?«

»Ich weiß es nicht«, log Leif. »Vielleicht der erste Schock …«

»Ist alles in Ordnung?«

»Ja, danke. Ich komme zurecht.«

Er legte auf, bevor Stahl weitere Fragen stellen konnte. Nachdenklich wog er sein Mobiltelefon in der Hand und beobachtete, wie die Sonne am Horizont hinter den Feldern versank. Die Abenddämmerung setzte ein. Erste Fledermäuse tauchten zwischen den Bäumen auf. Bald würde es dunkel sein. Das Pfarrhaus erhob sich düster hinter ihm. Und er fragte sich, wie er jemals auf den Gedanken gekommen war, dort schlafen zu können.

Es war zu dunkel und zu still. Aber es war nicht nur das. Es waren die Erinnerungen, die aus dem Gebälk des Hauses herauswuchsen und auf ihn zukrochen, sich zu ihm legten, sich an ihn schmiegten und ihn umfingen. Mit flüsternden

Stimmen erzählten. Er hatte das Gästezimmer im Erdgeschoss bezogen. Ein nichtssagender Raum neben der Küche, in der Nachttischschublade das Neue Testament. Sein Gepäck türmte sich unausgepackt auf einem Stuhl. Er hatte nur das Nötigste aus seinen Taschen genommen, weil nur das Gefühl eines jederzeit denkbaren Aufbruchs es ihm ermöglichte zu bleiben.

Der Schlaf floh ihn wie erwartet.

Er lag, das Kissen in den Nacken gepresst, im Bett und lauschte auf die Geräusche des Hauses. Auf den Wind, der über den Friedhof strich. Als Kind hatte er sich vorgestellt, wie die Seelen der Toten im Wind weinten, wie sie einen Weg zurücksuchten in die Welt der Lebenden. Heute war er sich längst nicht mehr sicher, ob es nach dem Tod noch Seelen gab, die sich nach dem Leben zurücksehnten. Ob sie nicht genauso tot waren und sich auflösten wie die Körper, die in ihren Gräbern zerfielen. Ob nicht nur das von ihnen blieb, was sie auf Erden geschaffen hatten.

Hundert Jahre später kennt
Niemand mehr den Ort
Todesangst einst Drama hier
Starr wie Frieden ward

Siegreich wuchern Winden
Fremde buchstabieren
Eigenbrötlerischen Stil
Jener Toten Ahnen

Luftzug überm Sommerfeld
Wird den Weg noch wissen –
Ahnung hebt den Schlüssel auf
Zu allem, was vergessen.

Durch das Fenster sah er die Sterne. Silberhell in der klaren Luft. Seine Wohnung in Wiesbaden gewährte nur den Blick auf einen kleinen undeutlichen Ausschnitt des Himmels, verwischt von dem orangeroten Licht der Stadt, in der es niemals völlig dunkel wurde. Niemals still. Draußen blinkten die Sterne über dem Horizont, greifbar nah. Himmel, nichts als weiter Himmel war dieses Land. Man musste um sich selbst wissen, um das ertragen zu können, oder hier geboren sein, damit aufwachsen, nur um sich dann an jedem anderen Ort wie eingesperrt zu fühlen und sich zurückzusehnen nach Wind und Weite.

Auch er hatte sich nach dieser Weite des Landes am Kanal gesehnt. Hatte die Klarheit der Luft und den allgegenwärtigen Wind vermisst. Doch er war nicht zurückgekehrt, zu tief saßen die Narben. Es hatte beinahe ein Jahrzehnt gedauert, bis er wieder eine Kirche betreten hatte, und das auch nur, weil es sein Beruf erforderte. Zu lebendig war die Erinnerung. Nicht nur an das, was geschehen war, sondern auch an die Scheinheiligkeit der Menschen. Sie hatten gewusst, geahnt, was passierte, und waren dennoch schweigend darüber hinweggegangen. Sie kamen in die Kirche, um zu heiraten, ihre Kinder zu taufen und ihre Toten zu beerdigen. Sie kamen an Weihnachten und Ostern, sangen und beteten – und verschlossen die Augen vor dem, was nicht sein konnte, nicht sein durfte, und dennoch existierte. Mitten unter ihnen.

Leif atmete gegen die plötzliche Übelkeit an, die ihn ergriff. Ignorierte den Schweiß, der ihm ungewollt bei dem Gedanken an eine Jugendzeit ausbrach, die zweieinhalb Jahrzehnte zurücklag. Es war vorbei. Vorbei. Es waren lediglich Geister, die ihn quälten. Er würde sich ihnen nicht ergeben. Jetzt nicht mehr.

Doch die Vergangenheit hatte Macht in einer Umgebung, wo jedes Geräusch, jeder Geruch sie heraufzubeschwören schien. Die Erinnerungen ließen ihn nicht los, projizierten Bilder in die Nacht.

Da war wieder jener Tag, der zugleich Ende und Anfang gewesen war, an dem sein Vater auf der Schwelle der Kirche mit den Denkmalpflegern des Landes unter den alten Eichenbalken debattiert hatte, wie sie sein Gotteshaus retten konnten. Leif erinnerte sich gut an sie. An jeden einzelnen von ihnen. Ihre Gesichter und Stimmen. Während sie das Gebälk auf Holzwürmer untersuchten und überlegten, wie Feuchtigkeit und Schimmel aus den alten Mauern zu vertreiben wären, war seine Mutter gestorben. An dem, was sein Vater ihr in seiner rasenden Eifersucht zugefügt hatte. Heute wusste er, dass sein Verhalten nicht unbegründet gewesen war. Seine schöne, zerbrechliche Mutter hatte der Versuchung nicht widerstehen können, war eine Gefangene ihrer eigenen Leidenschaft gewesen. Doch auch mit diesem Wissen konnte er seinem Vater nicht verzeihen. Kein Arzt war gekommen, um sie zu retten. Niemand hatte sich um sie gekümmert. Hilflos hatte er an ihrem Bett gesessen in ebendiesem Zimmer, in dem er jetzt lag und in die Dunkelheit der Nacht starrte. Sie hatte seine Hand festgehalten, ihn angesehen und gelächelt. »Jetzt bist du frei«, hatte sie geflüstert. »Geh!« Erst als der Druck ihrer Finger nachließ, hatte er begriffen. Auch im Tod waren ihre Augen weiter auf ihn gerichtet, lag dieses Lächeln in ihrem Gesicht. Ein Bild, das er nie vergessen würde. Er hatte seitdem viele Menschen sterben sehen. Zuletzt seinen Vater. Er fühlte noch immer keine Trauer. Zwischen ihm und dem alten Mann hatte weitaus mehr gestanden als der unbeachtete Tod seiner Mutter. Ereignisse, die ebenso tiefe Narben hinterlassen hatten und keinen Platz für Trauer zuließen. Was er am meisten gehasst hatte auf dieser Welt, war fort. Für immer. Zurück blieb nur eine seltsame Leere. Und ein der Verwesung preisgegebener Körper.

Er würde den Menschen finden, der den Schädel seines

Vaters mit brachialer Gewalt zertrümmert hatte. Nicht um der Gerechtigkeit willen. Nein. Er wollte lediglich wissen, warum sein Vater hatte sterben müssen und wer den Mut gehabt hatte, das zu tun, wozu er selbst nicht fähig gewesen war.

⁂

»Wie oft willst du das Vernehmungsprotokoll der beiden Russenjungen noch durchgehen?«, fragte Armin Stahl.

Wie immer hing Birger Harms eine Zigarette in seinem Mundwinkel, doch ganz entgegen seiner sonstigen Gewohnheit war sie aus. »So lange, bis ich herausgefunden habe, was hier nicht stimmt.«

Stahl seufzte. »Ich hätte dir nicht von Falkners Anruf erzählen sollen.«

Harms richtete sich auf seinem Stuhl auf und griff nach seinem Feuerzeug. »Du glaubst, dass das der Grund ist?«

Stahl beobachtete, wie sich Harms seine Zigarette ansteckte und den Rauch lang und tief inhalierte, wie ein Ertrinkender, der endlich wieder Luft bekommt.

»Nein, das glaube ich nicht«, erwiderte er, »das ist nicht deine Art.« Dennoch konnte er die Hartnäckigkeit, mit der Harms an dem Fall blieb, nicht nachvollziehen. Die Fingerabdrücke auf der Tatwaffe entsprachen denen der Jungen. Profil und Größe des Schuhabdrucks, den Habicht hinter der Kirche entdeckt hatte, stammte von dem älteren der beiden. Sie hatten kein Alibi für die Tatzeit. So weit war der Fall klar, bis auf die Tatsache, dass die beiden den Mord – wenn es denn überhaupt Mord war und nicht einfach nur Totschlag im Affekt – nicht gestanden hatten. Nicht dass sie die Aussage verweigerten, ganz im Gegenteil, sie redeten wie Wasserfälle. Stahl hatte mittlerweile das sichere Gefühl, ihre gesamte Lebensgeschichte zu kennen. Von dem Tag an, an dem sie in Jekaterinburg das Licht der Welt erblickt hatten, bis zu dem Moment, in dem sich ihre Eltern entschlossen hatten, ihre deutschen Ahnen zu nutzen, um im Westen ein besseres Leben zu führen. Er hatte von ihrem Staunen erfahren, das sie bei ihren ersten Schritten auf deutschem Boden begleitet hatte, und der unausweichlich darauf folgenden Enttäuschung. Sie hatten mit leiser Stimme erzählt, wie es sich anfühlte, von einem ganzen Dorf wie Aussätzige behandelt zu werden, von ihren Diebestouren und den verzweifelten Tränen ihrer Mutter. Nur über den Tod des Pastors schwiegen sie hartnäckig. Ebenso über die angeblich verschwundenen Spendengelder. Wenn sie sich weiter weigerten, über die Tat zu sprechen, würde es auf einen Indizienprozess hinauslaufen, der ein unbefriedigendes Gefühl hinterlassen würde, vor allem in der Öffentlichkeit, aber bisweilen war das einfach nicht vermeidbar. Doch Stahl hatte noch nicht aufgegeben. Aus Erfahrung wusste er, dass die meisten Täter irgendwann einbrachen. Manche brauchten nur etwas Zeit.

Harms' Ansatz war jedoch ein anderer. Entgegen aller Vernunft war er von der Unschuld der beiden kleinen Russen überzeugt und suchte nun nach Beweisen dafür in ihren Aussagen.

»Ich möchte nachher noch einmal nach Moorbek fahren«, sagte sein Kollege und unterbrach seine Gedanken. »Es gibt da noch ein paar Dinge, die ich vor Ort überprüfen möchte.«

Bevor Stahl antworten konnte, klingelte sein Telefon.

»Ich bin's, Sebastian«, kam es atemlos durch den Hörer.

»Behnke? Ist etwas passiert?« Beim Klang von Stahls Stimme ließ Harms alarmiert die Akte sinken.

»Ich ... wir ... Gott, Armin, Bernd ...«

»Sebastian, ganz ruhig. Erzähl mir, was passiert ist, der Reihe nach.« Stahl schaltete den Lautsprecher ein, so dass Harms mithören konnte.

Es herrschte Stille am anderen Ende der Leitung. Behnke räusperte sich: »Ich war mit Werner in einer Besprechung bei der Staatsanwaltschaft ...«

Stahl erinnerte sich, dass Bernd Werner von dem Termin gesprochen hatte. »Weiter, Behnke.«

»Auf der Rückfahrt ... da meinte er plötzlich, ihm wäre schlecht ... er ...«

Stahl presste die Lippen zusammen. »Er hatte einen Herzinfarkt«, beendete er tonlos Behnkes Satz.

Behnke bestätigte das kaum hörbar.

Stahl schloss die Augen. »Wo seid ihr jetzt? Wie geht es ihm? Ist er ...«

»Ja, er ist jetzt im Krankenhaus auf der Intensivstation. Er lebt, aber ...«

Stahl begegnete Harms' Blick.

»Wir sagen seiner Frau Bescheid.«

»Gut, ich bleib so lange hier, bis sie kommt.«

Stahl ließ den Hörer langsam auf die Gabel sinken. Es war totenstill im Büro. »Du bist sein Stellvertreter«, sagte Harms schließlich. »Du musst die anderen informieren, die Polizeidirektion und die Staatsanwaltschaft.«

»Scheiße«, fluchte Stahl.

Eine Bewegung im Türrahmen ließ sie beide aufsehen. Es war Uta Thormälen. »Ist etwas passiert? Ihr ...«

»Werner hatte einen Herzinfarkt«, antwortete Stahl sichtlich schockiert. »Trommelt alle zusammen. Haben wir jemanden, den wir zu Bernds Frau schicken können, um sie ins Krankenhaus zu fahren?«

»Ich schick einen von der Streife«, sagte Harms.

»Es ist vielleicht besser, wenn ich das übernehme«, schlug Uta vor.

»Nein, dich brauch ich hier«, widersprach Stahl. »Ich möchte, dass du an meiner Stelle mit Harms weiter an dem Mordfall in Moorbek arbeitest. Wir dürfen keine Zeit verlieren.« Er wandte sich an Harms. »Gleich nach der Besprechung informierst du Uta über die bisherigen Ermittlungen.« Dann griff er zum Telefonhörer. Werner hätte sich keinen schlechteren Zeitpunkt aussuchen können für seinen Infarkt. Stahl konnte jedoch auf ein guteingespieltes Team bauen, das merkte er wenig später bei ihrer Sitzung im großen Besprechungsraum. Die Stimmung unter seinen Kollegen war gedrückt, aber jeder war sofort bereit, zusätzliche Aufgaben zu übernehmen und auszuhelfen, wo es nötig war. Schweren Herzens sah Stahl ihnen nach, als sie sich verabschiedeten. Gegen Abend meldete sich Werners Frau aus dem Krankenhaus. Bernd Werner war nach einer Notoperation über den Berg. Aber seinen Posten im Kommissariat würde er so schnell nicht wieder einnehmen können.

⁂

Leifs Finger glitten über den grauen Lack, über die Buchstaben, die darin eingeritzt waren, und über die Namen, die sie bildeten. Namen, die vor Hunderten von Jahren bedeutend gewesen waren in der Region und bis heute das Geschehen im Dorf bestimmten. Averdieck, Tiedemann, Haack – und Piehl. Die Gesichter, die vor seinem inneren Auge erschienen, gehörten Menschen, von denen er gehofft hatte, sie nie wiedersehen zu müssen.

Ihre Ahnen hatten bereits von diesen Kirchenbänken auf der Empore auf das einfache Volk herabgeschaut. Mit dem Bau der Kirche selbst hatten sie sich ihr Mausoleum geschaffen, und ihre Körper ruhten in der Gruft unter dem Altar, während ihre Grabtafeln für jeden Besucher sichtbar die Außenwände des Gebäudes zierten, stolz präsentiert von ihren Nachfahren, die nicht müde wurden, ihre Geschichten zu erzählen.

Leifs Finger verharrten auf dem Schriftzug der Tiedemanns. Ein Sonnenstrahl hatte sich unter die Bänke verirrt, der von den blankpolierten Pfeifen der Orgel reflektiert wurde und etwas Silbriges aufblinken ließ. Leif bückte sich unter die Bankreihe mit ihrem ausgeblichenen Polster aus altem Samt und griff nach dem Handy, das dort in eine der breiten Spalten zwischen zwei Dielen gerutscht war, doch im letzten Moment zuckten seine Finger zurück. Er setzte sich auf seine Fersen und betrachtete das Telefon nachdenklich.

Er war schon den ganzen Vormittag in der Kirche auf der Suche nach Hinweisen, die die Mitarbeiter der Spurensicherung übersehen haben könnten. Gefunden hatte er nichts. Er spürte an dem sich verändernden Licht, wie die Sonne hinter einer Wolke verschwand und das Handy vor ihm erneut im Dunkel zwischen den Holzdielen unsichtbar wurde. Hätte er nicht gewusst, wo es unter der Bank lag, er hätte es nicht wiedergefunden. Er zog eine Packung Papiertaschentücher aus seiner Hosentasche, nahm eines heraus, faltete es auseinander und legte es über das Telefon. Vorsichtig nahm er es heraus. Es war eingeschaltet, der Akku fast voll, wie er an der Anzeige erkennen konnte. Wie lange mochte das Telefon hier schon liegen? Es war ein gewöhnliches Kamerahandy. Er löste die Tastensperre und scannte durch das Menü, bis er die Option »Eigene Bilder« fand. Er blickte in jugendliche Gesichter, Momentaufnahmen eines Konzerts, die auf dem kleinen Display nur schwer zu erkennen waren. Immer wieder ein und dasselbe Mädchen. Er klickte die Funktion »Ruflisten« an und sah die letzten gewählten Nummern an. Die meisten waren Handynummern, aber eine Festnetznummer tauchte immer wieder auf. Der Vorwahl nach aus dem Dorf oder der näheren Umgebung. Leif drückte auf »Wählen«.

»Averdieck«, meldete sich nach einer Weile eine weibliche Stimme, deren Tonfall ihm unangenehm vertraut im Ohr klang. Er legte auf.

Gleich darauf klingelte das Handy. Auf dem Display erschien die Nummer, die er eben angerufen hatte. Leif nahm das Gespräch an, ohne etwas zu sagen.

»Jonas, wo bist du?«, drang die weibliche Stimme an sein Ohr. Atemlos und panisch. »Jonas, sag etwas!«

Leif unterbrach die Verbindung und hörte, wie sich unten die Kirchentür öffnete. »Hallo? Ist da jemand?«

Nicht schon wieder, dachte er, stellte das Handy auf stumm und ließ es in seine Hosentasche gleiten.

Den ganzen Morgen über hatten Journalisten das Dorf und die Kirche belagert. Fernsehteams hatten Lokalkolorit eingefangen, Zeitungs- und Radioreporter waren auf der Suche nach O-Tönen aus dem Umfeld seines Vaters gewesen. Entsetzen, Bedauern, aber vor allem Sensationslust hatten in der Luft gelegen. Als er über den Rand der Empore nach unten blickte, erkannte er aber zu seiner Erleichterung statt des vermuteten Pressevertreters Birger Harms. Mit schnellen Schritten war Leif an der Treppe und im Vorraum der Kirche. Er stellte fest, dass der Kieler Kommissar nicht allein gekommen war.

Sie stand über das Gästebuch der Kirche gebeugt und blätterte in den letzten Einträgen. Er erinnerte sich nicht mehr an ihren Namen, aber er konnte sich an sie erinnern, an ihre kühle, überlegene Art, die sie zur Schau getragen hatte.

»Hallo –«, begrüßte er sie und ließ den Rest des Wortes in der Luft hängen wie eine Frage.

Überrascht zog sie die Augenbrauen kurz nach oben, dann hatte sie sich wieder unter Kontrolle.

»Uta Thormälen, Kripo Kiel«, stellte sie sich mit kühler Stimme vor.

»Ich weiß«, erwiderte Leif und schämte sich seiner Lüge. »Wir kennen uns.«

Sie nickte langsam. »Leif Falkner, nicht wahr?« Er stieg

die letzten Stufen hinunter und bemerkte, dass sie beinahe so groß war wie er. Sie hatte ihre langen dunklen Haare zu einem Pferdeschwanz zusammengefasst, der ihr über die Schulter hing und ihr etwas Mädchenhaftes verlieh, das er nicht bei ihr erwartet hätte.

»Was verschafft mir die Ehre?«, fragte er.

»Ich vertrete den Kollegen Stahl, der kurzfristig die Leitung des Kommissariats übernehmen musste.«

»Ist etwas passiert?«

»Unser Chef ist krank geworden.«

Es steckte mehr dahinter, das spürte er. Aber er fragte nicht. Wenn sie es ihm erzählen wollte, würde sie es schon tun.

»Was gibt es denn?«, fragte er stattdessen.

»Birger Harms hat noch ein paar Fragen an Sie.«

›Hätte er da nicht anrufen können?‹, schoss es Leif durch den Kopf.

»Er ist schon in der Kirche«, fügte sie hinzu.

Bevor sie hineingehen konnten, kam Harms ihnen schon entgegen.

»Habe ich Sie gerade oben auf der Empore gesehen?«, fragte er statt einer Begrüßung.

»Ich habe nach der Orgel geschaut«, antwortete Leif.

»Ich hätte da noch ein paar Fragen«, sagte Harms. »Können wir rausgehen?«

Leif hielt Uta Thormälen die Tür auf. Sie ging so dicht an ihm vorbei, dass ihr Haar ihn streifte und mit ihm der Geruch ihres Parfüms, ein leichter, sportlicher Duft.

»Spielen Sie Orgel?«, fragte Harms, als sie draußen in der Sonne standen.

»Wie bitte?«

Harms wiederholte seine Frage.

»Ich, nein, ich bin nicht musikalisch.« Die nächste Lüge, aber was ging es die Kommissare an? »Was kann ich für Sie tun?« »Als Sie den Mord an Ihrem Vater gemeldet haben, warum haben Sie sich direkt an uns gewandt und nicht an die Polizei vor Ort?«, wollte Harms wissen.

Genau dasselbe hatte ihn Stahl schon am Telefon gefragt. Er war versucht, Harms dieselbe Antwort zu geben wie seinem übergewichtigen Kollegen, aber etwas hielt ihn davon ab. »Vielleicht kennen Sie sich mit dörflichen Strukturen aus«, erwiderte er stattdessen und machte eine kleine Pause.

»Ich komme auch vom Land«, sagte Harms.

»Dann wissen Sie, wie schwierig es ist, alte Bande und Strukturen zu durchbrechen. Ich wollte vermeiden ...« Wieder machte er eine Pause. Das Thema war heikel, aber an Harms' Gesichtsausdruck erkannte er, dass dieser längst begriffen hatte, worum es ging. Es war nicht nötig, mehr preiszugeben.

Harms trat einen Schritt zur Seite, aus dem Sonnenlicht heraus, so dass er Leifs Gesicht besser sehen konnte. Leif spürte, wie er abwog. »Ich glaube nicht, dass die beiden Aussiedlerjungs den Mord begangen haben«, sagte Harms schließlich sehr ruhig. »Auch wenn alle Indizien darauf hinweisen.«

Das war es also.

Leif antwortete nicht gleich. Er musste seine Überraschung verdauen. Harms hatte nur von sich gesprochen. *Ich glaube nicht.* Hieß das, dass sein Kollege Stahl anderer Meinung war?

»Ich glaube auch nicht, dass sie es getan haben«, sagte er nach einer Weile. »Ich habe gestern mit ihrer Mutter gesprochen.«

Er sah aus dem Augenwinkel, wie Uta Thormälen aufsah, einen Schritt näher kam.

»Und?«, fragte Harms.

»Die beiden Jungs scheinen einiges auf dem Kerbholz zu

haben, aber es handelt sich dabei um Einbruchdiebstähle und Sachbeschädigung. Sie sind noch nie wegen Körperverletzung oder Erpressung auffällig geworden. Was die Mutter über sie erzählt, passt nicht in das gängige Bild von jugendlichen Gewaltverbrechern.«

Harms nickte. »Das war auch mein Eindruck beim Lesen der Vernehmungsprotokolle. Und je häufiger ich sie lese, desto mehr verstärkt sich dieser Eindruck. Zudem haben sie allem Anschein nach nichts von der Existenz der Spendengelder gewusst. Und welchen Grund sollten sie sonst gehabt haben, den Pastor zu töten?«

Leif spürte, wie sich sein Gesicht bei Harms' Worten ungewollt anspannte, wie seine Kinnmuskeln zuckten. Uta bemerkte es ebenfalls, und er fragte sich, welchen Schluss sie aus dieser intuitiven Reaktion zog. Ihre dunklen Augen verrieten nichts.

»Was ist mit den Fingerabdrücken auf der Tatwaffe?«, fragte sie.

Leif zuckte die Schultern. »Ich weiß nicht. Aber ich denke, dass der Tathergang nicht so ist, wie er sich uns im Moment darstellt.«

»Die Kollegen haben mir erzählt, dass auch Sie nichts von den Spendengeldern wussten.«

»Das ist richtig. Aber soweit ich informiert bin, wusste außer dem Kirchenvorsteher und dem Propst niemand etwas davon.«

»Sind Sie sicher?« Harms schien seine Zweifel zu haben.

Leif erwiderte seinen Blick geradeheraus. »Nein. Dennoch kann ich mir nicht vorstellen, dass die beiden Aussiedlerjungen davon gewusst haben. Sie waren nicht …«

»Integriert?«, fiel Uta ihm ins Wort.

Er wandte sich zu ihr um. »Genau das. Sie scheinen mit der Problematik vertraut zu sein.«

Sie sagte dazu nichts, aber er nahm an, dass er ins Schwarze getroffen hatte. »Haben Sie schon einen Verdacht oder eine Vermutung, wer der Täter sein könnte?«, fragte sie.

»Nein«, erwiderte er. »Aber es ist auch nicht mein Job, diesen Fall zu lösen, oder?«

»Haben Sie kein persönliches Interesse daran, dass der Mörder Ihres Vaters gefunden wird?«

»Mein Vater ist tot. Ich kann nichts tun, um ihn wieder lebendig zu machen.«

Uta runzelte die Stirn.

Harms sah auf seine Uhr. »Wir haben noch eine Verabredung mit Sönke Piehl. Sie wissen, wer das ist?«

Natürlich wusste Leif, wer Sönke Piehl war. Sie waren zusammen zur Schule gegangen. Jetzt war er Polizist im Dorf und der Schwiegersohn von Ernst Averdieck. Das Handy in Leifs Hosentasche drückte gegen seinen Oberschenkel. »Ich denke nicht, dass er Ihnen etwas Neues berichten kann«, bemerkte er und fing erneut einen nachdenklichen Blick von Uta auf.

»Wir werden sehen«, sagte Harms und reichte ihm seine Karte. »Rufen Sie mich an, wenn Sie auf etwas stoßen.«

Leif sah den beiden nach, wie sie den schmalen Weg über den Friedhof zur Dorfstraße hinuntergingen. Uta überragte den kleinen Harms um Haupteslänge.

Nachdem das Motorengeräusch ihres Dienstwagens verklungen war, ging auch er ins Dorf hinunter. Zwischen den Häusern leuchtete der Raps aus der Marsch empor. Der leichte Wind trug den Duft der gelben Blüten mit sich. Aus dem Nektar der Bienen machten die Imker der Umgebung weißen, cremigen Honig, der auf der Zunge zerging, und konservierten damit den Frühling in Gläsern. Als Kind hatte er diesen Honig geliebt.

Er begegnete nur wenigen Dorfbewohnern. Wenn sie ihn erkannten, grüßten sie hastig, schauten neugierig und gingen schnell weiter. Der Tod haftete an ihm. Gewaltsamer, unheilbringender Tod. Nichts, was sich mit einem Lächeln wegwischen ließ.

Und dann stand er auf dem Averdieckschen Hof. Er ging nicht durch den Stall, wie er es vor zwanzig Jahren getan hätte, betrat das Haus nicht durch Waschküche und Küche. Er ging durch den Vorgarten und klingelte an der Haustür, so wie es hier auf dem Land nur die Städter taten. Es dauerte eine Weile, bevor sich etwas regte, und er dachte schon, er wäre umsonst gekommen, doch dann hörte er Schritte, und ein Schlüssel drehte sich im Schloss der alten, grüngestrichenen Tür, von der an einigen Stellen die Farbe blätterte. Traute Averdieck lachte nervös auf, als sie ihn sah.

»Leif«, rief sie aus, »wie schön, dich zu sehen.« Sie hatte eine hohe, schrille Stimme, die immer etwas gekünstelt klang. »Wir haben uns schon gefragt, wann du uns besuchen würdest. Komm doch rein. Es tut uns so leid wegen deines Vaters.«

Ihre Freundlichkeit war so gespielt, dass ihm beinahe schlecht wurde. Dennoch trat er in die große Diele, die geschmückt war mit Jagdtrophäen. Er sah sich um. Alles war blitzsauber und aufgeräumt, es roch nach Putzmitteln und Bohnerwachs, Leif hatte auch nichts anderes erwartet. Traute war eine drahtige Frau, deren geschäftige Hände selten ruhten und die ihre Finger in mehr Angelegenheiten steckte, als gut war, ähnlich wie ihr Mann.

»Ernst ist noch draußen, aber ich hol ihn gleich mal«, sagte sie, als hätte sie seine Gedanken gelesen, und verfiel dabei ins Plattdeutsche.

»Ich würde gern erst einmal mit dir allein reden«, antwortete Leif ruhig. Bei seinen Worten ließ sie die Türklinke, die sie bereits in der Hand hatte, wieder los.

Leif wartete.

»Was ... was willst du?«, fragte Traute Averdieck mit leiser Stimme, alles Schrille mit einem Mal gewichen. Langsam zog er das Handy aus der Tasche und wickelte es vorsichtig aus dem Papiertaschentuch. Traute starrte auf das silberne Telefon, schlug die Hand vor den Mund und wich einen Schritt zurück. Nackte, kalte Angst lag plötzlich in ihren Augen. »Wo hast du das her?«

»Was glaubst du?«, fragte er spöttisch.

Sie antwortete nicht. Aber alle Farbe wich aus ihrem Gesicht.

»Traute, wer ist Jonas?«

Sie biss sich auf ihre schmalen Lippen. »*Du* hast von diesem Handy aus angerufen, nicht wahr?«

Er nickte.

Sie machte auf dem Absatz kehrt, öffnete die Wohnzimmertür und winkte ihn herein. Behutsam packte er das Handy wieder ein und ließ es zurück in seine Tasche gleiten.

III.

Er trauert nicht um seinen Vater.« Uta spürte Harms' irritierten Blick auf sich. »Ich meine Leif Falkner. Er versucht es zu verbergen, aber er trauert nicht um seinen Vater«, wiederholte sie.

»Hat er nicht erzählt, dass sie kaum Kontakt zueinander hatten, seit er hier weggezogen war?«, fragte Harms. »Nicht jeder hat ein harmonisches Verhältnis zu den eigenen Eltern.«

»Das ist natürlich richtig«, gab Uta zu, »aber dieser Mann ist mir ein Rätsel. Ich bin mir sicher, dass er uns nicht alles gesagt hat, was er weiß. Irgendetwas verschweigt er uns.«

»Warum sollte er das tun?«

»Ich weiß es nicht, Birger.«

Harms seufzte. »In diesem Dorf sagt keiner die Wahrheit. Wenn sie überhaupt etwas sagen. Vermutlich ist Unehrlichkeit die Grundvoraussetzung, um hier leben zu dürfen.«

Uta lachte auf, aber sie hörte die Bitterkeit darin. »Sie haben alle Angst.«

»Und wovor?«

»Wenn wir das herausgefunden haben, haben wir auch den Mord aufgeklärt.«

»Meinst du, Falkner hat auch Angst?«, fragte Harms.

»Nein. Ich weiß nicht, was ihn treibt, noch nicht.« Sie sah Harms von der Seite an. »Aber ich würde es gern herausfinden.«

»Du solltest ihn nicht unterschätzen, Uta.«

»Das ist das Letzte, was ich tue.«

Sie dachte an Falkners Blick, als er auf der Treppe in der Kirche gestanden und von oben auf sie herabgeblickt hatte. Sie konnte es sich nicht leisten, ihn zu unterschätzen. Nicht wenn sie seine Arroganz brechen wollte.

»Warum ist er eigentlich hier, gerade jetzt?«, fragte sie.

»Soweit ich weiß, war er auf dem Weg nach Skandinavien.«

»Beruflich?«

Harms zuckte die Schultern. »Urlaub, nehme ich an. Ich hab mal gehört, auch beim BKA gibt es so etwas.«

»Habt ihr das überprüft?«

Harms schüttelte den Kopf, und wieder spürte sie seinen irritierten Blick. »Was stört dich an ihm?«

»Alles«, erwiderte sie wahrheitsgemäß.

»Das ist keine gute Grundlage für objektive Ermittlungen.«

Ungewollt musste sie lachen. »Da hast du vermutlich recht. Leider kann ich den Fall jetzt nicht mehr abgeben.« Noch während sie es sagte, wusste sie, dass sie es, selbst wenn es möglich gewesen wäre, nicht mehr gekonnt hätte. Moorbek und seine Bewohner waren vom psychologischen Aspekt her zu reizvoll, um sich die Chance entgehen zu lassen, tiefer in diese undurchsichtigen Strukturen einzutauchen, herauszufinden, was hinter den pittoresken Fassaden am Geesthang wirklich vor sich ging. Was in den Köpfen der Menschen vorging, die lächelnd Scharen von Touristen den Sommer über bewirteten, die ihre Kirche besichtigten, während sie irgendwo tief im Herzen des Ortes ein Geheimnis verbargen, hüteten, wie einen geheimnisvollen Schatz.

»Was hältst du von Sönke Piehl?«, fragte Harms sie unvermittelt.

Uta schüttelte die plötzliche Beklemmung ab, die ihr

trotz der fast sommerlichen Temperaturen eine Gänsehaut über die Arme jagte, und erinnerte sich an den stämmigen rothaarigen Polizisten, dem sie eben einen Besuch abgestattet hatten. »Sönke Piehl? Was für ein widerlicher Schleimer!«

Diesmal war es Harms, der auflachte. »Dieses vernichtende Urteil wird ihn tief treffen, so wie er sich um dich bemüht hat.«

»Sein Pech«, erwiderte Uta ungerührt. »Wenn wenigstens sein Kaffee gut gewesen wäre, hätte ich ihm noch einiges verzeihen können, aber der war so ekelhaft wie er.«

»Mich macht in dieser Gegend vor allem die Marsch fertig«, sagte Harms. »Zu weit, zu platt und zu wenig Bäume.«

»Die Selbstmordrate ist hoch hier am Kanal, vor allem im Winter.«

»Das kann ich mir vorstellen.«

Sie fuhren auf eine Kurve zu, in deren Scheitelpunkt ein kleiner Weg abging, der zu einem einsamen Gehöft führte. »Frischer Ziegenkäse« stand auf einem Schild neben der Straße. Uta schnellte in ihrem Sitz empor. »Könntest du da mal eben …«

Uta brauchte nicht weiterzusprechen. Ihre Vorliebe für Produkte direkt vom Erzeuger war im ganzen Kommissariat bekannt. Schon so mancher Kollege hatte mit ihr für einen Sack Kartoffeln oder einen Bund Möhren Umwege durch unwegsames Gelände machen müssen. Harms setzte den Blinker und bog ab. Auf dem Weg reihte sich ein Schlagloch an das nächste, und er fluchte leise, als er versuchte, den Audi um sie herumzulenken.

Das Haus und die Nebengebäude lagen geduckt unter alten Bäumen. Das rote Mauerwerk wies Risse auf, und die Fenster waren alt. Auf dem Hofplatz stand ein VW-Bus älterer Bauart, neben dem ein Hund in der Sonne schlief.

Hinter einem Gatter zwischen Haus und Scheune drängte sich eine Gruppe buntgemusterter Ziegen. Als sie den Audi auf dem Hof ausrollen ließen, sah der Hund auf, reckte sich und bellte zwei-, dreimal gelangweilt.

Uta öffnete die Beifahrertür und stieg aus. Der Hund bellte wieder, blieb aber auf Abstand, und die Haustür wurde geöffnet. Die Frau, die heraustrat, war etwa in ihrem Alter und trotz der Spuren, die ein wohl ausschweifendes Leben in ihrem Gesicht hinterlassen hatte, von einer unerwartet zerbrechlichen Schönheit.

»Hallo«, sagte Uta. »Ich ... wir sind hier wegen des Ziegenkäses.«

Ein Kind von etwa drei Jahren schob sich an der Frau vorbei und schaute neugierig zu ihr auf. Goldblonde Locken leuchteten in der Sonne und umrahmten ein schmutziges kleines Gesicht.

»Sie haben ein Schild an der Straße«, fügte Uta hinzu, als die Frau sie schweigend ansah.

»Ich hab im Moment nur Ziegenfrischkäse«, sagte sie schließlich. »Wie viel wollen Sie denn?«

»Ein halbes Pfund?«

Die Frau zog den Schlüsselbund von der Tür ab. Ein Stück weiter war eine graue Stahltür in das rote Mauerwerk eingelassen. Sie steckte einen der Schlüssel hinein, schloss auf und machte Licht. Uta blickte in eine kleine gekachelte Kühlkammer.

»Ein halbes Pfund, sagten Sie?«, fragte die Frau. Sie roch nach Zigaretten und Alkohol.

Uta nickte nur und fragte sich, ob ihre Idee, hier einzukaufen, wirklich so gut gewesen war.

Die Frau reichte ihr ein in Cellophan gewickeltes Stück Käse. »Das macht drei Euro fünfzig.«

Uta kramte in ihrer Tasche nach Kleingeld. »Was haben Sie denn sonst noch?«, fragte sie, als sie ihr das Geld reichte.

Die Frau hatte schlanke weiße Hände, denen man die Arbeit nicht ansah.

»Ziegenmilch, Butter und Joghurt«, erwiderte sie, löschte das Licht und schloss die Tür wieder. »Es gibt ja immer mehr Kuhmilchallergiker.«

Sie zog ein Päckchen Zigaretten aus der Tasche ihrer weiten Hose zündete sich eine an und hielt Uta die Schachtel hin. Mit einem flüchtigen Seitenblick auf Harms, der im Auto saß und ebenfalls rauchte, nahm sie eine. Die Frau gab ihr Feuer.

»Leben Sie hier allein?«, fragte Uta.

»Mit meinen Kindern.« Sie wies auf den Goldschopf. »Das ist der Jüngste.«

»Ganz schön einsam hier, oder?«

Die Frau zuckte die Schultern. »Das ist der Hof meiner Eltern, und es sind nur zwei Kilometer ins Dorf. Da gewöhnt man sich dran.« Sie lächelte plötzlich. »Kommt immer mal einer vorbei und erzählt, was so los ist.«

»Auch vom Mord an dem Pastor?«, fragte Uta.

Die Frau schenkte ihr einen langen prüfenden Blick. »Sind Sie von der Polizei?«, fragte sie schließlich.

»Und wenn?«

»Dann haben Sie sich was vorgenommen.«

Als sie in Kiel ankamen, erwartete Stahl sie ungeduldig, und was er zu berichten hatte, drängte alles andere, was sie an diesem Tag erlebt hatten, in den Hintergrund.

»Das hier ist nicht die Mordwaffe«, begrüßte er sie, als sie das kleine Büro im obersten Stock des Kriminalkommissariats in der Kieler Blumenstraße betraten. Uta schaute erst zu Stahl, dann den in Plastik verpackten schweren, dunklen Kerzenständer an, den er in der Hand hielt.

»Ist es also nicht«, bemerkte Harms trocken. »Was für eine Überraschung. Wie habt ihr das festgestellt?«

»Müller hat es bei der Obduktion des Toten herausgefunden«, erwiderte Stahl. »Er hat Farbreste und Holzsplitter in der Wunde gefunden.«

Harms schaltete sofort. »Baseballschläger?«

»Vermutlich. Ich habe nicht so genau hingesehen, als er es mir zeigen wollte, aber die Verletzungen wurden nicht von einem metallischen Gegenstand verursacht.«

Uta unterdrückte ein Lächeln. Armin sah nie so genau hin, wenn es um Obduktionen ging, aber er war derjenige von ihnen, der mit dem Geruch am besten klarkam. Sie selbst hatte sich gleich bei ihrer ersten Obduktion übergeben müssen und seither …

»Was ist mit den beiden Aussiedlerjungen?«, wollte Harms wissen.

»Ihre Eltern haben sie vor einer halben Stunde abgeholt.«

Uta spürte ungewollt Erleichterung. Die Jugendstrafanstalt in Neumünster war, wie die meisten dieser Einrichtungen, längst eine Brutstelle von Gewalt und Drogen geworden. Gift für junge Menschen, die noch eine Chance auf eine Zukunft hatten. »Wenn der Kerzenständer mit den Fingerabdrücken der Jungen nicht die Tatwaffe ist, warum lag er dann hinter der Kirche?«, fragte sie Stahl.

»Ich weiß es nicht«, antwortete er ehrlich. »Vielleicht wollte uns jemand auf eine falsche Spur locken.«

Uta drehte das Ende ihres langen, dicken Zopfes zwischen ihren Fingern. »Was dagegen, wenn ich versuche, etwas aus der Familie herauszubekommen? Die beiden waren ja vor Ort, und vielleicht sind sie jetzt, da sie nicht mehr unter Mordverdacht stehen, etwas gesprächiger.«

Stahl war ihrem Vorschlag nicht abgeneigt. »Einen Versuch ist es wert.« Dann warf er einen Blick auf seine Uhr und seufzte müde.

»Drückt dich deine neue Verantwortung schon nach dem ersten Tag?«, fragte sie ihn mit einem Augenzwinkern.

Stahl lächelte matt. »Nein, das ist es nicht. Ich muss mich jetzt kurz mit Sabine treffen …«

»Sie weiß es noch nicht?«

Stahl schüttelte den Kopf.

Als Armin Stahl wenig später das Kommissariat verließ, schien die Sonne noch immer warm. Es war kurz vor halb sieben. Er zog sein Handy aus der Tasche und wählte Sabines Nummer. »Lust auf einen Cocktail am Wasser?«

Sie hielt seine Frage für einen Witz. »Du steckst mitten in einem Mordfall und hast schon Feierabend?«

»Manchmal muss man Prioritäten setzen«, zitierte er einen gängigen Werbespruch, und Sabine lachte auf.

»Ich bin gleich bei dir«, sagte sie, und die Unbeschwertheit in ihrer Stimme gab ihm einen Stich.

Es tat gut, sie zu sehen. Sabine hatte ihr blondes Haar locker aufgesteckt und trug eine kurze, ärmellose Bluse über ihrer Jeans. Er konnte es noch immer nicht glauben, dass zwischen ihnen alles wieder im Lot war. Es war fast zu friedlich, zu idyllisch. Insgeheim wartete er auf den großen Knall. Vielleicht würde er heute kommen, wenn er ihr erzählte, weshalb er sie hergebeten hatte. Die Seifenblase würde zerplatzen und ihn ausspucken, zurück in seine Anderthalb-Zimmer-Wohnung in Mettenhof mit der trostlosen Aussicht und dem verdreckten Fahrstuhl.

Hand in Hand schlenderten sie an der Förde entlang. Möwen flogen kreischend über das Wasser. Am Skandinavienkai am gegenüberliegenden Ufer legte eine der großen Fähren ab.

Sie blieben stehen und sahen dem weißen Schiff zu, wie es sich schwerfällig in Bewegung setzte, die Menschen auf die Entfernung nicht mehr als kleine schwarze Punkte auf den Decks. Jetzt musste er reden. Er durfte es nicht länger hinauszögern.

»Wie war es bei dir heute im Laden?«, fragte er.

»Es war wenig los. Wir hatten eine Menge Zeit zum Kaffeetrinken. Und bei dir?«

»Bernd Werner hatte heute Vormittag einen Herzinfarkt.«

»Oh, verdammt«, entfuhr es ihr. »Wie geht es ihm?«

»Er lebt, das ist das Wichtigste, er ist auch gleich operiert worden, aber so schnell wird er wohl nicht zurückkommen.« Mehr sagte er nicht. Sabine kannte ihn lang genug. »Unser Urlaub fällt aus«, bemerkte sie ruhig. Zu ruhig.

Stahl räusperte sich unbehaglich. »Ich bin sein Stellvertreter, und das heißt ...«

Sie schüttelte den Kopf. »Sprich nicht weiter, bitte. Ich weiß, was das heißt.« Sie zog ihre Hand aus der seinen.

»Tut mir leid«, murmelte er. Mettenhof rückte näher.

Sie wandte ihm den Rücken zu und blickte über das Wasser. Er sah, wie ihre Schultern zitterten. Sie weinte.

Aus dem strahlenden Blau der Förde hob sich kalte, trostlose Hochhausarchitektur. Doch dann hörte er ein Geräusch, mit dem er nicht gerechnet hatte. Ungläubig starrte er Sabine an, die sich langsam zu ihm drehte. Sie lachte. Über ihn?

»Tut mir auch leid«, sagte sie, als sie sich wieder beruhigt hatte. Ein wenig Hysterie klang in ihrer Stimme mit. »Aber gerade heute hab ich meiner Kollegin in der Buchhandlung gesagt, dass ich nicht wirklich daran glaube, dass wir zusammen wegfahren. Es wäre das erste Mal in fünfzehn Jahren gewesen.«

Stahl schluckte. »Wir holen es nach, versprochen.«

Sabine warf einen letzten Blick auf die große weiße Fähre, bevor sie sich vom Wasser abwandte. Sie sah ihn an. »Ich nehm dich beim Wort«, sagte sie nur und hakte sich bei ihm unter. »Und jetzt brauch ich wirklich einen Cocktail.«

Stahl vermied es, einen Blick auf seine Uhr zu werfen.

Amelie Dahms saß in ihrer Küche und beobachtete den gelben Kanarienvogel, der in seinem Käfig von einer Stange auf die andere hüpfte. Manchmal sang er auch, morgens, wenn die Sonne durch das Fenster schien und sein Gefieder zum Leuchten brachte. Andi hatte ihr den Vogel mitgebracht, als er nach Hause gekommen war, aus Franken, wo er für eine Stromfirma auf Montage gearbeitet hatte, bis er von einem der Masten gestürzt war, weil das Sicherungsseil versagt hatte. »Pfleg ihn gut«, hatte er gesagt. »Er ist genauso gefangen wie du.«

Es war eine Ohrfeige gewesen, die jede Freude über seine Rückkehr im Keim erstickt hatte. Jedes Mal wenn sie den Vogel ansah, musste sie nicht nur an Andis Worte, sondern auch an seinen Gesichtsausdruck und den Unterton in seiner Stimme denken. Er hatte ihr nie verziehen. Das war ihr in jenem entsetzlichen Moment klargeworden.

Der Vogel hielt inne und fixierte sie mit seinen kleinen schwarzen Augen. *Er ist genauso gefangen wie du.* Seither redete Andi nicht mehr mit ihr. Fünf Jahre wurden es im nächsten Monat. Eine Weile hatte sie geglaubt, dass sie sich daran gewöhnen würde, hatte gehofft, dass es vorübergehen würde, und dann hatte sie sich nur noch gewünscht, dass er sie für immer verlassen würde. Alles, alles wäre besser zu ertragen gewesen als dieses Schweigen, das seine letzten Worte nur umso unerbittlicher machte.

Er ist genauso gefangen wie du.

Im letzten Jahr, vier Jahre nach Andis Rückkehr, hatte sie durch einen Zufall herausgefunden, dass das Sicherungsseil nur deswegen versagt hatte, weil Andi es nicht richtig eingehakt hatte. Dreimal hatte sie das Gutachten lesen müssen, bevor sie es verstand. Dann hatte sie es wieder ins Altpapier gesteckt.

Nicht richtig eingehakt.

Sie wusste, was das bedeutete. Und sie fragte sich, wie oft

er es versucht hatte, bis es passiert war. Dass er den Sturz aus mehr als zwanzig Meter Höhe überlebt hatte, war eins dieser Wunder gewesen, die niemand verstand. Immerhin versuchte er seither nicht mehr, sich umzubringen. Aber vielleicht wäre es für sie alle besser gewesen, wenn er gestorben wäre.

So wie sein Vater.

Heiner. Nur selten gestattete sie es sich, an ihn zu denken. Zu groß waren immer noch der Schmerz und die Schuld, von der sie sich niemals befreien konnte. Dabei war alles schon so lange her, dass sie sich oft fragte, ob es tatsächlich Teil ihres Lebens oder das einer anderen war. Sechzehn war sie gewesen, als sie Heiner das erste Mal begegnet war. Ein Jahr später war sie bereits schwanger gewesen, und an ihrem achtzehnten Geburtstag hatten sie geheiratet, kurz bevor Andi geboren wurde. Eine kurze glückliche Zeit. Damals war noch alles gut gewesen. Oder zumindest hatte sie das geglaubt.

Der Vogel kämpfte in seinem Käfig mit lauten Rufen um ihre Aufmerksamkeit und brachte sie so zurück in die Gegenwart. Sein Gefieder schimmerte noch immer leuchtend gelb in der Sonne, wenn ihr auch war, als müsse es mit einem schwarzen Rand der Trauer überzogen sein. Sie schob ihren Stuhl zurück und stand auf. Es machte keinen Sinn, über die Vergangenheit zu grübeln. Das machte Geschehenes nicht ungeschehen. Sie trat an den Küchenschrank und ließ ihre Finger flüchtig über die rauhe Oberfläche des Holzes gleiten, bevor sie eine Schublade aufzog und das Paket mit der Kolbenhirse herausnahm. Kleine, hellbraune Samen lösten sich zwischen ihren Fingern und fielen mit leisem Klacken zu Boden, als sie an den Käfig trat, die Tür öffnete und die Hirse dem Vogel hinhielt. Aufgeregt sprang er heran und zirpte leise, bevor er die Körner aufpickte. Sie sah ihm beim Fressen zu. *Er ist genauso gefangen wie du.* Vielleicht sollte sie ihn fliegen lassen, jetzt, wo der Sommer kam, damit wenigstens er einmal noch die Freiheit kosten konnte, bevor er starb.

***

Sönke Piehl schloss die Tür hinter sich mit Nachdruck. Das unterdrückte Schluchzen seiner Frau verklang dahinter. Sie weinte immer hinterher, und er fragte sich nicht zum ersten Mal, warum er es überhaupt noch mit ihr versuchte. Er ging ins Bad und wusch sich. Das Hemd spannte ein wenig um den Bauch beim Zuknöpfen. Er würde wieder mehr trainieren müssen, um den restlichen Winterspeck loszuwerden. Er rückte seine Krawatte zurecht und zog seine Uniformjacke über. Dunkelblau glänzte der Stoff, und die silberdurchwirkten Streifen auf seinen Schultern blitzten.

In der Küche trank er im Stehen einen letzten Schluck Kaffee und schmeckte mit einer gewissen Zufriedenheit der Bitterkeit nach, die das Getränk auf seiner Zunge hinterließ. Er stellte die leere Tasse auf dem Tisch ab und nahm seine Uniformmütze von dem Stuhl, auf den er sie vor weniger als zwanzig Minuten gelegt hatte. Seine Frau hatte wie so oft morgens um diese Zeit am Küchentisch gesessen, im Bademantel, nervös aufschauend, als er in der Tür auftauchte.

Er ließ sein Mobiltelefon in die Innentasche seiner Jacke gleiten. Zufrieden betrachtete er seinen neuen Dienstwagen. Die Sonne spiegelte sich auf dem silbergrauen Lack. Ihm gefielen die neuen Farben, das Blau der Streifen. Im Haus fiel eine Tür ins Schloss. Gleich darauf hörte er durch das halbgeöffnete Badezimmerfenster würgende Geräusche. Er stieg in den Wagen und fuhr langsam durch das Dorf zurück zur Wache. Seine eben noch verspürte Zufriedenheit, die satte Trägheit, verlor sich mit jedem Meter, den er sich von seinem Haus entfernte. Er versuchte sie zu halten, wehrte sich erfolglos gegen den Griff der Realität.

Die Kieler hatten die Russen freigelassen. Er sah die Gesichter der Jungen wieder vor sich, als er sie zusammen mit Mohr abgeholt hatte, den Hass in ihren Augen unter den fast kahlgeschorenen Schädeln. Piehl presste die Lippen zusammen.

»Das wird ein Tanz, wenn die zurückkommen«, hatte Mohr vorgestern erst gesagt, und Piehl hatte an dem Zug um seinen Mund gesehen, dass er innerlich betete, sie nie wiedersehen zu müssen. Piehl stellte sich auf ein paar harte Tage ein. In ihrer kleinen Außenstelle konnten sie wenig ausrichten, aber der Leiter der Dienststelle hatte ihnen Unterstützung zugesichert. Es war das erste Mal in seiner Zeit als Polizist, dass er erfahren musste, dass er verletzlich war trotz seiner Uniform und dass das, was er repräsentierte, Ziel zerstörerischer Gewalt sein konnte.

Auf dem Parkplatz vor der Wache stand der dunkelgrüne Mercedes seines Schwiegervaters. Ernst Averdieck erwartete ihn in seinem Büro.

»Falkners Sohn macht Ärger«, sagte er statt einer Begrüßung. »Er hat Jonas' Handy in der Kirche gefunden.«

Sönke Piehl starrte seinen Schwiegervater an und spürte, wie der letzte Rest Zufriedenheit in ihm wegschmolz, sich auflöste und von etwas ersetzt wurde, das er lange nicht verspürt hatte. »Weiß Mohr davon?«

Averdieck schüttelte den Kopf. »Nein, ich hab extra auf dich gewartet, weil ich dich auf dem Handy nicht erreichen konnte. Wo warst du eigentlich?«

»Nur kurz zu Hause. Ich hatte was vergessen. Hat sich Jonas gemeldet?«

»Nein, er ist wie vom Erdboden verschluckt.« Averdieck stand auf. »Ich muss wieder gehen. Der Tierarzt kommt gleich.«

⁂

Ernst Averdieck wusste, dass sein Schwiegersohn ihm nachblickte, als er den Wagen die Straße hinunterlenkte. Es war keine gute Wahl gewesen, die Margret mit ihm getroffen hatte. Traute hatte es endlich auch eingestanden, als die beiden ihren zehnjährigen Hochzeitstag gefeiert hatten und Sönke so betrunken gewesen war, dass er vor seinen Gästen die Beherrschung verloren und seine Frau geschlagen hatte. Gott sei Dank war der Rest der Anwesenden ebenfalls nicht mehr nüchtern gewesen, so dass kaum jemand den Vorfall wirklich bemerkt hatte. Außer ihm und Traute. Und natürlich Margret, die heulend den Raum verlassen hatte. Averdieck hatte nur ungern recht behalten, aber Sönke war ihm schon als Junge ein Dorn im Auge gewesen. Dieser große, vorlaute rothaarige Bengel, der log wie gedruckt und für nichts geradestand. Und als Mann hatte er nichts dazugelernt. Er blies sich auf in seiner Polizeiuniform, als hätte er das Recht für sich gepachtet. Warum sich Margret ausgerechnet für ihn entschieden hatte, würde er nie begreifen. Längst schluckte sie Tabletten, angeblich gegen Depressionen, während Sönke derweil das halbe Dorf besamte. Es gab verdächtig viel rothaarigen Nachwuchs in Moorbek. Nur mit Margret kriegte er nichts hin.

Averdieck war längst über den Punkt hinaus, wo er noch Bedauern für seine Tochter verspürte. »Es gehören immer zwei dazu«, hatte er letzte Woche erst wieder zu Traute gesagt. Er hatte Margret oft genug angeboten zurückzukommen. Aber sie wollte nicht. Sie wollte nicht verstehen, dass sich ihr Mann nie ändern würde.

Es war eine Lüge gewesen, dass der Tierarzt kommen würde. Er wollte nicht länger mit Sönke reden als nötig. Es war schlimm genug, dass er in der Sache mit dem Pastor auf ihn angewiesen war. Ernst Averdieck war nicht gern von anderen Menschen abhängig, war es nie gewesen. Vielleicht hatte ihn das gerettet, damals, als das große Höfesterben begann. Aufgeben oder weitermachen war auch für ihn die Frage gewesen. Aber die Vorstellung, in Lohn und Brot zu gehen, einem anderen Herrn zu dienen als sich selbst, war für ihn unvorstellbar gewesen. Selbst heute spürte er noch die Beklemmung, die ihn seinerzeit befallen hatte. Stattdessen hatte er die Ländereien derer gekauft oder gepachtet, die nicht den Mut gehabt hatten, sich den Veränderungen zu stellen, und nun gehörte er zu den wenigen, die den Sprung auf den Zug der Agrarindustrie, wie es heute so schön hieß, geschafft hatten. Landwirte wie Averdieck begriffen die Globalisierung als Chance und nicht als Seuche.

Er war stolz auf das, was er geschaffen hatte, und er hatte sich einen Schwiegersohn gewünscht, der das zu würdigen wusste. Der den Hof an Margrets Seite weitergeführt hätte und sich nicht zu Besserem berufen fühlte. Averdieck seufzte unwillkürlich. Es gab nach wie vor zu wenig guten Nachwuchs in der Landwirtschaft. Er ließ seinen Wagen auf dem geteerten Hofplatz ausrollen. Beim Anblick des alten Bauernhauses, in dem seine Familie schon seit Generationen lebte, machte sein Herz selbst nach all den Jahren immer noch einen Sprung, verspürte er eine ganz eigentümliche Mischung aus Stolz und Liebe.

An der Wand zum Stall lehnte Margrets Fahrrad, und schon im Hausflur schlug ihm der Geruch von Rinderbraten und Blumenkohl entgegen. Doch der Appetit verging ihm, als er in die große Küche trat und seine Tochter dort heulend an der Seite ihrer Mutter vorfand. Er dachte an Sönke und dessen flüchtige Bemerkung und ahnte, was er zu Hause »vergessen« hatte. Trautes Blick traf ihn, und er war hin- und hergerissen zwischen Wut und Mitleid, unschlüssig stand er in der Tür, deren Griff sich in seiner Hand plötzlich viel zu kalt anfühlte. Doch er konnte, wollte nichts tun. Unmerklich schüttelte er den Kopf, trat an die Anrichte und nahm einen Kaffeebecher aus dem Schrank. Traute hatte immer frischen Kaffee in einer Kanne für ihn bereitstehen, egal wann er nach Hause kam. Ohne die beiden Frauen weiter zu beachten, schenkte er sich ein, zog sich in sein Arbeitszimmer zurück und schloss die Tür fester zu als nötig.

Leif Falkner saß schon den ganzen Vormittag an dem großen dunklen Schreibtisch seines Vaters. Er sah die Korrespondenz der letzten Wochen durch und blätterte in den Notizen des alten Mannes in der Hoffnung, etwas zu finden, einen Hinweis, der ihm weiterhelfen, ihm eine Spur geben würde. Sein Vater war zu einem akribischen Sammler geworden, der sich jedoch bis zuletzt moderner Technik verschlossen hatte. Seine beiden einzigen technischen Zugeständnisse waren ein Faxgerät auf der Fensterbank und ein ausgeschaltetes Handy, das Leif in der Schublade des alten schweren Schreibtischmöbels gefunden hatte. Nachdenklich hielt er es in der Hand, als der altmodische Klang der Türglocke durch die Räume hallte und wie alle anderen Sinneseindrücke, die das Haus ihm vermittelte, eine Flut von Erinnerungen und Emotionen auslöste, die nur schwer zu beherrschen und zu greifen waren.

Vor der Tür stand Amelie Dahms. »Ich bringe dir die Schlüssel«, sagte sie und hielt ihm einen Schlüsselbund entgegen. Sie sah müde aus. Blass. Lediglich ein Schatten der Frau, die sie einmal gewesen war.

Durch die geöffnete Tür zog ein Schwall warmer Luft herein, der ihn daran erinnerte, dass Frühling war.

»Willst du reinkommen?«, fragte er.

Amelie zögerte. »Ich weiß nicht, ich …«

»Ich könnte deine Hilfe bei der Haushaltsauflösung gebrauchen«, fügte er hinzu und trat einen Schritt zurück, um sie hereinzulassen. »Es gibt bestimmt ein paar Sachen, die du brauchen kannst. Such dir was aus, bevor ich den Rest weggebe.«

Es fiel ihm nicht leicht, mit ihr zu reden, als sei nichts geschehen, ihr gegenüberzutreten, als seien sie einfach nur Menschen, die aus ein und demselben Dorf stammten, und als wäre sie nur die Frau, die in den vergangenen Jahren im Haus seines Vaters geputzt hatte. Doch etwas an ihrem Äußeren, an ihrem ganzen Auftreten hatte sein Mitleid entfacht. Schon bei ihrer ersten Begegnung auf dem Friedhof. Ausgerechnet Mitleid. Er hätte nie gedacht, dass er einmal so empfinden könnte gegenüber Amelie Dahms. Aber genau das war es. An ihrem Blick erkannte er, dass sie ebenso erstaunt über seine Reaktion war wie er. Ungläubig sah sie zu ihm auf und rettete sich mit einer banalen Frage aus der Situation. »Du … du willst die Sachen deiner Eltern nicht behalten?«

»Nein, Amelie, das möchte ich nicht«, erwiderte er bestimmt.

»Aber all die Erinnerungen an früher, an …« Sie verstummte, als sie sich plötzlich bewusst wurde, dass es kaum Erinnerungen in diesem Haus gab, die für ihn erhaltenswert waren.

»Ich hab Kaffee in der Küche. Möchtest du welchen?«, überbrückte er das plötzliche, unangenehme Schweigen.

Sie nickte langsam und warf einen verstohlenen Blick ins Arbeitszimmer, wo auf und um den Schreibtisch herum stapelweise Papier ausgebreitet lag, während sie Leif in die Küche folgte. Sie legte den Schlüsselbund auf den Tisch, wischte in alter Gewohnheit ein paar Krümel zusammen und warf sie in den Ausguss.

Leif schenkte Kaffee ein.

»Setz dich«, sagte er, als er ihr den Becher reichte.

Sie ließ sich auf einen der alten Holzstühle sinken, kauerte an der Tischkante, den Becher fest umklammert. Sie mied seinen Blick, schien dem Frieden nicht zu trauen. Es war, als ob sie nur darauf wartete, dass er endlich über das sprach, was wie ein großes schweigendes Tier seit vielen Jahren zwischen ihnen lauerte. Aber den Gefallen tat er ihr nicht.

»Ich hab mit Andi gesprochen«, sagte er stattdessen und setzte sich ihr gegenüber an den kleinen Tisch unter dem Fenster. »Ich hab gehört, dass er jetzt für Ernst Averdieck arbeitet.«

Amelie musterte ihn aus ihren blassgrauen Augen. »Hat er dir das erzählt?«

»Nein, ich weiß es von Traute.«

Erleichterung huschte über ihr Gesicht. »Ernst zahlt Andi ein anständiges Gehalt«, sagte sie dann. »Mehr, als er bei der Genossenschaft bekommen würde.«

»Andi war lange weg, hab ich gehört.«

»So wie du.« Ihre dünnen, von Runzeln und Altersflecken gezeichneten Finger schlossen sich noch fester um den Becher, und in ihrem Gesicht manifestierte sich erstmals etwas wie Widerstand. »Warum bist du zurückgekommen?«, fragte sie, und in ihrer Stimme lag ein anklagender Unterton.

Ja, warum war er zurückgekommen? Warum war er nicht einfach fortgeblieben, so dass die Vergangenheit in ihren Köpfen ungestört ruhen konnte, tief vergraben und von einigen bereits vergessen? Wie konnte er sie mit seinem Anblick an Geschehenes erinnern, an das niemand erinnert werden wollte? »Mein Vater hatte mich gebeten zu kommen«, erwiderte er und hörte selbst die schneidende Kälte in seiner Stimme.

Sie hörte es auch, und ihr Mund wurde schmal. Die Neutralität, um die sie sich beide bemüht hatten, war plötzlich wie fortgeblasen.

»Warum ist Andi wohl zurückgekommen?«, stieß er hervor.

Hatte sie auf die Frage gewartet, sie gefürchtet? Es war

ihr nicht anzusehen, was sie empfand, und einen Moment lang glaubte er, sie würde antworten, einmal in ihrem Leben ehrlich sein. Aber sie stellte mit einem Ruck den Becher auf dem Tisch ab, so dass der restliche Kaffee herausspritzte. »Warum fragst du ihn nicht selbst?«

Leif sah ihr nach, wie sie unter den Bäumen davoneilte, mit ihren seltsam kurzen Schritten, wie sie noch einen letzten hastigen Blick über die Schulter warf, bevor sie die quietschende Pforte hinter sich schloss. Er hatte sie nicht zurückgehalten. Im Gegenteil, er war plötzlich froh, dass sie fort war und mit ihr ein Stück Vergangenheit, an das auch er nicht gern erinnert wurde.

Zurück im Haus, räumte er die leeren Becher in die Spülmaschine und spülte die Kanne aus. *Ernst Averdieck zahlt Andi ein anständiges Gehalt. Mehr als der Junge bei der Genossenschaft bekommen würde.*

Diese Bemerkung Amelies ging ihm nicht aus dem Kopf, und er fragte sich, wie sie wirklich zu verstehen war, als er aus dem Wohnzimmer das leise Summen seines Handys hörte.

Harms war dran. »Sie hatten recht mit Ihrer Annahme, dass die beiden kleinen Russen nichts mit dem Mord an Ihrem Vater zu tun haben. Wir haben sie wieder auf freien Fuß gesetzt.«

Leif trat nachdenklich ans Fenster, das Handy noch immer am Ohr. Dass Harms ihn anrief, konnte nur eins bedeuten: Die Ermittler vermuteten, dass er mehr über den Mord an seinem Vater wusste, als er ihnen gegenüber zugab. Bei seiner Suche nach Jonas Haffkamp würde er behutsam vorgehen müssen. »Wie sind Sie drauf gekommen?«, fragte er.

»Der Kerzenständer war nicht die Mordwaffe«, Harms räusperte sich. »Da ist noch etwas anderes, was unser Rechtsmediziner bei der Obduktion herausgefunden hat.«

»Ja?«

»Ihr Vater hatte Magenkrebs im Endstadium. Müller meint, er hätte nicht mehr lange gehabt. Vier bis fünf Monate maximal.«

⁂

Propst Johann Wehmut dachte über das eben zu Ende gegangene Treffen mit Thedens nach, während er im Lübecker Hauptbahnhof saß und auf seinen Zug wartete. Eine interne Krisensitzung, zu der Thedens auch den Landesbischof eingeladen hatte.

»Ein bedauerlicher Umstand, unter dem wir uns wiedertreffen.« Mit diesen Worten hatte der Landesbischof ihn begrüßt und ihm lange die Hand geschüttelt. Er war noch nicht lange im Amt, und sie waren sich zuvor erst einmal persönlich begegnet. »Ich bin froh, dass Sie die Öffentlichkeitsarbeit in diesem schwierigen Fall übernommen haben. Ich kann mir keinen Besseren vorstellen für diese Aufgabe.«

Wehmut war es in diesen ersten Tagen nach Eckhards Tod gelungen, die Berichterstattung in den Medien mäßigend zu beeinflussen. Aber sie saßen auf einem Pulverfass. Er war sich nicht sicher, inwieweit sich die Bischöfe darüber im Klaren waren. Letztlich wussten sie zu wenig über das, was in der kleinen Gemeinde am Kanal vor sich ging – und gegangen war. Er fürchtete den Moment, in dem ein zu eifriger Journalist zufällig auf etwas stieß, das mit einem Funken die Arbeit und Anstrengungen der letzten Jahre in Asche legen würde.

Es war eine Zeit der Zweifel und Unsicherheit, wie er sie seit langem nicht erlebt hatte. Die wenigen freien Stunden der vergangenen Tage hatte er mit intensiven Bibelstudien verbracht, in der Hoffnung, darin die nötige Kraft und Erkenntnis für seine Aufgabe zu finden. *»Seid stark und mu-*

tig, fürchtet euch nicht und erschrecket nicht vor ihnen! Denn der Herr, dein Gott, er ist es, der mit dir geht; er wird dich nicht versäumen und dich nicht verlassen«, so hieß es im fünften Buch Mose, Kapitel 31, Vers 6. Doch manchmal fragte er sich, ob der Herr wirklich da war und seinen Diener auf seinem steinigen Weg begleitete oder ob …

Das Geräusch des einfahrenden Zuges riss ihn aus seinen Gedanken. Räder knirschten auf den Schienen, Bremsen quietschten, und über den Bahnsteig zog beißender Dieselqualm. In die wartenden Menschen kam Bewegung, als die Türen aufsprangen. Augenblicke später saß Wehmut in einem überhitzten Großraumwagen, zwei Kaugummi kauende Jugendliche ihm gegenüber, die sich über das kleine Display eines Handys beugten. Der Zug fuhr ruckelnd an. Wehmut lehnte seinen Kopf gegen das Polster seines Sitzes und schloss die Augen. Kurz vor seiner Fahrt nach Lübeck hatte er erfahren, dass die Obduktion von Eckhards sterblichen Überresten abgeschlossen war. Er hatte bereits versucht, den zuständigen Staatsanwalt zu erreichen, aber das war bislang nicht möglich gewesen. Zusammen mit Thedens und dem Landesbischof waren sie zu dem Konsens gekommen, dass es das Beste sein würde, die Beerdigung so schnell wie möglich stattfinden zu lassen, um weiterem Medieninteresse zu entgehen. Auf diese Weise Abschied nehmen zu müssen von Eckhard war grauenvoll, aber es stand zu viel auf den Spiel. Wehmut war sich sicher, dass sein Freund es verstanden hätte. Dass er nicht anders gehandelt hätte. Schließlich war es auch sein Andenken, das es zu wahren galt. Dabei war es nach wie vor unfassbar für Wehmut, dass Eckhard tot war. Natürlich waren sie alle nicht mehr die Jüngsten, und Eckhard nicht der erste seiner alten Weggefährten, den der Herr bereits zu sich genommen hatte. Aber gerade sein Tod riss eine Lücke in das Gefüge von Wehmuts Welt, die zu füllen unmöglich sein würde.

Sie erinnern sich vielleicht, Eckhard hat einen Sohn, der zurückgekehrt ist. Dass ihm Tiedemanns Worte gerade jetzt einfielen, deutete er als Mahnung. Ein Fingerzeig des Herrn. Er hatte es bislang versäumt, den Kontakt zu Eckhards Sohn zu suchen, der in Diensten des Bundeskriminalamtes stand. Dabei war es von besonderer Wichtigkeit, dass sie miteinander sprachen. Vielleicht wichtiger als alles andere. Kurz entschlossen zog Wehmut sein Mobiltelefon aus der Tasche und wählte Falkners Nummer in Moorbek. Er erreichte jedoch niemanden. Er würde es später noch einmal versuchen. Der Zug eilte inzwischen durch die sanften Hügel Ostholsteins. Eine der schönsten Zugstrecken des Landes. Mit Eckhard war er sie oft gefahren. Wehmut schloss erneut die Augen. Es wartete noch so viel auf ihn. So viel, das getan werden musste.

»Pastoren leben in unserem Land zurzeit gefährlich«, sagte Uta Thormälen beim Mittagessen. »Vor anderthalb Wochen ist oben bei Flensburg eine Kirche abgebrannt. Der dortige Pastor ist bei dem Feuer ums Leben gekommen. Wusstet ihr das?«

Harms und Stahl sahen von ihren Nudeltellern auf.

»Was war denn die Brandursache?«, wollte Harms wissen.

»Angeblich ein technischer Defekt im Leitungsnetz der Kirche.«

»Hm«, murmelte Stahl nur, griff nach seiner Serviette und wischte sich die Tomatensoße aus den Mundwinkeln. »Uta, du möchtest jetzt keinen Zusammenhang konstruieren, oder?«

Sie drehte ihre Gabel nachdenklich in ihren Spaghetti. »Ich weiß nicht, vielleicht sollten wir einfach mal genauer hinschauen, ob es Parallelen gibt.« Als sie die amüsierten

Blicke ihrer Kollegen sah, fügte sie hinzu: »Geben könnte. Immerhin haben sich die beiden Verstorbenen gekannt.«

»Ich denke mal, dass sich die Kleriker des Landes so ziemlich alle kennen«, bemerkte Stahl trocken.

Harms grinste.

»Sie waren befreundet«, erwiderte Uta geduldig. »Und Dietmar Heeschen hat Falkner aktiv bei dieser Spendenkampagne für die Dorfkirchen unterstützt.«

Harms legte sein Besteck zur Seite. »Wie es aussieht, hast du schon mit den Kollegen vor Ort telefoniert. Lohnt es sich denn noch rauszufahren?«

»Ich denke schon. Ich würde gern persönlich mit dem Küster und mit Heeschens Haushälterin reden.«

»Sprich das aber auf jeden Fall mit den Flensburger Kollegen ab«, sagte Stahl und sah auf seine Uhr. »Verdammt, ich muss gehen. Ich hab gleich eine Besprechung.« Im Stehen schob er sich noch eine Gabel Spaghetti in den Mund, und im nächsten Moment war er schon zwischen den Tischen Richtung Tür verschwunden.

Uta blickte ihm kopfschüttelnd nach. »Wenn er so weitermacht, kriegt er ein Magengeschwür.«

Harms grinste. »Ach was, so ’n bisschen Stress tut ihm mal ganz gut. Dann weiß er nachher wieder, was er an uns hat.«

Eine gute Stunde später stand Uta vor einem Haufen schwarzverkohlter Trümmer, den Überresten der Kirche und des Pfarrhauses, hinter denen sich der Friedhof fast bis an den Sandstrand der Ostsee zog. Es war ein bevorzugter Ferienort, besonders für Schulklassen. Ein großes Landschulheim lag in der Nähe.

»Das Feuer ist viel zu spät bemerkt worden«, sagte Peter Strüh, der Kollege von der Brandermittlung der Flensburger Kripo, ein ernster, zurückhaltender Mann mit einer beginnenden Glatze und einem üppigen Bauchansatz über seiner Jeans. »Alles hat schon lichterloh gebrannt, als die Feuerwehr kam. Da war nichts mehr zu retten.«

»Und Pastor Heeschen ist in dem Feuer umgekommen.«

Strüh nickte.

»Er hatte keine Familie?«

»Nein, Heeschen war alleinstehend. Er hatte eine Haushälterin, aber die wohnte nicht bei ihm, sondern ein paar Straßen weiter unten im Dorf.«

»Ich würde gern mit ihr reden. Wissen Sie, wer noch regelmäßig auf dem Gelände war und mit dem Pastor zu tun hatte?«

»Der Küster.« Strüh zog einen Block aus seiner Tasche, blätterte kurz.

»Gerd Martens, er wohnt in einem der Nachbarhäuser.«

Strüh wies auf ein weißes Spitzdachhaus älterer Bauart. Im Vorgarten werkelte ein Mann mittleren Alters. »Ich glaube, da ist er sogar.«

Der Mann wischte sich seine mit Erde verschmierten Hände an seiner Hose ab und nickte kurz, als sie sich vorstellten. Aber er wusste nichts, was Uta nicht auch schon von Strüh und seinen Kollegen per Telefon erfahren hätte. Also machten sie sich auf zu Magda Reimers, Heeschens Haushälterin.

Sie gingen die wenigen hundert Meter zu Fuß durch den Ort. Uta meinte hinter den Häusern das Meer riechen zu können, und als sie es gegenüber Strüh ansprach, lachte er. »Es ist herrlich, nicht wahr? Ich könnte mir gar nicht vorstellen, irgendwo zu leben, wo das Meer nicht innerhalb von fünf Minuten zu erreichen ist. Das entschädigt uns dafür, dass wir für alles andere in Deutschland immer verdammt weit fahren müssen.«

Magda Reimers war eine schlanke, energische Frau, deren Augen sich sofort mit Tränen füllten, als die Sprache auf Pastor Dietmar Heeschen kam. »Sie müssen schon entschuldigen«, sagte sie und zog ein Taschentuch aus der Tasche ihrer leichten Strickjacke, »aber es ist alles noch so frisch.«

Sie bat sie herein in ein Haus, das angefüllt war mit maritimen Erinnerungsstücken, von der Muschelsammlung über Schiffszubehör bis zum Fischernetz. »Mein Mann ist als Lotse hier auf der Ostsee unterwegs«, sagte sie, als sie Utas Blick bemerkte, »da bleibt was hängen.«

Als sie im Wohnzimmer mit Aussicht auf die Weite der Ostsee Platz genommen hatten, fragte Uta: »Kennen Sie Eckhard Falkner?«

Magda Reimers zog die Zeitung vom Tisch und schlug sie auf.

Die Schlagzeile *»Deutschlands Kämpfer für die Dorfkirchen ist tot«* prangte auf der ersten Seite über einem Foto des verstorbenen Pastors. Uta hatte die Zeitung bereits am Morgen im Kommissariat gesehen. »Eckhard Falkner war oft hier«, sagte Magda Reimers. »Er war gut befreundet mit Pastor Heeschen.«

Etwas schwang in ihrer Stimme mit, das Uta nicht gefiel. Sie beobachtete die Frau eingehend, wie sie die Zeitung sorgfältig faltete, bevor sie sie wieder fortlegte, das Taschentuch aus der Jacke zog und sich schneuzte – wollte sie von etwas ablenken, Zeit gewinnen, oder war es lediglich die Trauer, die sie erneut übermannte?

»Die beiden Verstorbenen haben sich sehr für den Erhalt der dörflichen Kirchen engagiert«, fuhr Uta fort. »Wir haben herausgefunden, dass Pastor Falkner Spendengelder in nicht unerheblicher Höhe in seiner Kirche aufbewahrt hat.«

Magda Reimers sah auf ihre in ihrem Schoß gefalteten Hände, als sie antwortete. »Ich hab mir schon gedacht, dass Sie deswegen gekommen sind.« Sie räusperte sich und sah auf. »In der Zeitung stand, dass es sich um mehr als zweihunderttausend Euro handeln soll, die nun weg sind.«

»Das ist richtig«, bestätigte Uta. »Vermutlich sogar noch mehr.«

Magda Reimers räusperte sich erneut. »Es wird wohl mehr sein, denn allein von Pastor Heeschen hat er fast einhunderttausend Euro bekommen.«

»Wie bitte?«, entfuhr es Uta und Strüh gleichzeitig.

Magda Reimers zuckte erschrocken zusammen.

»Warum haben Sie uns das nicht erzählt?«, wollte Strüh wissen.

»Meine Güte, niemand hat mich danach gefragt. Ich habe das in dem Zusammenhang mit dem Feuer nicht für weiter wichtig gehalten. Ich wusste ja nicht …«

Kleine, rote Flecken erschienen auf ihren Wangen. Uta griff über den Tisch hinweg nach ihrer Hand. »Schon gut, Frau Reimers, Sie konnten das nicht wissen, das ist vollkommen richtig.«

Die Frau atmete ruhiger.

»Aber vielleicht können Sie uns sagen, wie und wann diese Gelder zusammengekommen sind«, warf Strüh ein.

Magda Reimers bedachte den Kommissar mit einem flüchtigen Seitenblick. »Tut mir leid«, sagte sie dann, »das weiß ich nicht.«

Uta hatte das Gefühl, dass Magda Reimers nicht die ganze Wahrheit sagte. »Wann haben Sie das Geld denn zum ersten Mal gesehen?«, fragte sie.

»Kurz bevor Pastor Falkner es mitgenommen hat.«

»In bar?«

Magda Reimers nickte.

»Kam Ihnen das nicht seltsam vor?«, fragte Strüh. »Das war schließlich eine sehr große Summe. Nichts, was man normalerweise in bar mit sich herumträgt.«

Magda Reimers schüttelte nur den Kopf.

Uta verbiss sich eine weitere Frage, auch wenn es ihr unter den Fingernägeln brannte, mehr zu erfahren. Und es gab mehr, da war sie sich sicher, doch Magda Reimers' Gesichtsausdruck verhieß keine Offenheit. Zumindest nicht in der Gegenwart von Strüh. Vielleicht sollte sie noch einmal allein mit ihr reden.

Nachdem sie sich verabschiedet hatten, rief Uta vom Auto aus, das sie vor der abgebrannten Kirche geparkt hatte, im Kieler Kommissariat an. Sie hatte Glück. Stahl war noch im Haus. Mit knappen Worten erzählte sie ihm die ganze Geschichte. Er antwortete nicht gleich. Sie hörte, wie er mit einem Stift auf seine Schreibtischunterlage klopfte.

»Das ist interessant«, sagte er schließlich. »Außer Heeschen und Falkner wusste scheinbar niemand etwas über die wirkliche Höhe der Spendengelder. Warum hielt Falkner die Summe geheim? Er schien doch ziemlich profilsüchtig gewesen zu sein.«

»Das habe ich mich auch gefragt«, erwiderte Uta.

Einen Moment schwiegen sie beide.

»Was meinst du«, warf Uta ein, »könnte es sein …«

»Sei vorsichtig, Uta. Du hast keine Beweise, und die Kirchenleute werden alles tun, um etwaige Flecken auf Falkners blitzender Weste gar nicht erst publik werden zu lassen. Sie werden uns gnadenlos unter Druck setzen.«

»Weil er eins ihrer Aushängeschilder ist beziehungsweise war?«

»Genau deswegen. Die Kirche will ihn so schnell wie möglich beerdigen, damit sein Tod aus den Schlagzeilen kommt. Bei der heutigen Nachrichtenflut ist die Geschichte nach ein paar Tagen vergessen. Unsere Schnelllebigkeit hat auch ihre Vorteile.«

»Gibt es schon einen Termin für die Beerdigung?«

»Morgen Mittag.«

Damit hatte Uta nicht gerechnet. »Und Sommer hat die Leiche freigegeben?«

»Vor einer Viertelstunde. Ich glaube, er hat die Anrufe von Propst Wehmut nicht mehr ertragen.«

Uta warf einen Blick auf ihre Uhr. Es ging auf halb vier zu. »Weißt du was, ich fahr von hier aus gleich noch mal nach Moorbek. Das ist gar kein so großer Umweg. Ich rede mal mit Leif Falkner. Vielleicht …«

»Altruismus ist für diesen Mann ein Fremdwort«, fiel Stahl ihr warnend ins Wort.

Uta starrte auf die verkohlten Ruinen der Kirche. »Vielleicht hab ich ja Glück. Du könntest mir noch die Telefonnummer der russischen Aussiedlerfamilie per SMS schicken. Wenn es passt, fahr ich dort auch noch vorbei.«

Die letzten Kilometer vor Moorbek zog sich die Straße in weiten Kurven dahin. Die Sonne schien, ein leichter Wind wehte, und die Rapsfelder leuchteten gelb unter dem mit kleinen Schäfchenwolken verzierten Himmel. Es war nicht viel, was Uta an Informationen im Gepäck hatte, dennoch hoffte sie auf Falkners Kooperation.

Im Rückspiegel sah sie ein Motorrad mit hoher Geschwindigkeit näher kommen. Sie zuckte unwillkürlich zusammen und bremste, als es an ihr vorbeischoss. Die nächste Kurve nahm der Fahrer so tief, dass Funken von seinen Fußrasten aufstoben, dann schwang er die dunkle Maschine in die andere Richtung, legte sich in die nächste Kurve und war verschwunden. Uta atmete tief durch und gab wieder Gas. Im Dorf angekommen, stellte sie ihren Wagen unterhalb der Kirche ab. Als sie auf das Pfarrhaus zuging, sah sie Falkner. Er stand neben dem Motorrad, das sie nur Minuten zuvor in halsbrecherischer Fahrt überholt hatte.

»Fahren Sie immer so?«, fragte sie statt einer Begrüßung.

Er hatte sie nicht kommen hören und sah erstaunt auf.

»Wie sollte ich sonst fahren?«, fragte er und zog den Schlüssel aus dem Schloss unterhalb des Lenkers. Durch das Tragen des Helms war sein Haar in attraktiver Unordnung.

»Ich ... ich weiß nicht, vielleicht ... vorsichtiger?«, antwortete sie und hoffte, dass er ihre plötzliche Sprachlosigkeit nicht bemerkte.

»Ich war vorsichtig«, sagte er und sah sie abwartend an.

Sie schob die Hände in die Taschen ihrer Jeans und trat einen Schritt näher. »Tut mir leid, dass ich hier so unangemeldet auftauche ...« Sie lächelte entschuldigend, aber er spielte den Ball nicht zurück.

»Ich habe vielleicht etwas herausgefunden«, fuhr sie deshalb fort, »etwas, das uns in den Ermittlungen zum Tod Ihres Vaters weiterhelfen könnte, aber dazu brauche ich Ihre Hilfe.« Es fiel ihr trotz all ihrer erzwungenen Lässigkeit schwer, sich gegenüber diesem Mann zu behaupten. Vor knapp anderthalb Jahren war sie mit ihm zusammengerasselt, weil sie den Sohn eines Mafiakillers aus dem Krankenhaus entkommen ließ. Sie fragte sich, warum sie sich erneut dieser Konfrontation aussetzte. Was wollte sie sich damit beweisen? Dass sie keine Angst vor ihm hatte? Sie schluckte ihre ungewohnte Nervosität hinunter und räusperte sich. »Ihr Vater hatte einen Bekannten, wohl eher einen Freund, in einer kleinen Gemeinde im Raum Flensburg.«

»Dietmar Heeschen«, bestätigte Falkner. »Was ist mit ihm?«

»Er ist vor etwa anderthalb Wochen bei dem Brand seiner Kirche ums Leben gekommen.«

Falkner zog eine Augenbraue hoch. »Sehen Sie einen Zusammenhang mit dem Tod meines Vaters?«

»Ich weiß es noch nicht. Die Kirche und das Pfarrhaus sind bis auf die Grundmauern zerstört worden, vor Ort war nichts mehr zu finden. Ich hatte gehofft ...«

»... hier fündig zu werden?«

Sie nickte.

»Und was?«

»Es geht um die Spendengelder. Ihr Vater hat laut Heeschens Haushälterin Gelder in Höhe von knapp einhunderttausend Euro von ihm erhalten ...«

»Warum sind Sie hergekommen?«, unterbrach er sie gereizt. »Hätten Sie mir das alles nicht auch am Telefon erzählen können?« Während er sprach, bemerkte Uta die Müdigkeit um seine Augen und um seinen Mund. Eine gewisse Anspannung in seinen Zügen. Ihre Nervosität kehrte zurück. Stahl hatte sie vor Falkner gewarnt, bevor sie gefahren war, Harms bereits nach ihrer letzten Begegnung. »Du solltest ihn nicht unterschätzen«, hatte er gesagt.

»Es tut mir leid«, sagte sie. »Ich weiß, Sie haben vermutlich viel zu tun wegen der Beerdigung morgen ...«

»Damit hab ich überhaupt nichts zu tun«, erwiderte er kühl. »Die gesamte Veranstaltung wird vom Propst organisiert.«

Die gesamte Veranstaltung. Was für eine ungewöhnliche Formulierung in diesem Zusammenhang. Sie hatte noch nie jemanden so distanziert von der Beisetzung eines Familienangehörigen sprechen hören.

»Na, dann haben Sie ja unter Umständen doch Zeit für mich«, sagte sie, ohne auf seine ablehnende Haltung einzugehen. »Ich hatte gehofft, dass es vielleicht Briefe oder andere Unterlagen gibt, die das, was ich heute herausgefunden habe, untermauern.«

Falkner spielte mit dem Schlüssel in seiner Hand. Ließ den Ring um seinen Finger kreisen. Uta wartete.

»Es gibt einen Briefwechsel zwischen meinem Vater und Heeschen«, sagte er schließlich widerstrebend.

Im Inneren des Hauses war es kühl und auf beklemmende Weise düster, was nicht nur an den schweren dunklen Möbeln lag. Falkner führte sie in ein kombiniertes Wohn- und Arbeitszimmer und öffnete die großen Fenster, die auf den Garten hinausgingen. Warme Luft strömte herein. Dann trat er an den übergroßen Schreibtisch, sah einige Papiere flüchtig durch und fand schließlich, was er suchte. Es war ein Stapel engbeschriebener Seiten. Er reichte ihn ihr. Sie starrte auf die raschelnden, von Tinte durchtränkten Blätter. »Ich habe sie gestern durch einen Zufall im Bücherregal gefunden. Der letzte Brief ist auf den 22. April datiert.«

Uta rechnete zurück. »Den muss Heeschen kurz vor dem Feuer geschrieben haben.« Aus ihrer Jackentasche zog sie ihre Lesebrille und trat ans Fenster, aber sie ließ die Seiten schnell wieder sinken. Sie hatte weder Zeit noch Ruhe, um sich auf das Geschriebene zu konzentrieren. »Hätten Sie etwas dagegen, wenn ich die Briefe mitnehme?«

»Nein, natürlich nicht.« Der Ton seiner Stimme schien seine Worte Lügen zu strafen, als er von ihr zu den Briefen und dann hinaus in den Garten blickte, wo eine Windbö durch die Obstbäume fegte und weiße Blütenblätter wie große Schneeflocken durch die Luft und auf den Rasen wirbelte. Er hatte einen seltsamen Ausdruck im Gesicht.

Ein Ausdruck, der Uta nicht losließ und über den sie noch immer nachdachte, als sie ihren Wagen in der Einfahrt zu dem alten Gehöft am Dorfrand abstellte, in dem die russische Aussiedlerfamilie im Erdgeschoss eine Wohnung hatte. Eine mächtige Eiche reckte ihre knorrigen Äste fast bis an das Haus. Rechts und links des Weges lagen die Eicheln des vergangenen Herbstes noch im kurzen Gras. Sie hatte sich telefonisch angemeldet, doch auf ihr Klingeln rührte sich nichts. Erst bei ihrem dritten Versuch öffnete sich die Tür.

Die beiden russischen Jugendlichen, Andrei und Vitali, erwiesen sich als äußerst sperrig. Auch die Mutter war verschlossen. Der Vater gab vor, sie nicht zu verstehen.

»Was wollen Sie schon wieder von uns?«, wollte die Frau wissen. »Wir haben mit alldem nichts zu tun.«

»Ihre Söhne waren in der Kirche. Vielleicht haben sie ja irgendetwas gesehen, das uns helfen könnte, den Mord aufzuklären.«

Die Wohnung war spärlich eingerichtet, die Gardinen verblichen und die Möbel zerschlissen. Die Jungs lümmelten auf der Couch und musterten sie feindselig.

Nach einer halben Stunde gab Uta auf. Sie drückte der Frau ihre Karte in die Hand. »Wenn Ihnen oder Ihren Söhnen noch etwas einfällt, würde ich mich freuen, wenn Sie sich bei mir melden.« Ihr war, als ob sie ihr nachblickte, zwischen den verblichenen Gardinen hindurch. Sie sah nicht zurück, um sich zu vergewissern.

IV.

Ernst Averdieck stand vor dem Spiegel in seinem Schlafzimmer und rückte seine schwarze Krawatte zurecht. Seine Frau kam herein, die Jacke seines dunklen Anzugs über dem Arm. »Ich hab sie noch einmal gebürstet«, sagte sie und hielt ihm das Kleidungsstück hin, so dass er nur noch hineinschlüpfen musste.

Sie war bereits fertig angezogen und trug ein schlichtes schwarzes Kostüm und einen Hut mit einem kleinen Schleier. Sie hatte ihn sich für die Beerdigung des Bürgermeisters der Nachbargemeinde vor knapp sechs Monaten gekauft. Keiner von ihnen hätte gedacht, dass sie ihn so schnell wieder brauchen würde.

Es war kurz nach halb eins. Das Mittagessen lag Averdieck noch schwer im Magen. Dass ihr Pastor tot war …

Er seufzte schwer.

»Ich weiß nicht, ob wir die Kirche halten können«, hatte Gregor Tiedemann gestern gesagt. »Du weißt, die Kirchenverwaltung spart an allen Ecken und Enden, und unsere Gemeinde ist klein.«

Averdieck hatte sich vorgestellt, wie es wäre, zum sonntäglichen Gottesdienst nach Rendsburg fahren zu müssen. »Ich glaube, dann geh ich nicht mehr in die Kirche«, hatte er zu Tiedemann gesagt, der ihn entsetzt angesehen hatte.

Vor zwei Jahren hatten sie 1200 Jahre Moorbek gefeiert. Genauso alt war der Bau auf dem Hügel. Es war eine rauschende Festwoche gewesen, die mit einem Gottesdienst begonnen hatte, den die Gemeindemitglieder sogar draußen auf dem Kirchhof über Lautsprecher verfolgt hatten, weil die alte Kirche bis auf den letzten Platz besetzt gewesen war. Eckhard wusste, wie man Menschen begeisterte. Ernst Averdieck versuchte, diese strahlende Erinnerung an den Pastor seiner Gemeinde festzuhalten, alles andere zu vergessen, schließlich war er tot, aber …

»Wenn sie nur Jonas nicht finden, bevor die Beerdigung vorbei ist«, sagte seine Frau hinter ihm, und er fragte sich, ob seine Gedanken so deutlich in seinem Gesicht zu lesen waren.

»Sie werden Jonas nicht finden,« erwiderte er, ohne sie dabei anzusehen. Er knöpfte sein Jackett zu und hörte, wie sie für einen kurzen Moment die Luft anhielt, spürte die Frage, die lauerte – aber Traute Averdieck stellte sie nicht. Und er war erleichtert, dass sie ihm eine weitere Lüge ersparte.

Sie gehörten zu den Ersten, die auf dem Friedhof eintrafen. Einige Pressevertreter waren bereits da: Fotografen, die ihre großen Objektive auf jeden richteten, der durch die quietschende Friedhofspforte trat, ein Fernsehteam stand wartend im Hintergrund. Propst Johann Wehmut kam gerade aus der Kirche, zusammen mit Gregor Tiedemann und dem Küster, der zugleich auch Friedhofsgärtner war. Averdieck war gestern auf dem Friedhof gewesen und hatte zugesehen, wie er mit seinem Gehilfen das Grab aushob. Es war neben dem Grab von Eckhards Frau, an der Ostseite der Kirche. Dort, wo sie im letzten Jahr noch gemeinsam die neuen Rosenbüsche gepflanzt hatten. Jetzt klaffte an der Stelle ein dunkles Loch im Grün, über dem die Stangen schon bereitlagen, um den Sarg herabzulassen.

Averdieck sah zum Pfarrhaus hinüber. Still und verlassen lag das rote Gebäude im Schatten der Linden, aber er wusste, dass Eckhards Sohn dort war, und er fragte sich, wie lange er noch bleiben würde. Warum er überhaupt noch hier war.

Der Kirchhof füllte sich allmählich. Fast alle Dorfbewohner waren gekommen. Der Landrat zusammen mit einer Vertreterin der Landesregierung. Der Bischof fuhr vor. Er wurde von seiner Frau und einem Unbekannten begleitet, der Averdieck aber Augenblicke später als ein Vertreter des Rates der EKD vorgestellt wurde. Bürgermeister und Gemeindevertreter der Nachbargemeinden stiegen schweren Schrittes die Stufen zur Kirche hinauf, und mit ihnen viele andere, deren Gesichter Averdieck noch nie zuvor in Moorbek gesehen hatte. Die Trauergäste sprachen leise miteinander, grüßten sich verhalten, dem Anlass angemessen. Vor der Kirche häuften sich auf einem Wagen Trauergestecke und Kränze.

»Wir sollten reingehen«, flüsterte Traute ihm hinter vorgehaltener Hand zu. Vor Aufregung über die illustren Gäste war sie auffällig kleinlaut.

Obwohl die alte Eichentür weit offen stand, war es im Glockenturm angenehm kühl. Nur wenige Namen standen bis jetzt in dem aufgeschlagenen Kondolenzbuch. Als er sich eintrug, fragte sich Averdieck, warum er es tat. Leif Falkner würde das Buch sicher nicht mitnehmen.

In der Kirche war es noch still. Die ersten beiden Bankreihen waren für die Kirchenvertreter, die Angehörigen und die Freunde der Familie reserviert. Traute setzte sich gleich in die erste Reihe dahinter. Gregor Tiedemann nahm mit hochrotem Kopf genau vor ihnen Platz. Er schnaufte und keuchte, als ob er gleich einen Infarkt erleiden würde. Es war ein harter Tag für ihn.

Bald war die Kirche bis auf den letzten Platz besetzt. Als Averdieck schon nicht mehr damit rechnete, sah er Leif durch den Mittelgang schreiten. Er trug einen dunkelgrauen Anzug von tadellosem Schnitt. Seine Miene war bar jeden Ausdrucks. Als er vor dem Sarg seines Vaters stehen blieb, war es Averdieck, als hielte nicht nur er kurz den Atem an. Alle Augen schienen sich auf Leif zu richten.

»Er ist doch ganz seine Mutter«, flüsterte Traute, als sich Leif in die erste Reihe neben Propst Wehmut setzte.

Averdieck wusste, dass sie auf den Schopf dunkler Haare und seine stolze, reservierte Haltung anspielte. Da war nichts von Eckhard Falkners rundlicher, quirliger Umtriebigkeit in seinem Sohn, doch es war nicht Eckhard Falkners schöne Frau, an die er sich bei dem Anblick von Leif Falkner erinnert fühlte. Er wunderte sich, dass es Traute nicht auch auffiel. Anscheinend war an den Gerüchten, die damals vor der Geburt des Jungen im Dorf die Runde gemacht hatten, doch mehr dran gewesen, als sie geglaubt hatten.

Die Orgel begann zu spielen. Der Vertreter der Evangelischen Kirche in Deutschland aus Berlin trat an das Mikrophon. Averdieck lauschte nur mit halbem Ohr. Es interessierte ihn nicht, was gesprochen wurde. Er würde erleichtert sein, wenn die Beisetzung ohne Zwischenfälle verlief. Auf der anderen Seite des Mittelgangs saß sein Schwiegersohn. Ihr Blicke trafen sich kurz, und er las in Sönkes Augen dieselbe Sorge.

Dann sprach Bischof Thedens mit seiner sonoren Stimme ausführlich von dem gottgewollten Schicksal, das die Menschen zu tragen hätten, und der wahren Bedeutung desselben, die sich ihnen oftmals erst viel später offenbarte. Er fand eine Überleitung zu der Selbstlosigkeit Eckhard Falkners und seinen Verdiensten für die Kirche, seinem Bemühen um die Menschen. Es war dick aufgetragen. Averdieck war froh, als er endlich dem Sarg hinaus in die Sonne folgen konnte.

An dem offenen Grab übernahm Propst Wehmut die Segnungen, und Leif Falkner ertrug die Beileidsbekundungen mit derselben stoischen Miene, die er schon die ganze Zeit zur Schau trug. Auch wenn er es nie zugegeben hätte, zog Averdieck im Stillen den Hut vor so viel Selbstbeherrschung.

Und dann war alles vorbei. Viel zu schnell. Wie schon der Termin für die Beisetzung viel zu schnell anberaumt worden war für Averdiecks Geschmack. Die Journalisten ergriffen die Gelegenheit, um Wehmut zu interviewen, der offensichtlich der Einzige war, der öffentlich etwas zu Eckhards Tod sagte. Leif verließ unauffällig den Friedhof. Averdieck beobachtete, wie er unter den Linden vor dem Pfarrhaus verschwand und sich eine große, dunkelhaarige Frau aus der Gruppe der Trauergäste löste und ihm mit langen Schritten folgte. Averdieck kannte sie nicht.

»Leif, warten Sie.«

Er blieb stehen, drehte sich aber nicht um.

»Ich muss mit Ihnen reden.« Die Briefe wogen schwer in Utas Tasche. Es war nicht der richtige Zeitpunkt. Das wusste sie, aber sie konnte nicht länger warten.

Stahl würde sich im Anschluss an die Beisetzung mit dem Bischof in Verbindung setzen, und Falkner hatte das Recht zu erfahren, was los war, bevor die Bombe platzte.

»Es geht um die Briefe«, fügte sie fast atemlos hinzu.

Dunkle, undurchdringliche Augen musterten sie. Und nicht zum ersten Mal fragte Uta sich, warum sie sich dem immer und immer wieder aussetzte. Sie hätte Harms bitten können. Er hätte es ohne Zögern übernommen.

»Jetzt?«, fragte er widerwillig. »Warum ausgerechnet jetzt?« Seine Stimme klang belegt. »Warum können Sie mich nicht einfach in Ruhe lassen?«

Es war der falsche Zeitpunkt.

Aber – war es das nicht immer bei ihm?

Als er merkte, dass sie nicht ging, bildete sich eine Zornesfalte zwischen seinen Brauen. Seine Lippen wurden zu einem schmalen Strich.

Uta machte instinktiv einen Schritt zurück. »Es tut mir leid, Leif, aber – «

Sie stolperte, rutschte über eine frei liegende Wurzel.

Falkner reagierte blitzschnell, packte sie und zog sie zu sich heran, um nicht selbst das Gleichgewicht zu verlieren. Sie spürte seine Hand um ihre Taille, seine Wange streifte die ihre. Ihre Blicke trafen sich für einen flüchtigen Moment. Als er sie losließ, klopfte ihr Herz, und sie spürte, wie ihr die Röte ins Gesicht schoss.

»Danke«, murmelte sie und hoffte nur, dass niemand sie beobachtet hatte.

»Keine Ursache«, erwiderte er und zog seinen Anzug zurecht. »Wenn Sie mich jetzt entschuldigen.« Er wandte sich zum Haus.

»Nein, Leif, bitte. Wir müssen reden …«

»Ich möchte jetzt allein sein.«

»Ich weiß, aber …« Verdammt, wie sollte sie es ihm erklären? Warum drehte sie sich nicht einfach um und ging? »Ihr Vater ist vermutlich für den Tod von Dietmar Heeschen verantwortlich.« Es war raus. Prima. Stahl hätte es nicht besser hingekriegt. So viel zum Wert der psychologischen Sonderausbildung.

Falkner erstarrte in seiner Bewegung. Dann nahm er ihren Arm. »Kommen Sie, wir gehen rein.«

»Wie haben Sie das herausgefunden?«, wollte er wissen, sobald die Tür hinter ihnen ins Schloss gefallen war. Er ging voraus ins Wohnzimmer.

»Es steht alles in Heeschens Briefen«, antwortete Uta. Auf dem Tisch sah sie einen Stapel ungeöffneter Kondolenzkarten liegen zusammen mit Postwurfsendungen, wie bereits wegsortiert für das Altpapier.

Uta öffnete ihre Handtasche, zog die Briefe heraus und reichte sie ihm.

»Wir haben eine Zeugin, die bestätigt, dass Ihr Vater Heeschen wegen der Spendengelder bedrängt, ihn sogar bedroht hatte.«

Sie erzählte nicht, dass sie nach der Lektüre der Briefe in Absprache mit Stahl am Morgen noch einmal ins Flensburger Land gefahren war, um mit Magda Reimers zu reden. Dass Frau Reimers angesichts der schriftlichen Beweise schließlich bereit gewesen war, eine Aussage zu machen.

»Sie haben die Briefe nicht gelesen, nicht wahr?«

Falkner schüttelte den Kopf.

»In seinem letzten Brief hat Heeschen Ihrem Vater seinen Entschluss mitgeteilt, die Angelegenheit öffentlich zu machen. Die Brandermittler der Flensburger Kripo haben die Untersuchung unter diesem Aspekt noch einmal aufgenommen«, sagte sie lediglich.

»Mein Vater soll Heeschens Kirche und das Pfarrhaus angezündet haben?«, fragte Falkner ungläubig.

»Oder jemanden dazu angestiftet.«

Wieder schüttelte er den Kopf, wandte sich ab und trat ans Fenster. »Wozu soll das alles gut sein?«, fragte er. »Mein Vater ist tot. Sie können ihn nicht mehr zur Rechenschaft ziehen. Lediglich sein Ansehen posthum zerstören.«

Uta biss sich auf die Lippe. Das war genau ihre Argumentation gegenüber Stahl gewesen. Sie hasste es, Positionen vertreten zu müssen, die nicht die ihren waren. Aber Armin hatte nicht lockergelassen. »Du weißt nicht, ob nicht mehr dahintersteckt«, hatte er gesagt. »Ob Eckhard Falkner auf eigene Rechnung gehandelt hat, oder ...«

»Wir müssen die Spur verfolgen, das wissen Sie«, sagte sie.

»Ich weiß«, erwiderte Falkner. »Weiß der Bischof schon Bescheid?«

»Stahl wollte ihn nach der Beisetzung informieren.«

Endlich drehte er sich wieder zu ihr um. »Vielen Dank«, sagte er, und an seinem Blick erkannte sie, dass die beiden Worte nicht bloß eine höfliche Floskel waren. Es war mehr, als sie erwartet hatte.

***

Johann Wehmut stand noch am Grab, als alle längst gegangen waren. Ein Berg von Blumen und Kränzen häufte sich darauf, der der Vergänglichkeit nun ebenso preisgegeben wurde wie der Körper darunter. Es waren viele Trauergäste da gewesen, um Eckhard auf seinem letzten Weg zu begleiten, und ihre verhaltenen Stimmen und unsicheren Blicke hatten von der Angst und dem Entsetzen über diesen plötzlichen, gewaltsamen Tod gesprochen.

Eine leichte Brise wehte Wehmut den süßen Duft der Frühjahrsblumen in die Nase, die die Grabgestecke schmückten. Eine der Schleifen flatterte im Wind. *In ewiger Dankbarkeit,* las Wehmut. Ja, sie mussten dankbar sein, dass sie solch einen außergewöhnlichen Menschen wie Eckhard in ihrer Mitte gehabt hatten. Dankbar für die Jahre, die sie mit ihm verbringen durften. Sicher, er war eigenwillig und seine Wege und Ideen bisweilen unorthodox gewesen. Aber was hatte er auf diese Weise nicht alles erreicht!

Und wohin hatte es ihn letztlich geführt?

Wehmuts Blick fiel unwillkürlich wieder auf das offene Grab. Den hellen Eichensarg, auf dessen weißen Rosen die zum Abschied geworfene Erde wie Flecken von Fäulnis haftete.

Nein.

Er wehrte sich gegen den Zweifel, der plötzlich in ihm

aufstieg. Eckhard hatte stets in gutem Glauben gehandelt, stets im Dienst der Kirche. Sein Tod war das Werk eines einzelnen habgierigen Menschen, der hoffentlich bald seine gerechte Strafe erfahren würde.

Schritte und das unmelodische Quietschen und Rumpeln einer alten Schubkarre schreckten ihn aus seinen Gedanken. Er wandte sich um und blickte in das rotwangige Gesicht des Friedhofsgärtners.

»Hier können wir von unserem Beruf noch leben, nicht wahr, Herr Propst?«, sagte der Mann jovial. »Hier kommen die Leute noch in die Kirche und lassen sich richtig beerdigen.« Er stellte die Schubkarre ab und griff nach seiner Schaufel.

Was für eine pikante Formulierung: Richtig beerdigen. Aber Wehmut wusste, worauf der Mann anspielte.

»Nun«, sagte er deshalb, »es liegt natürlich an uns, den Menschen zu erklären, dass die letzten Ruhestätten ihrer Angehörigen keine lästige tote Pflicht darstellen, sondern ein Ort der lebendigen Erinnerung sind.«

Das rotwangige Gesicht verzog sich bei diesen Worten zu einem unsicheren Lächeln, der Mann trat intuitiv einen Schritt zurück. Wehmut begriff, dass er nicht den richtigen Ton getroffen hatte, zu abgehoben, zu theoretisch. Für einen Moment hörte er Eckhard lachen. Er hatte mehr Gefühl gefordert, mehr Nähe und weniger Ratio. Und natürlich hatte er recht gehabt. Wie so oft. Mit einem tiefen Seufzer verabschiedete Wehmut sich.

Nur einmal hatte Eckhard einen Fehler begangen, und für den hatte er nicht zuletzt mit dem Verlust seines Sohnes bezahlt. Erst viele Jahre später hatte Wehmut herausgefunden, was damals passiert war. Er sah zum Pfarrhaus hinüber und wusste, dass jetzt der Zeitpunkt gekommen war, Leif Falkner einen Besuch abzustatten. In der Kirche hatten sie eben nebeneinandergesessen, außer einer höflichen und unverbindlichen Begrüßung jedoch kein Wort miteinander gewechselt.

Eckhard hatte nie viel über Leif gesprochen. Nur wenige Wochen nach dem Tod seiner Mutter war der Junge plötzlich verschwunden. Wehmut hatte lange Zeit geglaubt, er sei in einem Internat untergebracht, bis er durch Zufall erfahren hatte, dass er bei Nacht und Nebel das Pfarrhaus verlassen hatte.

»Hast du denn nicht nach ihm gesucht? Hat es dich nicht interessiert, wo er war?«, hatte er seinen Freund entsetzt gefragt.

»Leif hat sich entschlossen, sein Leben an einem anderen Ort als hier zu verbringen«, hatte Eckhard lediglich geantwortet. »Ich werde das respektieren.«

Sein Freund war ihm so kalt vorgekommen, so herzlos. Dieses Verhalten passte nicht zu dem Mann, den er kannte. Wehmut selbst war weder verheiratet, noch hatte er Kinder. Er hatte aber die Familie immer als etwas Heiliges, etwas ganz besonders Schützenswertes empfunden. Doch nachdem er erfahren hatte, was geschehen war, hatte er verstanden. Eckhard hatte nicht anders handeln können. Sein Sohn war zu einer entsetzlichen Tat gedrängt worden, weil Eckhard ihm seine Hilfe versagt hatte. Der einzige Schutz, den sein Vater ihm danach gewährte, war sein Schweigen. Fünfundzwanzig Jahre waren seither verstrichen, aber wenn Wehmut daran zurückdachte, spürte er noch immer das Entsetzen, das ihn gepackt hatte, als er davon erfahren hatte, und er hatte gebetet, Leif Falkner nie wieder begegnen zu müssen. Nun war er hier. Und Leif war der Letzte gewesen, der Eckhard lebendig gesehen hatte. Er musste mit ihm reden. Ihm graute davor, wenn er an den kalten Blick dachte, mit dem der Mann ihn in der Kirche bedacht hatte.

Vom Pfarrhaus her kam eine Frau den Weg zum Kirchhof herunter. Die Züge ihres Gesichts waren eingerahmt von ihrem langen, dunklen Haar. Ihr Anblick erinnerte Wehmut flüchtig an Edvard Munchs *Madonna*. Sie grüßte ihn mit einem Lächeln, bevor sie den Friedhof verließ und hinter der alten Feldsteinmauer verschwand. Er fragte sich, wer sie war und was sie bei Leif Falkner gemacht hatte. Da vibrierte das Mobiltelefon in seiner Tasche.

»Johann, sind Sie noch in Moorbek?« Gottfried Thedens' Stimme zitterte vor unterdrückter Aufregung. Der Bischof bat ihn umgehend in die Kreisstadt zu kommen, wo man im Gemeindehaus auf ihn wartete. Er und andere. Wehmut warf einen letzten Blick zurück auf das frische Grab und hatte plötzlich das ungute Gefühl, dass Eckhards Tod nur den Beginn einer ganzen Reihe weiterer betrüblicher Ereignisse darstellte.

Nach dem Gespräch mit Leif Falkner fühlte sich Uta gleichzeitig müde und aufgewühlt. Die Beisetzung hatte ihn sichtlich mitgenommen. Aber wie passte das zu den gestapelten, ungeöffneten Kondolenzbriefen? Gehörte er zu den Menschen, die keine Beileidsbekundungen ertrugen? Keinen Schmerz zuließen?

Inmitten der Dorfleute hatte er während der Trauerfeier in der Kirche und auch bei der Beisetzung auf dem Friedhof wie ein Fremdkörper gewirkt. Er gehörte nicht hierher, hatte es vielleicht niemals, obwohl er hier geboren war. Sie hatte es daran gesehen, wie sie ihn verstohlen betrachtet hatten, nicht wagten, die Distanz zu durchbrechen, mit der er sie sich vom Leibe hielt. Sie hatte auch die Unsicherheit ihm gegenüber gespürt. Insbesondere bei den Averdiecks. Was hatte Falkner gegen sie in der Hand?

Sie seufzte unwillkürlich. So viele offene Fragen, die sie von der Ermittlung ablenkten: Wer hatte Eckhard Falkner ermordet, und wo waren diese verdammten Spendengelder?

Auf der Straße tauchte vor ihr die Kurve auf, in deren Scheitelpunkt der Weg zu dem Gehöft abging, wo sie vor zwei Tagen den Ziegenkäse gekauft hatte. Diese beiden letzten Tage erschienen ihr wie eine halbe Ewigkeit nach allem, was in der Zwischenzeit passiert war. Sie dachte an die Frau, die dort mit ihren Kindern lebte, und an ihre hintergründige Bemerkung, als sie erfahren hatte, dass Uta Polizeibeamtin war. *Dann haben Sie sich was vorgenommen.*

Einer spontanen Eingebung folgend, bremste sie ab und setzte den rechten Blinker. Vielleicht würde sie hier ein paar Antworten auf ihre Fragen erhalten. Einblicke von anderer Seite. Sie ließ den Wagen langsam zwischen den Schlaglöchern dahinrollen. Rechts und links des Weges waren tiefe Gräben, die jetzt im Frühjahr satt gefüllt waren mit Wasser. Zwischen den Gebäuden graste eine Ziegenherde. Braunweiß gefleckte Tiere, zwischen denen junge Zicklein ungestüm herumsprangen. Der Käse war entgegen ihren Befürchtungen erstaunlich gut gewesen. Sie würde noch etwas mitnehmen, wenn es sich ergab. Flirrende Schatten streiften sie, als sie zwischen den alten Pappeln hindurchfuhr, deren silbrig grünes Laub in der Sonne schimmerte, dann war sie auch schon auf dem staubigen Hofplatz. Der VW-Bus war fort, ebenso der alte Hund. Alles andere sah aus wie bei ihrem letzten flüchtigen Besuch. Sie hielt an und stieg aus. An der Haustür gab es keine Klingel, also klopfte sie und wartete. Nichts rührte sich. Das Sonnenlicht brach sich in einem der Fenster im ersten Stock und blendete sie. Sie klopfte erneut. Die Stille war beklemmend. Schließlich trat sie einen Schritt vom Haus zurück und sah zu den Fenstern auf. Nichts.

Neben dem Haus war eine alte Scheune aus verwittertem Holz. Ein Stapel alter Reifen lehnte an der Wand, und ein alter, halbverrosteter landwirtschaftlicher Anhänger stand an der Seite des Gebäudes. Die Tür war einen Spaltbreit geöffnet. Dahinter meinte Uta eine Bewegung zu erkennen.

»Hallo!«, rief sie. »Ist da jemand?«

Sie bekam keine Antwort.

Langsam ging sie auf die Scheune zu.

Als sie näher kam, hörte sie ein Geräusch.

»Hallo?«, rief sie noch einmal.

Sie zog die Tür auf. Das Geräusch entpuppte sich als das Brummen unzähliger Fliegen, die bei ihrem Eintreten aufstoben und dem Licht zustrebten. Ihre Leiber prallten gegen ihr Gesicht, ihre Arme, begleitet von unerträglichem Gestank. Uta schlug um sich, hielt gleichzeitig den Atem an und kämpfte gegen einen plötzlichen Brechreiz. Sie legte ihre Hand über Mund und Nase und versuchte, nicht zu tief zu atmen.

Mit einem leisen Quietschen fiel die Tür hinter ihr wieder zu. Die Fliegen surrten leiser. Es dauerte einen Moment, bis sich ihre Augen an das Zwielicht gewöhnt hatten. Aber da berührte sie auch schon etwas Weiches, spürte sie Stoff unter ihren Fingern, und gleichzeitig tropfte etwas auf ihre nackten Arme. Etwas, das zäh und klebrig über ihre Haut lief …

Angeekelt sprang sie zurück, sah nach oben und blickte im Halbdunkel in das tote, ausdruckslose Gesicht eines jungen Mannes. Sein Körper war aufgetrieben von der Wärme und den Verwesungsgasen, spannte unter seiner Kleidung, die auf Bauchhöhe dunkel verfärbt war. Dicke grün schillernde Fliegen saßen auf ihm, krochen über ihn, ließen ihn seltsam lebendig erscheinen.

Uta stolperte zurück, stieß gegen die Tür. Helles Sonnenlicht strömte wieder in die Scheune, verfing sich in der grotesken Gestalt, die wie an einem Fleischerhaken über ihr baumelte. Marmorweiße Hände reckten sich ihr auf Gesichtshöhe entgegen, unter den Fingernägeln braunrote Ränder. Während sie noch darauf starrte, kroch aus dem weiten Ärmel des Hemdes ein Insekt hervor, tastete sich langsam mit seinen langen Fühlern über die blasse Haut, verhakte sich mit einem seiner Beine in der Behaarung, die unter dem Hemd hervorlugte, und kroch schließlich zischelnd weiter.

Uta rannte hinaus. Ihre Haut schien zu brennen, dort, wo die Flüssigkeit aus der Leiche auf sie herabgetropft war. Sie erreichte den Reifenstapel, beugte sich, am ganzen Körper zitternd, darüber und erbrach sich.

»Ein achtundvierzig Stunden alter Leichnam in dieser Hitze – das ist wirklich kein angenehmer Anblick«, sagte Axel Thode im Vorbeigehen und warf Uta einen verständnisvollen Blick zu. »Da darf einem schon mal schlecht werden …«

Uta war noch immer kalkweiß. Sie saß im Gras, lehnte mit dem Rücken an einem der dicken Pappelstämme und trank kleine Schlucke aus einer Wasserflasche. Stahl ging neben ihr in die Hocke, was ihm aufgrund seines Körperumfangs nicht wirklich leichtfiel.

»Geht es wieder?«, fragte er und griff nach ihrer Hand. Sie fror noch immer trotz der Wärme, und ihr Atem ging schnell. Typische Schocksymptome.

Uta lächelte schwach. »Ich hab mich aufgeführt wie eine Anfängerin.«

»Das kann jedem von uns passieren. In so eine stinkende Leiche reinzurennen ist nicht jedermanns Sache.«

Sie erwiderte dankbar den Druck seiner Finger. »Das vielleicht, aber ich hätte erst gar nicht allein auf den Hof fahren sollen, ohne euch vorher zu informieren.«

»Sei froh, dass du dich darüber mit mir und nicht mit

Werner auseinandersetzen musst. Aber mach es ja nicht noch einmal.«

»Ich werde es mir merken«, erwiderte Uta seufzend. Dann sah sie ihn fragend an. »Warum bist du überhaupt hier? Konntest du dich wirklich aus dem Büro loseisen?«

Stahl lächelte verlegen. »Ich musste mal wieder raus, dieser ganze Verwaltungskram macht mich fertig.« Er stand auf und hielt ihr seine Hand hin, um ihr vom Boden hochzuhelfen. »Ich hab Baumann mitgebracht, der fährt dich jetzt nach Hause. Ich bring dich zu deinem Auto.«

Er sah dem kleinen BMW nach, wie er sich in einer Staubwolke entfernte, dann ging er hinüber zu Harms, der mit Thode am Tor der Scheune stand. Der Leichnam des jungen Mannes war soeben abtransportiert worden.

»Gibt es schon erste Erkenntnisse?«

»Wir haben Schleifspuren gefunden, die darauf schließen lassen, dass er bereits tot war, als er in die Scheune gebracht wurde. Aber noch nicht lange«, fügte Thode hinzu und wies auf einen dunklen Fleck zu ihren Füßen. »Das ist noch eine ganze Weile aus der Wunde in seinem Bauch getropft. Weitere Spuren davon haben wir allerdings nicht gefunden. Vielleicht war er eingepackt. Wie es aussieht, handelt es sich um eine Schussverletzung, aber das genau zu bestimmen ist Jörns Job. Letztlich wird auch erst die Obduktion Aufschluss über die Todesursache geben.«

»Noch irgendwas?«

»Wir müssen seine Kleidung auf Faserspuren untersuchen. Er hat etwas unter den Fingernägeln, das aussieht wie getrocknetes Blut, aber ...«

»Fingerabdrücke?«

»An der Winde, mit der er hochgezogen wurde.«

Stahl betrachtete die alte Seilwinde, die früher wohl dazu gedient hatte, Getreidesäcke auf den Boden über ihren Köpfen zu transportieren. Erstaunlich, dass die morschen Seile überhaupt gehalten hatten; der junge Mann war kein Leichtgewicht gewesen.

»Habt ihr schon rausgefunden, wer hier wohnt?«

Harms zog seinen Notizblock aus der Brusttasche seines Hemdes. »Kirsten Martens, alleinstehend, drei Kinder, Hartz-IV-Empfängerin. Der Hof gehörte früher ihren Eltern. Sie ist gestern mit ihren Kindern weggefahren für ein verlängertes Wochenende zu Freunden irgendwo am Meer in Nordfriesland. Behnke ist dran.«

»Hast du ihm auch gesagt, dass wir einen Durchsuchungsbefehl brauchen?«

Harms nickte.

»Und?«

»Er hat den zuständigen Richter noch nicht erreicht.«

»Braucht ihr mich noch?«, unterbrach Thode sie.

»Im Moment nicht«, sagte Stahl, und sobald sich der Chef der Spurensicherung verabschiedet hatte, fügte er hinzu: »Lass uns noch einmal um das Haus gehen.«

Harms schob seinen Block zurück in seine Brusttasche und zog stattdessen eine Schachtel Zigaretten heraus. »Hast du deinen Kuhfuß dabei?«, fragte er grinsend.

Die Fahrzeuge der Spurensicherung verschwanden hinter den Bäumen. Ruhe legte sich über das Gelände. Da war nur noch das Rauschen des Windes in den Pappeln und der allmählich leiser werdende Gesang einer Lerche. Hinter dem Haus traten sie in einen verwilderten Garten. Das Gras stand kniehoch, und aus den vom Unkraut überwucherten Beeten reckten sich zwischen den Brennnesseln hier und da ein paar Rosentriebe ins Licht. Blutrot hoben sich die Blüten gegen das dunkle Grün ab. Eine seit Jahren nicht mehr geschnittene dichte Hecke schirmte den Garten gegen die Weite der umliegenden Felder ab.

»Sieht ganz so aus, als ob sich hier in letzter Zeit jemand unbefugt Zutritt verschafft hat«, bemerkte Harms und wies auf eines der Fenster im Erdgeschoss, das offensichtlich eingeschlagen und dann mit einer Notverglasung versehen worden war.

Stahl trat an das Fenster und betrachtete es genauer. Er zog ein Paar dünne Plastikhandschuhe aus seiner Jacketttasche, streifte sie über und hob ein schweres Metallrohr aus dem Gras auf, gleich unterhalb des Fensters. »Damit vielleicht?«

Harms nickte langsam und trat an die Verandatür. Mit einer Hand schirmte er das Licht ab und lugte durch das Glas. Als er die Tür berührte, schwang sie lautlos nach innen auf.

Stahl ließ das Metallrohr sinken. Harms schnippte seine Zigarette ins Gras und wies auf Stahls Plastikhandschuhe. »Hast du noch welche?«

Stahl unterdrückte ein Lächeln und zog ein weiteres Paar aus seiner Tasche. Gleich darauf standen sie im Wohnzimmer von Kirsten Martens.

»Das hat Woodstock in der zweiten Generation überlebt«, sagte Stahl und ließ seinen Blick über die Einrichtung aus indischen Wandbehängen und großen Sitzkissen schweifen. Es roch nach Zigaretten und Räucherstäbchen. Stahl war sich sicher, dass die Kollegen der Spurensicherung in dem Aschenbecher auf dem niedrigen Tisch in der Mitte des Raums die Reste des ein oder anderen Joints finden würden. In der angrenzenden Küche stand auf der Fensterbank eine Cannabis-Pflanze und neben der Spüle eine Batterie leerer Wein- und Bierflaschen.

»Hier hat vor kurzem eine Feier stattgefunden«, meinte Stahl.

»Oder die Hausbewohner haben ein nicht unerhebliches Alkoholproblem«, sagte Harms abwesend. Er starrte auf den Fußboden aus alten, ausgetretenen Holzdielen.

»Hast du was gefunden?«

Harms ging in die Hocke und fuhr mit dem Finger über eine Spur von dunklen Flecken, die sich von der Tür bis zum Küchentisch zog. »Das sieht aus wie getrocknetes Blut.«

Er griff in seine Hosentasche und hielt gleich darauf ein Taschenmesser in der Hand, mit dem er behutsam einen Span aus den Dielen löste. In einem der Schränke fand Stahl eine Rolle mit Gefrierbeuteln. Er reichte Harms einen davon. Dann tastete er in der Tasche seines Jacketts nach seinem Handy und wählte die Nummer des leitenden Staatsanwaltes. »Wir brauchen einen Durchsuchungsbefehl. Jetzt. Können Sie sich drum kümmern?«

»Warum sind Sie überhaupt da draußen, Herr Stahl? Und was machen Sie gerade?« Matthias Sommers Stimme klang angespannt, und Stahl vermisste Werner.

»Wir sitzen in Breiholz am Kanal in der Sonne und essen Eis«, sagte er. »Es ist schade, dass Sie nicht auch hier sind.«

Einen Moment war Schweigen am anderen Ende. »Ich melde mich, sobald ich den Schein in Händen halte«, erwiderte Sommer knapp und legte auf.

Sie brauchten nicht lange zu warten.

»Na, bitte, geht doch«, bemerkte Harms trocken und machte sich mit seiner Beute auf den Weg nach draußen. Sie hatten sonst nichts gefunden, das auf den ersten Blick von Bedeutung zu sein schien, aber mit einem offiziellen Durchsuchungsbefehl würden die Kollegen jedes Zimmer sowieso noch einmal in aller Gründlichkeit durchgehen.

Als sie auf den Hofplatz kamen, stand neben ihrem Audi ein blausilberner Passat der Schutzpolizei.

»Das ist Piehl«, sagte Harms und wies auf den kräftigen rotblonden Mann, der an der Fahrertür lehnte und gegen die allmählich untergehende Sonne zu ihnen herüberblinzelte.

»Ich hab gehört, Sie haben schon wieder eine Leiche gefunden«, begrüßte er sie mit einer Selbstgefälligkeit, die

Stahl sofort auf die Nerven ging. Er kannte den Dorfpolizisten nur aus Erzählungen von Harms und Uta, er fand jedoch seine dabei gebildeten Vorurteile auf der Stelle bestätigt.

»Wer ist es denn diesmal?«, wollte Piehl wissen.

»Guten Abend, Herr Piehl«, sagte Harms. »Wir haben den Toten noch nicht identifizieren können.« Seine Stimme verriet nichts. Sie war von ausgesuchter Höflichkeit. Stahl wusste, was das hieß.

»Ein Mann, also«, bohrte Piehl anhand des Informationsbröckchens weiter.

»Ein junger Mann, ja, schätzungsweise um die zwanzig, blond, bekleidet mit einem karierten Hemd, Jeans, Nike-Turnschuhen.« Harms kramte zwischen seinen Notizen eins der Polaroidfotos hervor, die Thode gemacht hatte, und zeigte es Piehl.

Die gesunde Farbe wich aus dessen Gesicht.

»Jemand, den Sie kennen?«, bohrte nun seinerseits Harms.

Piehl schluckte schwer, seine Selbstgefälligkeit gebrochen.

Harms wartete. Er hielt noch immer den Gefrierbeutel in der Hand, und Piehls Augen wanderten zwischen dem Foto und dem Beutel hin und her. »Jonas Haffkamp«, stieß er hervor.

»Jonas Haffkamp«, wiederholte Harms. »Ist das der Name des Toten?«

Piehl nickte kurz, räusperte sich. »Er ist seit drei Tagen verschwunden. Seit dem Mord an unserem Pastor.«

Stahl und Harms tauschten einen Blick.

»Warum wussten wir nichts davon?«, fragte Stahl gereizt. Es kostete ihn einiges, den rotblonden Mann, der seine Polizeiuniform so stolz trug, nicht anzuschreien.

Piehl antwortete nicht.

»Wo lebte der junge Mann denn?«, fragte Harms.

»Bei uns im Dorf.«

»Wo genau?«

»Bei meinem Schwiegervater … Ernst Averdieck.« Piehl war nun kurz davor, seine Fassung zu verlieren.

»Was halten Sie davon, wenn wir jetzt gemeinsam zu Ihrem Schwiegervater fahren?«, schlug Harms vor.

⁂

Amelie Dahms schloss die Gartenpforte hinter sich und eilte die schmale Straße hinunter, die ins Dorf führte. Mehrere Fahrzeuge fuhren an ihr vorbei, als sie den Dorfteich erreichte, und hielten schließlich auf der Hofstelle von Ernst Averdieck. Die beiden Kieler Kommissare stiegen aus – und Sönke Piehl. Sie zog unwillkürlich die Schultern hoch, als er flüchtig in ihre Richtung blickte, aber er nahm sie nicht wahr. Er war viel zu beschäftigt mit dem wichtigen Besuch aus der Landeshauptstadt.

Die drei waren auf dem Weg zur Tür, als Andi aus dem Stallgebäude trat. Sönke rief ihm etwas zu. Die beiden Männer waren im gleichen Alter, so wie Leif auch. Sie waren zusammen aufgewachsen, zusammen zur Schule gegangen, aber es verband sie nichts. Andi wies in Richtung des Stalls, und die Polizisten verschwanden in dem Gebäude. Der dicke große Kommissar blieb neben Andi stehen. Unruhig trat Amelie von einem Fuß auf den anderen, während sie verfolgte, wie sie miteinander sprachen. Etwas in Andis Haltung alarmierte sie. Sie eilte am Dorfteich vorbei auf die Männer zu. Zwei Enten stoben schnatternd auf. Die beiden Männer wandten sich zu ihr um. Sie sah das Stirnrunzeln in Andis Gesicht, als er sie erkannte.

»Guten Abend, Frau Dahms«, begrüßte der Kommissar sie. Er trug ein helles Leinenjackett, vom langen Sitzen im

Auto zerknittert, aus dessen Innentasche er ein Foto zog und sich wieder Andi zuwandte. »Kennen Sie diesen jungen Mann?«

Andi warf nur einen flüchtigen Blick darauf, als wüsste er schon, was darauf abgebildet war. »Jonas Haffkamp«, antwortete er und schob seine Hände in die Taschen seiner Arbeitshose.

Aber Amelie hatte noch gesehen, wie er die Fäuste geballt hatte, so fest, dass das Weiß seiner Knöchel unter der gebräunten Haut hervortrat. Sie reckte sich, um einen Blick auf das Foto zu werfen, und schnappte unwillkürlich nach Luft, als sie das viel zu blasse Gesicht und die leblosen Augen erspähte. »Oh, mein Gott«, entfuhr es ihr. »Er ist tot, nicht wahr?«

»Er ist ermordet worden.« Der Kommissar ließ das Bild wieder in seiner Jackentasche verschwinden.

Amelie spürte eine Kälte ihre Beine hinaufkriechen, die nichts mit der feuchten Kühle des Abends zu tun hatte, die allmählich aus den Feldern aufstieg, sich zwischen den Häusern hindurchwand und die stickige Wärme des Tages auflöste.

»Wann haben Sie Jonas das letzte Mal gesehen?«, fragte der Kommissar Andi.

»Vor drei Tagen, an dem Tag, an dem der Pastor gestorben ist. Morgens hat er hier auf dem Hof noch an der Zugmaschine da hinten geschraubt.« Andi zeigte auf den großen, hellgrünen MB-Truck, der in einem geöffneten Hallentor stand.

»Und seitdem nicht mehr?«

Andi schüttelte den Kopf. »Zu Mittag war er nicht hier.« Der muskulöse Mann sah zu Boden und stieß mit einem seiner Schuhe einen kleinen Stein fort. Amelie wusste, was diese unbewusste Bewegung bedeutete, und fragte sich, warum er log.

»Wo … wo haben Sie Jonas gefunden?«, warf sie hastig ein.

»Auf dem Hof von Kirsten Martens«, antwortete der Kommissar, ohne Andi aus den Augen zu lassen.

Amelie sah, wie Andi blass wurde. Sie spürte sein plötzliches Herzklopfen. Als Kind hatte sie einmal einen Marder in einer Stallecke in die Enge getrieben. Er hatte denselben Ausdruck in seinen Augen gehabt wie Andi jetzt. Und wie für den Marder damals gab es auch für Andi nur zwei Möglichkeiten: kämpfen oder aufgeben. Der Marder, das erinnerte sie noch genau, hatte gekämpft und war entkommen. Andi straffte seine Schultern und atmete tief durch.

»Ich habe Jonas getötet«, sagte er mit fester Stimme.

Seine Worte hallten über den Hofplatz, schlugen von den Wänden des roten Bauernhauses zurück und trafen sie einer Ohrfeige gleich. Sie taumelte zurück.

»Er ist in Kirstens Haus eingebrochen. Ich habe ihn dabei überrascht«, fuhr Andi fort.

Hör auf, sprich nicht weiter!, wollte sie schreien, aber sie brachte kein Wort heraus. Die Welt entfernte sich, wurde stumm, und für einen seltsamen, flüchtigen Moment war es, als befände sie sich in einer tanzenden Seifenblase. Und dann kehrten die Stimmen zurück, lauter als zuvor. »Nein!«, hörte sie sich selbst rufen, als sie sich um Andi schlossen, sich mit ihm entfernten. »Lasst ihn in Ruhe! Er hat nichts getan! Warum lasst ihr uns nicht alle in Ruhe?«

Der dicke Kommissar stellte sich ihr in den Weg und hielt sie zurück.

»Frau Dahms, bitte, beruhigen Sie sich.«

Sie kämpfte gegen seinen Griff an, und die ganze aufgestaute Enttäuschung der letzten Jahre, die Einsamkeit, die Trauer und vor allem die heimliche Angst, die wie ein Alb auf ihr lastete, sie erdrückte und aussaugte, fanden plötzlich ein Ventil in ihrer Wut gegen den Polizisten. Sie hob die

Fäuste und schlug auf ihn ein, gegen seine fette Brust, die sich unter seinem Hemd wölbte wie bei einer Frau. Sie spürte kaum mehr, wie er ihre Handgelenke umschloss, hörte nicht, wie er sie anschrie, zu sich zu kommen. Die Welt um sie herum verschwand endgültig in einem Sog, löste sich einfach auf, bis nichts mehr da war. Nur noch Stille. Und eine wohltuende Leere.

Leif Falkner blickte auf das Handy in seiner Hand und dachte über den Anruf nach, den er eben erhalten hatte. Seine Schonfrist war abgelaufen. So viel war klar. Und eine weitere Warnung würde er nicht erhalten. Seine Finger tasteten nach dem kleinen Datenträger, der an einem schlichten Lederband, wie ein Talisman verborgen, unter seinem T-Shirt auf seiner nackten Haut lag. Und er fragte sich nicht das erste Mal, ob er den richtigen Weg gewählt hatte, ob die Information, die darauf gespeichert war, wirklich ein Leben wert war. Leif stand auf und ging in das Gästezimmer neben der Küche, wo seine Sachen noch immer unausgepackt auf dem Stuhl lagen. Nur das Nötigste hatte er herausgenommen. Sein Anzug, den er vor wenigen Stunden auf der Beerdigung getragen hatte, hing am Schrank. Er fuhr mit den Fingern über den weichen, teuren Stoff und erinnerte sich an den Tag, an dem er ihn gekauft hatte. An das Lächeln des Verkäufers bei Wiesbadens exklusivstem Herrenausstatter, als er ihm ebenjenen Stoff präsentierte in dem Wissen, dass er damit genau Leifs Geschmack traf. »Für den besonderen Anlass genau das Richtige«, hatte er augenzwinkernd bemerkt, und sie hatten zusammen gelacht. Die Begebenheit lag noch kein Jahr zurück, und doch erschien es Leif, als läge ein ganzes Leben zwischen jenem unbeschwerten Frühlingstag in der hessischen Landeshauptstadt und dem heutigen Tag. Als hätte damals ein anderer diesen Anzug gekauft, den er heute das erste Mal wieder getragen hatte. Und das auch nur, weil es der einzige gewesen war, den er mitgenommen hatte. Aus einem Anflug von Sentimentalität, den er sich selbst immer noch nicht verziehen hatte. Vielleicht sollte er ihn hierlassen mit all den anderen Erinnerungen. Er nahm ihn und betrachtete ihn ein letztes Mal, bevor er ihn in den Schrank hing.

Herz! Vergessen wir ihn!
Du und ich – heut nacht!
Du vergißt, wie warm er war –
Und ich vergess das Licht!

Und bist du fertig, sag's mir
Dann dunkle ich mich ein!
Rasch! Denn solang du zögerst
Gedenk ich wieder sein!

Mit Nachdruck schloss er die Schranktür und zwang seine Gedanken zurück in die Gegenwart. Er musste noch einige abschließende Telefonate führen, bevor er gehen konnte. Ein paar letzte Dinge klären und sein altes Leben gegen ein neues tauschen.

Doch es kam anders. Ganz anders. Er ahnte es, als er zur Tür hinaustrat und eine Frauengestalt auf das Pfarrhaus zueilen sah. Für einen Moment schien es ihm, als habe sie sich nicht verändert. Als sei sie keinen Tag älter geworden. Sie war noch genauso schlank, ihr Körper genauso biegsam wie vor fünfundzwanzig Jahren, das blonde Haar wie damals eine glitzernde Woge ungezähmter Locken. Doch als sie näher kam, löste sich die Illusion auf. Sie war noch immer schön. Aber die Linien in ihrem Gesicht sprachen von dem, was sie erlebt hatte, und in ihr Haar mischten sich feine graue Strähnen. Einzig und allein ihre Augen leuchteten wie damals. Ein helles Blau, wie das des Himmels über diesem weiten Land.

»Leif, ich bin so froh, dass du noch da bist«, rief sie ihm aufgeregt entgegen, als hätten sie sich tags zuvor das letzte Mal gesehen. Ihre Stimme hatte einen rauchigen Klang bekommen, der ihn auf seltsame Weise anrührte. Sie schnappte nach Luft, hielt sich die Seiten, und er fragte sich, ob sie die ganze Strecke von ihrem Hof bis hierher gerannt war.

»Kirsten, was ist passiert?« Er eilte die Stufen hinunter auf sie zu, und sie flog wie früher in seine Arme. Er hielt sie fest, spürte der Erinnerung nach, die ihre Berührung auslöste, doch der Augenblick währte nur kurz.

»Sie haben Andi verhaftet«, sagte sie, noch immer außer Atem.

Er schob sie von sich und starrte sie fassungslos an. »Andi? Wieso?«

»Er sagt ... er ...« Sie schüttelte den Kopf und brach in Tränen aus. »Du musst ihm helfen! Er sagt ... er hätte Jonas umgebracht.«

Was bislang nur Vorahnung gewesen war, manifestierte sich.

Leif legte Kirsten seinen Arm um die Schultern und führte sie zu der Bank, die neben dem Hauseingang stand. »Setz dich«, sagte er. »Möchtest du etwas trinken?«

Sie schüttelte den Kopf. »Ich kann nicht lange bleiben. Die Kinder sind allein zu Haus.«

Die Kinder. Kirsten hatte Kinder. Er fragte sich, wer der Vater war.

Sie zog ein Taschentuch aus der Hosentasche und schneuzte sich. Sie sah ihn flehentlich an. »Du musst ihm helfen, Leif. Du bist der Einzige, der das kann.«

Er setzte sich neben sie. Ich kann nicht bleiben, wollte er sagen. Du hast Glück, dass du mich noch erwischt hast.

Aber er schwieg. Dennoch schien Kirsten zu wissen, was in ihm vorging.

»Du kannst nicht weg«, sagte sie. »Es geht um Andi.«

Tief in ihm schloss sich der Kreis, verbanden sich die letzten Glieder einer Kette, die über Jahre hinweg offen dagelegen hatte. Es war wie ein Déjà-vu-Erlebnis.

Du kannst nicht weg. Es geht um Andi.

Er hatte diesen Satz schon einmal gehört. Vor vielen Jahren. Nicht von ihr. Es waren die Worte, die zählten. *Es geht um Andi.* Leif richtete sich auf.

»Wenn er ihn wirklich getötet hat, kann ich nichts für ihn tun.« Er sah an Kirsten vorbei den Weg hinunter, der fortführte von diesem Haus, aus diesem Ort.

»Er hat es nicht getan.« Ihre Worte waren leise. Zu leise fast. Jetzt, wo er so dicht neben ihr saß, spürte er ihre Wärme, den leichten Geruch nach Zigaretten und Räucherstäbchen, von dem sie schon früher immer umgeben war. Etwas Neues, Unbekanntes lag noch darunter, etwas, das er nicht so schnell zuordnen konnte.

»Wenn er ihn nicht getötet hat, warum behauptet er es dann?«

»Sie haben Jonas' Leiche in meinem alten Stall gefunden.« Sie griff nach seiner Hand. Feste, schmale Finger umschlossen die seinen. »Bitte!«

Leif zwang sich, sie anzusehen. »Wie lange seid ihr schon zusammen?«

Sie wich seinem Blick nicht aus. »Als er nach seinem Unfall zurückkam, fing es an.«

Leif erinnerte sich an sein Gespräch mit Amelie. Er hatte geahnt, was der Grund für Andis Rückkehr gewesen sein könnte, und er hatte recht behalten. »Aber ihr lebt nicht zusammen?«

Ihre Finger lagen noch immer um die seinen, und er spürte, wie ihr Druck fester wurde. »Es ist schwierig mit

Andi. Was damals passiert ist … Er kämpft noch immer damit.«

»Ich weiß«, sagte Leif. »Ich habe es ihm angesehen.«

»Er will keine eigenen Kinder.«

»Aber er ist zurückgekommen und jetzt sogar bereit, für dich ins Gefängnis zu gehen. Ist das nicht ein ansteckendes Zeichen seiner Liebe?«

Sie presste die Lippen aufeinander. »Ich habe Jonas nicht getötet.«

»Wer dann? Und vor allem warum?«, fragte Leif.

»Wer es war, weiß ich nicht, aber warum, kann ich dir sagen.«

Er sah sie erstaunt an.

»Jonas hat deinen Vater getötet.«

»Ja«, sagte er. »Das weiß ich schon.«

»Seit wann?«, fragte sie verblüfft.

»Seit gestern.«

»Und du hast der Polizei nichts erzählt?«

»Die werden es noch früh genug herausfinden.«

Mit ihr zu sprechen war auf beinahe unheimliche Weise vertraut. Obwohl sie sich über zwanzig Jahre nicht gesehen hatten, war es, als knüpften sie dort an, wo sie damals aufgehört hatten. Die Zeit dazwischen löste sich auf, verlor sich, je länger sie zusammen waren. Da war wieder dieselbe Nähe, dieselbe Sicherheit, dass das Gesagte niemals weitergetragen würde – in einem Dorf wie diesem etwas ganz Besonderes. Sie waren immer schon Außenseiter gewesen, und damals wie heute vereinte sie die Sorge um ihren besten Freund.

Sie stand auf. »Ich muss nach Hause. Die Kinder …«

»Wie bist du hergekommen?«

»Mit dem Fahrrad. Der Bus wollte nicht anspringen.«

»Wenn ich Andi helfen soll, muss ich mehr wissen«, sagte er. »Ich fahr dich nach Hause, und du erzählst mir alles, was du weißt.«

Er war sich nicht sicher, ob er sich mit diesen Worten nicht sein eigenes Grab schaufelte, aber er wusste, er hatte keine Wahl. Er durfte Andi nicht im Stich lassen. Egal was es ihn kosten würde.

V.

Als Stahl am nächsten Morgen im Kommissariat in der Blumenstraße ankam, lag der Obduktionsbericht von Jonas Haffkamp bereits auf seinem Schreibtisch.

»Hat Jörn eine Flaute in der Rechtsmedizin, oder wieso ist er schon fertig?«, fragte er Harms, der bereits mit einem Kaffee hinter dem Bildschirm seines Computers saß.

»Keine Ahnung. Vielleicht hat er Streit mit Baumann und die Nacht durchgearbeitet. Erinnerst du dich, dass der Tote Blutreste unter den Fingernägeln hatte?«

»War es Blut?«

Harms' zerfurchtes Gesicht zerfloss in ein breites Lächeln. »Ja. Und nun rate mal, von wem.«

Stahl starrte ihn an. »Eckhard Falkner.«

»Bingo.«

»Aber das beweist noch nicht, dass er ihn auch getötet hat.«

»Wir haben inzwischen auch die Mordwaffe.« Harms reichte ihm einen Faxausdruck über den Tisch.

Stahl überflog das Blatt. »Ein Baseballschläger. Mit Jonas Haffkamps Fingerabdrücken und Eckhard Falkners Blut daran. Na, das ist ja geradezu perfekt.« Ein Landwirt hatte den Schläger beim Düngen auf seiner Weide gefunden. Stahl sah zu Harms. »Ich nehme an, dass die Holzstücke, die Jörn in Falkners Schädelwunde gefunden hat …?«

»… von dem Schläger stammen«, bestätigte Harms. »Das ist bereits überprüft.«

Stahl nahm den Obduktionsbericht von Jonas Haffkamp und begann zu lesen. Er enthielt kaum etwas, das sie nicht schon wussten oder vermutet hätten. Als Todeszeitpunkt hatte Jörn den frühen Abend des Mordtages von Eckhard Falkner ermittelt. Die Mordwaffe war ein Revolver Kaliber 38. Sie war aus nächster Nähe abgefeuert worden und hatte Jonas Haffkamp den Bauchraum zerfetzt, ohne ihn gleich zu töten. Stahl verzog das Gesicht, als er es las. Ein Bauchschuss galt als eine der schmerzvollsten Arten zu sterben. Der Mörder hatte Jonas entgegen Thodes erster Annahme vermutlich noch lebend in Kirsten Martens' Stall gebracht und dort aufgehängt. Wie ein Stück Vieh zum Ausbluten, schoss es Stahl durch den Kopf. Er blätterte den Bericht flüchtig weiter durch. Es gab keine Angaben zum Tatort, wo die tödlichen Schüsse auf Jonas abgegeben wurden.

Stahl wandte sich erneut an Harms. »Was hat Andi Dahms zum Tathergang gesagt?« Er selbst war bei der Vernehmung des Mannes nicht mehr dabei gewesen.

»Nichts. Absolut nichts«, erwiderte Harms. »Er hat lediglich gesagt, dass er den jungen Mann getötet hat. Mehr nicht. Jede weitere Aussage verweigert er.«

»Er hat nicht einmal etwas zu seinem Motiv gesagt?«

»Nur was du auch schon weißt, dass Haffkamp in Martens' Haus eingedrungen ist, und er ihn deswegen getötet hat.«

»Was ist mit der Tatwaffe?«

Harms schüttelte den Kopf.

»Wir müssen noch mal in das Haus. Wenn es sich so verhält, wie Dahms ausgesagt hat, dann müssen dort Spuren sein.«

»Habicht hat den Holzsplitter von den Dielen analysiert, den ich mitgenommen hatte. Es ist Jonas Haffkamps Blut darauf. Und – fast hätte ich es vergessen – die Fingerabdrücke auf der Seilwinde im Stall sind von Dahms.«

Stahl ließ den Obduktionsbericht in seine Ablage fallen.

Es war beinahe zu schön, um wahr zu sein. Und genau das störte ihn. »Hat Uta schon mit Andi Dahms gesprochen?«

»Ich hab sie heute Morgen noch nicht erreicht.«

Stahl griff zum Telefon und wählte die Nummer ihrer Kollegin, hatte aber nicht mehr Glück als Harms.

»Hast du es auch auf dem Handy versucht?«

Harms warf ihm einen vielsagenden Blick zu, doch bevor er etwas erwidern konnte, klingelte sein Telefon. Er ging ran, und Stahl sah, wie Harms' Miene ernst wurde, während er sich auf seiner Schreibtischunterlage einige Notizen machte. »Wir sind gleich da«, sagte er schließlich. »Babyleiche in Holtenau«, fügte er einsilbig hinzu, als er Stahls fragendem Blick begegnete. »Ich nehm Behnke mit. Habicht ist schon unterwegs.«

Erst als Harms draußen war, fragte sich Stahl, ob Sebastian Behnke der richtige Mann für diesen Fall war, aber da war es schon zu spät.

Er fand Uta schließlich in der Kaffeeküche, im Gespräch mit einem Kollegen aus der Abteilung für Wirtschaftskriminalität. Trotz ihres gestrigen Erlebnisses wirkte sie schon wieder ganz aufgeräumt und begrüßte ihn mit einem Lächeln. »Guten Morgen, Armin. Du siehst aus, als hättest du Arbeit für mich.«

Den Gedanken an das tote Baby in Holtenau schob er weit von sich.

»Morgen, Uta. Alles wieder klar?«

Sie nickte.

»Dann wäre es schön, wenn du ins UG fahren und mit Andi Dahms sprechen könntest.«

Sie zog fragend eine Braue hoch. »Harms meint, er gesteht den Mord, schweigt aber zum Tathergang.«

»Genau das ist der Grund, weshalb du mit ihm sprechen sollst. Mir gefällt die Sache nicht.«

»Ich hab gehört, seine Mutter hatte einen Zusammenbruch.«

»Sie liegt in der Uniklinik auf der Intensivstation«, bestätigte Stahl. »Sie war gestern Abend noch nicht wieder bei Bewusstsein. Vielleicht kannst du ja, bevor du ins UG fährst, vorher …«

»… bei ihr vorbeifahren?«

Stahl lächelte und sah aus dem Augenwinkel, wie der Kollege aus der Wirtschaft – Carstens hieß er, Heiko Carstens, jetzt erinnerte er sich, sein Gesicht zu einem breiten Grinsen verzog.

»Manchmal denke ich, ich sollte das Ressort wechseln«, bemerkte Carstens. Er war einer jener rotblonden blassen Wikingertypen mit einem Ansatz von Bart. »Bei euch wirkt es immer so – überschaubar«, fuhr Carstens fort. »Ein Toter, ein bis zwei Verdächtige, alles löst sich auf.«

Stahl und Uta tauschten einen zweifelnden Blick.

»Ist das so?«, fragte Stahl.

»Zumindest wirkt es so – von außen betrachtet.« Auch Carstens' Stimme passte. Wie ein Schlag auf Odins Schild. »Wir wühlen immer nur tief im Dreck. Und wenn wir was finden, müssen wir noch aufpassen, dass wir von höchster Stelle nicht was auf die Finger bekommen.«

»Wo seid ihr denn gerade dran?«, fragte Uta.

»Landwirtschaft. Großes, politisch heikles Thema hier bei uns.«

»Das kann ich mir vorstellen.«

»Erst gestern Morgen haben wir im Kühlhaus einer Fleischfabrik bei Neumünster mehrere hundert Tonnen Schweinefleisch beschlagnahmt. Vollgepumpt mit illegalen Antibiotika, Wachstumshormonen und Stresshemmern und was weiß ich noch alles.«

»Ein Import aus Dänemark?«

Stahl dachte unwillkürlich an das Schnitzel, das er am

Tag zuvor zum Mittag hatte. Und an Resistenzen von Bakterienstämmen.

»Nein, aus Deutschland. Mit ziemlicher Sicherheit sogar aus Schleswig-Holstein. Die Spur ist nur schwer zurückzuverfolgen. Die Ware wurde mehrfach umdeklariert. Das ist eine verdammte Mafia, wenn du die nicht auf frischer Tat ertappst …«

»Wie seid ihr denn drauf gekommen?«, unterbrach Uta seinen Redefluss.

»Wir haben einen Tipp bekommen. Wisst ihr, in diesem Bereich tauchen immer neue Kriminalitätsfelder auf«, erklärte Carstens, der kaum zu bremsen war. »Der Markt ist riesig und die Preise so niedrig, dass sich die Bauern leicht verführen lassen.«

»Aber die Medikamente kosten doch Geld«, warf Stahl ein.

»Wenn die Schweine dafür einen Monat weniger in deinem Stall stehen, sparst du mehr, als du investierst.«

»Und was ist mit den Tierärzten? Die nehmen doch Stichproben von dem Fleisch?«

»Oder halten die Hand auf.«

Uta neben ihm nickte. »Das war früher schon so, nur nicht in diesem großen Stil.«

»Eigentlich möchte ich darüber nicht mehr wissen«, bekannte Stahl. Das Schnitzel vom Vortag drückte ihn erneut.

Uta nahm ihren Kaffeebecher. »Na, dann zurück zu unseren überschaubaren Mordfällen«, sagte sie mit einem Augenzwinkern in Carstens' Richtung. Der Wikinger lächelte zurück, und Stahl begriff endlich.

»Einer deiner ganz großen Fans, was?«, stichelte er, während sie in ihr Dezernat zurückgingen.

Uta lächelte mild. »Eine Frau in meinem Alter braucht bisweilen das Gefühl, begehrt zu sein, das musst du verstehen.«

Als sie ihren Flur erreichten, kam ihnen der Praktikant entgegen. Jedes Mal wenn Stahl ihn sah, fragte er sich, wie der junge Mann seine Zulassung für die Ausbildung zum gehobenen Dienst bekommen hatte und wie es bei der Kripo in ein paar Jahren aussehen würde, wenn nur noch Typen wie er hier herumliefen.

»Frau Thormälen«, rief er aufgeregt, »da ist ein Besucher für Sie. Er … er wartet unten beim Pförtner.«

»Wie ist denn sein Name?«

Der schlaksige Praktikant sah auf den Zettel, den er in der Hand hielt. »Falkner heißt er, Leif Falkner.«

Leif Falkner war nicht allein gekommen, und Uta fragte sich, warum sie nicht überrascht war, Kirsten Martens an seiner Seite zu sehen.

»Können wir irgendwo ungestört reden?«, fragte Falkner nach einem knappen Händedruck.

Uta führte die beiden in einen großen, leeren Besprechungsraum. »Kann ich Ihnen etwas anbieten – Kaffee, Wasser?«

Falkner schüttelte den Kopf. Kirsten verneinte ebenfalls. Uta schloss die Tür hinter ihnen. Sie nahmen an dem großen runden Tisch Platz, und Uta musste unwillkürlich daran denken, wie sie und Leif Falkner bei ihrer letzten Begegnung in diesen Räumen in Streit geraten waren. Wenn sie damals gewusst hätte, dass sie heute hier unter völlig anderen Vorzeichen sitzen würden …

»Es geht um Andi, wie Sie sich sicher denken können.« Falkner kam gleich zur Sache. In dieser Hinsicht hatte er sich nicht geändert. »Er ist nicht für den Tod von Jonas Haffkamp verantwortlich.«

Kirsten saß neben ihm und knetete nervös ihre Finger.

Uta schlug die Akte auf, die sie mitgebracht hatte. »Warum behauptet er es dann?«

Sie bekam nicht sofort eine Antwort und begriff plötzlich, dass Falkner nur den Weg geebnet und die Tür geöffnet hatte. Sie sah zu Kirsten, die ihr blondes Lockenmeer an diesem Morgen hochgesteckt hatte und an die fragile Schönheit einer Julie Christie erinnerte.

»Wenn Andi Jonas Haffkamp nicht umgebracht hat«, wiederholte Uta ihre Frage, »warum behauptet er es dann?«

Kirstens Finger verkrampften sich noch mehr ineinander, aber sie hielt Utas Blick stand. »Um mich zu schützen«, stieß sie schließlich hervor.

Uta wartete.

»Er hatte Angst, dass ... die Polizei ... mich verdächtigen würde.«

Uta richtete sich auf ihrem Stuhl auf. »Ich darf Ihnen das eigentlich nicht erzählen, Frau Martens, aber wir haben erdrückende Beweise gegen Andi Dahms. Mehr als nur sein Geständnis.«

Das helle Blau in Kirstens Augen trübte sich. Aus dem Augenwinkel bemerkte Uta Leif Falkners Anspannung.

»Wir haben in Ihrem Haus Blutspuren von Jonas gefunden«, fuhr sie ruhig fort, »und an der Winde, mit der er im Stall hochgezogen wurde, sind Andi Dahms' Fingerabdrücke.«

»Das kann ich alles erklären«, brach es aus Kirsten hervor.

Falkner griff nach ihrer Hand. Seine schmalen gebräunten Finger schlossen sich um die ihren. Eine Geste, die Uta von ihm nicht erwartet hätte.

»Dann erklären Sie es mir«, forderte Uta die Frau ihr gegenüber auf.

Mit anfangs zitternder, dann aber fester werdender Stimme begann Kirsten zu erzählen. Jonas war, wie Andi bereits zu Protokoll gegeben hatte, in Kirstens Haus eingebrochen. Andi hatte ihn dabei erwischt, aber nicht umgebracht. Stattdessen hatte er ihm die Hand verbunden, die sich der Junge beim Einstieg durch das Fenster aufgeschnitten hatte, und ihn dann nach Rendsburg zur Bahn gebracht. Uta und Leif lauschten schweigend.

»Und die Fingerabdrücke auf der Winde?«, fragte Uta schließlich.

»Überall auf meinem Hof werden Sie Fingerabdrücke von Andi finden. Er hilft mir, wo er kann. Die alte Winde hat er neulich erst repariert, weil die Kinder damit spielen wollten.« Kirsten sah sie beinahe flehentlich an. »Ich habe Angst, dass er sich etwas antut. Er hat es schon früher versucht und wird es wieder tun ...« Ihre Augen füllten sich mit Tränen.

Uta überließ Kirsten Martens der Fürsorge von Leif Falkner und stand auf. »Ich bin gleich zurück«, sagte sie nur.

Sie suchte Stahl in seinem Büro auf. Sie fand dort auch den leitenden Staatsanwalt Matthias Sommer. »Das passt ja wunderbar«, bemerkte sie.

Sommer, der auf Harms' Platz saß und mit einem Bleistift spielte, sah auf und lächelte bei ihren Worten, während sich Stahl abwartend auf seinem Stuhl zurücklehnte. Mit knappen Worten informierte sie die beiden Männer über das eben stattgefundene Gespräch.

»Herr Stahl sagte mir, dass Sie schon auf dem Weg ins UG waren, um mit Dahms zu sprechen«, sagte Sommer, als sie fertig war. »Das Sinnvollste wäre, ihn jetzt mit diesen Aussagen zu konfrontieren und ihm klarzumachen, dass er durch sein Verhalten einen Mörder deckt, der immer noch frei herumläuft und unter Umständen noch mehr Schaden anrichtet.«

»Sehen Sie eine Möglichkeit, ihn aus der U-Haft zu entlassen?«

Sommer zog ein zweifelndes Gesicht. »Solange Herr

Dahms von seinem Geständnis nicht abweicht, wird der Haftrichter kaum mit sich reden lassen. Und selbst wenn, ist da immer noch die Frage, wo er zum Zeitpunkt der Tat war. Hat er ein Alibi?«

Uta schob die Hände in die Taschen ihrer Jeans. »So weit sind wir noch nicht. Bislang sind wir davon ausgegangen, dass er der Täter ist.«

»Fahr erst einmal ins UG und sprich mit dem Mann«, mischte sich Stahl ein. »Danach können wir alles Weitere entscheiden.«

⁂

Sönke Piehl las die Nachricht auf seinem Handy und sah dann über seinen Schreibtisch zu seinem Kollegen Mohr, der in die Tageszeitung vertieft war.

»Ich muss mal kurz weg, wenn was ist, erreichst du mich über Funk.«

Mohr ließ die Zeitung sinken. »Du bist viel unterwegs in letzter Zeit.« Seine Stimme klang vorwurfsvoll. Der Tonfall erinnerte Piehl an seine Frau.

»Als Dienststellenleiter hab ich ein bisschen mehr um die Ohren als du«, erwiderte Piehl knapp.

Mohr zog vielsagend die Brauen nach oben, sagte aber nichts weiter. Als Piehl zur Tür hinausging, hatte Mohr die Nase bereits wieder in die Zeitung gesteckt. Piehl fragte sich, wie lange sie diese Außenstelle noch weiterführen würden. Auf den meisten Dörfern hatten sie die kleinen Polizeistationen schon wegrationalisiert. Die Kollegen arbeiteten zentral, vom Amtssitz aus. Da war dann nicht mehr viel mit Zeitunglesen während des Dienstes.

»Ich glaube, wir sind nur noch hier wegen der Touristen, die den Sommer über kommen«, hatte Mohr vor einiger Zeit gesagt, und Piehl hoffte, dass es so war. Und so blieb.

Im Wagen zog er das Handy heraus und las noch einmal die Nachricht, die ihn zu seinem überstürzten Aufbruch veranlasst hatte.

Ich bin wieder da.

Die Frau war verrückt.

Sobald er das Dorf verlassen hatte, gab er Gas. Eine knappe halbe Stunde später erreichte er das Haus am Südrand von Rendsburg. Von der Straße aus war das kleine, unscheinbare rote Spitzdachhaus zwischen den dichten Nadelgehölzen kaum zu sehen. Das Haus hatte in den vergangenen Jahren so oft den Besitzer gewechselt, dass die Nachbarn längst das Interesse an den aktuellen Bewohnern verloren hatten. Piehl war das nur recht. Dennoch prüfte er die Umgebung mit einem kritischen Blick, bevor er auf das Grundstück einbog. Die Rollos waren runtergelassen. Die Garage verschlossen. Zweifel überkamen ihn. War sie wirklich da? Er ließ den Wagen langsam ausrollen. Nichts rührte sich. Erst als er den Motor abgestellt hatte und ausgestiegen war, öffnete sich die Haustür. Die Hitze des Tages staute sich auf dem kleinen Hofplatz zwischen den Gebäuden. Kein Windhauch bewegte die stickige Luft. Dann sah er sie …

Die kleine tätowierte Schlange auf ihrer Brust hob und senkte sich mit jedem Atemzug. »Hast du mich schon vermisst?«, fragte sie und reckte ihm ihre Arme entgegen.

Ihre nackte Haut fühlte sich warm an unter seinen Händen. Er schmeckte Reste von Schweiß, vermischt mit Parfüm. Piehl konnte nicht widerstehen, selbst wenn er gewollt hätte. Sie war nur drei Tage fort gewesen. Drei Tage, während deren er nicht gewusst hatte, ob er sie jemals wiedersehen würde.

⁂

Angesichts der neuen Sachlage und der Informationen, die sie erhalten hatte, beschloss Uta, den Krankenhausbesuch bei Amelie Dahms aufzuschieben. Kurz vor Mittag erreichte sie das nahe gelegene Untersuchungsgefängnis. Es war in der Kieler JVA untergebracht. Das Gebäude stammte aus der Zeit des Ersten Weltkriegs und war eine der wenigen, vielleicht sogar die einzige Haftanstalt in Deutschland, die fast gänzlich ohne Mauern auskam, da die Zellen in dem kreuzförmig angeordneten Gebäude auf eigene Innenhöfe blickten. Eine Insel mitten in der Stadt, von der viele nicht einmal wussten, dass sie existierte.

Als Uta durch das Portal trat, erinnerte sie sich an den euphorischen Unterton des Justizministeriums in den Pressemeldungen zu der vor wenigen Jahren erst abgeschlossenen Modernisierung des Gebäudes. Die Polizeipsychologin blickte bei jedem Besuch mit gemischten Gefühlen auf die weißgestrichenen Flure mit ihren Pflanzen in Hydrokultur und den nichtssagenden Farbdrucken an den Wänden. Die saubere Fassade für modernen Strafvollzug und Resozialisierung stand in krassem Gegensatz zu der Realität hinter Gittern.

Andi Dahms' kantiges Gesicht war grau unter wettergegerbter Haut. Er versuchte seine zittrigen Hände zu verbergen, als er das kleine Besucherzimmer betrat.

»Uta Thormälen, Kripo Kiel«, stellte sich Uta vor. Sie waren sich noch nicht persönlich begegnet.

Dahms nickte nur und blieb unschlüssig in der Mitte des Raums stehen.

»Bitte, setzen Sie sich doch«, sagte Uta und bedeutete dem Justizangestellten, der Andi gebracht hatte, mit einem Blick, dass sie allein sein wollte. »Ich möchte mit Ihnen noch einmal über Jonas Haffkamp sprechen«, wandte sie sich dann an Dahms.

»Ich hab dazu alles gesagt.« Er hatte eine tiefe Stimme, die zu seinem markigen Äußeren passte.

»Ich hatte heute Morgen ein Gespräch mit Kirsten Martens«, fuhr Uta unbeirrt fort. »Sie hat mich im Kommissariat aufgesucht. Sie behauptet, Sie hätten Jonas nicht getötet.«

Seine Gesichtsmuskeln arbeiteten, und in seinen dunklen Augen lag etwas, dem Misstrauen wohl am nächsten kam.

»Sie sollten kein Verbrechen auf sich nehmen, das Sie nicht begangen haben, Herr Dahms«, fügte sie eindringlich hinzu. »Sagen Sie mir, was wirklich passiert ist, und ich hole Sie hier heraus.«

Er antwortete nicht, sondern starrte an ihr vorbei, als ob er nur darauf wartete, dass sie das Gespräch endlich beendete und wieder ging.

Ich hab dazu alles gesagt.

War er wirklich so stur, wie er sich gab?

Doch dann begriff sie, warum er ihr nicht zuhörte.

Das Zittern seiner Hände hatte seinen Körper erfasst. Mühevoll versuchte er, es zu unterdrücken, sich zu beherrschen. Seine Lippen wurden weiß vor Anstrengung. Schweißperlen traten auf seine Stirn. Der Anblick löste in Uta eine Flut ungewollter, schmerzhafter Erinnerungen aus.

»Herr Dahms!«

Sie hieb mit der Faust auf den Tisch und wusste dabei nicht, ob sie so seine Aufmerksamkeit auf sich lenken oder ihre eigenen Gefühle kompensieren wollte. »Warum haben Sie niemandem gesagt, dass Sie alkoholabhängig sind? Sie gehören in eine Klinik und nicht in eine Haftanstalt.«

Fassungslos sah er sie an. Und was sie da in seinen Augen sah, in diesem Moment völliger Hilflosigkeit, traf sie tief in ihrem Inneren. Sie widerstand dem Impuls, ihre Hand auszustrecken, ihn zu berühren und in ihre Arme zu ziehen, und verstand plötzlich, warum Kirsten Martens um ihn kämpfte.

»Verdammt«, sagte sie leise und wandte sich ab. Sie stemmte die Hände in die Hüften und schloss die Augen. Er konnte nicht ahnen, dass sie die Symptome des Entzugs aus nächster Nähe kannte. Aber da war mehr, viel mehr …

Ein Stuhl knarzte, gleich darauf spürte sie eine Hand auf ihrer Schulter. Sie drehte sich um und sah in sein Gesicht. Der Krampfanfall war vorbei – für den Moment. So dicht bei ihm, roch sie seinen Schweiß, und seine Kleider sahen aus, als ob er darin geschlafen hatte. Es fiel ihr erst jetzt auf.

»Kirsten hat Angst, dass Sie sich umbringen. Sie sagt, Sie hätten es früher schon versucht«, sagte sie.

Er sah auf seine Hände.

»Ja«, erwiderte er leise. Mehr nicht.

Dann schaute er sie wieder an.

»Kirsten …« Seine Stimme klang rauh.

»Kirsten wird nichts passieren. Sie hat eine Aussage gemacht, die Sie entlastet, und für den Zeitpunkt der Tat hat sie ein Alibi, das die Kollegen bereits überprüft haben.«

Sie spürte, wie ein wenig der Spannung von ihm abfiel. Er atmete gegen die Krämpfe an, und sie begriff, dass es nicht der erste Entzug war, den er durchmachte. Schließlich begann er zu reden.

Nein, er hatte Jonas nicht getötet, aber er war im Haus gewesen, als der junge Mann das Fenster eingeschlagen hatte. Dahms ging in dem kleinen Besucherraum auf und ab wie ein Bär in einem Käfig. »Jonas hatte sich verletzt und blutete«, sagte er. »Ich hab ihm die Hand verbunden und ihm fünfzig Euro gegeben. Für den Zug und was zu essen. Er hatte wie üblich nichts.« Das war genau das, was Kirsten Martens auch erzählt hatte. Und es bedeutete, dass Jonas die Spendengelder nicht bei sich gehabt hatte.

»Sie wussten, dass Jonas Eckhard Falkner getötet hatte?«, fragte Uta. Dahms nickte.

»Woher?«

»Er hatte Blut auf seinen Sachen. Getrocknetes Blut. Ich hab ihn gefragt, was passiert ist.«

»Und … da hat er es Ihnen einfach erzählt? Einfach so?«

Dahms zuckte die Schultern.

»Und Sie haben ihm geholfen, obwohl Sie wussten, dass er einen Mann umgebracht hat?«

»Irgendeiner musste es ja tun.« Die Selbstverständlichkeit, mit der er das sagte, verschlug ihr für einen Moment die Sprache.

Sie räusperte sich. »Hat Jonas Ihnen auch gesagt, warum er Eckhard Falkner erschlagen hat?«

»Ich hab ihn nicht gefragt.«

Dahms hielt ihrem Blick stand, doch dann wurde er erneut von einem Krampf geschüttelt. Schwer stützte er sich auf den Tisch.

Uta hatte genug. »Ich werde jetzt die Anstaltsleitung informieren, dass man Sie in ein Krankenhaus verlegt –«

Dahms griff über den Tisch hinweg nach ihr. Sie zuckte zurück, aber sie war nicht schnell genug. Seine Finger schlossen sich wie ein Schraubstock um ihr Handgelenk. »Ich … geh … in … kein … Krankenhaus.«

Erst als sie nickte, ließ er sie los und sank erschöpft zurück.

Sie rieb sich ihr Handgelenk. Was für ein Verrückter. »Dann sagen Sie mir jetzt, verdammt noch mal, warum Sie Jonas Haffkamp zur Flucht verholfen haben.«

Aber Andi Dahms' Dickkopf war sie nicht gewachsen.

»Warum ist das noch wichtig? Er ist tot«, stieß er zwischen zusammengebissenen Zähnen hervor. Der Mann war zäh, und sein Gesichtsausdruck wie auch seine Haltung zeigten ihr, dass er nicht bereit war, mehr preiszugeben. Er hatte nichts zu verlieren. Er war freiwillig hier, es war seine Entscheidung gewesen, und er würde bleiben, wenn es sein musste. Koste es, was es wolle.

»Würden Sie das, was Sie mir erzählt haben, auch dem Haftrichter erzählen?«

Dahms bejahte.

»Gut. Ich werde sehen, was ich tun kann.« Sie musste erst sein Vertrauen gewinnen. Vielleicht war das der Weg, ihn zum Sprechen zu bringen und hinter die Geheimnisse dieses verfluchten Dorfes zu kommen. Augenblicke später sah sie Dahms nach, wie er hinter den Gittertüren den langen Gang hinunterschritt. Er überragte den Justizbeamten beinahe um Haupteslänge, ein Schrank von einem Mann, der sich vermutlich selbst an einem Ort wie diesem mit seiner schweigsamen Sturheit durchsetzen würde.

Als sie wieder auf der Straße stand, rief sie im Kommissariat an. Stahl hob ab, obwohl sie Harms' Nummer gewählt hatte. »Birger ist unterwegs. Wir haben eine Babyleiche in Holtenau. Ich werde mich um den Fall Dahms kümmern.«

Stahl versprach, alles Weitere in die Wege zu leiten, und bat sie, noch im Krankenhaus nach Amelie Dahms zu schauen.

Der alten Frau ging es nicht gut. Uta sah es auf den ersten Blick, als sie das Krankenzimmer auf der Intensivstation betrat. Klein und verloren lag sie in dem Bett. Ein Schatten, schon zur Hälfte fort aus dieser Welt.

»Frau Dahms hatte einen Schlaganfall«, sagte die Ärztin, die neben sie getreten war.

Uta erinnerte sich an sie. »Dr. Andrea Groth«, las sie auf dem Namensschild. Sie arbeitete also noch immer hier.

Groth strich sich ihr kurzes Haar aus dem Gesicht. »Frau Dahms ist bei Bewusstsein, aber ihr Sprachzentrum ist gestört, und sie ist halbseitig gelähmt. Wir wissen noch nicht, inwieweit –«

Die Stimme der Ärztin plätscherte unbeachtet hinter Uta weiter, als sie an das Bett trat und in Amelie Dahms' Gesicht blickte. Die Augen der alten Frau fixierten sie. Durchscheinende graue Augen.

Uta griff nach ihrer Hand. Kalt und schlaff lag sie in der ihren. So mager, dass sie deutlich die Knochen spürte unter der von Altersflecken übersäten Haut. »Mein Name ist Uta Thormälen. Ich bin von der Kripo Kiel und arbeite an den Mordfällen in Moorbek.«

Die alte Frau reagierte nicht. Sah sie nur unverwandt an.

»Ihr Sohn hat Jonas nicht getötet, Frau Dahms. Ich war eben bei ihm. Er wird aus der Untersuchungshaft wieder entlassen werden.«

Huschte da etwa ein Lächeln über das Gesicht der Frau? Uta war sich nicht sicher. Behutsam legte sie Amelie Dahms' Hand wieder auf das Bett zurück. »Ich werde wiederkommen, wenn ich etwas Neues zu berichten habe.«

Amelie Dahms' Augen folgten ihr, als sie einen Schritt zurücktrat, und etwas in dem Ausdruck, der in ihnen lag, ließ Uta innehalten. Auch der Ärztin war die plötzliche Spannung der alten Frau aufgefallen. Sie trat näher und warf einen flüchtigen Blick auf die Bildschirme der Geräte, an die Amelie Dahms angeschlossen war. Ein Hauch von Desinfektionsmitteln und gestärkter Wäsche schwebte um sie. »Wollen Sie uns etwas sagen, Frau Dahms?«

Amelie Dahms' Augen starrten die Ärztin an. Langsam bewegte sie ihre Hand auf dem weißen Laken.

»Sie kann nicht sprechen, aber schreiben«, übersetzte Andrea Groth flüsternd und zog einen Block und einen Kugelschreiber aus der Tasche ihres weißen Kittels. Behutsam schloss sie Amelie Dahms' Finger um den Kugelschreiber und legte ihre Hand auf den Block.

Uta hielt den Atem an. Außer dem leisen Piepsen der Apparate und dem Kratzen des Kugelschreibers auf dem Papier war kein Geräusch zu hören. Es dauerte einen kurzen Moment, bis Uta begriff, dass es ein Name war, den

Amelie Dahms schrieb. Ungläubig starrte sie auf die vier unsicher gekritzelten Buchstaben auf dem Blatt. Sie hatte nur den Vornamen geschrieben, aber es war kein Zweifel, wer gemeint war.

»Was hat er damit zu tun?«, fragte Uta ungläubig. »Wieso er?«

Amelie Dahms erwiderte ihren Blick bewegungslos. Der Kugelschreiber rollte über das weiße Laken und schlug mit leisem Klappern auf dem Linoleumfußboden auf, wo er vor ihren Füßen liegen blieb. Uta bückte sich und hob ihn auf. Dann nahm sie den Block von dem Bett, riss das oberste Blatt ab, faltete es sorgfältig und steckte es in ihre Jackentasche.

»Danke«, sagte sie zu Andrea Groth und reichte ihr den Block und den Stift.

»Keine Ursache.« Die Ärztin lächelte müde, und Uta fragte sich, ob sie im Krankenhaus ähnlich unterbesetzt waren wie in ihrer Dienststelle. Aber sie sagte nichts. Amelie Dahms hatte die Augen geschlossen, als sie das Zimmer verließ.

Als sie aus dem Krankenhausgebäude trat, hatte sich der Himmel über Kiel zugezogen. Kein Lüftchen wehte, und eine drückende Schwüle hing über der Stadt. Seit fast drei Wochen hatte es nicht geregnet. Die Medien prophezeiten seit Tagen ein heftiges Unwetter.

Auf ihrem Handy waren in der Zwischenzeit gleich mehrere Nachrichten eingegangen. Eine davon war von Stefan, ihrem Mann, der sie an die Kinoverabredung mit ihren beiden Söhnen erinnerte. Sie spürte den Zettel in ihrer Tasche, sah die vier tanzenden Buchstaben vor ihrem inneren Auge und warf einen Blick auf ihre Uhr. Kurz nach zwei. Sie rief noch einmal im Kommissariat an. Keiner der Kollegen war da, und so versuchte sie es auf Harms' Handy, erreichte aber nur die Mailbox. Mit knappen Worten informierte sie ihn darüber, dass sie noch einmal nach Moorbek fahren wollte. Dann wählte sie Stefans Nummer.

»Ich weiß noch nicht, ob ich es rechtzeitig schaffe«, sagte sie.

Das Schweigen am anderen Ende währte einen Moment zu lang.

»Ich dachte, du hättest frei heute Abend«, sagte Stefan schließlich.

»Es hat sich etwas Unvorhergesehenes ergeben. Ich … ich kann nicht drüber reden, tut mir leid.«

»Ich weiß«, erwiderte er kurz angebunden.

»Sind die Jungs schon zu Hause?«, fragte sie.

»Gerade gekommen.«

Sie biss sich auf die Lippe.

»Schon in Ordnung, wir machen einen Männerabend draus.«

»Ich wünsch euch viel Spaß.« Sie legte auf und fühlte sich plötzlich einsam.

Auch Ernst Averdieck schwitzte in der reglosen, drückenden Schwüle, die sich nicht nur über Kiel, sondern über das ganze Land gelegt hatte. Die Tiere waren unruhig gewesen an diesem Tag, selbst die Schweine, die eigentlich nichts anderes kannten als ihren klimatisierten Stall – und die Schwalben flogen tief über den abgemähten Wiesen. Er dachte an den Raps, der in voller Blüte stand. Wenn es so schlimm kam, wie sie im Radio sagten, dann wäre die diesjährige Ernte dahin, ebenso wie das Obst.

Über dem Gras flimmerte die Hitze, dabei war es erst Mai. Averdieck verfolgte, wie der junge Mann, den er für Jonas eingestellt hatte, die Tore für die Kühe öffnete. Die trockene Erde wirbelte unter ihren Hufen auf und hüllte den hinteren Hofplatz in eine Staubwolke. Sie brauchten Regen. Mehr als alles andere. Am besten einen langsam fallenden, stetigen Landregen. Mindestens eine Woche lang. Averdieck schnupperte in die Luft. Das, was sich da zusammenbraute, sah nicht gut aus. In seinen nun bald siebzig Jahren hatte er solche Wolken nicht gesehen. Eine gleichmäßige Schicht, die aussah, als hätte jemand riesige Maiskolben am Himmel ausgelegt. Sie schienen auf die Erde herabzusacken, sich auszudehnen und nahmen dabei eine bedrohliche schwefelgraue Farbe an. Nein, das waren keine Wolken, wie er sie kannte. Diese Wolken verhießen nichts Gutes.

Die Kühe schrien auf ihrem Weg in den Stall. Er spürte ihre Unruhe. Sie würden sie besser in der Nacht drinlassen. Seine Weide war offen, die Tiere ungeschützt. Er erinnerte sich, dass Otto Behrends aus dem Nachbarort im letzten Jahr Tiere bei einem Unwetter verloren hatte. Der Blitz hatte in eine Gruppe Jungvieh eingeschlagen und sechs Kälber getötet.

Ernst Averdieck war nicht abergläubisch. Jedenfalls nicht mehr, als man es zwangsläufig wurde, wenn man auf dem Land lebte und Zeuge so manches Zufalls wurde, der sich nur schwer erklären ließ. Aber dieses Jahr stand unter keinem guten Stern. Er zog ein Taschentuch aus seiner Jacke und wischte sich den Schweiß von der Stirn. Es war sehr lange ruhig gewesen in Moorbek. Vielleicht zu ruhig nach allem, was damals passiert war. Die meisten im Dorf glaubten, dass erst mit der Rückkehr von Eckhards Sohn das Unglück seinen wahren Lauf genommen hatte, gaben ihm sogar die Schuld am Tod seines Vaters. Er hatte sie reden hören hinter vorgehaltener Hand. Doch das Unglück hatte seine Schatten weit vorausgeworfen. Es hatte viele kleine Hinweise auf die drohende Katastrophe gegeben, die nur niemand hatte sehen, hatte erkennen wollen. Auch er nicht. Zu satt und zufrieden waren sie geworden. Sie waren sich ihrer Sache zu sicher gewesen, dass nie jemand fragen, nie jemand nachforschen würde. Und nun hatten sie die Kripo im Dorf. Und gleich noch einen Toten.

Es tat ihm leid um Jonas. Er war ein patenter Bursche gewesen. Er hatte es nicht verdient, auf diese Art zu sterben.

⁂

Propst Johann Wehmut war einer der wenigen im Land, der das drohende Gewitter nicht wahrnahm. Zu beschäftigt war er mit sich und seinen Gedanken an diesem späten Vormittag. Sie hatten Eckhards Mörder gefunden. Ein junger Mann aus dem Dorf: Jonas Haffkamp. Wehmut war ihm nie begegnet, aber als er den Namen gehört hatte, wusste er, warum Eckhard hatte sterben müssen.

Sie hatten die Büchse der Pandora geöffnet, das war ihm in diesem Augenblick klargeworden. Sie hatten gefehlt in ihrem Auftrag. Aber was sie getan hatten, war im Namen der Nächstenliebe geschehen, im treuen Glauben, auf dem richtigen Weg zu sein. War das alles verkehrt gewesen? Die leisen Zweifel, die Stimmen, die er nicht hatte hören wollen, erfüllten ihn mit ihren Vorwürfen und Anklagen.

Da ich den Herrn suchte, antwortete er mir und errettete mich aus all meiner Furcht.

»Herr …«, flehte er, doch es fehlten ihm die Worte zum Gebet.

Was hatte er getan!

Er hatte nicht wahrhaben wollen, dass sein alter Freund, sein Weggefährte über das Ziel hinausgeschossen war, dass Fanatismus den Glauben ersetzt hatte. Dietmar Heeschen hatte den Mut gehabt dagegen aufzustehen und hatte sterben müssen, ebenso wie Jonas Haffkamp. Wehmut zitterte plötzlich. Er hatte sich verführen lassen, von Eckhards Ideen. Sich mitreißen lassen.

Wem ich aber gnädig bin, dem bin ich gnädig; und wes ich mich erbarme, des erbarme ich mich.

Würde er Gnade vor Gottes Augen finden? Erbarmen? Die Menschen waren mit Sünde belastet seit ihrer Vertreibung aus dem Paradies. Aber selbst diesen Verrat an Gott, den sie begangen hatten, war der Allmächtige bereit zu vergeben, wenn sie nur an diese Vergebung glaubten. Hatte er ihnen nicht seinen eigenen Sohn geschickt, um das zu bekräftigen?

Er durfte nicht an Gottes Liebe, an der Allmacht seiner Gnade zweifeln. Er musste vertrauen. Glauben. Nur dann würde ihm Rettung zuteil.

Seine Finger glitten hinauf zu dem Kreuz, das er seit seiner Kindheit trug. Das ihm sein Vater einst gegeben hatte, mit den Worten, dass der Herr immer bei ihm sei. Ihn beschütze und liebe. Tränen traten in Wehmuts Augen, als er sich plötzlich wieder der Nähe seines Gottes bewusst wurde und spürte, wie ein Gebet in ihm aufstieg, seine Lippen verließ, lautlos, denn der Herr hörte seine Stimme auch, wenn er schwieg.

Es dauerte lang, bis er aus diesem Zwiegespräch zurückkehrte. Er fühlte sich erschöpft, wie nach einem langen Kampf, aber er sah jetzt Hoffnung am Ende des Tunnels, und die Dunkelheit ängstigte ihn nicht mehr. Mit Gottes Hilfe würde er weiteres Unheil abwenden. Und wie das drohende Unwetter, dessen er nun ebenfalls gewahr wurde, als er aus dem Haus in seinen Garten trat, um Luft zu schöpfen, braute es sich am Horizont bereits zusammen. Er wusste, dass Jonas Haffkamps Tat, diesem Akt der Verzweiflung und des Zorns, ein anderes Ereignis vorausgegangen war, das ihn zu seiner Tat getrieben hatte. Er würde viel Kraft benötigen, um der Öffentlichkeit das Geschehene in dem richtigen Licht zu präsentieren. Verständnis zu wecken, trotz der entsetzlichen Taten.

Nur wenig später wurde er von dem Anruf des Mannes überrascht, von dem er am allerwenigsten erwartet hatte, dass er sich mit ihm in Verbindung setzen würde. »Ich glaube, es gibt ein paar Dinge, über die wir sprechen sollten«, sagte er, und Wehmut war so überrumpelt, dass er sofort zusagte.

Nur eine halbe Stunde später beobachtete er, wie Leif Falkner durch die Pforte seines Vorgartens trat. Das matte Schwarz seiner Motorradkluft ließ ihn jünger wirken als tags zuvor im Anzug während der Beerdigung seines Vaters. Wehmut bat ihn in sein Büro

»Ich möchte gleich zur Sache kommen«, sagte Falkner ohne längere Vorrede. In seiner Stimme lag deutliche Distanz. »Mein Vater war krank«, fuhr er fort. »Vermutlich der Grund, weshalb er mich gebeten hat zu kommen.«

»Eckhard war krank?« Wehmut hörte selbst die Überraschung in seiner Stimme. »Er … er hat nie etwas davon gesagt.«

»Er hatte Magenkrebs und nur noch wenige Monate zu leben.« Die Sachlichkeit in Falkners Stimme verletzte Wehmut.

Magenkrebs. Wie entsetzlich. Selbst wenn der Mord nicht geschehen wäre, wären Eckhard nur noch wenige Monate geblieben. War das seine Strafe gewesen? Wehmut spürte erneut, wie das Entsetzen unter der Oberfläche lauerte, auf eine Schwäche wartete, um ihn erneut zu packen. Wie ein Tier in einem verborgenen Tümpel –

»Ich habe in den Unterlagen meines Vaters etwas gefunden, das einem Testament ziemlich nahekommt.« Falkner reichte ihm eine Auflistung, die Eckhard gemacht haben musste, in der Absicht, sie beim Notar in einen Letzten Willen umzuwandeln. »Es war sein Wunsch, dass Sie seine gesamte Sammlung theologischer Schriften erhalten …«

Was Falkner weiter sagte, erreichte Wehmut nicht mehr.

Die Mauern, die er gezogen, die Distanz, die er in den letzten Stunden gegenüber seinem verstorbenen Freund versucht hatte aufzubauen, zerstoben wie in einer gewaltigen Explosion. Zurück blieb ein nacktes, kahles Feld, auf dem er sich erneut ratlos und schutzsuchend wiederfand. Eckhards Sammlung theologischer Schriften. Ob Leif Falkner auch nur im Entferntesten ahnte, von welchem Wert er gerade sprach. Wehmut sah die Bände vor sich, glänzend in dem grün schimmernden Licht, das aus dem Garten in Eckhards Arbeitszimmer fiel. Wie oft hatte er seine Finger über das glatte Leder der Einbände gleiten lassen, wenn er sich unbeobachtet gefühlt hatte, hatte dem leisen Rascheln der Seiten gelauscht, als wäre es Musik, und den einzigartigen Geruch der alten Bücher geatmet, der den Raum erfüllt hatte und sein Herz …

Er stand auf und trat ans Fenster. Er kämpfte verzweifelt gegen die Rührung, die ihn zu übermannen drohte. Eckhard hatte gewusst, wie sehr er seine Sammlung bewundert, wie er sie geliebt hatte. Wie viel er darum gegeben hätte, sie zu besitzen.

Er spürte Falkners Blick in seinem Rücken und wandte sich wieder um. Ihr Vater war ein großer, ein einfühlsamer Mensch, wollte er sagen. Es ist nicht richtig, dass sein Ansehen jetzt so in den Schmutz gezogen wird. Aber der Ausdruck in Leif Falkners Gesicht machte es unmöglich, die Worte auszusprechen. Da war zu viel Abneigung, aber auch noch etwas anderes. Einen Augenblick lang sahen sie sich schweigend an, spürte Wehmut ein Abwägen, ein Abschätzen in der Haltung des anderen.

»Aus den Aufzeichnungen meines Vaters geht hervor, dass Sie sehr eng miteinander befreundet waren«, sagte Falkner schließlich.

»Ja … das waren wir«, antwortete Wehmut vorsichtig. »Sein Tod geht mir sehr nahe.« Er begriff, dass sie sich dem eigentlichen Grund von Falkners Besuch näherten.

Was wollte er herausfinden? Warum fragte er nach seiner Freundschaft zu Eckhard? Freunde redeten miteinander. Teilten ihre Sorgen und Freuden. Wehmut betrachtete den Mann ihm gegenüber noch etwas genauer. Spürte er hinter der kühlen Fassade Unsicherheit oder gar Angst?

Im Geiste spielte er die Möglichkeiten durch, die dieser Umstand ihm eröffnete. Leif Falkner war gekommen, weil er ahnte, fürchtete, dass Johann Wehmut wusste, was damals vor mehr als zwanzig Jahren geschehen war, warum er verschwunden war, so plötzlich – und nicht wiedergekehrt war. Wehmut befeuchtete langsam seine Lippen.

»Ich bin froh, dass Sie Gelegenheit hatten, sich von Ihrem Vater zu verabschieden«, sagte er, einer Eingebung folgend. »Er hat mir nie erzählt, warum Sie weggegangen sind, aber …« Er ließ dieses letzte Wort mit unmissverständlicher Betonung ausklingen. Nur ein kleiner Hinweis, dass es besser sein würde, zu schweigen und den Frieden der Toten nicht zu stören. Falkners Augen verengten sich, und Wehmut sah, dass er die Warnung verstanden hatte. Aber er wusste auch, dass er sich auf gefährlichem Parkett bewegte. Leif Falkner hatte viel zu verlieren. Die Frage war, was es ihm tatsächlich wert war.

Falkners Handy klingelte, und der kühle elektronische Ton zerbrach die dichte Spannung, die sich zwischen ihnen aufgebaut hatte. Wehmut schnappte unwillkürlich nach Luft.

»Entschuldigen Sie«, sagte Falkner und griff in die Tasche seiner Motorradjacke neben sich auf dem Stuhl. Nach einem flüchtigen Blick auf das Display verließ er den Raum, bevor er das Gespräch annahm. Wehmut hörte ihn durch die geschlossene Tür sprechen, konnte aber die Worte nicht verstehen. Als er zurückkam, griff Falkner nach seiner Jacke. »Ich muss leider gehen.«

Wehmut verspürte kein Bedauern. Was gesagt werden

musste, war gesagt worden. Es bestand kein Grund, dass sie sich gegenseitig länger mit ihrer Gegenwart quälten.

»Schön, dass wir Gelegenheit hatten, miteinander zu reden. Werden wir uns wiedersehen?«, fragte er, als er ihn zur Tür begleitete.

»Vermutlich nicht«, entgegnete Falkner. »Ich werde Ihnen die Bücher zuschicken lassen.«

Er ging ohne einen weiteren Gruß, ohne einen Blick zurück. Wehmut schloss die Tür hinter ihm und beobachtete durch das Fenster, wie er seine Jacke anzog, den Helm aufsetzte und schließlich auf sein Motorrad stieg, das er auf dem Gehsteig vor dem Haus abgestellt hatte. Ein Fremder. Mehr war er nicht. Wie schon bei der Beerdigung hatte er während ihres Zusammentreffens vergeblich nach Ähnlichkeiten zu seinem verstorbenen Freund gesucht.

VI.

Ein kleines Mädchen«, sagte Jörn Müller, »und es hat gelebt.«

»Wie lange?«, wollte Sebastian Behnke wissen. Seine Stimme klang belegt.

Stahl konnte gerade noch den Impuls unterdrücken, seinem Kollegen eine Hand auf die Schulter zu legen.

»Nicht länger als eine Stunde, aber es hat getrunken. Wir haben Milch in seinem Magen gefunden.« Der Rechtsmediziner deckte den kleinen Leichnam zu, und Stahl merkte, wie Behnke neben ihm aufatmete. »Gleich danach ist es vermutlich erstickt worden.«

»Kann es ein Unfall gewesen sein?«

Stahl hörte Hoffnung in Behnkes Stimme mitschwingen.

Müller zuckte die Schultern und strich sich sein kurzes blondes Haar aus der Stirn, dabei sah Stahl den Ring an seiner rechten Hand aufblitzen. Baumann und Müller hatten ihre Drohung also wahrgemacht und in ihrem Urlaub geheiratet. »Natürlich kann es ein Unfall gewesen sein«, antwortete Müller. »Aber es ist unwahrscheinlich. Die Nabelschnur war völlig unsachgemäß abgebunden, das Kind nach der Geburt nicht richtig gereinigt –«

»Das heißt, wir haben jede Menge DNA-Material von der Mutter?«, unterbrach ihn Stahl.

Müller nickte.

»Der Todeszeitpunkt?«

»Ziemlich genau vor vier Tagen.«

Behnke war blasser als sonst unter seinem wirren Schopf dunkler Haare, als sie die Rechtsmedizin verließen, und Stahl ahnte, was in ihm vorging. »Du hast an deine eigenen Kinder gedacht, oder?«

Behnke wurde noch eine Spur blasser. »Deswegen musste ich es mir ansehen. Ich weiß nicht, ob du das verstehst … es ist seit Jahren ein Trauma für mich.«

Stahl verstand durchaus. »Vielleicht solltest du mit Uta drüber sprechen.«

In ihrer Dienststelle hatte es sich längst etabliert, dass Uta nicht nur die psychologische Betreuung von Opfern und Tätern oblag. Bei Bedarf war sie auch Ansprechpartner für die Ermittler. Stahl zog sein Handy aus der Tasche und wählte Harms' Nummer, um seinen Kollegen über die ersten Obduktionsergebnisse zu informieren.

»Wir sind noch vor Ort«, sagte der. »Wir könnten euch hier ganz gut brauchen.«

»Gibt es schon etwas Neues?«

»Wir gehen inzwischen davon aus, dass die Mutter hier in der Gegend gewohnt haben muss. Wir haben ein paar Hinweise auf eine junge Frau bekommen …« Harms' Stimme ging im Motorenlärm eines vorbeirauschenden Lkws unter.

»Wir sind gleich da«, sagte Stahl und beendete das Gespräch.

Die Luft stand heiß und stickig zwischen den Altbauten in der Sackgasse, gleich hinter der Holtenauer Straße. Da es wie immer in dieser Gegend keine Parkplätze gab, hatte Stahl den Wagen in einer Einfahrt gleich neben der mit rotweißem Plastikband abgesperrten Fundstelle geparkt. Mit einem Taschentuch wischte er sich den Schweiß aus Gesicht und Nacken und sah sich suchend um. Von den Kollegen war keine Spur zu sehen.

»Wo sind denn alle?«, fragte er Behnke irritiert und bemerkte ein paar neugierig auf das Absperrband blickende Passanten und eine Gruppe von Medienvertretern, die sich im Schatten eines der ausladenden Straßenbäume häuslich niedergelassen hatten. In der Luft lag eine drückende Stille.

»Ich glaube, das kracht hier gleich richtig los«, sagte Behnke, und als Antwort hörten sie aus der Ferne erstes Donnergrollen. Beinahe gleichzeitig kamen Harms und Dirk Baumann aus einem Hinterhof auf die Straße geeilt. Die Kollegen wirkten angespannt. Unter anderen Umständen hätte Stahl über diese Koinzidenz einen Witz gerissen.

Baumann zog sein Handy aus der Tasche und gab eine Nummer ein.

»Wir haben da hinten keinen Empfang«, erklärte Harms. »Obwohl wir mitten in der Stadt sind. Ich hatte schon befürchtet, dass wir euch verpassen.«

Beim Anblick von Harms und Baumann kam Leben in die Gruppe der Journalisten. Harms' Gesicht verkrampfte sich, aber er sagte nichts. »Wir haben sie gefunden«, raunte er Stahl zu. »Über den Hof, Hausnummer sechs. Wir warten noch auf die Kollegen von der Schutzpolizei.«

Aus der Ferne war erneut Donnergrollen zu hören.

Durch einen Torbogen traten Stahl und Behnke in einen Innenhof. Fahrräder lehnten an den Wänden, und in einer Ecke saß eine getigerte Katze, die sich duckte, als sie näher kamen. Die Tür stand auf am Eingang Nummer sechs und gab den Blick frei auf einen alten schwarzweiß gemusterten Steinfußboden und eine Reihe von Briefkästen, in denen der *Express,* das Anzeigenblatt der Stadt, klemmte. Eine alte dunkelrote Holztreppe, von der die Farbe abblätterte, führte nach oben. Daneben standen ein Kinderwagen und ein Roller.

Stahl warf einen Blick nach oben. »Hat Birger gesagt, in welchem Stockwerk?«

Behnke schüttelte den Kopf und strich sein dunkles Haar aus dem Gesicht. Von weiter oben klangen Stimmen zu ihnen herunter. Als sie im ersten Stock ankamen, öffnete sich eine der Türen. Stahl blieb stehen und wischte sich erneut den Schweiß aus dem Gesicht. Erst jetzt nahm er den schweren süßlichen Geruch wahr, der von weiter oben herunterwehte.

»Sind Sie auch von der Polizei?«, fragte die dunkelhaarige Frau, die in der Tür auftauchte und sie von oben bis unten musterte.

Stahl nickte nur.

»Im Dritten«, sagte sie daraufhin. »Sie war gerade erst hier eingezogen.«

Sie sah ihnen nach, als sie weiter nach oben stiegen. Im zweiten Stock rührte sich nichts, aber der Geruch wurde stärker. Behnke zog ein Tuch aus seiner Tasche und hielt es sich vor die Nase. Im dritten Stock wartete Habicht bereits auf sie und reichte ihnen Minzpaste zusammen mit einem weißen Overall der Spurensicherung. Behnke griff dankbar nach der Minzpaste, bevor er in den Overall stieg. Stahl hätte bei der Wärme gern auf den Anzug verzichtet, aber er kannte Habichts Unnachgiebigkeit in solchen Dingen. Während er sich also umständlich in das weiße Kleidungsstück hineinkämpfte, warf war einen Blick auf das Türschild. Es war unbeschriftet.

»Mila Jokusch, zweiundzwanzig Jahre«, informierte Habicht sie, als sie alle zusammen knisternd in den schmalen Flur traten. »Sie ist vor kurzem erst hier eingezogen. Den Nachbarn hat sie erzählt, dass sie bis zum Mutterschutz als Zimmermädchen in einem der Hotels unten in der Innenstadt gearbeitet hat. Baumann überprüft das bereits.«

Verdammt viel Blut, war Stahls erster Eindruck, als er das größere der beiden Zimmer betrat. Schwarz angetrocknetes Blut bedeckte großflächig den alten Holzfußboden.

Rostrote Spritzer übersäten die weißen Wände und den hellen Bezug des Sofas. Dann nahm er die Fliegen wahr. Sie bildeten ein Meer von schwarzen sich unaufhörlich bewegenden Punkten auf den beiden Fenstern, den Blutflecken und dem Leichnam der jungen Frau. Surrend und tanzend stoben sie auf, wenn ihnen einer von Habichts Mitarbeitern zu nahe kam, und bedeckten gleich darauf ihre Brutstellen wieder wie mit einem Teppich aus schillernden Leibern.

»Fast wie bei Jonas Haffkamp«, murmelte Stahl und schob sich an einem von Habichts Mitarbeitern vorbei, der am Boden saß und mit einem Spachtel etwas von den Dielen kratzte und in einen Plastikbehälter füllte, von dem Stahl gar nicht genauer wissen wollte, was es war.

»Wir haben nahezu dieselben äußeren Bedingungen«, erklärte Habicht, der ihm gefolgt war, »nur dass diese Leiche der Witterung länger ausgesetzt war.« Eine Fliege landete auf seiner schweißglänzenden Stirn. Der Chef der Spurensicherung wischte sie ungeduldig fort.

Stahl betrachtete den Leichnam der jungen Frau genauer. Die Mutter des toten Säuglings wirkte selbst fast noch wie ein Kind. Sie lag ausgestreckt auf dem Rücken genau unter dem Fenster und trug lediglich ein übergroßes T-Shirt. Langes blondes Haar fiel ihr bis über die Schultern und umrahmte ein seltsam friedliches Gesicht, dessen Augen geschlossen waren. Stahl nahm an, dass sie von puppenhafter Schönheit gewesen sein musste, bevor Tod und Verwesung sie entstellt hatten.

»Haben wir ein Foto von ihr? Gibt es Verwandte? Hinweise auf den Vater des Kindes?«, wandte er sich an Habicht.

»Die Kollegen durchsuchen noch die anderen Räume.«

»Und womit haben wir es zu tun? Mord, Selbstmord, ein Unfall?«

»Gute Frage«, erwiderte Habicht und machte eine weit

ausholende Bewegung mit seinen Armen. »Das ist das reinste Schlachtfest hier. Vor lauter Blut keine Spuren. Bevor Jörn die Leiche nicht gesehen hat, möchte ich nichts dazu sagen.«

Stahl seufzte. Einmal Rechtsmedizin pro Tag war mehr als genug. Draußen vor den Fenstern wurde es dunkel. Ein Blitz zuckte über den Himmel, gleich darauf donnerte es so laut, dass alle im Raum zusammenzuckten. Während des kurzen Aufleuchtens des Blitzes war ihm jedoch etwas aufgefallen, das er zuvor übersehen hatte.

Er trat ans Fenster auf Kopfhöhe der Leiche und betrachtete das Fensterbrett genauer. Da waren Kratzspuren in dem alten weißen Lack.

Er beugte sich hinab und griff nach einer Hand der jungen Frau. Die Haut an den Fingern löste sich infolge des Verwesungsprozesses bereits ab, aber unter den Fingernägeln waren Spuren von etwas, das durchaus der Lack vom Fensterbrett sein konnte.

»Habt ihr das gesehen?«, rief er Habicht zu, der zu ihm trat und mit einer Pinzette etwas von den Partikeln unter den Fingernägeln der Toten entfernte.

»Noch nicht.« Habicht winkte seinen Fotografen heran.

»Es könnte ja auch sein, dass sie hier entbunden hat und danach zu schwach war, um aufzustehen, und schließlich durch das Fenster um Hilfe rufen wollte. Das würde das ganze Blut erklären,«, sagte Stahl nachdenklich. »Gibt es ein Telefon in der Wohnung?«

Habicht verneinte. »Wir haben bislang auch kein Handy gefunden. Aber wenn deine Theorie stimmt, wer hat dann das Baby zu den Müllsäcken an die Straße gelegt? Und müssten die Nachbarn dann nicht etwas gehört haben?«

»Die Mieter, die unter dieser Wohnung wohnen, sind im Urlaub«, kam es gedämpft aus Richtung Tür. »Und über uns ist nur noch der Dachboden.« Harms stand dort, ein Tuch vor Mund und Nase. »Die Kollegen von der Schutzpolizei haben alles abgeriegelt, ein Leichenwagen ist bestellt und Jörn informiert. Gibt es was Neues?«

»Wir sind noch dabei, die Wohnung zu durchsuchen«, sagte Habicht.

»Mir wäre es lieber, das Material in der Blumenstraße zu sichten, als hier vor Ort, wenn du nichts dagegen hast. Du kannst es Behnke und Baumann mitgeben.«

»Kein Problem. Wir räumen dann den Rest auf«, erwiderte Habicht mit einem Augenzwinkern.

Stahl sah irritiert vom einen zum anderen. In den vergangenen vier Jahren hatte er es nicht einmal erlebt, dass Harms und Habicht so entspannt miteinander umgegangen waren. Und das in einer solchen Situation.

»Was ist passiert?«, fragte er Harms wenig später beim Rausgehen.

Der lächelte nur. »Wusstest du, dass Habicht bislang kein Heimspiel des THW versäumt hat?«

Stahl sah ihn erstaunt an. »Ist das so?«

»In der Tat«, Harms nickte sehr zufrieden. »Ich hab ihm zwei Karten für das ausverkaufte Champions-League-Spiel nächste Woche besorgt.«

Stahl grinste. »Ich will gar nicht wissen, wie du da rangekommen bist. Du wirst alt, Birger. Alt und harmoniesüchtig.«

»Letzteres war ich schon immer.«

»Das hast du aber bislang geschickt zu verbergen gewusst.«

»Meinst du?«

Als sie auf den Innenhof traten, fielen die ersten Tropfen, und ein kühler Windstoß fegte über sie hinweg. Sie atmeten beide erleichtert auf.

Harms schnüffelte an seiner Kleidung. »Ich frage mich, wann die endlich mal Overalls entwickeln, die geruchsundurchlässig sind.«

Ein dunkler Leichenwagen rollte langsam durch die Toreinfahrt auf sie zu. Der Regen perlte wie Quecksilber von dem Dach des Kombis.

»Uta hat übrigens eben angerufen«, sagte Stahl, während er den Kragen seiner Jacke hochschlug. »Andi Dahms hat gestanden, dass er den Mord an Jonas Haffkamp nur auf sich genommen hat, um Kirsten Martens zu schützen.«

Harms nickte langsam. »Das hab ich mir fast schon gedacht. Es ging alles zu schnell.« Er blieb in dem Torgang stehen, um sich eine Zigarette anzuzünden. »Sie hat sich übrigens auch noch bei mir gemeldet und mir auf die Mailbox gesprochen. Sie hat sich wieder auf den Weg nach Moorbek gemacht.«

Mit einer gewissen Genugtuung beobachtete Stahl, wie die Journalisten auf der Straße hastig versuchten, ihr Equipment vor dem jetzt in Strömen vom Himmel stürzenden Wasser zu schützen. Er erinnerte sich, dass es im Radio nach den 15-Uhr-Nachrichten eine Unwetterwarnung gegeben hatte. »War es wirklich nötig, dass Uta bei dem Wetter noch mal rausfährt?«

»Nach ihrem Besuch im UG war sie im Krankenhaus bei Amelie Dahms«, berichtete Harms. »Die alte Frau hatte anscheinend einen Schlaganfall, war aber kurz bei Bewusstsein und hat Uta einen Namen aufgeschrieben.« Harms' zerfurchtes Gesicht leuchtete im Halbdunkel kurz auf, als er an seiner Zigarette zog.

»Einen Namen?«, fragte Stahl. »Wie meinst du das?«

»Uta hat sich nicht so genau ausgedrückt. Sie sagte, es sei ihr so vorgekommen, als habe Amelie Dahms ihr unbedingt etwas mitteilen wollen. Aber sie hat lediglich diesen Namen aufgeschrieben. Deshalb wollte Uta nach Moorbek und mit der Person sprechen.«

»Und von wem reden wir hier?«

Als Harms es ihm sagte, lief Stahl ein kalter Schauer den

Rücken hinunter. Er runzelte die Stirn. »Sie hätte nicht allein fahren sollen«, sagte er und versuchte der Sorge Herr zu werden, die in ihm aufstieg.

Uta fuhr in eine blaue Dämmerung, die viel zu früh hereingebrochen war für diese Jahreszeit. Am westlichen Horizont wuchsen bedrohlich wirkende Wolkenberge in den Himmel. Die Sonne ließ ihre Ränder blutrot aufleuchten – ein Anblick, bei dem sich Uta an Dantes Inferno erinnert fühlte. Eine Windbö packte das Auto und schüttelte es. Die ersten Regentropfen schlugen gegen die Windschutzscheibe. Es war doch keine so gute Idee gewesen, angesichts des drohenden Unwetters raus aufs Land zu fahren. Uta schaltete das Abblendlicht ein. Am Rand der Landstraße stand dichtgedrängt in einem Bushäuschen eine Gruppe Radfahrer, die Gesichter unsicher zum Himmel gewandt.

Die Schwärze war wie ein Sog, der alles Licht schluckte. Oder kam es ihr nur so vor, weil sie genau darauf zufuhr? Eine weitere Bö schüttelte das Auto so heftig, dass Uta mit beiden Händen gegenlenken musste. Der Regen wurde stärker und trug Eis aus den höheren Luftschichten in sich. Weiter oben in der Atmosphäre tobten Winde und fiel der Druck stark ab, war das, was an Wind, letztlich über das Land strich, ein laues Lüftchen dagegen. Uta reichte es durchaus. Mit beiden Händen hielt sie das Steuerrad fest umklammert und wandte den Blick nicht von der Straße. Im Scheinwerferkegel tauchte ein Straßenschild auf. Noch fünfzehn Kilometer bis Moorbek. Die Polizeipsychologin atmete tief durch. Gute zehn Minuten später war sie da. Nach Kiel zurückzufahren würde wesentlich länger dauern. Wenn sie in diesem Moment gewusst hätte, was sie auf dem Weg noch erwartete, hätte sie ihren Wagen vermutlich gewendet.

So aber kämpfte sie sich weiter durch den Regen, der ihr längst die Sicht nahm. Das Wasser stand auf der Straße und verwandelte sie in eine rutschige, unübersichtliche Piste. Blitze erhellten die Dunkelheit für Bruchteile von Sekunden. Uta fuhr immer langsamer. Wie im dichten Nebel verlor sie allmählich die Orientierung und zuckte zusammen, als aus dem Dunkel plötzlich Autoscheinwerfer auftauchten und an ihr vorbeihuschten.

Sie fuhr in ein Waldstück. Sie erinnerte sich, dass es kurz vor Moorbek lag, atmete schon erleichtert auf, als der Gewittersturm erneut mit voller Wucht auf sie niederbrach. Hagel knallte auf das Autodach, und ihre Sicht reduzierte sich auf wenige Meter. Uta fuhr Schrittgeschwindigkeit. Und dann geschah es. Über Regen und Hagel hinweg hörte sie ein unirdisches Krachen. Im selben Augenblick schlug etwas auf das Dach ihres Wagens. Das Metall stöhnte, gab nach und quetschte sie zwischen Lenksäule und Sitz ein. Zu schnell, um Schmerz zu empfinden. Utas Fuß rutschte vom Gas, als sie die Kontrolle über ihren Körper verlor. Die Luft blieb ihr weg. Der Motor bäumte sich noch einmal auf, dann war er aus. Uta fiel in eine dichte alles verschlingende Schwärze. Sie hörte weder den Regen noch den Wind. Und ihr letzter Gedanke verlor sich in der Dunkelheit, bevor sie ihn greifen konnte.

⁂

Der leitende Staatsanwalt Matthias Sommer rümpfte die Nase, als er den Besprechungsraum betrat. »Ich dachte, Sie waren alle duschen, bevor Sie hergekommen sind?«

»Waren wir auch«, erwiderte Harms, »es sind die Beweisstücke aus der Wohnung, die so stinken.«

Auf dem großen ovalen Tisch in der Mitte des Raums stapelten sich die Kartons, die Behnke und Baumann nach oben getragen hatten. Die Fenster standen alle weit offen, und nach dem ersten Gewitterguss zog eine kühle Brise herein, doch der süßliche Verwesungsgeruch klebte im Raum.

»Was ist da drin?«, wollte Sommer wissen.

Stahl zuckte die Schultern. »Wissen wir noch nicht. Die Kollegen von der Spurensicherung haben alles erst mal eingepackt, damit wir es hier sichten können.«

Sommer warf einen Blick auf seine Uhr. »Haben Sie genug Leute dafür?«

»Ich denke, schon. Bis auf Uta sind alle da, die Dienst haben.«

»Und wo ist der Praktikant?«

»Hängt noch über dem Klo und kotzt«, erwiderte Harms mit einem breiten Grinsen.

In Sommers Mundwinkel zuckte es ebenfalls. »Wird er sich wohl noch dran gewöhnen müssen«, sagte er. »Ich bin in meinem Büro bei der Staatsanwaltschaft, wenn Sie was Neues für mich haben. Die Pressekonferenz ist für sechzehn Uhr angesetzt, aber mit ein bisschen Glück findet sie angesichts der Unwettermeldungen nicht so viel Beachtung.« Dann verließ Sommer den Raum.

»Die Zusammenarbeit ist gut, oder?«, fragte Harms.

Stahl nickte. »Er mischt sich nicht übermäßig ein.«

Harms schob die Kartons bis auf einen zur Seite und kippte dessen Inhalt quer über den Tisch. Stifte, Locher, Büroklammern, eine Packung Pfefferminz – alles flog durcheinander.

Stahl seufzte. »Das sieht aus wie der Inhalt meiner Schreibtischschublade.« Er griff nach dem Locher und betrachtete ihn nachdenklich.

»Ist es auch«, bemerkte Dirk Baumann hinter ihm lachend. »Wir wollten nur mal sehen, ob du es bemerkst.«

Stahl fuhr herum. Neben Baumann stand Behnke und feixte sich einen.

Harms war bereits dabei alles wieder einzuräumen. »Sind wir hier im Kindergarten?«

Stahl nahm es mit Humor. »Nun lass den jungen Kerlen ihren Spaß. Der Tag war beschissen genug.«

In der Tür tauchte der Praktikant mit wackeligen Beinen auf. Das Gesicht kreideweiß. Bei dem Geruch, der ihm aus dem Besprechungszimmer entgegenwehte, trat er unwillkürlich wieder einen Schritt zurück. Stahl drückte ihm den Karton in die Hand. »Räum das mal wieder in meinem Schreibtisch ein«, sagte er. »Aber ordentlich.«

Die Erleichterung war dem jungen Mann anzusehen, als er wieder verschwand.

Harms hatte inzwischen den nächsten Karton ausgekippt. Habichts Mitarbeiter hatten jedes Teil sorgfältig in Plastiktüten verpackt. Die Männer im Raum streiften sich dünne Plastikhandschuhe über, bevor sie mit der Sichtung des Materials begannen.

»Das war wirklich ein verdammt hübsches Mädchen«, sagte Behnke und zeigte auf ein Foto, auf dem Mila Jokusch zu sehen war. Zusammen mit einer anderen, jungen Frau. »Hat sich Jörn schon zur Todesursache gemeldet?«

Stahl schüttelte den Kopf. »Noch nicht, aber es gibt bestimmt bald erste Ergebnisse.«

Schweigend arbeiteten sie weiter, bis Harms plötzlich erstaunt aufschrie: »Das … das ist doch nicht möglich!«

Alle sahen zu ihrem graugesichtigen Kollegen, der ein Foto in Händen hielt und ungläubig darauf starrte.

»Was ist los?«, fragte Stahl.

»Ich habe hier ein Foto von Jonas Haffkamp.«

»Was?«, kam es aus mehreren Mündern gleichzeitig.

Harms legte das Bild auf den Tisch.

Der junge Mann, der ihnen unbeschwert entgegenlachte, war zweifelsohne identisch mit dem Mann, der am Vortag in Kirsten Martens' Scheune gefunden worden war.

»Das gibt es doch nicht«, murmelte Stahl.

»Anscheinend doch«, sagte Baumann, legte eine weitere Aufnahme von Jonas neben die erste und schloss somit jeden Zufall aus. Insgesamt fanden sie mehr als ein Dutzend Bilder, darunter auch zwei, auf denen Jonas und Mila zusammen zu sehen waren. Sie hochschwanger und er mit den Händen auf ihrem Bauch.

»Die müssen sie gerade erst gemacht haben.« Behnke schüttelte irritiert den Kopf.

Harms hatte bereits den Telefonhörer in der Hand: »Müller? Du, wir haben was gefunden. Kannst du die DNA der Babyleiche mit der von Jonas Haffkamp vergleichen? Wir müssen wissen, ob er der Vater ist.« Er lauschte in den Hörer. »Geht das nicht schneller?«, fragte er ungeduldig.

Stahl ließ sich auf einen der Stühle am Tisch sinken und starrte auf die Fotos, die Behnke ordentlich in eine Reihe an die große Pinnwand heftete. War Mila Jokusch tatsächlich Jonas' Freundin gewesen, und hatte er sowohl sie als auch das Baby umgebracht – und danach den Pastor getötet? Oder …

Aber wo war der Zusammenhang?

Er sah zu Harms, der inzwischen aufgelegt hatte, und erkannte an seinem Gesichtsausdruck, dass er dieselben Gedanken hatte. Nachdenklich zog Harms seine Zigaretten aus der Brusttasche und steckte sich eine an.

»Amoklauf?«, fragte er Stahl.

Der schüttelte den Kopf. »Doch nicht mit dem räumlichen Abstand der Morde. Außerdem wissen wir noch nicht, woran das Mädchen gestorben ist.«

»Das ist richtig«, stimmte Harms ihm zu. »Aber rein vom Anblick her, mit all dem Blut – « Er sprach nicht weiter, doch Stahl wusste auch so, was er meinte.

Draußen krachte erneut der Donner, und das Licht im Raum flackerte kurz. Stahl warf einen Blick auf die Uhr über der Tür. »Hat einer von euch inzwischen was von Uta gehört?«

Alle verneinten.

Er ging zum Telefon und wählte ihre Handynummer, erreichte aber nur ihre Mailbox. Er legte auf, ohne eine Nachricht zu hinterlassen. »Überall im Land bricht der Strom zusammen. Ein Teil der Straßen ist bereits unpassierbar durch Schlamm und umgestürzte Bäume. Besonders schlimm ist die Region am Kanal betroffen.« Der Praktikant war in den Besprechungsraum getreten. Die Männer sahen sich schweigend an.

⁂

Von weit her erreichte sie ein Klopfen. Das Geräusch vermischte sich mit dem Regen, der noch immer auf das Autodach prasselte. Sturzbäche von Wasser, die über sie hinwegströmten, ohne sie zu berühren. Uta ließ sich von ihnen mitreißen, davon treiben, doch das beharrliche Klopfen ließ sie nicht los. Mühsam kämpfte sie sich heraus aus ihrer Ohnmacht. Schlug die Augen auf und blickte orientierungslos in das Gesicht eines Mannes jenseits ihrer Windschutzscheibe. Er sagte etwas, doch seine Worte gingen im Rauschen des Regens unter. Er hatte eine Taschenlampe in der Hand und leuchtete damit in ihr Gesicht. Sie versuchte die Hand zu heben, um sich vor dem Schein zu schützen, aber sie konnte sich nicht bewegen.

Panik stieg in ihr auf.

Was war passiert?

Zu dem Gesicht gesellten sich weitere Gesichter. Sie trugen Kopfbedeckungen. Uta erkannte das helle Weiß der Feuerwehrhelme.

Der Mann legte die Hände an den Mund und schrie etwas. »Wir … raus!«, hörte sie.

Blaues Licht zuckte durch die Dunkelheit.

Oh, Gott, sie war eingeklemmt ... in ihrem Wagen. Etwas war auf das Dach gefallen. Wie lange lag sie hier schon? Ihr Kopf schmerzte, und sie spürte etwas Feuchtes, das über ihre Wange lief, auf ihre Bluse tropfte. Vermutlich Blut, konstatierte die Polizistin in ihr. Eine Platzwunde am Kopf. Es war, als würde sie sich selbst beobachten. Doch die klinische Distanz verlor sich schnell. Eine erneute Welle der Angst überrollte sie. Sie versuchte ihre Beine zu bewegen, ihre Arme, aber es war, als gehörten sie nicht zu ihr.

Sie schloss die Augen und schrie, bis sie glaubte, das Auto müsse bersten unter dem Druck ihrer Stimme. Als sie erschöpft wieder schwieg, fühlte sie sich besser. Ein Teil ihrer Angst war fort. Sie konzentrierte sich auf ihre rechte Hand und dann auf ihre Füße, während die Feuerwehrmänner draußen im Regen verschwanden und wieder auftauchten, und der Wagen stöhnte, als sie vorsichtig die Fahrgastzelle aufschnitten.

Uta wusste nicht, wo sich ihre rechte Hand befand, aber sie spürte endlich, endlich ihre Finger und bewegte einen nach dem anderen. Auch ihre Zehen regten sich schließlich, wenn auch der Schmerz dabei durch ihren ganzen Körper zuckte. Vor Erleichterung fing sie an zu weinen. Sie war nicht gelähmt. Nur eingeklemmt. Die Feuerwehrleute würden sie befreien. Erleichtert schloss sie die Augen. Alles würde gut werden. Erneut umfing sie Dunkelheit.

Regen klatschte in ihr Gesicht, begleitet von kaltem Wind. Uta zitterte am ganzen Körper. Dann spürte sie Finger an ihrem Hals, ein sanfter Druck.

»Es ist alles in Ordnung«, hörte sie eine Stimme über das Rauschen des Windes und des Regens hinweg. »Ihr Puls ist kräftig und gleichmäßig.«

Sie kannte diese Stimme. Sie schlug die Augen auf und blickte in das Gesicht von Leif Falkner. Sein kurzes dichtes

Haar klebte ihm nass an den Schläfen. Behutsam tupfte er ihr mit einem feuchten Tuch etwas aus dem Gesicht. »Alles in Ordnung«, sagte er leise. »Wir haben Sie gleich draußen.«

Sie wollte etwas erwidern, doch aus ihrer Kehle drang kein Laut. Erneut standen ihr Tränen in den Augen.

»Bleiben Sie ruhig«, sagte er. »Atmen Sie tief durch. Die Feuerwehrmänner holen Sie raus.«

Sie nickte kaum merklich, wusste, was mit ihr passierte. Erste Schocksymptome. Solange sie im Wagen eingeklemmt war, würde ihr niemand helfen können. Sie spürte Falkners Hand auf ihrer Wange und lehnte ihren Kopf dagegen. Atmete tief und gleichmäßig.

»So ist es gut«, sagte er beruhigend, und sie war froh, dass er da war.

Und dann war sie endlich frei. Der Druck, der die ganze Zeit über auf ihr gelastet hatte, hob sich. Jemand – war es Falkner? – griff unter ihre Achseln und zog sie behutsam aus dem Wrack. Sie legten sie auf eine Trage. Regen prasselte auf sie herab. Sie deckten sie zu.

»Wir können sie nicht ins Krankenhaus bringen«, sagte einer der Helfer. »Die Straßen sind unpassierbar.«

»Wir bringen sie zu mir. Ich kümmere mich um sie«, sagte Falkner.

Uta bewegte behutsam ihre Zehen unter der Decke. Die Muskeln in ihren Beinen protestierten, aber gehorchten. Ihre Zähne klapperten unkontrolliert aufeinander, aber es gelang ihr ein Lächeln, als die Männer die Trage anhoben und auf das Blaulicht zutrugen, das die Nacht durchzuckte und die Szenerie gespenstisch aufleuchten ließ. Als sie in das Feuerwehrfahrzeug geschoben wurde, konnte sie einen Blick auf ihren kleinen BMW werfen. Er war kaum zu sehen unter den Ästen der mächtigen Fichte, die sich wie in einer liebevollen Umarmung um ihn schlangen. Dann schlossen sich die Türen. Jemand war bei ihr. Sie konnte ihn nicht sehen, aber sie war sicher, dass es Falkner war.

Die Fahrt dauerte nicht lang. Sie war kurz vor ihrem Ziel gewesen. Wieder ging es raus in Regen und Wind, und sie hörte rufende Stimmen und schwere Schritte. Irgendwo heulte eine Sirene.

»Schon wieder«, stöhnte einer der Männer, der sie trug.

Und dann war sie im Haus. Wurde von der Trage auf ein Bett gelegt. Ihr Kopf fiel in ein weiches Kissen, dem der Geruch von Falkners Rasierwasser anhaftete. Die Stimmen der Männer entfernten sich. Eine Tür schlug zu. Niemand hatte Licht gemacht, sie lag im Dunkeln und wartete. Schließlich hörte sie Schritte, und Falkner tauchte mit einer Kerze in der Hand in der Tür auf. Ihr unruhiges Licht ließ die Schatten in dem schmucklosen Raum tanzen, machte ihn klein und eng. Er stellte die Kerze auf einem Tisch an der gegenüberliegenden Wand ab, dann kam er zu ihr und hob behutsam ihren Oberkörper an, um ihr ein weiteres Kissen unter den Kopf zu schieben. Sein T-Shirt klebte nass auf seiner Brust. Ein Ärmel war hochgerutscht und enthüllte eine verschlungene Tätowierung auf einem muskulösen Oberarm. Auch seine Jeans glänzte vor Feuchtigkeit. Er roch nach Regen und feuchter Erde, und Uta fragte sich, was er während dieses Unwetters alles schon gemacht hatte, bevor er zu ihrer Rettung aufgetaucht war.

»Ich habe Ihnen etwas zu trinken mitgebracht«, sagte er. »Es ist nur Wasser. Der Strom ist ausgefallen.« Er hielt ihr das Glas an die Lippen. »Trinken Sie in kleinen Schlucken. Langsam.«

Trinken. Als er es sagte, begriff sie erst, wie durstig sie war. Sie musste sich beherrschen, nicht alles auf einmal hinunterzukippen, spürte das kühle Nass in ihrer Kehle und leckte sich die letzten Tropfen von den Lippen.

»Wie spät ist es?«, fragte sie. Ihre Stimme klang wie ein Reibeisen.

»Gleich halb zehn.«

Beinahe sechs Stunden.

Tausend Fragen stoben ihr durch den Kopf. Aber es gelang ihr nicht, auch nur eine davon zu formulieren. Stumm beobachtete sie, wie er ihr die Schuhe auszog und neben das Bett stellte, sich auf den Rand setzte und nach ihren Füßen griff.

»Können Sie sich ohne Schmerzen bewegen?«, fragte er und beobachtete sie voller Sorge.

»Ich glaube schon.« Sie bewegte erst ihre Füße, dann ihre Beine. Das rechte schmerzte bei dem Versuch in Höhe des Oberschenkels so sehr, dass ihr die Tränen in die Augen schossen.

»An dieser Stelle waren Sie im Auto eingeklemmt«, erklärte Falkner. »Mit Glück ist es nur geprellt oder gequetscht. Mit Pech …«

»Sagen Sie es nicht«, fiel sie ihm ins Wort. »Es würde meinen Sommerurlaub ruinieren.«

Er musterte sie kurz, als versuche er sich vorzustellen, wo und vor allem wie eine Frau wie sie ihren Sommerurlaub verbrachte, aber er sagte nichts dazu. »Wie steht es mit den Armen?«, fragte er stattdessen.

»Alles in Ordnung.«

Sie war noch immer zittrig, als sie sich auf die Ellbogen stützte und sich langsam aufrichtete. Aber es klappte.

Falkner beobachtete ihre Bemühungen. »Als ich den Wagen gesehen habe, dachte ich, wir würden Sie nur noch in Einzelteilen rausholen, mit der Karosserie verschmolzen. Sie haben verdammtes Glück gehabt.«

Uta schob sich nach hinten gegen die Kissen, bis sie vollkommen aufrecht saß. Für einen Moment kämpfte sie gegen einen plötzlichen Schwindel, aber er legte sich schnell.

Falkner schien ihrem Gesicht anzusehen, was mit ihr war. »Sie haben einen Schlag auf den Kopf bekommen und vermutlich eine leichte Gehirnerschütterung. Die Platzwunde haben wir gleich vor Ort versorgt.«

Sie erinnerte sich an nichts und fuhr sich tastend mit den Fingern an die Stirn. »Nur ein Pflaster«, sagte sie erleichtert. »Dann kann es ja so schlimm nicht sein.«

»Sie haben einen Schutzengel gehabt.«

»Ja, wahrscheinlich.« Sie sah sich um. »Haben Sie meine Handtasche aus dem Wagen mitgenommen?« Noch während sie es sagte, fragte sie sich, ob überhaupt schon jemandem ihr langes Fortbleiben aufgefallen war. Stefan war mit den Jungen im Kino. Vor elf würden sie nicht zu Hause sein.

Falkner griff nach der Tasche, die neben dem Bett auf dem Fußboden stand, und reichte sie ihr. »Wenn Sie telefonieren wollen, vergessen Sie es. Alle Leitungen sind tot. Mobil wie Festnetz.«

Uta ließ die Tasche wieder sinken. Sie war nur knappe fünfzig Kilometer von Kiel entfernt und fühlte sich plötzlich wie am anderen Ende der Welt – zusammen mit einem Mann, den sie beim besten Willen nicht einschätzen konnte.

Falkner stand auf. »Ich bin gleich wieder da, ich ziehe mich eben um. Und dann schau ich mal, ob ich etwas zu essen für uns finde. Sie haben doch bestimmt Hunger, oder?«

Ja, jetzt, wo er es sagte.

Sie lauschte seinen Schritten, die sich im Haus verloren, und starrte auf das flackernde Licht der Kerze. Dann schob sie ihre Beine aus dem Bett. Es ging, wenn sie sich langsam bewegte. Behutsam ließ sie ihre Füße sinken. Ihr lädierter Oberschenkel protestierte heftig, und sie schnappte vor Schmerz nach Luft, aber so wie es sich anfühlte, war es wahrscheinlich nur eine Prellung.

Als ich den Wagen gesehen habe, dachte ich, wir würden Sie nur noch in Einzelteilen rausholen.

Denk einfach nicht dran, Uta. Es ist vorbei. Es gibt Wichtigeres. Sie dachte an den Zettel in ihrer Handtasche. An Amelie Dahms im Krankenhaus und ihren Sohn im UG. Es war nur ein paar Stunden her, dass sie die beiden gesehen hatte, und doch war ihr, als lägen Wochen zwischen den Besuchen und diesem Moment, in dem sie auf Falkners Bettkante saß und versuchte Mut zu fassen, um aufzustehen.

Bevor sie jedoch ihren Entschluss in die Tat umsetzen konnte, stand er wieder vor ihr. Er hatte sich umgezogen, trug Jeans und einen leichten Pullover und hatte ihr auch einen mitgebracht. »Es ist ziemlich kühl geworden.« Sie nahm ihn dankbar und schlüpfte hinein.

»Es wäre besser, wenn Sie noch etwas liegen bleiben würden.«

»Ich weiß«, erwiderte Uta. »Aber ich glaube, zumindest meiner Psyche wird es bessergehen, wenn ich aufstehe. Haben Sie vielleicht einen Stock für mich?«

Falkner verschwand erneut. Er hatte eine Taschenlampe gefunden. Sie sah den Widerschein des Lichts durch den Flur geistern. Schließlich kam er mit einem alten, aber stabil wirkenden Regenschirm zurück.

Uta humpelte hinter ihm her in die Küche. Jedes Mal wenn sie das Bein aufsetzte, schoss der Schmerz bis in ihre Hüfte, aber sie biss die Zähne zusammen. Draußen war es stockdunkel. Immer noch tobten Wind und Regen um das Haus, als wollten sie es aus seinen Grundfesten heben und fortschwemmen.

»Wie kam es, dass Sie bei dem Rettungstrupp der Feuerwehr dabei waren, der mich gefunden hat?«, fragte sie, während sie sich vorsichtig auf einen der Küchenstühle niederließ.

Falkner, der in einem der Schränke ein Paket Kerzen gefunden hatte, unterbrach seine provisorische Illuminierung der Küche und wandte sich zu ihr um. »Im Dorf hat gleich zu Anfang des Unwetters zweimal der Blitz eingeschlagen. Da wurde jede Hand gebraucht.«

Uta kannte das. Auch wenn die Dorfgemeinschaften oft nur auf dem Papier bestanden, so hielten sie doch trotz aller interner Querelen im Katastrophenfall zusammen. Das hatte sie selbst als Kind bereits erfahren, in dem Dorf, in dem ihre Großeltern gelebt hatten. Dort war seinerzeit ein Hof abgebrannt, und ausgerechnet der ärgste Feind des betroffenen Bauern hatte ihn und seine Familie auf seinem Hof aufgenommen. Uneigennützig und ohne große Vorrede. Einfach so, weil es nötig war.

»Wie haben Sie mich gefunden?«, fragte sie.

Er steckte die letzte Kerze an und nahm eine Flasche Wein von der Anrichte. »Reiner Zufall«, erwiderte er. »Die Straße war eine der ersten, die unpassierbar geworden war. Seit dem Nachmittag ist niemand mehr durchgekommen. Sie waren vermutlich die Letzte. Kirsten war noch einmal draußen bei ihren Ziegen und hat ein Tier reingeholt, das sich verlaufen hatte, da hat sie die Lichter Ihres Wagens gesehen und uns informiert.«

»Kirsten Martens?«

»Ja, sie hat erst selbst versucht, Sie aus dem Auto zu holen, aber das war hoffnungslos.« Er entkorkte die Flasche mit Geschick, roch kurz daran und ließ die dunkelrote Flüssigkeit in zwei Gläser fließen, von denen er ihr eins kommentarlos und unzeremoniell reichte. Es war ein spanischer Wein. Schwer und erdig mit einem Hauch von Frucht, der auf der Zunge zerging und Lust auf mehr machte. Nach ihrem Unfall sicher nicht die beste Medizin, aber vermutlich die beste Lösung.

Er bereitete ihnen einen Salat, stellte noch Wasser auf den Tisch, Käse, Brot und eine Schüssel mit Oliven. Sie aßen in der Küche an dem kleinen Tisch unter dem Fenster im

Schein der Kerzen, während draußen der Donner krachte, und Blitze die Nacht für Bruchteile von Sekunden zum Tag werden ließen. Es war der perfekte Rahmen für ein romantisches Abendessen zu zweit.

Als sie diesen Gedanken aussprach, huschte ein seltenes Lächeln über Falkners Gesicht. Es machte seine verschlossenen Züge weich, streichelte Ecken und Kanten fort und zeigte für einen flüchtigen Augenblick den Menschen, der hinter der kühlen Fassade verborgen lag.

Sie wagte einen Vorstoß.

»Was verbindet Sie eigentlich mit Andi Dahms?«, fragte sie geradeheraus.

Für einen Moment schien es, als hätte sie die falsche Frage gestellt, schien das Lächeln in seinem Gesicht zu gefrieren. Er hielt mit dem Essen inne, das Besteck reglos in beiden Händen, wie erstarrt. Die Spannung verflüchtigte sich jedoch, als er sprach. »Andi und ich sind zusammen aufgewachsen«, sagte er ruhig. Er legte sein Besteck nieder, griff nach der Serviette neben seinem Teller und hielt sie kurz an seine Lippen, bevor er sein Weinglas nahm und einen Schluck trank. »Wir waren als Kinder unzertrennlich. Die besten Freunde.«

Dabei sah er sie offen an.

Unzertrennliche Freunde. Nichts, was einer weiteren Erklärung bedurfte, und doch war da etwas, blieb der Rest einer Frage zurück.

Aber bevor sie ihren Gedanken zu Ende denken konnte, fuhr er bereits fort: »Ich möchte mich bei Ihnen bedanken, dass Sie sich für Andi eingesetzt haben.«

Sie runzelte erstaunt die Stirn.

»Er hat mich angerufen. Er ist kurz vor Ausbruch des Gewitters aus dem UG entlassen worden. Allerdings hat er es nicht mehr zurückgeschafft.«

Sie nickte geistesabwesend, in Gedanken noch immer bei

dem, was er kurz zuvor gesagt hatte. *Wir waren als Kinder unzertrennlich.*

Die »Zeit heilt« – heißt es oft –
Doch Zeit hat nie geheilt –
Beim Älterwerden stärkt sich
Wie Sehnen, echtes Leid –

Zeit überprüft den Kummer –
Sie ist kein Heilungstrank –
Wär sie das je, bewies es nur
Der Kranke war nie krank –

Sie starrte nachdenklich auf ihren Teller, auf dem sich noch eine einsame grüne Olive verlor. Und plötzlich begriff sie. Was auch immer Andi zugestoßen war, war auch Falkner zugestoßen. *Das* war es, was die beiden Männer verband. Sie sah ihn an, die Frage auf den Lippen, aber sie sprach sie nicht aus.

Falkner schien zu wissen, was hinter ihrer Stirn vor sich ging. Er betrachtete sie abwartend. Aber wieder einmal spürte sie sehr deutlich, dass es nicht der richtige Zeitpunkt war. Noch nicht.

»Ich bin diejenige, die sich bedanken muss«, sagte sie deshalb. »Dafür, dass Sie so gastfreundlich waren, mich hier aufzunehmen. Und das Essen war prima.« Mühsam stand sie vom Tisch auf.

Er erhob sich ebenfalls. »Keine Ursache. Brauchen Sie noch etwas für die Nacht?« In seinen Augen las sie jedoch eine andere Frage. *Habe ich Sie unterschätzt?*

»Nein«, beeilte sie sich zu versichern. Sie humpelte zurück in das Zimmer, das er ihr zur Verfügung gestellt hatte, und hörte noch, wie er in der Küche das Geschirr in die Spülmaschine räumte.

Als Uta aufwachte, war es hell. Im ersten Moment wusste sie nicht, wo sie war, und sah sich irritiert in dem kleinen schmucklosen Raum um. Dann, so allmählich, wie das graue Licht durch das Fenster drang, tropfte die Erinnerung in ihr Gedächtnis zurück.

Sie tastete nach ihrem Handy. Draußen war es ruhig geworden. Der Wind hatte sich gelegt, und nur noch ein leichter Nieselregen fiel. Das Display ihres Telefons zeigte, dass sie wieder mit der Außenwelt verbunden war.

Stefans Stimme klang verschlafen, als er jedoch begriff, wer anrief, war er sofort hellwach. »Uta! Wo bist du? Wir …«

»Es ist alles in Ordnung«, schnitt sie ihm das Wort ab und erzählte mit wenigen Worten, was passiert war. »Ich weiß noch nicht, wie und wann ich hier wegkomme, aber ihr braucht euch keine Sorgen um mich zu machen.«

In seiner Stimme klang Erleichterung und Ärger mit, als er etwas von *diesem verdammten Job* murmelte. Es war nichts, was sich Uta jetzt anhören wollte. Nachdenklich starrte sie an die weiße Zimmerdecke, nachdem sie aufgelegt hatte. Stefan würde es nie begreifen. Sie hatte immer gehofft, dass er irgendwann akzeptieren würde, dass ihr Beruf mehr für sie war als schlichter Broterwerb. Zu Beginn ihrer Beziehung hatte ihn ihre Unabhängigkeit noch fasziniert. Aber in achtzehn Jahren Alltag nutzte sich Faszination auf die Dauer ab. Wenn die Jungen nicht wären …

Sie schob den Gedanken fort und warf einen Blick auf die Uhr auf dem Handy. Kurz vor sechs. Sie überlegte, Harms anzurufen, tat es dann aber doch nicht. Ihr rechter Oberschenkel schmerzte, als sie das Bein bewegte, dennoch zwang sie sich aufzustehen. Sie brauchte lange, bis sie die Treppe hinauf ins Bad gestiegen war, aber sie schaffte es. Allein. Falkner hatte ihr am Abend noch gesagt, wo sie alles finden würde, und ihr seine Hilfe angeboten. »Sie brauchen nur zu rufen.«

Mit geschlossenen Augen ließ sie das warme Duschwasser über ihren Kopf laufen und spülte die Erinnerung an den vergangenen Tag ab. Auf ihrem Oberschenkel prangte ein handteller großer blauer Fleck, einen weiteren entdeckte sie auf ihrer rechten Schulter. Nach dem Duschen fand sie in dem Spiegelschrank über dem Wachbecken ein neues Pflaster für die Platzwunde an ihrer Stirn. Sie war notdürftig und nicht unbedingt fachmännisch versorgt worden, und wie es aussah, würde sie eine Narbe davontragen, aber wenn das alles war ...

Sie lächelte ihrem Spiegelbild aufmunternd zu, als sie sich ihr langes dunkles Haar noch feucht zu einem dicken Zopf flocht, bevor sie sich mit schmerzverzerrtem Gesicht wieder anzog. Es war kühl im Haus, und sie streifte dankbar Falkners Pullover über.

In der Küche stellte sie fest, dass auch der Strom wieder da war. Sie fand in einem der Schränke Kaffee und setzte die Kaffeemaschine in Betrieb. Dann rief sie Harms an. Er war genauso verschlafen wie Stefan – und genauso erleichtert, von ihr zu hören. Lediglich der Ärger fehlte in seiner Stimme. Er berichtete die letzten Neuigkeiten.

»Das ist ja unglaublich«, entfuhr es Uta, und der Becher, den sie gerade aus dem Schrank genommen hatte, fiel ihr aus der Hand und rollte über den Holzboden.

»Wir wissen noch nicht endgültig, ob Haffkamp der Vater des Kindes ist«, sagte er abschließend. »Müller bekommt die Ergebnisse der DNA-Probe vermutlich erst heute Nachmittag, aber bislang weist alles darauf hin.«

»Wie ist die junge Frau gestorben?«

»Sie ist definitiv verblutet, aber wir müssen noch klären, ob infolge äußerer Gewalteinwirkung oder der Entbindung.«

Immer wenn Uta mit einem derartigen Todesfall konfrontiert wurde, streifte sie die Erinnerung an die Geburten ihrer eigenen Kinder. An die Hilflosigkeit und Unsicherheit, die sie insbesondere bei ihrer ersten Entbindung empfunden hatte. Die Depression, in die sie danach gestürzt war. Mila Jokusch wäre nicht die erste Mutter, die infolge des postnatalen hormonellen Chaos erst ihr Kind tötete und dann sich selbst.

»Selbstmord?«, fragte Harms, als sie ihm ihre Überlegungen mitteilte. An seiner Stimme hörte sie, dass darüber im Kommissariat wohl schon gesprochen worden war, die Kollegen die Möglichkeit aber nicht weiter in Betracht gezogen hatten.

»Ich halte das für durchaus realistisch«, erwiderte sie. Und dann fiel ihr noch etwas auf. »Ihr habt doch die ganze Wohnung ausgeräumt, du hast aber nichts von Babysachen erzählt. War da nichts? Bett? Kleidung? Erstes Spielzeug?«

Einen Moment war Schweigen am anderen Ende der Leitung. Dann kam ein gedehntes »Nein«.

»Ist vermutlich auch keinem von euch komisch vorgekommen.«

Wieder folgte ein beredtes Schweigen.

Uta schüttelte den Kopf, sagte aber nichts. Vielleicht hätte sie die fehlende Babyausstattung in ihrer Überraschung über die unerwartete Verbindung zu Jonas Haffkamp im ersten Moment auch übersehen.

Sie hörte, wie sich Harms räusperte. »Du kannst dich in Moorbek ja mal umhören, vielleicht –«

»Vielleicht weiß hier jemand was. Wahrscheinlich eher als in der Stadt«, fiel sie ihm ins Wort.

»Noch was anderes«, wechselte er das Thema, ohne auf das eben Gesagte weiter einzugehen. »Die Kollegen aus Flensburg haben sich gemeldet. Wegen des Brandes in der Kirche.« Kurz und knapp, wie es seine Art war, teilte er ihr die Ergebnisse der neuerlichen Untersuchung des Brandortes mit. »Wir halten dich weiter auf dem Laufenden«, schloss er. »Und ich schick einen Kollegen rüber, um dich abzuholen, sobald die Straßen wieder frei sind.«

Uta starrte noch eine ganze Weile vor sich hin und strich mit den Fingern nachdenklich über die glatten Tasten des Telefons in ihrer Hand, bevor sie sich an den Kaffee erinnerte. Sie steckte das Handy in ihre Hosentasche, hob den Becher auf und schenkte sich etwas ein. Den ersten Schluck trank sie in der Küche, schmeckte das bittere Aroma des Getränks und spürte der Wärme nach, mit der es sich in ihrem Körper ausbreitete. Dann humpelte sie zurück in ihr Schlafzimmer, nahm die Zigaretten aus ihrer Tasche und machte sich auf den Weg nach draußen.

Kühle, regenfeuchte Luft schlug ihr entgegen, als sie die Haustür öffnete. Durchtränkt von dem Duft der nassen Erde, der Blüten und Gräser. Es war eine Explosion von Gerüchen, fast zu intensiv nach den Wochen der Dürre und Hitze. Vor dem Hauseingang war ein kleines Vordach. Ein Schemel stand dort, der leidlich trocken war. Mit einem leisen Aufseufzen setzte sie sich, streckte ihr lädiertes Bein aus und zündete sich eine Zigarette an. Sie schloss die Augen und zog den Rauch ein.

Im Haus klappte eine Tür zu, und sie hörte Schritte auf der Treppe. Augenblicke später erschien Falkner in der Haustür, einen Becher Kaffee in der Hand. Er war noch unrasiert und blinzelte verschlafen ins Licht. »Ich dachte immer, ich wäre Frühaufsteher«, sagte er zur Begrüßung. »Wie geht es Ihnen?«

»Gut so weit. Ich denke, ich werde weiterleben.« Sie sah zu ihm hinauf. »Dank Ihrer Hilfe.«

Er antwortete nicht darauf. Nahm nur einen Schluck Kaffee und blickte den Weg hinunter, der sich vom Haus am Friedhof vorbei bis zur Kirche erstreckte. Er war bedeckt mit den abgerissenen Ästen und Blättern der Eichen, die ihn säumten. Hinter den Bäumen brach eben die Sonne durch und lockte erste Dampfschwaden aus den Pfützen und dem Grün.

»Haben Sie schon etwas zur Straßenlage gehört?«, fragte Falkner, ohne sie anzusehen, und sie fragte sich, ob er ihr überhaupt zugehört hatte. Er schien Lichtjahre entfernt.

»Nein, ich weiß noch nichts Neues. Aber die Kollegen haben versprochen mich abzuholen, sobald sie durchkommen. Sicher melden sie sich dann auch.« Sie nahm einen letzten Zug von ihrer Zigarette und drückte sie neben sich auf dem Boden aus. Sie musste mit ihm reden. Jetzt sofort. Sie durfte es nicht hinauszögern. »Birger Harms hat mir noch etwas zu dem Brand in Flensburg erzählt. Die Kollegen dort hatten die Ermittlungen aufgrund der neuen Informationen noch einmal aufgenommen, wie Sie wissen.«

Falkner nickte nur.

Uta schluckte. »Der technische Defekt an der Leitung in der Kirche ist auf eine Manipulation zurückzuführen.«

Sie wartete vergeblich auf eine Reaktion. »Es war sehr professionell gemacht«, fügte sie hinzu.

Endlich wandte sich Falkner ihr zu. »Haben die Ermittler Spuren gefunden, die auf einen möglichen Täter schließen lassen?«

»Noch nicht.« Sie drehte ihren Kaffeebecher in ihrer Hand. »Es ist sicher nicht besonders schön für Sie, so kurz nach dem Tod Ihres Vaters plötzlich Dinge über ihn zu erfahren, die …«

»Ich habe meinen Vater fünfundzwanzig Jahre nicht gesehen«, unterbrach er sie barsch. Seine Stimme trug etwas Schneidendes, Abschließendes in sich. Bis hierhin und nicht weiter. Er wollte kein Mitgefühl. Keine Anteilnahme. »Ich denke, es gibt andere, die es mehr trifft.«

»Sie meinen … die Kirchenvertreter?«

»Mein Vater war eins ihrer populärsten Aushängeschilder. Im Kampf um jede Seele ist diese Geschichte ein herber

Rückschlag«, bestätigte er ihre Vermutung. »Haben sich Vertreter der EKD noch nicht in die Ermittlungen eingemischt?«

Oh, er wusste, wie es lief.

Natürlich antwortete sie ihm auf seine Frage nicht, aber selbst ihr Schweigen war ihm Antwort genug.

»Sie hatten zu Ihrem Vater kein besonders gutes Verhältnis«, brachte sie das Gespräch zu ihrem eigentlichen Thema zurück.

»Wir hatten uns nicht viel zu sagen«, erwiderte er knapp. »Wie das bisweilen so ist.«

Da war mehr. Viel mehr. Sie spürte es. Aber sie kam nicht an ihn heran. Es war hoffnungslos.

Die Stille, die entstand, wurde lediglich unterbrochen vom Tropfen des Wassers, das von den Blättern der Bäume perlte. Dann sah er sie das erste Mal an diesem Morgen richtig an, und die Spannung, die plötzlich zwischen ihnen lag, verursachte ihr eine Gänsehaut. »Warum sind Sie gestern hier rausgefahren?«, fragte er.

Sie hielt seinem Blick stand. Es war ein Kräftemessen, ein schweigender Kampf. Sie fragte sich, ob sie ihn gewinnen konnte.

»Ich war gestern bei Amelie Dahms im Krankenhaus.« Sie zwang ihre Stimme zur Ruhe. »Sie hatte einen Schlaganfall und kann nicht sprechen. Aber sie hat mir einen Namen aufgeschrieben. Ich bin gekommen, um herauszufinden, warum.«

Erneut folgte ihren Worten ein langes, tiefes Schweigen.

»Wessen Namen?«, fragte Falkner schließlich.

»Ihren Namen, Leif.« Als sie es sagte, sah sie mit Genugtuung, dass er blass wurde.

VII.

Eine Hand schob sich aus der dunklen Erde, bleiche Finger, die zu Staub zerfielen, sobald Licht und Luft sie berührten, kleine Stückchen verlorenen Lebens, scherbengleich. Lange hatten sie geruht zwischen den Wurzeln des Apfelbaumes, der über den Knochen gewachsen war, der von der Zersetzung des Körpers gezehrt, Früchte getragen und Schatten gespendet hatte, und nun gefallen war, herausgerissen worden war aus der Erde in dem ungeheuren Sturm. Wütend war dieser Sturm über das Land gefegt, hatte Dächer abgedeckt und Zäune umgeworfen. Dann war seine Kraft erlahmt. Er hatte sich ausgetobt. Übrig blieb nur jene leichte Brise, die ein paar abgerissene Blätter über die Knochenstücke wehte.

⁂

Die Sonne strahlte hell aus einem makellos blauen klaren Himmel auf das Dorf herab, als Ernst Averdieck am Morgen nach dem Unwetter aus seiner Tür trat. Der Sturm der Nacht schien nur ein böser Traum gewesen zu sein, so ruhig war es. So friedlich. Doch diese nach dem Toben des Windes geradezu unirdisch anmutende Stille währte nicht lang. Das Kreischen der Kettensägen hallte schon bald durch das Dorf, untermalt vom Rumpeln der landwirtschaftlichen Schlepper, die Straßen und Wege räumten. Und dann tauchte auch schon der Kämmerer der Amtsverwaltung auf, der niemand anders war als Gregor Tiedemann, zusammen mit Carsten Haack, dem Wehrführer, um Averdieck in seiner Funktion als Bürgermeister für eine Sichtung der Schäden im Dorf abzuholen.

»Die Straßen sind immer noch nicht frei«, erklärte Haack und schüttelte Averdieck die Hand, »aber die Kameraden von der Berufsfeuerwehr aus Rendsburg rechnen damit, dass wir bis Mittag wieder zur Bundesstraße durchkommen.«

»Wo sind denn deine Leute jetzt?«, wollte Averdieck wissen.

»Etwa fünf sind noch bei Manfred auf dem Hof, die anderen hab ich für ein paar Stunden Schlaf nach Hause geschickt.«

In den Hof der Tiedemanns, den Gregors älterer Bruder führte, hatte der Blitz in den Kälberstall eingeschlagen. Das Gebäude war völlig ausgebrannt. Von seinem Standort aus konnte Averdieck den Rauch sehen, der noch immer von der Brandstelle aufstieg. Das Feuer war erst in der zweiten Nachthälfte ausgebrochen.

»Bei Hansens hat es vom Altenteil das Dach abgedeckt«, fügte Haack hinzu, der im hellen Morgenlicht müde und ausgezehrt wirkte. Sein hageres Gesicht noch schmaler als sonst. »Ist aber niemand zu Schaden gekommen.«

Zahlreiche Bäume waren umgestürzt, darunter auch eine der alten Linden im Zentrum des Ortes. Gleich gegenüber von Averdiecks Hof. Mitten in den Dorfteich war sie gefallen und hatte das Entenhaus in Trümmer gelegt. In dieser Nacht war die Feuerwehr insgesamt mehr als zehnmal ausgerückt. Haack hatte gut daran getan, seine Männer erst einmal schlafen zu schicken.

»Das hätte alles noch viel schlimmer kommen können.« Gregor Tiedemann strich sich über sein schütteres graues Haar. »Wir haben Glück gehabt. Drüben in Breiholz haben sie einen Toten, und in Fockbek ist –«

»Haben wir Schäden an der Kirche?«, fiel Averdieck ihm ins Wort. Er wollte nichts über die anderen Dörfer hören, und wenn Tiedemann erst einmal anfing zu reden, hörte er so schnell nicht wieder auf.

»Diesmal nicht.«

Averdieck merkte, wie die Anspannung langsam wich. Vor einigen Jahren wäre ihnen bei einem Sturm fast das Kirchendach weggeflogen, daraufhin ließen sie es für teures Geld sanieren. Nun, wo die Spendengelder verschwunden waren, wäre es schwierig gewesen, das nötige Kleingeld für weitere Reparaturen zusammenzubekommen.

»Ich nehme an, ihr braucht mich erst mal nicht mehr, oder?«, fragte Carsten Haack.

Averdieck schüttelte den Kopf und klopfte ihm auf die Schulter. »Der Gemeinderat wird bei eurer nächsten Sitzung das Essen ausgeben und eine Kiste Korn.«

Sie sahen beide dem hageren Mann nach, der sich in Richtung des Tiedemannschen Hofs von ihnen entfernte.

»Der hat seine Jungs im Griff«, sagte Tiedemann anerkennend. »Hast du gehört, dass sogar Eckhards Sohn heute Nacht mit draußen war?«

»Warum auch nicht?«, brummte Averdieck. »Schließlich ist er auch von hier.« Er wusste auch längst, dass die Kripobeamtin aus Kiel im Pfarrhaus übernachtet hatte, aber er sagte nichts dazu, als Tiedemann mit konspirativem Unterton davon erzählte. Er zog seine Pfeife und seinen Tabak aus seiner Hosentasche, bevor er jedoch dazu kam, sie zu stopfen, sah er eine Frau die Dorfstraße entlang auf sie zukommen. Es war deutlich, dass sie es eilig hatte. Und ohne dass Averdieck es erklären konnte, war ihm, als hätte sie Angst. Tiedemann blinzelte kurzsichtig in ihre Richtung.

»Die Russin vom Peters-Hof«, sagte Averdieck und überlegte, wie sie hieß. Beljajew. Alexandra Beljajew.

Als sie näher kam, hob er grüßend kurz seine Schiebermütze. »Morgen, Frau Beljajew. Alles in Ordnung bei Ihnen draußen?«

Sie hatte nicht damit gerechnet angesprochen zu werden, wie Averdieck an ihrem Gesichtsausdruck erkannte.

»Guten Morgen, Herr Averdieck. Alles gut, vielen Dank«, antwortete sie etwas atemlos. Ihr schwerer Akzent ließ seinen Namen wie ein fremdartiges Gericht klingen. Averdieck spürte ihre Unruhe und bezweifelte plötzlich, dass alles gut war. Was ist passiert?, wollte er fragen, doch er bremste sich. »Na, dann noch einen schönen Tag«, sagte er stattdessen und lüpfte noch einmal seine Mütze.

Alexandra Beljajew nickte nur kurz und hastete weiter in Richtung Kirche.

»Na, die hatte es aber eilig«, bemerkte Tiedemann. »Die wohnen doch jetzt schon bald seit zwei Jahren hier, aber meinst du, ich weiß, wie die heißen?«

»Beljajew«, sagte Averdieck. »Alexandra Beljajew. Ihr Mann arbeitet bei Carsten Haack als Elektriker. Soll ein ganz Fleißiger sein.«

»Ach was«, erwiderte Gregor Tiedemann erstaunt, »hier im Dorf?«

»In Fockbek, da hat Carsten sich doch mit dem Ahrens zusammengetan.«

Tiedemann nickte langsam, um die Informationen zu verdauen. Gregor war alt geworden, das wurde Averdieck in diesem Augenblick klar. Wenn er sich nicht täuschte, hatte er noch gut ein Jahr bis zur Rente. Seine Nachfolgerin in der Amtsverwaltung stand schon in den Startlöchern. Eine junge Frau, mit der sich sicher nicht so bequem zusammenarbeiten ließ wie mit Gregor. Aber seit der Ämterfusion war alles sowieso nicht mehr wie früher. Im nächsten Jahr war auch Bürgermeisterwahl. Averdieck war sich nicht sicher, ob er noch einmal kandidieren würde. Irgendwann mussten die Jüngeren ran. So wie auf dem Hof. Es wurde Zeit, dass

Lukas sein Studium abschloss und nach Hause kam. Es wurde Zeit, die Verantwortung in andere Hände abzugeben und sich zurückzuziehen.

⁂

Stahl saß am Frühstückstisch und überflog die Zeitung. Die Berichterstattung auf den ersten Seiten im Lokalteil befasste sich ausschließlich mit den Folgen des Unwetters. Es hatte das Land hart getroffen. Stahl konnte sich nicht erinnern, so etwas schon einmal erlebt zu haben. Nicht um diese Jahreszeit.

Erst auf der vierten Seite fand er einen kurzen Artikel zu dem Fund der Babyleiche in Holtenau. Sommers Vermutungen hatten sich also bestätigt. Aber das Interesse der Medien würde schneller wieder da sein, als ihnen allen lieb war. Spekulationen und hässliche Verdächtigungen würden die Stimmung aufheizen und die Ermittlungen erschweren. Es war in den letzten Jahren immer schwieriger geworden. Ein immer schnellerer Wettlauf mit der Zeit.

Sabine saß ihm gegenüber und blätterte eine Anzeigenbeilage durch, während sie hin und wieder an ihrem Kaffee nippte.

Stahl ließ seine Zeitung sinken. »Sabine, ich muss dich was fragen.«

Sie sah auf.

»Wenn eine Frau hochschwanger ist und noch keine Babyausstattung hat, was bedeutet das deiner Meinung nach?«

»Das ist doch völlig klar«, kam die Antwort, jedoch nicht von Sabine, sondern von Rike, die mit einem Handtuch um den Kopf in der Tür auftauchte. »Sie wird das Kind zur Adoption freigegeben haben.«

Stahl sah seine Tochter erstaunt an. »Natürlich – warum bin ich da nicht selbst drauf gekommen?«

Rike schenkte sich Kaffee ein, setzte sich zu ihnen und lächelte überlegen. Mit ihren knapp siebzehn Jahren war sie ihm manchmal einfach schon zu erwachsen. Zu sehr Frau.

»Und wie kommt es, dass *du* gleich daran gedacht hast?«, wollte Sabine wissen. In ihrer Stimme schwang Misstrauen. Das Verhältnis seiner beiden Frauen war in der letzten Zeit etwas angespannt.

»Eine Freundin von mir ist schwanger und denkt darüber nach«, antwortete Rike.

»Warum?«, wollte Stahl wissen. »Wie alt ist sie?«

»Sie ist zwanzig und hat gerade einen Studienplatz für Medizin bekommen. Sie sagt, beides schafft sie nicht – Studium und Kind.«

»Sie könnte auch abtreiben«, warf Sabine ein.

Rike bedachte ihre Mutter mit einem schwer zu deutenden Blick. »Sie ist ziemlich religiös.«

»Das schließt natürlich auch eine Verhütung aus«, bemerkte Sabine spitz.

Rike sagte dazu nichts mehr, aber ihr Gesichtsausdruck verriet Stahl, dass mehr hinter diesem Wortgefecht steckte, als es auf den ersten Blick den Anschein hatte. Er faltete seine Zeitung zusammen und stand mit einem entschuldigenden Blick auf seine Uhr vom Tisch auf. »Ich muss leider gehen. Vielen Dank für deinen Tipp, Rike.«

Er küsste Sabine flüchtig beim Hinausgehen. »Kann spät werden heute Abend.«

Er war noch nicht zur Haustür raus, da hatte er schon die Nummer des Kommissariats in sein Handy eingetippt.

»Überprüft bitte, ob Mila Jokusch ihr Baby zur Adoption freigegeben hat«, sagte er, als Behnke ranging.

***

»Warum hat Amelie Dahms mir Ihren Namen – ausgerechnet Ihren Namen – aufgeschrieben?« Uta sah Leif Falkner herausfordernd an. »Was haben Sie mit Jonas Haffkamps Tod zu tun? Worum geht es hier?«

Falkners Mund wurde zu einer schmalen Linie.

»Wer weiß noch von diesem Zettel?«, fragte er mit mühsam beherrschter Stimme. Er hielt das Papier in Händen und starrte abwechselnd den Zettel und Uta an.

»Armin Stahl, Birger Harms …« Sie hätte noch mehr Namen aufzählen können, und er wusste es. Sie sah, wie seine Gesichtsmuskeln arbeiteten, wie seine Fäuste sich ballten und er das Papier in seiner Hand zu einem kleinen harten Ball zerdrückte. »Warum, Leif?«, wiederholte sie ihre Frage. »Warum ausgerechnet Sie?«

»Ich habe mit dem Tod von Jonas Haffkamp nichts zu tun«, erwiderte er abweisend.

»Aber warum schreibt mir eine Frau, die im Sterben liegt, ausgerechnet Ihren Namen auf? Was will sie mir damit sagen? Warum ist ihr das so wichtig?« Sie stand auf, ungehalten, ja wütend über sein Schweigen, über sein ganzes Verhalten. Sie baute sich vor ihm auf und zwang ihn, sie anzusehen. »Was geht in diesem verdammten Dorf vor? Sie wissen es! Erzählen Sie es mir!« Sie wollte ihn bei den Schultern packen und schütteln, um diesem verschlossenen Gesicht, diesem in Starre verfallenen Körper endlich eine Reaktion zu entreißen, aber sie tat es nicht. Sie ballte ihre Fäuste und zückte schließlich ihren letzten Trumpf. »Wussten Sie, dass Jonas Haffkamp eine Freundin hatte, die vor fünf Tagen ein Kind entbunden hat? Ein kleines Mädchen. Sie sind beide tot – Mutter und Kind. Wir haben inzwischen vier Tote in fünf Tagen. Ich will wissen, was hier vor sich geht!«

Endlich, endlich flackerte etwas in seinem Blick, regte sich etwas in seinem Gesicht. »Was wollen Sie? Was soll ich

Ihnen erzählen?«, fuhr er sie an. »Ich bin fünfundzwanzig Jahre nicht hier gewesen!«

»Aber mit Ihrer Rückkehr hat alles begonnen. Sie waren der Letzte, der Ihren Vater lebend gesehen hat. Und plötzlich ist der Junge tot, der ihn umgebracht hat, und die Spendengelder sind verschwunden. Das wirft doch Fragen auf, oder?« Sie spie ihm ihre Worte geradezu ins Gesicht und mit ihnen die Anspannung der vergangenen Tage, ihre Frustration über das bislang ergebnislose Herumstochern in diesem Fall, das lediglich immer nur neuen Schmutz zutage förderte.

Seine Augen verengten sich zu Schlitzen, kalte, funkelnde Schlitze, aus denen er sie anstarrte, als wolle er sie ohrfeigen und sie die Stufen vor dem Haus hinunterstoßen in den Dreck. Harms' Worte schossen ihr durch den Kopf. *Du solltest ihn nicht unterschätzen.*

Doch er beherrschte sich. »Ihre Vorwürfe sind anmaßend und entbehren jeglicher Substanz«, sagte er kühl.

»Warum helfen Sie mir dann nicht, herauszufinden, was wirklich passiert ist?«

»Und wie?«

»Sie kennen die Menschen hier. Sie reden mit ihnen! Mit Menschen wie Andi Dahms oder Kirsten Martens!«

»Und Sie meinen, die wissen mehr?«

»Erzählen Sie mir nicht, dass hier nicht jeder weiß, was sein Nachbar macht.« Sie spürte, wie sie sich schon wieder in Rage redete, und versuchte sich zu bremsen. Sie appellierte an seine Vernunft. »Haben Sie denn kein Interesse an der Aufklärung der Fälle? Sie sind doch letztlich auch Polizist.«

Schweigend blickte er an ihr vorbei, und sie wandte sich frustriert ab. Es war zwecklos. Genauso gut konnte sie einen Stein anschreien. Sie ließ sich mühsam auf die Bank sinken, griff in ihre Tasche nach den Zigaretten und hoffte nur, dass die Straßen bald frei sein würden. Ihre Finger zitterten, als sie das Streichholz anriss.

»Ich weiß nicht, was mit Jonas Haffkamp geschehen ist, und auch nicht, warum er meinen Vater umgebracht hat«, sagte er plötzlich, und seine Stimme klang verändert. Resigniert? Geschlagen? Nein, das wäre zu viel der Ehre. »Sprechen Sie mit Kirsten Martens – und mit Andi. Sagen Sie ihnen, ich hätte Sie geschickt. Und mit Traute Averdieck. Sie alle können Ihnen mehr erzählen als ich, selbst wenn ich es wollte.«

Uta sah zu ihm auf, begegnete kurz seinem Blick, bevor er sich abwandte und ins Haus ging.

Sie blieb perplex zurück.

Keine Ablehnung, keine Wut, nur Schmerz in dem tiefen Dunkel seiner Augen. Leif Falkner stellte sie immer wieder vor Rätsel. Und das größte Rätsel war nach wie vor er selbst.

⁂

Leif Falkner lehnte seine Stirn an die kühle Wand im Flur des Pfarrhauses. Er spürte den Stein auf seiner Haut, den Widerstand, den er ihm bot, und gleichzeitig den Halt. Es kam ihm vor, als bewege er sich auf Eis, das jeden Moment zu brechen drohte, schlüpfrige Schollen, die ihn hinabstürzen ließen in einen tiefgrünen kalten Tod. Er spielte mit in diesem hässlichen Spiel, bei dem nicht mehr sicher war, ob er noch die Fäden in Händen hielt oder schon nach ihnen tanzte. Und es gab nur eine Möglichkeit, das herauszufinden. Er musste ebendiese Fäden kappen, egal an welchem Ende er sich befand.

Es blieb ihm nicht mehr viel Zeit. Es war mit einem Mal so selbstverständlich, wieder in Moorbek zu sein. Selbst nach zweieinhalb Jahrzehnten. Er durchlebte eine Metamorphose, die sich in rasendem Tempo vollzog, eine Reise zurück durch die Zeit und in Bereiche des eigenen Bewusstseins, unheimlich, faszinierend und all die Lücken füllend, die ihn wie dunkle Risse in einem Tuch sein Leben lang begleitet hatten. Eine Reise von betörender Gefährlichkeit.

Er richtete sich auf und lauschte auf die Geräusche des Hauses, das verstummt war nach der Gewalt der Nacht und nicht mehr ächzte und stöhnte unter der Last des Windes, nur hier und da leise flüsterte, wie in einem erschöpften Schlaf, in dem es Kraft sammelte, um dem nächsten Angriff standzuhalten. Leif wusste, dieser Moment würde kommen, nur allzu bald schon. Er ging in die Küche, schenkte sich ein Glas Wasser ein und zog ein Päckchen Aspirin aus der Hosentasche. Er nahm gleich zwei davon gegen den hämmernden Kopfschmerz, der die Folge von zwei Flaschen Rotwein war, die er geleert hatte, nachdem Uta ins Bett gegangen war, um endlich wieder einmal schlafen zu können.

Uta. Auch sie beschäftigte ihn. Ihr feines psychologisches Gespür, das ihr einen deutlichen Vorsprung verschaffte gegenüber ihren männlichen Kollegen, auch wenn sie damit gern hinter dem Berg hielt. Sie war anders, als er sie in Erinnerung gehabt hatte. Härter. Zielstrebiger. Und wie sie sich für Andi eingesetzt hatte, hatte ihn beeindruckt. Das schafften nur wenige Menschen. Andi hatte, wie es seine Art war, nicht viel von ihrem Gespräch erzählt, aber genug, um zu verstehen. Von den Kieler Beamten war Uta vermutlich diejenige, die Leif am ehesten für sich einnehmen konnte. Vielleicht sogar schon eingenommen hatte. Er rief sich ihr Gesicht in Erinnerung, als sie gerade eben noch draußen vor dem Haus vor ihm gestanden und ihn angeschrien hatte. Der Blick, der in ihren Augen gelegen hatte; diese Bitte, sie nicht zu enttäuschen. Eine Weile würde es ihm sicher noch gelingen, den Schein aufrechtzuerhalten. Die Frage war nur, wie lange.

Ihre Stimme draußen vor der Tür riss ihn aus seinen Gedanken. Sie sprach mit jemandem. Er stellte sein Glas ab und eilte hinaus. Vor ihm stand Alexandra Beljajew. Sie wirkte atemlos, panisch beinahe und blickte immer wieder über ihre Schulter, als erwarte sie, dass ihr jemand gefolgt war. Erleichtert sah sie zu Leif, doch bevor sie auch nur ein Wort sagte, schloss sie den Mund mit einem Seitenblick auf Uta wieder. Für einen Moment glaubte Leif sogar, sie würde auf dem Absatz kehrtmachen und wieder gehen. Doch was auch immer sie bewegt hatte zu kommen, war stärker als ihre Abneigung Uta gegenüber, die er an ihrem Gesichtsausdruck nur zu deutlich ablesen konnte, als der Blick der Russin sie erneut flüchtig streifte. Was war zwischen den beiden vorgefallen?

Er stieg die wenigen Stufen vom Eingang auf den Weg hinunter und auf sie zu. Er legte einen Arm um die schmalen Schultern der Frau. »Was ist passiert?«, fragte er auf Russisch. »Du brauchst keine Angst zu haben.«

Als hätte er ein Wehr geöffnet, brach ein Schwall russischer Worte aus ihr heraus. Ihre Stimme überschlug sich vor Aufregung, und sie rang immer wieder verzweifelt nach Atem. Ungläubig lauschte er ihren Worten, wie paralysiert von dem, was sie erzählte. Übelkeit erfasste ihn, Schwindel …

Er merkte kaum, wie sie neben ihm weinend in sich zusammensank und sich wieder und wieder bekreuzigte. Leif stand nur da und starrte auf sie hinunter, hörte ihre gestammelten Worte. Ihn überkam das überwältigende Bedürfnis, sich wie sie einfach gehenzulassen. Aufzugeben.

Aber dann war Uta neben ihnen. »Gott, was ist denn passiert? Ist etwas mit ihren Söhnen?« Ihre Finger schlossen sich um seinen Arm. Ein fester, warmer Griff, der ihn wieder zu sich brachte.

»Sie hat in ihrem Garten ein Skelett gefunden«, sagte er und hörte selbst, wie fremd seine Stimme klang. Die Vergangenheit hatte ihn endgültig eingeholt.

»Wir haben die DNA-Analyse. Jonas Haffkamp ist der Vater von Mila Jokuschs Kind.« Es war Baumann, der die Neuigkeit aus der Rechtsmedizin mitbrachte. Eine Neuigkeit, die keinen wirklich überraschte.

»Und – hat Jörn dir auch was zur Todesursache der Mutter sagen können?«, wollte Stahl wissen.

»Noch nicht. Er hat schon eine Vermutung, muss aber noch ein paar Tests machen, bevor er ganz sicher sein kann.« Baumanns Ehering blitzte auf, als er sich durch sein kurzes Haar fuhr.

»Gebt ihr eigentlich noch einen aus?«, fragte Stahl.

Baumann sah ihn verständnislos an, und Stahl wies auf den Ring.

Baumann grinste. »Eigentlich wollten wir erst feiern, wenn wir das erste gemeinsame Jahr überstanden haben.«

»Spielverderber«, brummte Harms, und Behnke, der eben in der Tür erschien, lachte.

»Nach dieser opulenten Hochzeitsreise müssen die beiden erst mal sparen«, bemerkte Behnke augenzwinkernd. »Wo wart ihr? Usedom?«

Baumann zog ein Gesicht. »Kann ja nicht jeder auf die Malediven fliegen.«

»Sri Lanka«, korrigierte Behnke mit einem freundlichen Lächeln. »Aber schon ganz nett, der Versuch. – Die Straßen sind übrigens wieder frei. Wer fährt raus und holt Uta ab?«

»Ich mach das«, sagte Stahl, wohl wissend, dass er sich damit wieder einmal auf einen Spagat einließ. Aber es verlangte ihn nach Informationen aus erster Hand. »Hast du Uta schon Bescheid gesagt?«

Behnke schüttelte den Kopf. »Aber ich hab inzwischen sämtliche offiziellen Stellen im Land abtelefoniert, die was mit Adoption zu tun haben.«

»Und?«

»Nichts. Eine Mila Jokusch ist dort nicht bekannt.«

»Vielleicht hat Uta noch was rausgefunden«, warf Harms ein. »Sie war ja jetzt lang genug in dem Dorf kaserniert.«

»Oder das Mädchen hatte unter der Hand was laufen«, gab Baumann zu bedenken. »Das hat sich im Zuge der Ausbreitung der Armut auch bei uns längst etabliert.«

»Internet vermutlich.« Harms zückte seine Zigaretten und fragte, als er sich eine ansteckte: »Was ist bei deiner Überprüfung ihrer angeblichen Anstellung als Zimmermädchen rausgekommen?«

»Das war nichts. Wir haben ein Fax mit ihrem Bild an alle Hotels in Kiel und Umgebung geschickt. Ohne Ergebnis.«

Stahl stand von seinem Stuhl auf und griff sich sein Jackett, das hinter der Tür hing. »Ich mach mich dann mal auf den Weg«, verabschiedete er sich.

»Pass auf, dass dir kein Baum auf den Kopf fällt«, bemerkte Behnke.

Baumann stieß seinen Kollegen in die Rippen. »Hast du ausnahmsweise mal ausgeschlafen, oder was ist heute Morgen mit dir los?«

Stahl wartete Behnkes Antwort nicht ab, machte aber, bevor er sich auf den Weg nach Moorbek machte, noch einen Abstecher in die Rechtsmedizin. Jörn war nicht da, aber Angelika Merwitz begrüßte ihn mit einem Lächeln. »Wir haben ausnahmsweise keine Leiche auf dem Obduktionstisch für Sie, oder kommen Sie, um mich auf einen Kaffee einzuladen?«

»Immer gern«, erwiderte Stahl, der Jörns Kollegin in den letzten anderthalb Jahren schätzen gelernt hatte. Für eine Pathologin war sie erstaunlich normal. »Haben Sie denn zum Kaffee ein paar Infos zu Mila Jokusch?«

Merwitz seufzte. »Hätte ich mir denken können, dass Sie nicht nur wegen mir hier sind.«

Stahl grinste. »Frau Dr. Merwitz, Sie flirten jetzt nicht mit mir, oder?«

»Nur ein bisschen«, erwidert sie, und die Sommersprossen auf ihrer Nase tanzten vergnügt. »Wie geht es Frau Thormälen?«

Die Nachricht über Utas Unfall war also schon bis in den Keller der Rechtsmedizin vorgedrungen.

»Gut, soweit ich informiert bin. Ich bin sozusagen auf dem Weg, sie abzuholen.«

Sie standen inzwischen vor dem Kaffeeautomaten ein Stockwerk höher.

Stahl reichte Merwitz ihren Kaffeebecher und folgte ihr vor die Tür, wo sie sich auf eine Bank setzten.

»Sehr wahrscheinlich handelt es sich bei Mila Jokusch um Selbstmord«, sagte Merwitz.

»Uta hatte es schon angesprochen. Postnatale Depression.«

Merwitz nickte. »Jörn ist sich noch nicht ganz sicher, aber es weist alles darauf hin.«

»Also hat sie erst ihr Kind und dann sich umgebracht?«

»Wir haben keine anderen Spuren gefunden«, bestätigte Merwitz. »Was sagen denn die Kollegen von der Spurensicherung?«

»Laut Habicht muss Jonas Haffkamp in der Wohnung gewesen sein. Sie haben dort seine Fingerabdrücke gefunden. Daraufhin haben sie noch einmal seine Kleidung untersucht. An Haffkamps Schuhen waren Spuren von Mila Jokuschs Blut.«

»Könnte er seine Freundin tot in der Wohnung gefunden haben?«

»Haben wir auch schon überlegt.«

Aber warum hatte er danach mit dieser brachialen Gewalt Eckhard Falkner den Kopf eingeschlagen? Das war die Frage, die sie alle beschäftigte. Wo war der Zusammenhang? Was hatte der Pastor aus Moorbek mit Mila Jokusch und ihrem Kind zu tun?

Stahl dachte noch immer darüber nach, während er an der Fähre in Breiholz auf seine Überfahrt über den Kanal wartete. Ein großes Kreuzfahrtschiff pflügte sich durch die Wiesen – zumindest sah es so aus. Eine Gruppe Fahrradfahrer stand am Ufer und winkte den Passagieren zu. Ein leichter Wind strich über das Wasser und in das geöffnete Autofenster seines Dienstwagens. Der Himmel war blau, bis auf ein paar Federwolken, die Luft frisch und klar nach dem Gewitter. Stahl schloss die Augen und schob alle Gedanken an Mord und Verbrechen von sich. Er schreckte hoch, als es hinter ihm hupte. Hastig ließ er den Motor an und fuhr auf die Fähre. Während der kurzen Überfahrt versuchte er, noch einmal Uta anzurufen, erreichte aber nur ihre Mailbox. Als er gerade die letzte Kurve vor Moorbek nahm, rief sie ihn zurück. »Schlechte Nachrichten, Armin. Wir haben eine weitere Leiche.«

Er fand seine Kollegin zusammen mit Leif Falkner im Garten eines Gehöfts am anderen Ende des Dorfes. Der Hof lag etwas außerhalb, und die beiden hatten es geschafft, den Fund bislang geheim zu halten. Als er näher kam, verstand er auch, warum. Es war der Hof, auf dem die Aussiedler lebten. Sperrgebiet für die Dorfbewohner. Die Familie hatte sich in gebührendem Abstand von einem umgestürzten Baum zusammengescharrt, selbst die Jungen mit ihren fast kahlen Köpfen blickten eingeschüchtert zu ihm herüber, als er das Grundstück betrat.

Dort, wo das Wurzelwerk des gefällten Riesen den Boden aufgerissen und die dunkle Erde aufgeworfen hatte, standen Falkner und Uta so angespannt nebeneinander, dass sich Stahl fragte, wie nah sie einander in den vergangenen vierundzwanzig Stunden gekommen waren.

Utas Gesicht leuchtete auf, als sie Stahl sah. Sie stützte sich schwer auf einen alten Schirm und humpelte ein paar

Schritte auf ihn zu. »Armin, Himmel, bin ich froh, dich zu sehen!«

Er beeilte sich, sie zu erreichen, und zog sie in seinen Arm. »Mach das nie wieder, Uta. Wir haben alle graue Haare bekommen deinetwegen.«

Falkner grüßte ihn mit gewohnter Zurückhaltung. Er sah müde aus, als hätte er am Abend zuvor dem Alkohol zu kräftig zugesprochen.

Und dann standen sie vor der Leiche. Oder dem, was von dem Menschen, der unter dem umgestürzten Baum seine letzte Ruhe gefunden hatte, noch übrig war. Reste von Kleidung und Knochen. Mehr war es nicht. Der Körper lag auf der Seite. Auf der Rückseite des Schädels klaffte ein großes Loch. Stahl kratzte sich nachdenklich am Kopf.

»Könnte im Laufe der Zeit eingebrochen sein«, mutmaßte Uta.

Stahl sah sie nur an. Falkner sagte nichts. Starrte nur auf den Toten, und Stahl hätte etwas dafür gegeben, wenn er in diesem Moment die Gedanken des dunkelhaarigen Mannes hätte lesen können.

*

Ernst Averdieck blickte ungläubig in das Gesicht seines Sparkassenleiters. Sie waren befreundet. Das zumindest hatte er bislang gedacht. Bis zu diesem Anruf, den er vor einer guten Dreiviertelstunde bekommen hatte, kurz nachdem er seinen Rundgang mit Tiedemann und Haack durch das Dorf beendet hatte. Averdieck fragte sich ernsthaft, ob er träumte. »Du hast das alles gut vorbereitet in den letzten Jahren«, hatte Günther Beckrodt in der vergangenen Woche noch zu ihm gesagt. »Dein Sohn wird den Hof halten können. Du hast rechtzeitig die Weichen gestellt.« Beckrodt wusste normalerweise, wovon er sprach. Doch jetzt sagte er plötzlich etwas ganz anderes, blickte mit gerunzelter Stirn auf die Computerausdrucke mit Grafiken und Zahlen, die vor ihnen auf dem Tisch lagen. Dann zu Averdieck.

»Das sieht nicht gut aus, Ernst«, konstatierte Beckrodt, »wenn die Milchpreise weiter fallen, wirst du Probleme bekommen, diesen Kredit zurückzuzahlen.« Sie kannten sich schon mehr als fünfzig Jahre. Viel zu lang, um noch Geheimnisse voreinander zu haben. Darauf hatte Averdieck vertraut.

Die Milchpreise würden weiter fallen. Das wusste Averdieck. Und die Subventionen für Biosprit würden wegfallen. Da nützte es ihm auch nichts, dass er die Energiepflanzen auf Flächen anbauen durfte, für die er nach wie vor eine Stilllegungsprämie kassierte. Letztlich war es auch nur eine Frage der Zeit, wann sie in Brüssel die Schutzzölle gegen Biospritimporte aus dem außereuropäischen Ausland abschaffen würden.

»Was die einem vorn in die Tasche stecken, ziehen sie hinten wieder raus« war längst zu einer seiner gängigsten Redensarten geworden.

Landwirtschaft war im Zuge der Globalisierung ein riskantes Geschäft geworden. Kein Landwirt in Deutschland konnte mit den Preisen konkurrieren, mit denen die Bauern in Südamerika oder Asien ihre Rohstoffe anboten. Gewinnbringend funktionierte das Geschäft nur noch in großen Dimensionen oder wenn es gelang, neue Märkte zu öffnen. So wie mit der Biohysterie. Oder wenn man sich auf Termingeschäfte an der Börse einließ. Nicht zuletzt deswegen saß er jetzt in Beckrodts Büro. Knapp eine halbe Million Euro hatte er investiert, um den Betrieb umzustellen, und Günther Beckrodt hatte ihm günstige Konditionen verschafft. Er war ein findiger Mann, der sich auch im Subventionsgeschäft gut auskannte und Averdieck zu mehr verholfen hatte, als ihm auf legalem Weg zugestanden hätte. Auch Beckrodt hatte daran verdient. Averdieck schob das Papier mit den Zahlenkolonnen von sich. »Warum soll das alles jetzt nicht mehr passen?«, fragte er. »Letzte Woche …«

»Letzte Woche gehörte dieser Kredit noch unserer Bank«, fiel Beckrodt ihm ins Wort. »Jetzt ist er verkauft.«

Averdieck glaubte nicht richtig zu hören. »Wie könnt ihr meinen Kredit verkaufen? Einfach so? Da hab ich doch ein Mitspracherecht!«

Beckrodt beugte sich über seinen Schreibtisch, wobei ihm sein üppiger Bauch im Weg war. »Ich erzähl dir das im Vertrauen, Ernst, damit du weißt, woran du bist. Ich hab keinen Einfluss auf die Geschäfte, die die da oben machen.« Er wies mit dem Finger gen Himmel, als säßen dort die Verantwortlichen für Averdiecks Misere. »*Die* schnüren die Kreditpakete, und da ist auch immer was Solventes drin, um den Preis zu erhöhen.«

Averdieck stand auf, zog ein Taschentuch aus seiner Hosentasche und wischte sich den Schweiß von der Stirn. Er trat ans Fenster und blickte über den gepflasterten Platz vor der Sparkassenfiliale, mit der er seit über vierzig Jahren Geschäfte machte. »Und was passiert, wenn ich nicht zahlen kann?«

Beckrodt räusperte sich. »Dann werden sie dir deinen Hof pfänden.«

Den Hof pfänden. Alles verlieren, wofür er sein Leben lang gearbeitet hatte. Averdieck hatte von solchen Geschichten gehört. Unten in Süddeutschland. Aber das war weit weg. Nie hätte er gedacht, dass er selbst in eine solche Falle tappen könnte. Er wandte sich wieder Beckrodt zu, der ihm plötzlich wie ein fetter Geier erschien, gierig auf sein nächstes Aas wartend, die dicken Finger nichts anderes als Klauen, die sich kratzend über die Zahlen bewegten.

»Gibt es einen Weg, wie ich da rauskomme?«, fragte Averdieck, und er hatte die Frage noch nicht ganz ausgesprochen, da wusste er schon, dass Beckrodt nur auf sie gewartet hatte. Ein kurzes Zucken seiner Mundwinkel verriet die unterdrückte Zufriedenheit seines alten Freundes.

»Es gibt eine Möglichkeit«, sagte Beckrodt. »Nicht ganz legal, aber ...«

Averdiecks Gedanken wirbelten durcheinander, während er sich wieder setzte und schweigend den Ausführungen des Sparkassenleiters lauschte. »Wann muss ich mich entscheiden?«, fragte er schließlich.

»Möglichst schnell«, war Beckrodts Anwort.

Averdieck hatte nichts anderes erwartet. »Ich sag dir bis zum Ende der Woche Bescheid.« Averdieck stand auf, griff Beckrodts verschwitzte, weiche Hand zum Abschied und verspürte einen nie zuvor gekannten Ekel.

»Schöne Grüße an Traute«, rief Beckrodt ihm nach. »Wir müssen mal wieder zusammen essen gehen.«

Als Averdieck die Schalterhalle durchquerte, verabschiedete er sich wie immer freundlich von den Sparkassenmitarbeitern, ohne sich das Geringste anmerken zu lassen. Nur wer ihn sehr genau kannte, bemerkte, dass er die Filiale gebeugter verließ, als er sie eine Stunde zuvor betreten hatte. Ernst Averdieck war kein Mann, der schnell aufgab. Das hatte ihm schon mehr als einmal Haus und Hof gerettet. In seinem Hinterkopf nahm bereits eine Idee, ein Plan feste Form an, und als er eine halbe Stunde später den Wagen auf seinen Hofplatz lenkte und voller Liebe das alte Gebäude betrachtete, das seit Generationen das Heim seiner Familie war, lächelte er still. Mehr nicht.

VIII.

Es hatte Uta einiges an Überredungskunst gekostet, Stahl begreiflich zu machen, dass sie durchaus in der Lage war, Auto zu fahren. Dass ihr Oberschenkel vor allem dann schmerzte, wenn sie ihn mit ihrem Körpergewicht belastete, und nicht, wenn sie mit der Spitze ihres Fußes ein Gaspedal bediente. Und dass sie auch keinesfalls traumatisiert war durch ihren Unfall. Sie wusste die Fürsorglichkeit, die Männer gegenüber Frauen bisweilen an den Tag legten, durchaus zu schätzen, aber heute fühlte sie sich davon eingeengt. Letztlich war es ein einziger Blick gewesen, der ihn hatte begreifen und verstummen lassen. Schweigend hatte er ihr die Autoschlüssel in die Hand gedrückt. Sie holte ihre verbliebenen Sachen aus dem Pfarrhaus und legte den Haustürschlüssel unter einen Stein neben der Bank, die vor dem Eingang stand.

Nur wenig später hatte sie das Dorf hinter sich gelassen und steuerte den Wagen die Straße hinunter, die sie zu Kirsten Martens' Hof führte.

Stahl schien ganz froh gewesen zu sein, dass er den Tod von Mila Jokusch und ihrer Tochter an sie abgeben konnte. Müller hatte sich inzwischen erneut per Telefon gemeldet und bestätigt, dass es sich um Selbstmord handelte. Mila Jokusch hatte ein Mittel genommen, das die Blutgerinnung verhinderte, und war somit an den Folgen der Geburt gestorben. Müller hatte Spuren der Arznei in ihrem Blut gefunden.

»Sie muss ihren Tod geplant haben, anders kann ich mir das nicht vorstellen«, hatte Stahl noch gesagt.

Jetzt galt es herauszufinden, was im Vorfeld geschehen war und welche Umstände zum Tod von Eckhard Falkner geführt hatten.

Kirstens Kinder spielten auf dem Hof, als Uta mit dem A6 unter den Bäumen auftauchte. Sie liefen auf sie zu. Der alte Hund, der im Schatten des rostigen Busses gelegen hatte, erhob sich mühsam und bellte. Vom Regen der Nacht waren überall noch große Pfützen, in denen sich der Himmel spiegelte, und in der Luft lag noch viel intensiver als bei ihrem letzten Besuch der Geruch nach Ziegen. Die Haustür wurde nicht von Kirsten, wie Uta erwartet hätte, sondern von der bulligen Gestalt von Andi Dahms geöffnet. Er kam auf sie zu, als er bemerkte, dass sie sich auf den alten Schirm stützte, der ihr noch immer als Gehstock diente.

»Wie geht es Ihnen?«, fragte er und stützte sie beim Gehen, indem er ihr ohne zu zögern den Arm um die Hüfte legte. Wenn er lächelte, verlor sich wie bei Falkner etwas von der Härte aus seinem Gesicht.

Die Kinder tobten um sie herum, mit neugierigen großen Augen, die sie allesamt von ihrer Mutter geerbt hatten.

»Gut so weit, danke«, erwiderte sie, »und selbst?«

»Schon okay.«

Da war noch ein Zittern in seiner Bewegung, etwas Flüchtiges.

»Sie können es schaffen, wenn Sie wollen. Das wissen Sie«, sagte sie.

Er antwortete nicht, aber seinem Mienenspiel entnahm sie, dass er wusste, wovon sie sprach.

Vor der Haustür blieb er stehen und ließ sie los. »Woher kennen Sie die Symptome so genau?«

»Mein Vater war Alkoholiker.«

Einen Moment sah er sie schweigend an.

»Er hat es geschafft«, sagte Uta. »Aber es war ein langer Weg.«

»Ja, ich weiß.«

Der kleine Blondschopf, den Uta schon kannte, drängte sich zwischen sie, sah zu Andi auf und reckte sich. Wortlos nahm der große Mann ihn auf den Arm. »Kommen Sie«, sagte er dann. »Kirsten erwartet Sie schon.«

»Ich hatte angerufen, um sicherzugehen, dass sie auch da ist.« Uta humpelte auf die Tür zu.

Kirsten Martens war in der Küche, die Arme bis zu den Ellbogen in einer großen Schüssel, die Hände voller Mehl. Es war warm hier drinnen und roch nach Hefe. Sie lächelte, als sie Uta sah. »Tee steht auf dem Herd«, sagte sie zur Begrüßung. »Ich bin froh, dass Sie wieder auf den Beinen sind.«

»Dank Ihnen«, erwiderte Uta. »Ich –«

»Sschhh«, unterbrach Kirsten sie. »Nur ein glücklicher Zufall.«

Uta setzte sich. Andi stellte einen Becher Tee vor sie auf den großen Holztisch.

»Ich muss mit Ihnen noch einmal über Jonas Haffkamp sprechen«, sagte Uta.

»Hab ich mir schon gedacht.« Kirsten rollte den Teigklumpen ein letztes Mal, streute noch ein wenig Mehl darüber, deckte dann die Schüssel ab und wusch sich die Hände, bevor sie sich zu ihnen setzte.

»Kennen Sie eine Mila Jokusch?«, fragte Uta.

»Mila …« Kirsten sah zu Andi, der für den kleinen Blondschopf einen Apfel aufschnitt. Die beiden tauschten einen flüchtigen Blick. »Sie … hat hier eine Weile gewohnt.« Ihre Antwort kam zögerlich.

Uta nahm einen Schluck Tee. Es war ein milder Grüntee mit einem Hauch von Zitrone. Er passte in dieses Haus. »Dann wissen Sie auch, dass Mila schwanger war?«

»Ja … natürlich.«

Uta hatte von Stahl alle Informationen bekommen. Auch die, dass die Möglichkeit einer illegalen Adoption bestand.

»Mila Jokusch ist tot und ihr Kind auch. Sie hat allein in einer Wohnung in Kiel entbunden und unseren Ermittlungen nach erst ihr Kind und dann sich selbst umgebracht.«

Der kleine Junge auf Andis Schoß sah sie aus seinen großen blauen Augen an. Und Uta hoffte nur, dass er nicht verstand, wovon sie sprach. Kirstens Augen waren plötzlich voller Tränen. Sie schlug die Hände vor den Mund und unterdrückte ein Schluchzen. Andi dagegen starrte nur vor sich hin. So als würden ihre Worte lediglich bestätigen, was er schon geahnt und befürchtet hatte.

»Wussten Sie von Milas Tod?«, fragte Uta ihn.

Andi setzte den Jungen auf den Boden und stand auf. Er ging ein paar Schritte, als ertrüge er die Reglosigkeit nicht mehr, die Spannung, die plötzlich im Raum lag. Schließlich sagte er: »Ich wusste nicht, dass sie tot ist.« Sein tiefer Bass dröhnte von den Wänden zurück. »Das nicht.« Sein Blick verlor sich wieder, und Uta spürte, dass er nicht wirklich hier bei ihnen war, dass er in Gedanken eine andere Begegnung noch einmal durchlebte, und sie ahnte, welche es war.

»Was wussten Sie dann?«, fragte Uta.

Andi stützte sich schwer auf die Lehne des Stuhls, auf dem er kurz zuvor noch gesessen hatte. »Jonas hat nicht viel gesagt … nur … dass der Pastor an allem schuld war.« Er presste die Lippen aufeinander. »Dann hat er nur noch geweint.« Gott, es fiel ihm schwer, über den Schmerz des Jungen zu reden, und es tat weh zu beobachten, wie dieser Hüne von einem Mann, der auf den ersten Blick wirkte, als könne ihn nichts erschüttern, mit sich kämpfte, als hätte er den Schmerz, von dem er sprach, selbst erlebt. Als hätten die jüngsten Ereignisse an etwas gerührt.

Wir waren als Kinder unzertrennlich.

Was hatten Andi Dahms und Leif Falkner erlebt? Hatte der Leichenfund auf dem Peters-Hof etwas damit zu tun? Sie rief sich Falkners Gesichtsausdruck ins Gedächtnis zurück, als er davon erfahren hatte. Diesen Ausdruck blanken Entsetzens, bevor er seine Mimik wieder unter Kontrolle gehabt hatte. Sie war versucht, davon zu erzählen, um zu sehen, wie Andi darauf reagieren würde. Würde er etwas von jenem wohlbehüteten, fürchterlichen Geheimnis, das zwischen ihnen schwebte, preisgeben? Sie konnte es förmlich spüren, riechen, zum Greifen nahe, und dann entzog es sich ihr doch. Verbarg sich außerhalb ihrer Wahrnehmung. *Sprechen Sie mit Kirsten Martens – und mit Andi … Sie alle können Ihnen mehr erzählen als ich, selbst wenn ich es wollte.* Selbst wenn ich es wollte. Hatte Falkner diesen letzten Satz bewusst gesagt, oder war es ein Lapsus gewesen? Sie war sich nicht sicher, wie bei so vielem, was ihn betraf und die Rolle, die er in diesem Drama spielte.

Kirsten streckte eine Hand nach Andi aus und griff nach der seinen. Hielt seinen Blick, als er sie ansah, ebenso fest wie seine Finger. Schließlich richtete sich Andi auf.

Uta wartete. Stille. Sie räusperte sich. »Hat Mila Ihnen gegenüber jemals geäußert, dass sie ihr Kind zur Adoption freigeben wollte?«

Kirstens Sohn hatte seinen Apfel aufgegessen, lief nun mit schwankenden Schritten auf seine Mutter zu und reckte seine kurzen Finger zum Tisch. Kirsten gab ihm ein weiteres Stück. »Wir hatten Streit deswegen«, sagte sie. »Das war auch der Grund für ihren Auszug.«

Kirsten zog ihren Sohn auf ihren Schoß und vergrub ihr Gesicht kurz in seinen feinen blonden Locken, als benötige sie gerade jetzt seine Nähe, die Gewissheit, dass es ihm gutging. Vielleicht ging es ihr wie Uta selbst, vielleicht dachte auch sie daran, wie es sein musste, ganz allein zu sein, auf sich gestellt und ohne Hilfe bei der Geburt des ersten Kindes.

»Mila hat sich lange vor der Geburt auf etwas eingelassen, das sie überhaupt nicht überblicken konnte«, sagte Kirsten schließlich. »Andi und ich haben versucht, es ihr auszureden. Wir haben beide gespürt, dass sie es nicht schaffen würde …«

»Was?«, hakte Uta nach.

»In den ersten Monaten ihrer Schwangerschaft wollte sie das Kind ursprünglich nicht haben«, antwortete Andi an Kirstens Stelle. »Der Pastor hat sie überredet, es dennoch auszutragen und nach der Geburt zur Adoption freizugeben.«

»Was ist daran verwerflich?«

»Die Summe, die er ihr dafür geboten hat.«

Uta schloss für einen Moment die Augen, als ihr die Tragweite dieser Worte klarwurde. Es schmerzte zu hören, wie vermeidbar der Tod der jungen Frau und ihres Kindes gewesen wäre, doch nun wusste sie, wer dafür die Verantwortung trug.

Als sie wieder im Auto saß, telefonierte sie mit Stahl und erzählte ihm, was sie herausgefunden hatte. Sein Schweigen am anderen Ende der Leitung sprach Bände, und sie wusste plötzlich, dass es gut gewesen war, dass sie diesen Teil der Ermittlungen übernommen hatte.

»Und wie läuft es bei dir?«, fragte sie.

Ein langes Seufzen war die Antwort.

»Sind Harms und die Spurensicherung inzwischen eingetroffen?«

»Ja, aber wenn nicht ein Wunder geschieht, kann es Wochen dauern, bis wir die Leiche identifiziert haben. Müller meinte, das sei eine Aufgabe für einen Spezialisten. Wer weiß, wie lange die tote Person unter dem Baum vergraben liegt? Schätzungsweise seit dem letzten Krieg.«

Uta starrte auf das Armaturenbrett des Audis. Auf den Schemen ihres Spiegelbildes in dem Glas über den Instrumenten. Die Leiche lag noch nicht so lange unter dem Baum. Sie war sich dessen ebenso sicher wie der Annahme, dass Leif Falkner etwas mit dem Tod dieses Menschen zu tun haben musste. Aber etwas in ihr wehrte sich dagegen, darüber zu sprechen. Über kurz oder lang würde ein entsprechender Experte aus dem Bereich der forensischen Anthropologie es herausfinden, aber bis dahin.

»Wer weiß«, sagte sie schließlich und versuchte ihrer Stimme einen unverfänglichen Unterton zu geben, »vielleicht sind die Überreste gar nicht so alt?«

Ihr Herz klopfte angesichts des Spagats, den sie vollführte.

»Wie kommst du darauf?«, fragte Stahl misstrauisch.

»Keine Ahnung«, erwiderte sie leichthin. »War nur so eine Idee.«

Nahm Stahl ihr diese Unbeschwertheit ab? Es wäre leichter zu beurteilen, wenn sie sein Gesicht sehen könnte. Durch das Telefon konnte sein kurzes Schweigen alles bedeuten. Aber mehr als diesen Hinweis konnte sie ihm nicht geben. Nicht zu dem jetzigen Zeitpunkt. Sie baute darauf, dass seine Intuition ihn auch in diesem Fall die richtigen Schlüsse ziehen ließ.

Er griff das Thema nicht wieder auf. »Fährst du jetzt nach Kiel?«, fragte er lediglich.

»Ja, ich bin beim Propst angemeldet.«

Stahl ließ sein Handy in seiner Brusttasche verschwinden. Utas Stimme klang ihm noch im Ohr. Sie hatte einen Verdacht, was die menschlichen Überreste dort vor ihm in der aufgewühlten Erde betraf. Vielleicht auch nur eine Ahnung. Aber warum wollte sie nicht darüber sprechen? Was sollte das fadenscheinige ›Nur so eine Idee‹?

Sein Blick fiel auf Leif Falkner, der aus dem Haus der russischen Aussiedler trat. Auf eine angenehm ruhige und bestimmte Art hatte er sich der Familie angenommen und dem Team der Kieler Kripo damit den Rücken freigehalten für die Spurensicherung. Jetzt kam er auf sie zu. Seine Miene ließ wie immer keine Rückschlüsse auf seine Gefühle oder Gedanken zu. Doch auch um ihn war, ähnlich wie um Uta, eine Aura der Spannung. Als Stahl seine Beobachtung Harms gegenüber äußerte, zuckte der nur die Schultern.

»Wie würdest du dich fühlen, wenn du nach zweieinhalb Jahrzehnten in deinen Heimatort zurückkommst und erst deinen Vater erschlagen vorfindest und dann eine Leiche nach der anderen zutage gefördert wird? Da hättest du vermutlich auch Probleme mit der Tiefenentspannung.«

»Der Mann ist Polizist«, widersprach Stahl. »Sich mit Verbrechen zu beschäftigen ist sein täglich Brot.«

Harms trat einen Schritt zur Seite, um Thodes Männern Platz zu machen. »Du weißt selbst, dass das alles außer Kraft gesetzt wird, wenn ein Verbrechen in deinem persönlichen Umfeld passiert.«

Stahl beobachtete, wie die Männer das Grab behutsam aushoben und die skelettierte Leiche in den grauen Sarg legten. »Vermutlich hast du recht«, gab er schließlich zu. Vielleicht …

Auf der Straße tauchten erste neugierige Dorfbewohner auf. Die Fahrzeuge der Spurensicherung versperrten ihnen jedoch die Sicht auf die Vorgänge im Garten. Aber noch traute sich keiner von ihnen die unsichtbare Grenze zu übertreten. Auch Falkner hatte sie bemerkt. Stahl entging nicht der prüfende Blick, den der dunkelhaarige Mann über die schnell größer werdende Ansammlung warf. Nur der geschützten Lage des Hofes am äußersten Dorfrand war es zu verdanken, dass es so lange gedauert hatte, bis die Nachricht die Runde gemacht hatte.

»Es ist vorbei mit der Ruhe«, bemerkte Falkner, als er

sich wieder zu ihnen stellte. Er warf einen flüchtigen Blick auf die Knochen, die jetzt in dem Sarg lagen. Zu flüchtig für Stahls Geschmack.

Aus der Gruppe der Schaulustigen löste sich eine einzelne Gestalt und kam auf sie zu. Es war Ernst Averdieck. Der Bürgermeister sagte nichts, als er auf den vom Sturm entwurzelten Obstbaum und die menschlichen Überreste in dem Plastiksarg starrte, der noch geöffnet im Gras stand. Den Fetzen von blauem Tuch, der sich um eins der knöchernen Handgelenke wand. Stahl beobachtete, wie sich die Stirn des Mannes unter seiner Schirmmütze runzelte, wie er die Hände noch etwas tiefer in die Taschen seiner hellen Cordhose schob und die Schultern wie zum Schutz gegen einen drohenden Stoß hochzog.

»Tja«, sagte Averdieck dann, »da ist ja nicht mehr viel nach.« Er sah Stahl, Harms und Falkner der Reihe nach an, aber auf Falkner schien sein Blick etwas länger zu ruhen. Stahl registrierte zwischen den beiden Männern einen raschen, nonverbalen Austausch. Es war unglaublich. Wie lange hatte es gedauert, bis Leif Falkner nach fünfundzwanzig Jahren Abwesenheit seinen Platz in der Dorfgemeinschaft wieder eingenommen hatte? Vier Tage? Auch Harms war das nicht entgangen, wie Stahl der hochgezogenen Augenbraue seines Kollegen entnahm. Er dachte daran, was Uta ihm über Mila Jokusch und ihr Kind erzählt hatte, und fragte sich nicht zum ersten Mal, welches Geheimnis die Menschen in diesem Dorf zusammenschweißte. Was sich hinter der ländlichen Idylle dieses Fleckens verbarg, in den schon bald wieder die Touristen strömen würden, um die alte Kirche zu besichtigen, die pittoresken Höfe und die großen Schiffe, die, von den Weltmeeren kommend, auf dem Nord-Ostsee-Kanal mitten durch die Felder zu fahren schienen – ein einmaliges Schauspiel, selbst wenn man es nicht das erste Mal erlebte.

»Haben Sie eine Ahnung, wessen sterbliche Überreste wir hier haben?«, wandte sich Harms an Averdieck.

Averdieck zog seine Mundwinkel abschätzend herunter und schüttelte langsam den Kopf. »Wenn man wüsste, wie lange der hier schon liegt …«

»Das würde es sicher leichter machen«, bestätigte Harms nicht ohne einen gewissen Sarkasmus in der Stimme. »Aber trösten Sie sich, das werden wir über kurz oder lang herausfinden.«

Zuckte da etwas in Averdiecks Gesicht? Stahl war sich nicht sicher.

Der alte Landwirt starrte noch einen Moment auf die Gebeine in dem Sarg, dann wandte er sich an Leif Falkner. »War die Beljajew deswegen bei dir?«

Falkner nickte.

»Unglaublich. Allen andern geht sie aus dem Weg.«

»Ich spreche ihre Sprache«, bemerkte Falkner nur. Eine äußerst zweideutige Aussage.

Nachdem die Arbeiten abgeschlossen waren, standen die Schaulustigen noch eine Weile auf der Straße, verfolgten, wie die Wagen der Spurensicherung davonfuhren, und verloren sich schließlich einer nach dem anderen, nachdem Averdieck ihnen erzählt hatte, was geschehen war. Stahl und Harms verabschiedeten sich gerade von Falkner, als Sönke Piehls Dienstwagen um die Kurve schoss und mit quietschenden Reifen vor ihnen hielt. »Warum hat uns niemand informiert?«, brüllte Piehl mit hochrotem Kopf die Kommissare an. Er trug keine Uniformjacke, und die oberen Knöpfe seines Hemds waren offen. Falkners Mund wurde so schmal bei seinem Anblick, dass Stahl sich fragte, was zwischen den beiden Männern stand.

»Wir hatten eine Kollegin vor Ort, die alles aufgenommen hat«, antwortete Harms jovial. »Wir wollten Sie nicht unnötig stören. Sicher haben Sie genug zu tun nach dem Sturm.«

Piehl wollte seinen Ärger loswerden. Er fühlte sich übergangen, nicht ernst genommen. Zu Stahls unverhohlener Freude gab Harms ihm jedoch keine Gelegenheit dazu. Harms beherrschte Situationen dieser Art perfekt. Er hatte ihm erzählt, was Uta über Piehls aufgeblasene Art gesagt hatte. Und Stahl selbst hatte ihre letzte Begegnung noch gut in Erinnerung, draußen auf dem Hof von Kirsten Martens, an dem Tag, als sie Jonas Haffkamps Leiche dort gefunden hatten. Piehl kam scheinbar immer zu spät.

Piehl schnaubte wie ein wütender Stier. Sein Blick flog über das Gelände und die letzten, sich verlierenden Zaungäste.

»Wir schicken Ihnen eine Kopie des Berichts«, versicherte Harms ihm. Seine Stimme klang eine Spur zu begütigend. Jeder außer Piehl merkte es. Selbst in Falkners eisige Miene schlich sich ein leises Lächeln.

Die Adern an Piehls Hals schwollen langsam ab. Er nickte und kämpfte um einen Rückzug, bei dem er das Gesicht wahren konnte. Das Schnarren seiner Funksprechanlage gab ihm die Gelegenheit dazu. Mit einem »Ich hör dann von Ihnen« verschwand er im Inneren seines Wagens und fuhr gleich darauf davon, ohne sich noch einmal umzusehen.

Stahl sah ihm kopfschüttelnd nach. Averdieck stand noch in Hörweite, deshalb verbat er sich einen Kommentar. Er würde Piehl als Polizisten nicht in Gegenwart seines Bürgermeisters demontieren. Sie würden ihn vermutlich noch brauchen, denn es gab auch weiterhin genug zu tun in diesem Dorf. Der Mord an Jonas Haffkamp war weit von seiner Aufklärung entfernt, die Spendengelder nach wie vor verschwunden, und nun hatten sie noch einen weiteren Toten. Bernd Werner würde über diese Entwicklung alles andere als glücklich sein. Ihr Chef hatte das Schlimmste überstanden und lag nun im Krankenhaus, langweilte sich und hatte darum gebeten, auf dem Laufenden gehalten zu werden, wenn auch die Leitung des Kommissariats weiterhin bei Stahl lag. Stahl kam dieser Bitte gern nach. Von Werners langjähriger Erfahrung konnte er nur profitieren.

⁂

Leif Falkner spürte Ernst Averdiecks Hand auf seiner Schulter.

»Es kommt alles, wie es kommen muss«, sagte der alte Mann schwerfällig. Mehr nicht. Dann wandte er sich ab und ging langsam den Weg hinunter zurück ins Dorf.

Leif sah ihm nach. Jetzt, wo er älter war, erinnerte der Landwirt ihn mehr und mehr an einen knorrigen Baum, vom Wind und den Jahren gebeugt, aber ungebrochen. Averdieck wusste, wer der Tote war. Das silberne Band am knöchernen Handgelenk der Leiche war dunkel oxidiert gewesen, aber es hatte genügt, ihm die Identität zu enthüllen. Aber er hatte geschwiegen. Und er würde auch künftig schweigen. Das hatte Leif deutlich in seiner Miene gelesen, und seine Worte, bevor er gegangen war, hatten es noch einmal bekräftigt.

Es kommt alles, wie es kommen muss.

Die unerwartete Reaktion Averdiecks erschien ihm wie ein Trost, ein Zeichen von Solidarität. Vielleicht geboren aus später Reue. Immerhin hatte auch Averdieck mehr als zwanzig Jahre Zeit gehabt, über das Geschehene nachzudenken. Über sein Stillschweigen und seine Untätigkeit.

Ganz allmählich fiel die Spannung von Leif ab. Jetzt wo er allein war, sich nicht mehr beherrschen musste und die Maske der Gleichgültigkeit ablegen konnte. Was blieb, war eine bleierne Müdigkeit. Eine Schwere, die aus seinen Gliedern aufstieg und seine Gedanken befiel. Langsam ging er zurück in den Garten des alten Peters-Hofes. Seine Füße versanken in dem ungemähten Gras, an dessen langen

Halmen sich dort, wo die Sonne sie noch nicht aufgelöst hatte, die Feuchtigkeit der vergangenen Nacht in klaren, leuchtenden Perlen gesammelt hatte. Der Obstbaum lag wie gefällt in seinem Bett aus weißen Blüten, die Wurzeln entblößt und verletzlich. Der Regen hatte trotz seiner Heftigkeit nach der langen Trockenheit nur die oberste Schicht des Bodens durchnässt, darunter war die Erde locker und staubig. Leif hockte sich an den Rand des aufgebrochenen Bodens und betrachtete die abgerissenen Grassoden und fahlen Wurzelenden. Das Team der Spurensicherung hatte behutsam gearbeitet, dennoch waren die Spuren ihres Tuns nicht zu übersehen. Er nahm eine Handvoll Erde und zerkrümelte sie zwischen seinen Fingern. Erde, das war alles, was letztlich geblieben war von Heiner Dahms. Von all dem Schrecken und der Verzweiflung. Warme, weiche Erde.

Mehr als das Grab ging zu für mich –
Das Grab und jene Ewigkeit
Von der das Grab ein Teil –
Am Nirgends häng ich bis zum Fallen –
Das Nichts zerbrach, und ist doch alles –
Wie ähnlich beides scheint –

Lebendig blieb nur die Erinnerung an den Tod im Tausch für das Leben. Jenes Licht in der Finsternis, tanzend, Hoffnung gebärend. Eine Verheißung von Freiheit, die eine Fülle von Möglichkeiten bot, nachdem die Angst endlich überwunden war. *Es kommt alles, wie es kommen muss.* Es war wie ein Rausch gewesen. Damals …

Er spürte plötzlich, dass er nicht mehr allein war. Alexandra Beljajew stand neben ihm. Das Licht spielte um sie und zauberte wieder diesen flüchtigen Schein um ihre Gestalt, der für einen Moment ihren sorgenvollen Gesichtsausdruck vertrieb. Schweigend reichte sie ihm einen Becher

Tee, wie er ihn seit seiner Zeit in Moskau nicht mehr getrunken hatte. Der Geruch, der von dem dampfenden Getränk aufstieg, weckte alte Erinnerungen. Langsam stand er auf, reckte seine Beine.

Sie betrachtete erst die aufgeworfene Erde, dann ihn, und ihm war, als bräche dieser Blick durch alle Barrieren, die er in den vergangenen Jahren aufgebaut hatte. Auch ihre Worte trafen ihn tief bis ins Mark: »Nur die Toten vergessen«, sagte sie leise, und trotz der Sonne, die warm durch das Geäst des umgestürzten Baumes fiel, war ihm plötzlich kalt. So kalt wie in jener Nacht, als es passiert war. Er nahm einen Schluck von dem bitteren Tee und umschloss den Becher mit beiden Händen.

Er dachte an Andi. Ja, Vergessen gab es nur für die Toten. Was in den Herzen der Überlebenden zurückblieb, war bittere Asche, die vergiftete und zermürbte. Sie tötete auf ihre Art. Langsam und schleichend. Eine sehr teuer erkaufte Freiheit.

Alexandra Beljajew wartete schweigend neben ihm, bis er den Tee ausgetrunken hatte. »Du solltest nach Hause gehen und schlafen«, sagte sie und nahm ihm den Becher wieder ab, »dann wird es dir bessergehen.«

Er lächelte müde. Sie war viel zäher, als er es sich nach ihrer ersten Begegnung vorgestellt hatte. Diese Frau war von einer geradlinigen Einfachheit, die sich auf das Wesentliche beschränkte und half zu überleben. »Danke«, erwiderte er nur, obwohl er wusste, dass es für ihn kein Zuhause gab, und auch keinen Schlaf, in den er fliehen konnte. Es stand zu viel auf dem Spiel. Er begleitete Alexandra Beljajew zum Haus, wo sein Motorrad in der Einfahrt stand. Er stieg auf und erinnerte sich flüchtig an das Gewicht von Utas Körper an seinem, als sie gemeinsam runter ins Dorf gefahren waren. Er fragte sich, was sie erzählen würde. Ob sie etwas erzählen würde.

Das Pfarrhaus lag verträumt und still im Schatten der alten Linden. In seiner frühen Kindheit war der Anblick des Hauses, die Ruhe, die es ausstrahlte, für Leif der Inbegriff von Zuflucht und Geborgenheit gewesen. Egal was jenseits dieser Mauern passierte, in der Obhut des Hauses, in der Nähe seiner Eltern konnte ihm nichts passieren. Er hatte für sich nie herausfinden können, wann es den Bruch gegeben hatte, wann genau das Verhältnis zwischen seinen Eltern begonnen hatte sich zu verändern. Wann sein Vater sich zurückgezogen hatte in sein Schneckenhaus, aus dem er nur herauskam, wenn seine Eifersucht ihn trieb, blind werden ließ in seiner Raserei. Die frühe Geborgenheit hatte sich schließlich aufgelöst in jener großen einsamen Leere, jenem lastenden Schweigen, das er so fürchtete, dass er Zuflucht suchte in anderen Häusern, sooft es nur ging. Es hatte lange gedauert, bis Amelie Dahms ihn aufgenommen hatte, länger als nur jene Stunden am Nachmittag, die er zusammen mit Andi verbrachte. Erst als es längst zu spät war, hatte er erfahren, warum sie ihn ausgesperrt hatte aus dem Leben in ihrem Haus. Das war der Anfang vom Ende gewesen.

Er stellte sein Motorrad ab und ging auf das Haus zu, versuchte, sich die verlorene Geborgenheit ins Gedächtnis zurückzurufen, die mit den Jahren verblasst und zu einem fernen Traum geworden war, zu einer vagen Vorstellung, wie es gewesen war, wenn es gut war. Eine flüchtige Wiederbelebung dieses Traums von Geborgenheit hatte er mit Sylvie erlebt. Eine zu glückliche Zeit, um von Dauer sein zu können. Er hatte sich in dem vergangenen Jahr oft gefragt, ob es Bestand gehabt hätte, wenn sie überlebt hätte. Oder ob sich das Glück aufgebraucht, an Glanz verloren hätte im Laufe der Zeit. Zerschlissen in der alltäglichen Wiederholung.

Er stieg die ausgetretenen Stufen hoch, nahm den Schlüssel unter dem Stein hervor, unter den Uta ihn gelegt hatte, und schloss auf. Der Geruch, der ihm jedes Mal beim Betreten des Hauses entgegenwehte, diese Mischung aus altem Holz und staubigen Büchern und Feuchtigkeit, die aus den Ritzen kroch, war so vertraut, dass es schmerzte. Nach wie vor. Er fragte sich, was aus dem Haus werden sollte. Sein Vater hatte in seinem unbestätigten Letzten Willen nichts dazu geschrieben, und wenn es auch viel Unwägbarkeiten in Leifs Zukunft gab, so doch zumindest die Gewissheit, dass er nicht auf Dauer hierher zurückkehren würde. In dieses Dorf. Er hatte die Intimität der ländlichen Strukturen während der Jahre im überfüllten Rhein-Main-Gebiet, seiner Zeit in Moskau und der Anonymität des urbanen Lebens nicht vermisst. Und selbst wenn ihn das Dorf nach anfänglich beidseitigem Zögern schnell wieder in seiner Mitte aufgenommen hatte, wusste er doch, dass es höchste Zeit war, den Ort hinter sich zu lassen. Weit hinter sich.

Er legte seinen Helm in dem kleinen Gästezimmer neben der Küche ab, in dem Uta geschlafen hatte. Ein Hauch ihres Parfüms hing noch in der Luft. Aber da war noch etwas anderes. Etwas, das ihn stocken ließ: kaum merkliche Spuren, die darauf schließen ließen, dass jemand in seiner Abwesenheit hier gewesen war. Er verließ den Raum und ging in die Küche, das Wohnzimmer, eilte die Treppe nach oben, auf der Suche nach einer Bestätigung für seine Ahnung …

Er fand nichts Offensichtliches. Keine aufgebrochenen Türen oder durchwühlten Schränke. Es war hier eine Vase, die anders stand, und dort ein Bücherstapel, in seiner Reihenfolge verändert, nicht mehr als unauffällige Kleinigkeiten, die selbst er übersehen hätte, wenn er nicht gewusst hätte, wonach er suchen musste. Sie hatten ihn also gefunden. Es war nicht wirklich überraschend. Er blickte aus dem Schlafzimmerfenster seines Vaters hinunter in den Garten. Der Sturm hatte die Blüten von den Obstbäumen gefegt, sie wie dicke Schneeflocken in das sattgrüne Gras geweht. Der

Tod des alten Mannes war trotz aller Bemühungen der EKD von der Presse auf zahlreichen Titelseiten ausgeschlachtet worden. Die Verbindung zu ihm war also nicht allzu schwierig herzustellen gewesen.

Bei dem Gedanken daran, was sie gesucht hatten, glitt seine Hand unwillkürlich an seinen Hals und umschloss, was dort an einem Lederband unter seinem T-Shirt verborgen hing. Es war keine Frage, ob sie wiederkommen würden – nur wann.

Schritte unten im Flur ließen ihn trotz all seiner vordergründigen Ruhe zu dem Halfter unter seiner Jacke greifen. Eine Vorsichtsmaßnahme seit dem ersten Anruf, mit dem er gewarnt worden war. Aber es war nur Andi, der mit fragender Miene am Fuß der Treppe stand und nach oben blickte. »Die Tür war auf«, sagte er entschuldigend.

»Kein Problem.« Leif eilte hinunter.

»Du siehst müde aus«, bemerkte Andi, als sie sich gegenüberstanden.

»Es war eine lange Nacht. Willst du einen Kaffee?«

Andi nickte und folgte ihm in die Küche, sah seinem Freund schweigend zu, wie er die Kaffeemaschine füllte und zwei neue Becher aus dem Schrank nahm.

»Seit wann bist du zurück?«, fragte Leif.

»Ich hab gleich den ersten Bus erwischt, nachdem die Straßen wieder frei waren.« Andi tastete in seiner Brusttasche nach den Zigaretten.

»Wie geht es deiner Mutter?«

»Weiß ich nicht.« Andi trat ans Fenster und sah hinaus. »Stört es dich, wenn ich rauche?«

Leif reichte ihm einen Aschenbecher. »Du warst nicht bei ihr?«

»Nein.«

Leif sagte dazu nichts. Es wäre sinnlos gewesen. Eine Verschwendung von Worten und Energie.

Andi setzte sich auf einen Küchenstuhl. Das Licht, das durch das Fenster fiel, zeichnete sein kantiges Profil hart nach. Die grauen Bartstoppeln an seinem Kinn. »Ich hab gehört, was auf dem Peters-Hof los war.«

Sie tauschten einen langen, schweigenden Blick.

»Wir müssen reden«, sagte Andi dann.

»Ich weiß«, erwiderte Leif.

⁂

Propst Johann Wehmut betrachtete die schlanke, hochgewachsene Frau, die in seiner Tür stand. Munchs *Madonna*. Leif Falkners Damenbesuch am Tag der Beerdigung seines Vaters war also eine Polizistin gewesen. Er war nicht überrascht, auch nicht darüber, sie jetzt hier vor sich zu sehen. Früher oder später hatte er damit gerechnet.

»Frau Thormälen, richtig?«, begrüßte er sie.

»Ja – und Sie sind Propst Wehmut?«

Er nickte und öffnete die Tür weit, um sie hereinzulassen.

»Ich habe schon einen Kaffee vorbereitet«, sagte er, während er sie in sein Büro führte, »oder trinken Sie lieber Tee?«

»Kaffee ist ganz in Ordnung, vielen Dank.«

Sie stützte sich beim Gehen schwer auf einen alten Regenschirm und zog das rechte Bein nach. Wehmut überlegte, ob er sie auf ihr Handicap ansprechen sollte, entschied sich dann aber dagegen.

Sie nahm auf demselben Stuhl Platz, auf dem Leif Falkner am Tag zuvor gesessen hatte, und ließ ihre Finger langsam über das alte Holz der Lehne gleiten, bevor sie zu ihm aufsah.

»Ich bin hier, um mit Ihnen über Pastor Eckhard Falkner zu sprechen.« Unter ihrem langen Haar schimmerte auf der

Stirn ein Pflaster durch. Hatte sie einen Unfall gehabt? Er spürte ihre Müdigkeit, ihre Anspannung. Aber davon durfte er sich jetzt nicht ablenken lassen. Es stand zu viel auf dem Spiel. Er lächelte zurückhaltend.

»Eckhard Falkner, ja, ein ganz eigenwilliger Mann«, bemerkte er und schenkte Kaffee ein, bevor er sich ihr gegenüber niederließ und seine Hände auf der grünen Auflage auf dem Schreibtisch faltete.

»Das scheint mir auch so«, sagte sie kühl. »Ist es richtig, dass er als Vertreter der Kirche Beratungsgespräche mit schwangeren Frauen geführt hat, die eine Abtreibung planten?« Sie ließ ihn nicht aus den Augen, und er begriff, dass ihre Entschlossenheit weitaus größer war als ihre Müdigkeit.

»Wir haben von der evangelischen Kirche ein entsprechendes Beratungsangebot eingerichtet«, antwortete er mit fester Stimme. »Eckhard Falkner war dort hin und wieder tätig – wie viele der anderen Pastoren auch.«

»Diese Gespräche sind, soweit ich informiert bin, vom Gesetzgeber vorgeschrieben, um den betroffenen Frauen noch einmal Alternativen zur Abtreibung aufzuzeigen«, fuhr sie fort.

Wehmut nickte.

Sie lehnte sich etwas vor, was ihm einen Blick in den Ausschnitt ihrer Bluse gewährte. »Wir müssen davon ausgehen, dass Pastor Falkner in wenigstens einem Fall diese Beratung benutzt hat, um daraus einen persönlichen Vorteil zu ziehen.«

»Einen persönlichen Vorteil? Ich verstehe nicht …«

»Er hat eine junge Frau überredet, ihr Kind auszutragen, um es dann zur Adoption freizugeben.«

»Aber liebe Frau Thormälen, unser christlicher Glaube verpflichtet uns, das ungeborene Leben zu schützen«, fiel er ihr mit begütigendem Lächeln ins Wort. »Der Herr liebt all seine Kinder, auch und vielleicht sogar besonders jene, die nicht gewollt sind.«

Sie ließ sich davon nicht beeindrucken. »Wenn die Adoption über eine der staatlich anerkannten Stellen in die Wege geleitet worden wäre, dann säßen wir jetzt sicher nicht zusammen, Propst Wehmut.«

»Was wollen Sie damit sagen?«

»Wir haben herausgefunden, dass Eckhard Falkner eine beachtliche Summe für die Adoptionsvermittlung erhalten hat.«

Eine unangenehme Stille folgte ihren Worten. Wehmut räusperte sich.

Was wusste sie wirklich? Sie wäre nicht hier, wenn sie keine Beweise hätte. Aber woher? Wer hatte sein Schweigen gebrochen?

»Das ist eine schwere Anschuldigung«, sagte er bedächtig.

Uta Thormälen verzog keine Miene. »Auch die werdende Mutter ist nicht leer ausgegangen. Ihr wurde der Lebensunterhalt während der Schwangerschaft bezahlt, und nach der Geburt des Kindes sollte sie einen größeren Geldbetrag erhalten.« Es lag keine Wärme in ihren braunen Augen, als sie ihn musterte. »Sie waren Pastor Falkners direkter kirchlicher Vorgesetzter, haben Sie nie etwas von seinen *Geschäften* bemerkt?«

»Glauben Sie nicht, dass ich in einem solchen Fall alle Hebel in Bewegung gesetzt hätte, um seinem Treiben Einhalt zu gebieten?«

Sie zuckte die Schultern. »Die Summe, um die es geht, ist nicht ganz unerheblich. Wir sprechen immerhin von rund 250 000 Euro.«

»Wollen Sie jetzt auch noch mir Bestechlichkeit unterstellen?«

Sie ging nicht auf seine Provokation ein. »Wir können

bislang nur diesen einen Fall nachweisen«, fuhr sie mit ausdrucksloser Miene fort, »aber …«

Sie sprach nicht weiter, aber das war auch nicht nötig. Sie war dicht, zu dicht an der Wahrheit.

»Sie glauben also nicht, dass es sich um einen Einzelfall handelt?«, fragte er.

Sie lehnte sich in ihrem Stuhl zurück und ließ den Blick kurz durch den sparsam eingerichteten Raum schweifen. »Nein. Kein Einzelfall.«

Wehmut beobachtete sie. Fragte sich erneut, wie viel die Polizei in Erfahrung gebracht hatte. Es würde nahezu unmöglich sein, die weiteren Fälle aufzuklären. Welches Paar würde schon freiwillig zugeben, dass es sein Kind gekauft hatte, vor allem im Hinblick auf die zu erwartenden Konsequenzen? Ohne es zu wissen, folgte er mit diesem Gedanken Eckhards Argumentation. »Wir sitzen alle in einem Boot, Johann«, hörte er wieder die beschwichtigende Stimme seines Freundes. »Und wenn es kentert, ertrinken wir alle zusammen.«

»Wie haben Sie das alles herausgefunden?«, fragte Wehmut. Er *musste* wissen, wie sie die Zusammenhänge hergestellt hatten.

Sie antwortete nicht sofort, doch als sie es schließlich tat, wünschte er sich, er hätte nicht gefragt. »Wir haben die junge Frau gefunden«, sagte sie mit einer Sachlichkeit, die ihre Worte nur umso schwerer wiegen ließen. »Sie hat ihr Neugeborenes gleich nach der Entbindung getötet und dann sich selbst das Leben genommen.«

»Was für ein entsetzliches Drama!«, entfuhr es ihm. Er musste aufstehen, machte ein paar Schritte durch sein Arbeitszimmer. Zurück am Schreibtisch, stützte er sich schwer auf die Arbeitsplatte.

»Der Freund der Frau, der gleichzeitig auch der Vater des Kindes ist, hat die beiden gefunden«, fuhr sie fort. »Er ist derjenige, der für den Mord an Pastor Falkner verantwortlich ist.«

Das Boot war gekentert.

Und Eckhard in seinem Strudel mit untergegangen.

»Ich bin über alle Maßen erschüttert«, sagte Wehmut und sah Uta Thormälen mit Tränen in den Augen an.

Eckhard hatte geglaubt, er könne die Büchse der Pandora öffnen und sie beherrschen. Er hatte sich so mächtig gefühlt, so sicher in seinem Bestreben ...

»Erschüttert sind wir auch«, erwiderte die Kriminalbeamtin. »Selbst wenn wir annehmen, dass Eckhard Falkner das Geld nicht für sich selbst verwendet, sondern damit die Spenden für die Kirche aufgestockt oder es anderweitig für wohltätige Zwecke eingesetzt hat.«

Wehmut spürte, wie die Finger seiner rechten Hand nervös zu zucken begannen. Wie immer in der letzten Zeit, wenn die Anspannung zu groß wurde. Es war alles vorbei, alles vergebens. Selbst wenn er wusste, dass Eckhard das Geld nicht für sich verwendet hatte. Dass alles nur in bester Absicht geschehen war. Nicht um zu zerstören, sondern um zu helfen. Alles, was Eckhard getan hatte, hatte er zum Wohl der Kirche getan. In ihrem Dienst und um Gott zu gefallen. War das nicht ihrer aller Absicht gewesen? Und jetzt waren ihretwegen Menschen gestorben. Unschuldige, verzweifelte Menschen.

Herr, betete Wehmut stumm, *verzeih mir, wenn ich gefehlt habe ...*

Er faltete seine Hände, um sie ruhig zu halten, und wünschte sich einen Moment der Ruhe und Stille, um sich wieder sammeln zu können.

Er erinnerte sich noch genau an jenen ersten Fall vor mehr als fünfzehn Jahren. Eckhard war zu ihm gekommen, aufgelöst und aufgeregt. Damals hatte alles begonnen. Mit jener jungen Frau, die auf den Stufen der Kirche gestrandet war. Mittellos, alleingelassen und schwanger. »Sie ist bereit, das Kind zu bekommen, aber sie braucht Geld und ein Zuhause ...« Sie hatten beides für sie gefunden. Ein kinderloses Paar, das sich nichts sehnlicher wünschte als Nachwuchs. Sie hatten die Frau, die fast selbst noch ein Kind gewesen war, aufgenommen wie eine Tochter. Erst später hatte Wehmut erfahren, dass mehr Geld geflossen war, dass bei weitem nicht alles so reibungslos verlaufen war, wie Eckhard ihn damals glauben ließ, aber da war es bereits zu spät gewesen. Die Dinge hatten längst ihren Lauf genommen. Vor einem Jahr hatte er den Jungen, dieses ungewollte Kind, konfirmiert, und als er ihn zusammen mit seinen vermeintlichen Eltern gesehen hatte, da hatte er gewusst, dass ihre Entscheidung, die sie damals getroffen hatten, richtig gewesen war.

»Ich hatte gehofft, dass Sie uns vielleicht etwas über das Ehepaar erzählen können, das das Baby adoptieren wollte.« Uta Thormälens Stimme zwang ihn zurück in die Gegenwart. Sie gewährte ihm kein Atemholen, kein Innehalten.

»Es tut mir so leid«, hörte er sich selbst sagen. »Ich würde so gern helfen und etwas von diesem schrecklichen Unheil wiedergutmachen, das Pastor Falkner angerichtet hat, aber ...«

»Sie kennen die Familie nicht?«

Er verneinte.

Uta Thormälen ließ nicht locker. »Gibt es noch jemanden im Umfeld von Eckhard Falkner, der involviert sein könnte?«

Wehmut dachte an Eckhards Sohn und fragte sich, was er inzwischen herausgefunden hatte und inwieweit er mit der Polizei kooperierte. Er zog sein Taschentuch aus der Hosentasche und wischte sich damit über die Stirn. Dann sah er Uta Thormälen an und schüttelte bedauernd den Kopf. »Wie ich bereits sagte, ich würde so gern helfen ...«

»Die Familie wird spätestens morgen aus den Medien

vom Tod der jungen Frau und ihres Kindes erfahren und vielleicht ihre Schlüsse ziehen …«

»Wenn sich jemand bei mir meldet, werde ich Sie umgehend informieren«, versprach Wehmut eilig.

Sie griff in die Innentasche ihrer Jacke und zog eine Karte heraus, schob sie ihm über die Schreibtischplatte zu. Sie warf einen Blick auf ihre Armbanduhr. »Ich muss jetzt gehen. Ich habe noch einen Termin in Kiel«, sagte sie, ohne sich für seine Hilfe zu bedanken. Sie stand auf und griff nach dem alten Regenschirm, den sie an die Stuhllehne gehängt hatte.

Er begleitete sie zur Tür. Die warme Nachmittagssonne strömte über den alten Steinfußboden und brachte die Quarzfragmente darin zum Leuchten. Sie wandte sich noch einmal zu ihm um. »Ich habe gelesen, dass Sie zu den Kandidaten für die anstehende Bischofswahl gehören«, sagte sie, und ihr warmer Atem streifte ihn ebenso wie ein Hauch ihres leichten, frischen Parfüms. Er wurde sich plötzlich sehr deutlich ihrer fast südländischen Weiblichkeit hinter der kühlen Fassade bewusst. Der Enge des Flurs.

»Ja … ich bin in der engeren Auswahl«, gestand er etwas atemlos.

»Dann dürften Ihnen diese Enthüllungen in Ihrem Zuständigkeitsbereich äußerst ungelegen kommen.« Ihre Stimme und ihr Lächeln waren so sanft, dass es ihm einen Schauder über den Rücken jagte, und ihre eben noch als angenehm empfundene Nähe nahm ihm plötzlich den Atem. Sie war eine Hydra, bereit ihn zu verschlingen. Er antwortete ihr nicht, spürte nur die ohnmächtige Wut, die in ihm aufstieg, als er ihr nachblickte, während sie langsam den Weg zur Straße hinunterhumpelte. Die ersten Pfingstrosen neigten sich ihr aus den Beeten zu, pastellzarte üppige Blüten voller Unschuld, und in ihrem langen dunklen Haar spiegelte sich das Sonnenlicht wie eine Fackel. Langsam und wie von selbst glitt seine Hand hinauf zu dem Kreuz an seinem Hals. Seine Finger umschlossen es so fest, dass die spitzen Enden sich tief in seine Handfläche bohrten. Er ließ erst los, als ihm der Geruch seines eigenen Blutes in die Nase stieg.

IX.

Nach ihrem Besuch bei Johann Wehmut hatte Uta nur noch den Wunsch, allein zu sein. Für ein paar Stunden abzuschalten. Bereits während ihres Gesprächs mit dem Propst hatte sie gespürt, dass ihre Nervenkraft nach den vergangenen achtundvierzig Stunden ausgereizt war. Seine Blicke, seine salbungsvolle Stimme und sein geheucheltes Entsetzen hatten ihr den Rest gegeben und letztlich dazu geführt, dass sie sich bei ihrer Verabschiedung vergessen hatte. Jetzt schämte sie sich fast für ihr unprofessionelles Verhalten. Sie konnte jedoch eine gewisse Genugtuung angesichts der Überraschung in seinem Blick nicht verhehlen. Es brauchte nicht viel, um sich einen Mann wie Johann Wehmut zum Feind zu machen, und sie hatte es sicherlich geschafft. Selbst als sie längst wieder im Auto saß und in Richtung Kiel unterwegs war, spürte sie noch immer seinen Blick zwischen ihren Schulterblättern. Die kalte, offenkundige Wut darin. Sie würde sich in Acht nehmen müssen. Wehmut war ambitioniert und verfolgte seine Ziele mit einer Skrupellosigkeit, die sie einem Kirchenmann so nicht zugetraut hätte. Sie war sich sicher, dass er ebenso tief in den unlauteren Geschäften verstrickt war wie Eckhard Falkner und Dietmar Heeschen, aber zum gegenwärtigen Zeitpunkt schien es ausgeschlossen, dass sie ihm jemals auch nur den Hauch einer Beteiligung würden nachweisen können.

Uta lenkte Stahls Dienstwagen behutsam um eine Straßenabsperrung. Überall waren noch Spuren des Gewittersturms zu sehen. Abgebrochene Äste lagen an den Straßenrändern, und die frischen hellen Schnittflächen abgesägter Bäume ragten verletzlich aus dem dichten Grün. In den Ortschaften erinnerten umgeknickte Zäune und heruntergefallene Ziegel an die Wut, mit der der Wind über das Land gefegt war. Es schien, als sei das Unterste zuoberst gekehrt worden, ähnlich wie bei der Aufklärung des Mordes an Eckhard Falkner, wo sie einen Berg schmutziger Wäsche zutage gefördert hatten. Vielleicht wäre es besser, wenn die Öffentlichkeit nie davon erfahren würde. Sie war kein gläubiger Mensch, aber sie lebten in einer Zeit, in der nach und nach alle Werte an Bedeutung verloren und die letzten heiligen Bastionen, die den Menschen noch Halt gaben, in einem Meer aus Lügen und Betrug untergingen. Sie dachte an ihre beiden Söhne. Wie sollten sie sich in einer Welt positionieren, in der alle Werte in Frage gestellt waren und sich bei jedem Blick auf die Schlagzeilen der Zeitungen neue Leerräume auftaten? Düstere Zukunftsvisionen erschienen vor Utas innerem Auge. Bilder, die sie in einen Strudel aus immer dunkleren Gedanken zogen.

Das hellrote Aufleuchten von Bremslichtern brachte sie abrupt wieder zu sich. In letzter Sekunde brachte Uta den Dienstwagen Millimeter vor der Stoßstange ihres Vordermannes zum Stehen. Ihr Herz klopfte. Ihr Bein schmerzte von der Wucht, mit der sie auf die Bremse getreten war. Langsam löste sie die Hände vom Lenkrad und wischte sich den Schweiß von der Stirn. Sie konnte nicht sehen, was vor ihr geschehen war, aber das war auch nicht entscheidend. Der Vorfall zeigte ihr, dass sie nicht nur mental am Ende ihrer Kräfte war. Sie griff zum Telefon und wählte Stahls Handynummer. Er war auch gerade auf dem Weg nach Kiel.

»Wie war's?«, fragte er.

»Ich hätte mir den Besuch auch sparen können.« Sie gab

ihm einen kurzen, nicht sehr sachlichen Abriss ihres Gesprächs mit dem Propst.

»Ich wäre gern dabei gewesen«, bemerkte er, und sie hörte, wie er ein Lachen unterdrückte. »Du hast sicher einen Freund fürs Leben gewonnen. Wahrscheinlich hat er schon im Kommissariat angerufen und versucht, mich zu erreichen. Ich fürchte, ich muss dann ein ernstes Wort mit dir reden.«

»Ehrlich gesagt, wollte ich Feierabend machen«, erwiderte sie. »Ich bin komplett erschossen. Ich wollte mich mit dir nur noch wegen des Wagens absprechen.«

»Na ja, nachdem du deinen Flitzer zerlegt hast, wäre es vielleicht das Beste, wenn du ihn erst einmal behältst. Du brauchst ein Auto, solange wir in Moorbek ermitteln.«

Uta lächelte wider Willen. Wenn sie Stahl für etwas liebte, dann war es seine unkomplizierte Art. In der Abteilung gab es sonst niemanden, der so hemdsärmlig und unbürokratisch war wie er. Lächelnd legte sie auf. Doch dann erinnerte sie sich seiner Worte. *Solange wir in Moorbek ermitteln.* Auch wenn sie es nicht wahrhaben wollte – ihre Arbeit in der Gemeinde am Kanal war längst nicht abgeschlossen. Der Mörder von Jonas Haffkamp lief noch immer frei herum, und vermutlich würden sie bei ihm auch die verschwundenen Spendengelder finden. Und dann war da noch das Skelett, das unter dem umgestürzten Baum im Garten der russischen Familie aufgetaucht war. Sie erinnerte sich an Leif Falkners Gesichtsausdruck, als er auf die menschlichen Überreste geblickt hatte. Er wusste, wer der Tote war, und er wusste, wie und warum er gestorben war. Sie versuchte, das Ziehen in ihrem Inneren zu ignorieren, das sie bei dem Gedanken an ihn verspürte. Ihre Gedanken von ihm fort in eine andere Richtung zu zwingen. Aber flüchtige Eindrücke ihrer Begegnungen und Gespräche flammten wie Blitzlichter auf und stoben in wilder Achterbahnfahrt durch sie hindurch. Uta seufzte und suchte nach ihren Zigaretten. Sie hatte die Schachtel schon wieder irgendwo liegen lassen.

Ihre Söhne waren zu Hause. Sie erkannte es an den Schuhen, die achtlos gleich hinter der Tür auf dem Boden lagen, und den Jacken, die sie wie immer nicht aufgehängt, sondern neben dem Haken hatten fallen lassen. Stefans Tasche stand unter der Garderobe. Er war also auch schon da. Ein flüchtiger Blick in die Küche zeigte ihr die unaufgeräumten Reste von wenigstens drei Mahlzeiten. Uta beschloss, dass sie zu müde war, um sich darüber aufzuregen.

Sie fand Stefan im Wohnzimmer. Er saß am Esstisch, wo er seine Unterlagen rund um seinen Laptop ausgebreitet hatte und vermutlich die Vorlesungen für den kommenden Tag vorbereitete. Er sah auf, als sie den Raum betrat, und warf ihr einen erstaunten Blick über den Rand seiner Brille hinweg zu. »Uta … hallo … wir haben noch gar nicht mit dir gerechnet.«

Sie dachte an das schmutzige Geschirr in der Küche und verbiss sich eine Bemerkung. »Ich hab heute ein wenig früher Schluss gemacht«, sagte sie lediglich. »Ich dachte, ich könnte mir das erlauben nach den vergangenen beiden Tagen.«

Dieses letzte Aufflackern ihres Humors war reine Verschwendung. Er zog nur eine Braue hoch, stand dann aber auf und kam auf sie zu. »Wie geht es dir?«, fragte er und nahm mit einem Blick sowohl ihr lädiertes Bein als auch die Platzwunde an ihrem Kopf wahr. »Du siehst mitgenommen aus.« Er strich ihr das Haar aus dem Gesicht und drückte ihr einen flüchtigen Kuss auf die Wange. »Seid ihr weitergekommen?«

Sie stützte sich auf den alten Schirm und ignorierte den tiefen Abdruck, den seine Spitze in ihrem teuren Teppich hinterließ. »Wir haben zumindest einen Mord aufklären können. Dafür haben wir gestern einen weiteren Toten gefunden, der aber vermutlich nichts mit den anderen Verbrechen zu tun hat.«

In Stefans Gesichtsausdruck mischte sich Neugier mit Unverständnis. Bei genauerer Betrachtung konnte sie auch einen Hauch von Ekel entdecken. In all den Jahren hatte sich nichts geändert. Einerseits wünschte er sich, einbezogen zu werden in ihr Leben, wollte er teilhaben an ihrem Berufsalltag. Wenn sie dann von ihrer Arbeit erzählte, reagierte er mit Ablehnung. So wie jetzt.

»Die Jungen sind oben«, wechselte er das Thema und wandte sich wieder seiner Arbeit zu.

Uta stand unschlüssig im Raum. Sie betrachtete die Möbel aus dem hellen Holz und erinnerte sich plötzlich wieder an den Tag, an dem sie zusammen mit Stefan alles ausgesucht hatte, als wäre es gestern gewesen. Sie hatten eine schier endlose Debatte über die Farbe der Bezüge geführt, aus der ihr erster ernsthafter Streit resultierte. Heute konnte sie nur den Kopf schütteln über die Verbissenheit, mit der sie um das Mitternachtsblau gekämpft hatte, als gäbe es nichts Wichtigeres auf der Welt. Stefan hatte es ihr lange nachgetragen. So lange, bis sie auch die letzte freie Ecke des Zimmers noch einem Bücherregal geopfert hatte, in dem er eine weitere seiner unzähligen Karl-May-Ausgaben untergebracht hatte. Dennoch war es ihr Zuhause. Es umhüllte sie mit vertrauten Gerüchen und Geräuschen, es war der Ort, an den sie abends zurückkehrte und sich geborgen fühlte. Nur jetzt fand sie hier keinen Frieden. Sie fühlte sich wie ein Eindringling, eine Fremde, die die freundliche Ruhe des familiären Beisammenseins störte. Ohne noch etwas zu Stefan zu sagen, machte sie sich an den beschwerlichen Aufstieg nach oben.

Torben und Ole saßen zusammen vor dem PC in Oles Zimmer. Der Altersunterschied zwischen ihnen betrug nur knapp zwei Jahre, und sie waren seit jeher nicht nur Brüder, sondern auch immer enge Freunde gewesen. Jetzt ganz besonders, mit vierzehn und sechzehn Jahren, wo sie Auflehnung und Abgrenzung gegen die Eltern mit einer gewissen Perfektion praktizierten. Uta blieb in der Tür stehen.

»Hallo, Jungs«, sagte sie.

Ihre Blondschöpfe wandten sich ihr zu, und ein flüchtiges Lächeln streifte ihre Gesichter. Immerhin. »Hi, Mum«, erwiderten sie beinahe unisono, dann war sie auch schon wieder vergessen, und sie hörte erneut Schüsse knallen und Reifen quietschen.

Uta humpelte ins Bad. Schmutzige Wäsche lag vor dem Wäschekorb, das Klopapier war aufgebraucht, und nach einem sauberen Handtuch musste sie suchen. Sie ließ sich Badewasser einlaufen, schloss die Tür ab und zog sich aus. Ihre Kleider ließ sie auf den Haufen vor dem Wäschekorb fallen. Nicht viel später lag sie in der Wanne in einem wohlduftenden Berg aus Schaum. Erst als das Wasser allmählich kalt wurde, stieg sie wieder aus, trocknete sich ab, zog ihren Bademantel über, nahm zwei Aspirin gegen die Schmerzen in ihrem Bein und ihrem Kopf und humpelte ins Schlafzimmer. Der Wecker auf dem Nachttisch neben ihrem Bett zeigte erst kurz nach sechs. Draußen stand die Sonne noch hoch am Himmel, und irgendwo im Garten sang lauthals ein Amselmännchen ein Lied von Liebe und Verzicht. Sie schloss das Fenster, ließ das Rollo herunter und schwang sich vorsichtig in ihr Bett. Das Gefühl der Fremdheit hatte sich allmählich aufgelöst und verlor sich nun gänzlich, als sie ihren Kopf in ihr Kissen drückte und sich die Bettdecke unter das Kinn zog. Mit einem erleichterten Aufseufzen schloss sie die Augen. Dann war sie auch schon eingeschlafen. Nur entfernt und wie aus einer anderen Welt hörte sie später Schritte und die Stimmen ihrer Söhne. Spürte sie Stefans Nähe, als er zu ihr ins Bett kam und sie flüchtig küsste.

In ihren Träumen durchlebte sie erneut die Ereignisse der vergangenen Tage, und ihr Unterbewusstsein, befreit von seinen Fesseln, führte sie auf Pfade, auf die sie in wachem Zustand keinen Fuß gesetzt hätte. In den frühen Morgenstunden wachte sie plötzlich auf mit dem sicheren Gefühl, er Lösung ganz nah zu sein, doch als sie danach greifen wollte, entzog sie sich ihr, verschwand sie in dem Maße, wie ihr Bewusstsein wieder Besitz von ihr ergriff.

»Welche Lösung?«, fragte Stefan sie beim Frühstück, als sie ihm von ihren Träumen erzählte. »Du weißt jetzt, wer den letzten Mord begangen hat?«

Uta ließ die Scheibe Toast sinken, die sie eben zum Mund führen wollte. Sie starrte ihren Mann an. Der letzte Mord. Das war es. Plötzlich fügten sich die Teile zusammen, und sie fragte sich, warum sie es nicht schon viel früher erkannt hatte. Wie hatte sie so blind sein können. *Wir waren als Kinder unzertrennlich.* Doch statt Erleichterung breitete sich Entsetzen in ihr aus. Mord war ein Verbrechen, das nicht verjährte. Und sie war emotional längst viel zu beteiligt, um noch adäquat zu handeln. Sie schluckte.

»Was ist los?«, fragte Stefan.

Uta schüttelte nur den Kopf. »Nichts«, erwiderte sie mit einer Leichtigkeit, die sie nicht verspürte, und versuchte zu lächeln.

*

Ernst Averdieck stand vor seinem Schweinestall und beobachtete, wie die Fahrzeuge langsam auf seinem Hofplatz ausrollten. In der Stalltür tauchte Traute auf, die Arme vor dem Körper verschränkt, als ob ihr kalt wäre. Sie sah schweigend zu ihm hinüber. Er war plötzlich froh, dass seine Frau da war. Hinter sich im Stall hörte er die Schweine grunzen und quieken. Sie waren unruhig, spürten die Aufregung.

Andi tauchte neben ihm auf und der Junge, den er für Jonas eingestellt hatte. Björn, Jörn – er konnte sich seinen Namen nicht merken.

»Wir sind so weit«, sagte Andi mit seiner tiefen Stimme. Er trank nicht mehr, seit er aus Kiel zurück war, das war Averdieck sofort aufgefallen. Er fragte sich, was dahintersteckte. Es hatte was mit Leif zu tun, da war er sich sicher. Einiges hatte sich verändert, seit er zurück war.

Averdieck gab den Fahrern ein Zeichen. Daraufhin rollte einer der Lkws langsam rückwärts an den Stall heran. Die Druckluftbremsen zischten, als er zum Stehen kam und sich die hintere Klappe geräuschvoll öffnete. Andi und der Neue befestigten die Gitter zwischen Stall und Transporter. Dann gingen sie zu dritt in den Stall und begannen die ersten Schweine zu verladen. Averdiecks Herz klopfte nervös. Würden sie es rechtzeitig schaffen? Es war mehr als Glück gewesen, dass die Transporter noch rechtzeitig gekommen waren.

Die Schweine stolperten aus ihren Buchten, geblendet von dem Licht, dem sie entgegen getrieben wurden. Wie immer, wenn Andi dabei war, gab es kein lautes Rufen, kein böses Wort, keine Gewalt. Einmal nur hatte er auf ihn beim Verladen verzichten müssen. Averdieck dachte ungern daran zurück. Er empfand nicht viel für die Tiere, die er in diesem Stall ein paar Monate lang aufzog. Aber Brutalität im Umgang mit ihnen lehnte er in jeder Hinsicht ab, auch wenn sie ihnen wie an diesem Vormittag eine Menge Geduld abforderten. Normalerweise verluden sie die Schweine nachts, wenn es dunkel war. Dann waren sie ruhiger.

Nach zwanzig Minuten war der erste Transporter beladen und fuhr vom Hof. Aus dem Augenwinkel sah Averdieck Traute noch immer im Eingang des Hausstalls stehen. Hinten auf der Weide schrien die Kühe. Es war längst Melkzeit. Während er noch zu ihr hinübersah, tauchte Margret neben ihr auf. Sie sprach hektisch und gestikulierend auf Traute ein. Averdieck brach der Schweiß aus. Waren sie zu spät? Der zweite Lkw fuhr heran und versperrte ihm die Sicht. Averdieck kehrte zurück in den dunklen Stall. Plötzlich erfüllte ihn eine seltsame Leichtigkeit, und ihm war, als bewege sich der Boden unter ihm. Er wäre gestürzt, wenn nicht eine kräftige Hand nach seinem Arm gegriffen hätte. In Andis Blick lag Sorge, aber Averdieck winkte ab. »Alles in Ordnung. Ich muss nur einen Moment Luft holen.« Er musste sich an die nächstgelegene Stallwand stützen, während Andi und der Junge die Schweine aus den Boxen trieben. Andi wusste, dass sie keine Zeit zu verlieren hatten.

Der Augenblick der Schwäche war so schnell vorüber, wie er gekommen war. Doch als die Rampe sich hinter dem letzten Tier schloss, war Averdieck schweißgebadet. Rumpelnd rollte der Lkw vom Hof. Andi wischte sich den Schweiß aus dem Gesicht. »Du bist zu alt für so was, Averdieck«, murmelte er, als er an ihm vorbei in den Stall ging, und Ernst Averdieck wusste, dass Andis Bemerkung nicht auf das Verladen gemünzt war.

Die Kühe hatten aufgehört zu schreien. Traute und Margret waren aus der Stalltür verschwunden, und er ahnte, dass sie mit dem Melken begonnen hatten. Er wollte zu ihnen gehen, als der blausilberne Passat seines Schwiegersohns auf den Hofplatz gefahren kam.

Sönke hatte so dunkle Schatten unter den Augen, dass Averdieck sich fragte, wann er das letzte Mal geschlafen hatte. Seine Uniform war zerknittert, und er selbst wirkte atemlos.

»Hat alles geklappt?«, fragte er mit einem hektischen Blick über den Hofplatz.

Averdieck nickte langsam. »Die Tiere sind weg. Vielen Dank.«

»Ich kann das nicht noch mal machen«, sagte er. »Es war

mehr oder weniger Zufall, dass ich die Information noch rechtzeitig bekommen hab.«

»Ich weiß«, erwiderte Averdieck. Er machte sich keine Illusionen. Das Netz hatte sich in den vergangenen Jahren immer enger zugezogen, die Kontrollen waren immer schärfer geworden. Und die Denunzianten in den eigenen Reihen waren nicht zu unterschätzen. »Das war die letzte Ladung, die wir hatten. Ich bekomme keine neuen Tiere mehr.«

Sönke sah ihn an, als hätte er noch etwas auf dem Herzen.

»Was ist?«, fragte Averdieck.

Sönke zog eine Plastiktüte vom Beifahrersitz und reichte sie ihm. »Ich hab hier noch was für dich.«

Averdieck nahm die Tüte. Sie war so schwer, dass ihm das Plastik in seine schmutzigen Finger schnitt. Er sah nicht hinein. »Was ist das?«, fragte er, ohne seinen Schwiegersohn aus den Augen zu lassen.

»Das weißt du«, gab Sönke zurück. »Es reicht, um den Kredit bei der Bank abzulösen.«

Averdieck betrachtete die Tüte in seiner Hand und stellte sie hinter sich in den Stalleingang. »Was ist mit dem Rest?«, fragte er.

Sönke lächelte plötzlich. »Welcher Rest?« Sein Schwiegersohn war so selbstsicher, dass Averdieck es in diesem Moment sehr bedauerte, dass die Schweine schon fort waren. Sie fraßen einfach alles, und es gab keine Spuren, über die jemand stolpern konnte. Er ließ sich nichts anmerken. Sönke würde seine Rechnung schon noch bekommen. »Ich nehme an, du weißt inzwischen, wer Jonas getötet hat«, bemerkte er lediglich.

Die Fassade von Sönkes Selbstsicherheit bekam Risse bei diesen Worten, aber er hatte sich schnell wieder im Griff. »Wir sind dran«, sagte er mit jenem gewollt sachlichen Unterton, den seine Stimme immer dann bekam, wenn es um seine Arbeit ging.

Averdieck unterdrückte ein Lächeln. Es gab nur einen Menschen im Dorf, der die Tat begangen haben konnte, und sie kannten ihn beide. Hätte er gewusst dass er seinem Schwiegersohn das letzte Mal gegenüberstand, hätte er es ihm vielleicht auf den Kopf zugesagt. So aber blickte er Sönke nur reglos nach, bis der blausilberne Passat um die Ecke verschwunden war. Dann ging er in den Stall, wo Andi und sein Gehilfe die Buchten ausspritzten und die Futtertröge säuberten.

»Ist alles weg?«, fragte Averdieck.

Andi nickte nur und schaute wortlos auf die Plastiktüte neben dem Stalleingang. Andi sprach nie viel. Aber er bemerkte fast alles. Averdieck nahm die Tüte und ging ins Haus. Die Frauen kamen mit den Kühen auch ohne ihn zurecht, das wusste er, und Margret tat es nur gut, wenn sie eine Aufgabe hatte. Sie hatte von klein auf eine geschickte Hand mit den Kühen gehabt. Er hätte doch darauf bestehen sollen, dass sie einen der Haack-Söhne heiratete, dann würde sie heute selbst einen Hof führen, anstatt diesem rothaarigen Gockel die Hemden zu bügeln.

Im Durchgang zur Küche streifte er seine Stiefel von den Füßen und wusch sich an dem alten steinernen Becken ausgiebig die Hände. Die Tüte schob er in den Wandschrank im Flur zwischen alte Bettlaken und Putztücher, bevor er sich umzog und in die Küche ging, um sich einen Kaffee zu holen. Er hatte ihn zur Hälfte getrunken, als es an der Haustür klingelte. Ein Blick auf die Uhr am Herd bestätigte ihm, dass das Glück noch einmal seins gewesen war. Die Transporter würden in diesem Moment die dänische Grenze überqueren. Er hatte Verlust gemacht mit dem überstürzten Verkauf der Tiere, aber das war zu verschmerzen angesichts der Probleme, die es ihm bereitet hätte, wenn man sie in seinem Stall gefunden hätte.

Der Mann vor der Tür hatte seinen Dienstausweis bereits

in der Hand. »Heiko Carstens«, stellte er sich vor, »Dezernat für Wirtschaftsdelikte der Kripo Kiel.«

Der rotblonde Beamte war nicht allein gekommen, und nicht zum ersten Mal fragte sich Ernst Averdieck, wem er diesen Besuch zu verdanken hatte, während er die fünf weiteren Polizeibeamten und den Tierarzt musterte, die hinter Heiko Carstens warteten.

»Was kann ich für Sie tun?«, fragte Averdieck.

Carstens präsentierte ihm einen Durchsuchungsbefehl für seine Stallgebäude. »Wir haben Grund zur Annahme, dass Sie bei der Mast Ihrer Schweine verbotene Substanzen unter das Futter gemischt haben und sich damit nicht an die Bestimmungen für Futtermittel und Medikamente gehalten haben, die in der Bundesrepublik im Allgemeinen und in Schleswig-Holstein im Besonderen vom Gesetz her vorgeschrieben sind.«

Averdieck lächelte nur.

*

»Eines Tages wird deine Vergangenheit dich einholen. Eines Tages wirst du bezahlen für das, was du getan hast.« Mehr hatte nicht in dem Brief gestanden, den sein Vater dem Päckchen beigelegt hatte, das er ihm zusammen mit den Tagebüchern seiner Mutter geschickt hatte. Nicht einmal unterschrieben hatte er den Brief, aber das war auch nicht nötig. Es waren die einzigen Zeilen in fünfundzwanzig Jahren, die sein Vater ihm jemals geschickt hatte, damals, nur wenige Monate nachdem Leif Moorbek verlassen hatte. Es hatte ihn entsetzt, wie schnell der alte Mann herausgefunden hatte, wo er war. Und er hatte Angst gehabt, damals. Verzweifelte Angst. Langsam nur hatte sie sich aufgelöst, zumindest hatte er das gedacht, bis er gestern erfahren hatte, dass sie die ganze Zeit über sein unsichtbarer Begleiter gewesen war, die ganze Zeit über gelauert und nur darauf gewartet hatte, ihm zu zeigen, dass sie immer noch Macht über ihn besaß.

Eines Tages wirst du bezahlen.

Sein Vater hatte kein Mitleid gekannt, keine Nächstenliebe, auch wenn er sie täglich in seiner Kirche gepredigt hatte. Sein Gott war der alttestamentarische Gott der Strafe und Vergeltung gewesen, und er hatte seinem Sohn von klein auf die Angst vor diesem Gott eingeimpft. Leif hatte lange gebraucht, sehr lange, um sich davon zu lösen ebenso wie von den nahezu calvinistischen Vorstellungen, nach denen sein Vater sein Leben ausgerichtet hatte. Der sparsamen Askese, die er verlangte hatte. Es war ein einsamer Kampf gewesen, den er mit den Dämonen, die er mit sich herumtrug, ausgefochten hatte und aus dem er selten als Sieger hervorgegangen war.

Seit fünfundzwanzig Jahren hatte er mit keinem Menschen über diese Gefühle geredet. Bis gestern. Als er Andi in der Küche des Pfarrhauses gegenübergesessen hatte, waren die Mauern wie von selbst geborsten, die er unter so viel Schmerzen gebaut und die ihn sogar Sylvie gekostet hatten. Andi war über die Trümmer gestiegen und hatte schweigend zugehört. »Vielleicht ist es gut, dass es genauso gekommen ist. Dass du jetzt hier bist …«, hatte er schließlich gesagt und ihn aus diesen dunklen Augen angesehen, die Leif noch immer so vertraut waren und deren Anblick ihn so sehr an ihre einzigartige Zusammengehörigkeit erinnerte, die niemand hatte zerstören können, die sie alle Wünsche und Geheimnisse hatte teilen lassen, sogar die Freundin.

Eines Tages wird deine Vergangenheit dich einholen.

Es sei denn, du stellst dich ihr und gibst das Davonlaufen auf.

»Es hat gutgetan, den alten Mann in seiner verdammten Kirche sterben zu sehen«, hatte er gesagt, und Andi hatte auch das verstanden.

Sie hatten bis spät in die Nacht zusammengesessen. Und schließlich hatte Andi erzählt und den Schmerz und die Einsamkeit der vergangenen Jahre mit ihm geteilt. Es hatte ihn erschüttert zu hören, dass sein bester Freund ebenso wie er immer wieder erfolglos den Tod herausgefordert hatte, und er hatte sich gefragt, welchem Wunder sie es zu verdanken hatten, dass sie an diesem Abend zusammengeführt worden waren, um sich gemeinsam dem zu stellen, was jeder von ihnen alleine nicht hatte bewältigen können.

Mich von Mir selbst – verbannen –
Könnt ich das –
Unstürmbar wär mein Fort
Für jedes Herz –

Kann ich – Mich attackierend –
Frieden finden
Muß ich dazu nicht das
Bewußtsein überwinden?

Da Wir Einander König sind
Wie klappt das hier –
Wenn nicht durch Abdankung –
Für Mich – Von Mir?

Andi hatte es auch gespürt. »Die Geister verlieren an Macht, wenn sie ans Licht geholt werden. Nur manchmal kann man es nicht allein«, hatte er mit jenem altvertrauten Augenzwinkern bemerkt, das Leif in dieser Nacht das erste Mal seit seiner Rückkehr wieder bei ihm gesehen hatte. »In diesem Dorf haben fünfundzwanzig Jahre alle über Heiners Tod geschwiegen«, hatte Andi hinzugefügt. »Und es wird in den nächsten zwei Jahrzehnten auch keiner darüber sprechen wollen. Niemand wird Anklage erheben. Alle waren damals erleichtert, dass es passiert ist. Dass jemand den Mut hatte, es zu tun.« Andi hatte seine Hand genommen und gedrückt, wie er es als Kind schon getan hatte. »Du hast mir damals das Leben gerettet, und ich werde dich heute nicht im Stich lassen«, hatte er geflüstert, und Leif hatte sich seiner Tränen nicht geschämt. Erschöpft und müde waren sie schließlich ins Bett gefallen, und Leif hatte das erste Mal seit Wochen traumlos und tief geschlafen. Andi hatte sich nicht die Mühe gemacht, nach Hause zu gehen. Das war gut so, wie Leif am Morgen feststellte, als sie die Nachricht von Amelie Dahms' Tod erreichte. Sie war im Krankenhaus an den Folgen eines weiteren Schlaganfalls gestorben. Andi hatte seiner Mutter ebenso wenig verzeihen können wie Leif seinem Vater, und Leif wusste, wie es sich anfühlte, wenn sich der Tod in dieses Verhältnis einmischte. Wie schwer es plötzlich war, diese Endgültigkeit zu akzeptieren. Er hatte es selbst erst vor wenigen Tagen erlebt.

»Ich habe sie verachtet, das war das Schlimmste. Und ich fühle keine Trauer über ihren Tod.« In Andis Stimme lag so viel Bitterkeit, dass es Leif schmerzte.

»Du hast um sie getrauert, vor vielen Jahren schon. Als du erfahren hast, dass sie dich im Stich gelassen hat«, sagte er.

Ein müdes Lächeln huschte über Andis kantige Züge, und eine Weile saßen sie schweigend nebeneinander auf den Stufen vor der Tür des Pfarrhauses. Die Steine waren warm von der Sonne, und Leif spürte unter sich die rauhen, abgebrochenen Kanten der ausgetretenen Stufen.

»Eigentlich schade, dass du nicht bleiben kannst«, sagte Andi.

Leif sah den Weg entlang, auf sein Motorrad, das im Schatten der Bäume stand. Was wäre, wenn er blieb, um dem Teufel ins Angesicht zu sehen? »Ich glaube, das wäre keine gute Idee«, erwiderte er.

»Vielleicht«, bemerkte Andi. Etwas in seiner Stimme, wie er dieses Wort aussprach und betonte, erinnerte Leif plötzlich an Sylvie. An ihre letzte Warnung. »Du kämpfst an zu vielen Fronten«, hatte sie zu ihm gesagt. »Das wird dich noch einmal umbringen.« Kurz darauf war sie gestorben. Sie, nicht er. An einer dieser Fronten. Er schloss für einen Moment die Augen, hörte ihr Lachen.

»Du denkst an *sie,* nicht wahr?«

Er hatte Andi nichts verschwiegen. Auch das nicht. »Sie hatte mich gewarnt, mir nicht zu viele Feinde auf einmal zu machen.«

»Darin warst du schon immer groß«, bemerkte Andi trocken. »Hätte mich gewundert, wenn sich das geändert hätte.«

Leif musste wider Willen lächeln. »Ich hab im Lauf der Zeit auch ein paar Freunde gewonnen.«

Andis Blick ging unwillkürlich zu dem Band, das Leif um seinen Hals trug. »Wäre Geschäftspartner nicht der passendere Ausdruck?«

»Die Übergänge sind in meinem Beruf bisweilen fließend.«

Andi zog eine Braue hoch. »Dein Einsatz ist hoch.«

»Du weißt, wie es ist«, konterte Leif mit einem Augenzwinkern. »Nur wer wagt, gewinnt.«

Andi nahm einen Käfer von seinem Hosenbein und ließ ihn auf seinem Zeigefinger bis zur Spitze laufen, wo er die Flügel ausbreitete und unbeholfen davonsurrte. »Ist es das wirklich wert?«, fragte Andi.

Leif zuckte die Schultern. »Was hab ich zu verlieren? Ich bin jetzt vierzig. Das beste Alter, um neu anzufangen.«

Andi lehnte sich zurück und blinzelte in die Sonne, die sich durch das hellgrüne Laub der Eichen stahl. Ein Lächeln spielte um seinen Mund. »Manche nennen das auch Midlife-Crisis.«

Leif starrte ihn einen Augenblick perplex an, dann brach er in Gelächter aus und versetzte Andi einen freundschaftlichen Stoß in die Rippen. »Weißt du, wenn ich könnte, würde ich bleiben, und wenn es nur deinetwegen ist.«

Andi schnappte nach Luft, doch bevor er noch etwas sagen konnte, klingelte Leifs Handy. Mit einem Aufseufzen zog er es aus der Hosentasche. Das Display zeigte eine Nummer der Kripo Kiel.

»Falkner …«

»Armin Stahl, hallo.« Stahl kam sofort zur Sache. »Wir sind auf der Suche nach Uta. Ist sie zufällig bei Ihnen?«

»Uta Thormälen? Nein, ich hab sie seit gestern nicht mehr gesehen.«

Einen Moment war Schweigen am anderen Ende, und Leif beschlich plötzlich ein ungutes Gefühl. »Ist etwas passiert?«, fragte er. Andi sah bei dem besorgten Unterton in seiner Stimme auf.

»Wir können sie nicht erreichen«, erwiderte Stahl. »Wir wissen lediglich, dass sie sich auf den Weg nach Moorbek gemacht hat. Seither fehlt jede Spur von ihr.«

»Wie lange ist sie schon weg?«

»Etwa vier Stunden.«

Leif stand auf und ging ein paar Schritte, als er merkte, dass der Empfang schwächer wurde. »Haben Sie schon versucht, ihr Handy zu orten?«

»Sie hat heute Morgen das letzte Mal aus einem Cluster in Rendsburg telefoniert. Kurz nachdem sie ihren Mann am Nordkolleg abgesetzt hat, und zwar mit der Schule ihrer Söhne.«

»Vielleicht gab es ja ein Problem in der Schule …«

»Haben wir schon überprüft. Bei ihrem Anruf handelte es sich lediglich um eine nachgereichte Entschuldigung für einen Fehltag. Die letzte Ortung ihres Mobiltelefons haben wir aus dem Raum Rendsburg.«

»Was meinen Sie mit letzter Ortung?«

»Wir können das Gerät nicht mehr orten.«

»Jedes Handy lässt sich überall orten, selbst wenn es ausgeschaltet ist, es sei denn ...«

»... Sie nehmen den Akku raus.«

»Warum sollte sie das tun?«

»Das fragen wir uns auch.«

Seinen Worten folgte ein erneutes Schweigen, das von Stahls Sorge zeugte. Falkner spürte Andis Blick auf sich. »Ich melde mich bei Ihnen, wenn ich etwas von ihr hören sollte.«

Damit war die Verbindung beendet, und Leif wog nachdenklich das Telefon in seiner Hand.

»Was ist passiert?«, wollte Andi wissen.

»Uta Thormälen ist verschwunden. Sie hat ihren Mann nach Rendsburg gefahren und ist seither wie vom Erdboden verschwunden.« Er runzelte die Stirn. »Normalerweise müsste ihr Handy zu orten sein, selbst wenn es ausgeschaltet ist, aber ...«

»Ich hab euer Gespräch gehört«, fiel ihm Andi ins Wort. »Aber warum sollte sie den Akku rausnehmen?«

»Es könnte natürlich sein, dass ihr das Telefon runtergefallen ist ...«

»Würde sie es dann nicht wieder zusammensetzen?«

»Sehr wahrscheinlich«, bestätigte Leif. »Es sei denn ...«

Ihre Blicke trafen sich.

»... sie will nicht gefunden werden«, brachte Andi den Satz zu Ende. »Oder jemand möchte nicht, dass sie gefunden wird.«

Für einen Moment schwiegen sie beide.

»Ich hätte nicht gewusst, dass man den Akku rausnehmen muss, um das Handy nicht mehr orten zu können«, bemerkte Andi schließlich. »Ich dachte immer, es reicht, das Ding auszuschalten.«

»Ja … das denken die meisten«, erwiderte Leif in Gedanken. Ein fester Knoten bildete sich in seiner Magengegend.

»Sie bedeutet dir etwas.«

Er starrte Andi an. »Unsinn«, sagte er, und seine Finger schlossen sich fester um das Telefon in seiner Hand.

Andi ließ sich nicht irritieren.

»Sie ist eine besondere Frau«, bemerkte er ruhig.

Leif schluckte. »Ja … das ist sie wohl.« Er erinnerte sich an ihren Abschied, der mehr als kühl ausgefallen war. Daran, wie sie sich angebrüllt hatten und was er empfunden hatte, als er sie in ihrem Wagen gefunden hatte, nicht wissend, ob sie noch lebte. Andi hatte recht. Es gab nur wenige Menschen, die wussten, wie ein Mobiltelefon nicht mehr zu orten war. Und die meisten von ihnen waren Polizisten.

*

An diesem Morgen war es Utas Plan gewesen, nach Moorbek zu fahren, um noch einmal mit Leif Falkner zu reden. Der entsetzliche Verdacht, der ihr beim Frühstück durch Stefans Bemerkung gekommen war, hatte sie nicht mehr losgelassen. Bevor sie aufgebrochen war, hatte sie von zu Hause aus im Kommissariat in der Blumenstraße angerufen und eine Nachricht hinterlassen, wo sie zu finden sein würde, aber die Aushilfe, die an diesem Morgen den Telefondienst versah, hatte nicht ihren besten Tag. Geplagt von Liebeskummer, war sie mit den Gedanken nur halb bei der Arbeit, und die Telefonnotiz, die sie während ihres Gesprächs mit Uta machte, landete statt im K1 in der Abteilung für Drogendelikte auf einem Stapel ungesichteter Papiere, den an diesem Tag niemand mehr anfasste.

So kam es, dass die Kollegen, die sich im K1 gegen neun Uhr im Besprechungsraum zum Briefing trafen, fragten, wo Uta stecken mochte. Eine Stunde später hatten Stahl und

Harms mehrfach erfolglos versucht, sie auf dem Handy anzurufen, aber jedes Mal nur die Mailbox erreicht. Nachdem auch Utas Mann, den sie mit einiger Mühe ausfindig gemacht hatten, ihnen nur sagen konnte, dass sie in jenes kleine Dorf am Kanal fahren wollte, veranlasste Armin Stahl offiziell die Ortung ihres Handys.

Uta hatte keine Ahnung, welch eine Lawine ihr Verschwinden an diesem Morgen noch lostreten würde, als sie kurz nach halb neun von der Bundesstraße abbog, um Stefan abzusetzen. Er hatte seit gestern sein Auto in der Werkstatt, und für sie war es nur ein kleiner Umweg gewesen, ihn mitzunehmen. Sie sah ihm nach, als er auf das Gebäude zuging, vor dessen Eingang einige Seminarteilnehmer rauchend zusammenstanden. Offensichtlich kannte Stefan sie, er blieb stehen, schüttelte Hände, und sein Lachen hallte zu ihr durch das geöffnete Autofenster herüber. Dann wandte er sich noch einmal zu ihr um und winkte. Eine Windbö wehte ihm sein blondes Haar ins Gesicht, und für einen Moment bedauerte sie es beinahe, dass sie diesen Tag nicht gemeinsam verbringen konnten. Mit einem unterdrückten Seufzen legte sie den Gang ein und fuhr los. Sie musste noch tanken und Zigaretten kaufen. Auf der Ausfallstraße leuchteten ihr die roten Schilder einer Esso-Tankstelle schon von weitem entgegen, und über der Waschstraße bewegte sich ein riesiger aufgeblasener Tiger in der leichten Brise und lächelte auf sie herab. Die Spritpreise waren über Nacht um fast zehn Cent gefallen, entsprechend lang war die Schlange vor den Zapfsäulen. Nachdem sie endlich getankt hatte und nach dem Bezahlen wieder in ihren Wagen einstieg, sah sie einen silbergrauen Mercedes SLK auf das Gelände der Tankstelle fahren. Der Fahrer parkte seinen Wagen außerhalb des Tankbereichs in Höhe des Tankstellenshops. Uta sank hastig in ihren Sitz, als sie den rothaarigen Mann, der aus dem

Sportwagen ausstieg, erkannte. Sie musste zweimal hinsehen, um sicher zu sein, dass es sich tatsächlich um Sönke Piehl handelte, denn sie hatte ihn noch nie ohne seine Uniform gesehen und in einem Fahrzeug dieser Preisklasse.

Piehl trug eine Jeans und ein schwarzes Hemd und wirkte sehr selbstzufrieden. Er schloss die Tür des Wagens behutsam, und als er sich in Richtung des Tankstellenshops abwandte, glitten seine Finger liebevoll über die Motorhaube. Uta war so überrascht, dass sie völlig vergaß, mit ihrem Wagen den Platz an der Zapfsäule frei zu machen. Erst auf das ungeduldige Hupen ihres Hintermannes hin wurde es ihr bewusst. Sie ließ den Audi an und verließ das Tankstellengelände. Auf der anderen Straßenseite hatte sie bereits bei ihrer Ankunft eine Reihe von Parkbuchten gesehen, die sie jetzt ansteuerte. Dort wartete sie, bis Piehl seine Besorgungen erledigt hatte. Es dauerte nicht lange, und der silbergraue Mercedes rollte auf die Auffahrt. Piehl fuhr stadtauswärts und ohne Eile davon. Uta folgte ihm in sicherem Abstand.

Es war das vorletzte Haus vor der Stadtgrenze, auf dessen von Nadelbäumen umstandenes Grundstück Piehl schließlich einbog. Uta biss sich auf die Lippe. Von der Straße aus konnte sie nichts erkennen. Sie ließ ihr Fahrzeug langsam an der Grundstückseinfahrt vorbeirollen, sah jedoch nicht mehr als die roten Bremslichter des SLK. Kurz entschlossen wendete sie und parkte den Audi etwa einhundert Meter weiter am Straßenrand vor einem Laden mit Campingausrüstungen. Sie schaltete ihr Handy aus und steckte es in die Innentasche ihrer Jacke. Augenblicke später schlenderte sie an dem Grundstück vorbei, auf dessen Einfahrt der Mercedes vor einem geschlossenen Garagentor stand. Von Piehl keine Spur. Er war natürlich längst im Haus.

Es war ein einfaches Spitzdachhaus mit einer Fassade aus rotem Backstein. Uta warf einen schnellen Blick zum Nachbargrundstück. Dort schien niemand zu Hause zu sein. Nur ein Hund bellte hinter der Tür, als sie daran vorbeiging und auf einen leeren Carport zu, der an die Garage grenzte, vor der Piehl den Mercedes geparkt hatte. Das Geräusch ließ sie innehalten. Was zum Teufel tat sie hier eigentlich? Sie war Piehl spontan gefolgt. Was ging sie sein Privatleben an? Was ging er sie an?

Doch jetzt war es zu spät, um umzukehren. Die Haustür nebenan öffnete sich. Uta hielt den Atem an und presste sich an das Holz des Carports, um nicht gesehen zu werden. Eine Frau trat heraus, gehüllt in ein hauchzartes Negligé, das ihre nahezu perfekten Kurven eher unterstrich, als sie zu verdecken. »Oh, mein Gott«, kreischte sie, als sie das silbergraue Auto entdeckte, »ist der sexy!«

»Nicht annähernd so sexy wie du, Nicole«, hörte Uta Piehls Stimme.

Nicole strich sich ihre langen blonden Haare aus dem stark geschminkten Gesicht und wandte sich um. Piehls Hände schlossen sich um ihre Hüften und fuhren in eindeutiger Absicht hinab zu ihrem Gesäß. Sie lachte auf. »Hier draußen, auf deinem neuen Wagen?«

»Warum nicht?« Piehls Stimme klang plötzlich heiser.

Uta sah sich um. Sie hatte keine Möglichkeit, das Grundstück zu verlassen, ohne dass die beiden sie bemerken würden, und sie war alles andere als scharf darauf, einen Beweis von Piehls ungetrübter Manneskraft zu erhalten. Aber Nicole entzog sich ihm geschickt, und Uta atmete erleichtert auf.

Die Frau warf einen letzten Blick auf den Wagen. »Der war bestimmt ganz schön teuer«, bemerkte sie mit einem Unterton in der Stimme, der Uta aufhorchen ließ.

Er lachte auf und ließ seine Finger über den dünnen Stoff des Negligés gleiten. »Mach dir deswegen keine Sorgen. Wir haben alles, was wir brauchen.«

Nicole schlang ihre Arme um seinen Hals und küsste ihn. »Dann sollten wir jetzt packen«, gurrte sie. »Und mit diesem hübschen Flitzer ganz weit wegfahren.«

»Das machen wir gleich, wenn ich mit dir fertig bin«, erwiderte er und trug sie mühelos ins Haus.

Sicher, dass Piehl und seine Freundin zumindest für den Moment ausreichend mit sich selbst beschäftigt waren, löste sich Uta aus ihrem Versteck und hastete über die Auffahrt zurück zur Straße. Ihr lädiertes Bein hinderte sie daran, so schnell zu gehen, wie sie es sich gewünscht hätte, aber schließlich erreichte sie ihren Wagen und ließ sich erleichtert auf den Fahrersitz fallen. In dem Laden für Campingausrüstungen, vor dem sie parkte, öffnete sich in diesem Moment die Tür, und ein glatzköpfiger Mann trug einen Aufsteller heraus, der mit großen neonfarbigen Lettern auf das Sonderangebot der Saison hinwies – ein Thermozelt für den Trip ans Nordkap. Der Mann winkte ihr freundlich zu. Uta erwiderte seinen Gruß mit einem flüchtigen Lächeln. Dann lehnte sie sich in ihrem Sitz zurück und fasste das eben Erlebte für sich zusammen.

Sönke Piehl führte ein Doppelleben. Soweit sie wusste, war er mit Ernst Averdiecks Tochter verheiratet und arbeitete in Moorbek als beflissener Dienststellenleiter bei der örtlichen Polizei. Zumindest hatte sie bislang nichts Negatives über ihn gehört. Dass sie ihn persönlich nicht mochte, stand auf einem anderen Blatt. Hier in Rendsburg hielt er sich nicht nur eine kostspielige Geliebte, sondern hatte auch noch Geld übrig, sich einen teuren Sportwagen zu leisten. Woher? Von seinem Gehalt als Polizeibeamter sicher nicht, und die schöne Nicole sah nicht aus, als ob sie sich mit Kleinigkeiten zufriedengab. Unwillkürlich dachte Uta an die verschwundenen Spendengelder. Niemand kannte die genaue Summe. Allein einhunderttausend Euro hatte Eckhard Falkner von Dietmar Heeschen erhalten. Seine Haushälterin Magda Reimers hatte das inzwischen sogar offiziell zu Protokoll gegeben. Vermutlich war der Betrag, der aus dem Tresor im Gewölbe der Kirche entwendet worden war, deutlich höher gewesen. Konnte es sein …

Sie fragte sich, wie ihre Kollegen die Situation bewerten würden, und zog ihr Handy aus der Innentasche ihres Sakkos. Doch sie kam nicht mehr dazu, es einzuschalten. Ein Schatten fiel von der Beifahrerseite des Wagens über sie, die Tür flog auf, und sie blickte in die Mündung eines Revolvers. Auf seinem Lauf saß ein Schalldämpfer. Piehls sommersprossiges Gesicht tauchte dahinter auf. Utas Blick flog von der auf sie gerichteten Waffe zu dem Laden mit den Campingausrüstungen, aber außer ein paar bunten Wimpeln neben der Tür, durch die der Wind strich, bewegte sich dort nichts. Mit einem unangenehmen Lächeln glitt Piehl auf den Beifahrersitz und zog die Tür ins Schloss. Uta ließ das Handy zwischen ihre Beine fallen.

»Fahr!«, befahl er.

Uta starrte ihn fassungslos an. Wo kam er her? Wie hatte er sie …

»Fahr!«, wiederholte er scharf.

Der Revolver bohrte sich in ihre Seite unterhalb der Rippen. Es war eine Waffe Kaliber 38.

Uta drehte den Schlüssel im Zündschloss. Der Motor sprang an. Ihr Gehirn arbeitete fieberhaft. Was konnte sie tun? Im Rückspiegel sah sie einen Lkw kommen. Sie legte den Gang ein. Doch Piehl hatte ihre Absicht erkannt. Die Waffe bohrte sich noch etwas tiefer in ihre Rippen.

»Mach keinen Scheiß. Egal was du tust, ich hab immer noch Zeit, abzudrücken.« Er war Polizist.

Sie lenkte den Wagen hinter dem Lkw auf die Fahrbahn und blickte starr geradeaus.

»Gib Gas!«, kommandierte Piehl.

Er musste die ganze Zeit über gewusst haben, dass sie

ihm gefolgt war. Hatte er sie vielleicht schon an der Tankstelle bemerkt? Verdammt! Sie spürte das Telefon zwischen ihren Oberschenkeln. Wenn es ihr gelang …

Aber Piehl war nicht von gestern. »Gib mir dein Handy«, sagte er.

Sie war froh, dass er nicht selbst danach griff. Er öffnete die Batterieklappe, nahm den Akku heraus und warf ihn, nachdem er ihn gründlich mit einem Papiertaschentuch abgewischt hatte, zum Fenster hinaus. Das Telefon legte er in die Ablage zwischen den Sitzen.

Uta verließ alle Hoffnung.

Sie hatte Angst. Eine verdammte Scheißangst. Und das hieß nichts anderes, als dass sie die richtigen Schlüsse gezogen hatte. Er hatte schon gedacht, alles wäre vorbei, als er den Audi der Kieler Kripo vom Tankstellenshop aus bemerkt hatte. Hatten sie ihn gesehen? Erst als er losgefahren war, hatte er erkannt, dass sie es war – und dass sie allein war. Er hatte beobachtet, wie sie ihm gefolgt war, hatte im Wagen gewartet, bis der Audi am Grundstück vorbeigerollt war, und gewusst, dass sie ihn und Nicole beobachtet hatte. Es hatte ihn über die Maßen erregt, aber nicht genug, um zu vergessen, was auf dem Spiel stand.

»Wohin fahren wir?«, fragte sie, ohne den Blick von der Straße zu nehmen.

Er antwortete ihr nicht. Ihre ruhige Stimme ärgerte ihn. Arrogantes Miststück. Er erinnerte sich noch gut an ihre erste Begegnung in seiner Dienststelle, als sie mit dem kleinen vertrockneten Kommissar bei ihm aufgetaucht war und von oben herab ihre Fragen gestellt hatte, als wäre sie etwas Besseres. Und dann hatte er sie zusammen mit Leif Falkner gesehen. Dem konnte sie schöne Augen machen.

Der war auch kein kleiner Dorfbulle, sondern Beamter des BKA.

»Meine Kollegen wissen, dass ich hier bin. Ich habe Ihnen die Adresse bereits durchgegeben –«

»Halt die Klappe«, fiel er ihr rüde ins Wort. Nichts wussten sie. Sie bluffte. Sie hatte diese psychologische Sonderausbildung. Er würde sich nicht von ihr täuschen lassen.

»Herr Piehl, Sie sind doch selbst Polizist«, fuhr sie unbeirrt fort. »Sie wissen doch, wie die Ermittlungen laufen und dass –«

Ohne den Revolver auch nur einen Millimeter zu bewegen, griff er mit der freien Hand in ihr langes dunkles Haar und zog ihren Kopf fest zu sich heran. Der Wagen schlingerte leicht, doch dann hatte sie ihn wieder unter Kontrolle. Er verstärkte den Druck, bis sich der Schmerz in ihren Zügen widerspiegelte. »Halt deine verdammte Klappe«, zischte er mit seinem Mund dicht an ihrem Ohr. »Ich sag es nicht noch einmal.«

Er ließ sie so ruckartig los, dass der Wagen erneut ins Schleudern kam.

Er sah auf seine Uhr. In spätestens einer Stunde traf er sich mit Nicole. Er bedauerte es fast ein bisschen. Spürte, wie seine Erregung zurückkehrte, als er die feinen Schweißperlen auf Utas Oberlippe bemerkte und sah, wie ihre Knöchel weiß unter der Haut ihrer Hände hervortraten, während sie das Lenkrad umklammert hielt. Wie sich ihre Brust viel zu schnell im Rhythmus ihres Atems hob und senkte, und er fragte sich, wie viel Schmerz sie ertrug, bevor sie ohnmächtig wurde. Schade, dass er keine Zeit für sie hatte.

X.

Johann Wehmut las den Kommentar in der Tageszeitung zur anstehenden Bischofswahl, und eine bis dato nicht gekannte Bitterkeit erfüllte ihn.

> *… Angesichts der jüngsten Enthüllungen im Zuständigkeitsbereich von Propst Johann Wehmut stellt sich die Frage, ob ein Rücktritt seinerseits nicht gerechtfertigter wäre als seine Kandidatur für das Bischofsamt. Der jetzige Amtsinhaber Gottfried Thedens hinterlässt einen geordneten Sprengel. Ob Wehmut in der Lage sein wird, das fortzuführen, wird immer fraglicher …*

Mit einer heftigen Bewegung schob Wehmut das aufgeschlagene Blatt von sich und stand auf. Die anderen Zeitungen hatte er noch nicht gelesen, und er fragte sich allmählich, ob er es vielleicht nicht auch besser unterlassen sollte, als sein Telefon klingelte. Es war Thedens. »Der Herr prüft Sie, Johann«, sagte er. »Ich habe gerade die Meldungen gelesen … Ich wollte Ihnen mein Mitgefühl ausdrücken und Ihnen versichern, dass ich nach wie vor der Meinung bin, dass Sie der Richtige für das Amt des Bischofs sind.«

Wehmut lächelte müde bei diesen Worten, aber sie reichten nicht, die schwere Last, die ihn drückte, von seinen Schultern zu nehmen. »Danke, Gottfried«, erwiderte er. »Ich weiß Ihre Anteilnahme zu schätzen.«

Thedens war der Einzige, der anrief, und er konnte es sich erlauben, denn seine Zeit war so gut wie abgelaufen. Das zeigte Wehmut mehr als deutlich, wie isoliert er war.

Der Stapel ungelesener Zeitungen auf seinem Schreibtisch schien zu flüstern. Die Stimmen wurden lauter und lauter, und als er zum Fenster sah, begriff er, dass es die Menschen dort draußen waren, in deren Herzen sich ein Bild von ihm formte, ein falsches hinterhältiges Bild, geboren aus dem, was sie in diesen Seiten über ihn lasen.

Wie konnte er es geraderücken, wenn er sich weigerte, es zu betrachten? Widerstrebend schlug er das oberste Blatt auf. Sein Konterfei blickte ihm ernst von Seite drei entgegen. Wehmut seufzte. Der Artikel war gespickt mit Unterstellungen und Mutmaßungen. Er las von sich selbst als einem egozentrischen, machtversessenen Menschen, der seine Kirchenkarriere mit dem Bischofsamt krönen wollte, obwohl er nachweislich in dubiose Geschäfte verwickelt war. In einer anderen Zeitung gab es gar ein Interview mit seinem Widersacher, der sich über die Bedeutung der Integrität in den höheren kirchlichen Ämtern äußerte. Wehmut hatte bislang selten mit der Presse gesprochen. Zurückhaltung war ihm als die bessere Alternative erschienen, zumal er generell kein Freund einer offensiven Linie war. Aber es schien der Wunsch des Herrn zu sein, dass er neue Pfade einschlug. Ihm graute davor. Er fühlte sich plötzlich zu alt, die Herausforderung anzunehmen.

»Warum, Herr?«, flüsterte er verzagt. »Warum schickst du mir immer neue Prüfungen, legst mir immer neue Steine in den Weg? Was soll ich daraus lernen?«

Aber der Gott, zu dem er sein Leben lang gebetet hatte, dessen ehrlicher Diener er immer gewesen war, schien weit fort zu sein. Die Nähe, die er immer zu ihm verspürt hatte, seine liebevoll leitende Hand – wo war sie? »Ist das deine Strafe für meine Verfehlungen?«, fragte Wehmut. »Dass du dich von mir zurückziehst, mich alleinlässt in dieser kalten Welt?«

Er konnte es nicht glauben. Jesus war für die Sünden der Menschen am Kreuz gestorben. Wie ein Vater kannte und liebte er seine Kinder und war voller Mitgefühl und Gnade, auch wenn sie fehlten. Wo war er jetzt, wo er ihn am nötigsten brauchte?

Seine rechte Hand begann auf den Zeitungen unkontrolliert zu zucken. Er starrte auf sie wie auf einen Fremdkörper, der nicht zu ihm gehörte, und sein Gesicht verzog sich vor Ekel. Seine Finger tanzten eigenständig über die Buchstaben, über das Gesicht des Mannes, der mit mildem Lächeln in die Kamera blickte, und plötzlich verstand Wehmut.

Ich will dich unterweisen und dich lehren den Weg, den du gehen sollst; ich will dir raten, meine Augen über dir.

Er nahm seine zuckende Hand und drückte sie gegen seinen Körper, bis sie dort ruhig und unbewegt lag. Dann griff er damit zum Telefon und wählte die Nummer des Bischofsbüros, verlangte nach der jungen Frau, die seit einigen Monaten für die Öffentlichkeitsarbeit zuständig war. Wenn er die Wahl zum Bischof für sich entschieden hatte, würden sie eng zusammenarbeiten. Da war es nur sinnvoll, wenn sie jetzt schon die Organisation seiner Pressearbeit übernahm.

»Propst Wehmut«, entfuhr es ihr etwas überrascht, »was kann ich für Sie tun? Ein Fernsehduell mit Ihrem Mitbewerber für das Bischofsamt?«

Geduldig legte er ihr seine Vorstellungen dar. Wie von selbst fand seine Zunge die richtigen Worte, kamen die passenden Phrasen über seine Lippen. Ihre anfänglichen Einwände verloren sich, und er spürte ihre Begeisterung selbst durch das Telefon. Wehmut lächelte still. Der Herr war mit ihm und an seiner Seite.

Uta spürte die Entschlossenheit in Sönke Piehl. Er war bereits zu weit gegangen, um noch umkehren zu können. Sie hätte nie gedacht, dass er den Mord an Jonas Haffkamp begangen haben könnte. Seine Tarnung war nahezu perfekt gewesen, bis hin zu seiner makellos gespielten Überraschung und dem echten Entsetzen, das er gezeigt hatte, nachdem sie die Leiche des jungen Mannes in Kirstens altem Stall gefunden hatten. Wie kaltblütig und abgebrüht musste ein Mensch sein, um so handeln zu können? Uta hatte nie Gelegenheit gehabt, mit Ernst Averdieck über seinen Schwiegersohn zu sprechen, sonst hätte sie vielleicht erfahren, dass Piehl seit seiner Kindheit ein Meister der Lüge und Täuschung war. Ein Umstand, der Averdiecks langjährige Abneigung gegen ihn begründete.

Der Audi raste über die Bundesstraße auf Moorbek zu. Felder und Wiesen flogen vorbei, einzelne Gehöfte. Piehl hatte sie in Rendsburg durch den Kanaltunnel gelotst, es würde keinen Halt auf einer der Fähren geben. Keine Möglichkeit sich bemerkbar zu machen, geschweige denn zu fliehen. Aber warum brachte er sie nach Moorbek? Welche Spur wollte er diesmal legen, auf welche falsche Fährte ihre Kollegen locken? Sie wagte nicht, den Blick von der Straße zu nehmen und ihm einen Seitenblick zuzuwerfen.

Einmal erst war sie in ihrer Zeit als Polizeibeamtin in einer Situation gewesen, in der sie um ihr Leben hatte fürchten müssen. Sie hatten einen Mann, der seine ganze Familie getötet hatte, in seiner Wohnung gestellt, und sie war in seine Gewalt geraten. Es war ihr Leben gegen seine Freiheit gewesen. Damals hatte sie sich selbst aus der Situation herausreden können. Uta versuchte sich zu erinnern, wie sie sich gefühlt hatte, Kraft daraus zu schöpfen, dass sie sich schon einmal aus einer nahezu aussichtslosen Lage hatte befreien können. Sie war nicht in Panik geraten, hatte nicht die Übersicht verloren. Das durfte ihr auch jetzt nicht passieren, selbst wenn alle Parameter anders waren. Analysiere die Situation. Du kannst das. Du bist dafür ausgebildet worden.

Sie roch Piehls Schweiß und sah aus dem Augenwinkel, dass seine linke Hand, zu einer festen Faust geballt, auf seiner Jeans lag. Er war nicht so selbstsicher, wie er sich gab. Ihr Auftauchen hatte ihn unverhofft gezwungen, seine Pläne zu ändern, zu improvisieren. Aber im Gegensatz zu dem Familienvater befand er sich nicht in einer mentalen Ausnahmesituation. Er hatte seine Taten geplant und führte sie kaltblütig durch. Er war Polizist …

Hoffnungslosigkeit bemächtigte sich ihrer. Die Welt war nahezu bis in ihre letzten Winkel erforscht. Die Wissenschaften hatten alle Mysterien enträtselt, aber das Wunder der menschlichen Psyche war und blieb ein Geheimnis. Niemand konnte vorhersehen, wie Piehl reagieren würde. Sie am allerwenigsten.

»Warum haben Sie Jonas Haffkamp getötet?«, fragte sie ihn unvermittelt. »Er wusste nichts von den Spendengeldern. Er hat Eckhard Falkner aus völlig anderen Motiven ermordet.«

Nur das Rauschen der Klimaanlage war zu hören.

»Wussten Sie, dass Jonas eine Freundin hatte, die hochschwanger war? Sie hat eine Weile bei Kirsten Martens gelebt. Haben Sie ihn deswegen zum Sterben dorthin gebracht?«

Keine Reaktion. Nichts.

»Sie haben ihn aufgehängt wie ein Stück Vieh, ihn mit einem Bauchschuss kläglich sterben lassen.« Sie riskierte einen flüchtigen Seitenblick. »Ich frage mich, was er Ihnen getan hat, dass er einen solchen Tod erleiden musste.«

Seine Kiefermuskeln arbeiteten. War es die Anstrengung sich zu beherrschen?

»Jonas wäre für den Mord an Falkner maximal für acht

Jahre ins Gefängnis gegangen. Die Umstände, die zu der Tat geführt haben, hätte jeder Richter als strafmildernd ausgelegt. Er wäre noch nicht einmal dreißig gewesen, wenn er entlassen worden wäre. Er hatte sein ganzes Leben noch vor sich.«

Ein Traktor fuhr aus einer Feldeinfahrt vor ihnen auf die Straße, und sie bremste hart ab. »Das wird Sie irgendwann einholen.« Sie stieß diese letzten Worte heftiger als beabsichtigt hervor, während sie nach dem Schaltknüppel griff. Seine Hand legte sich über die ihre. Sie zuckte zurück, aber sie war nicht schnell genug. Langsam drückten seine Finger zu. Sie biss sich auf die Lippe, um nicht vor Schmerz aufzustöhnen.

»Ich hab dir gesagt, du sollst ruhig sein«, sagte er. Seine Stimme verriet keine Emotion, während seine Finger weiterdrückten und sich der Lauf des Revolvers noch ein wenig tiefer unter ihre Rippen bohrte, als müsste er sich und seine tödliche Macht in Erinnerung bringen. »Wenn ich noch ein Wort von dir höre, bring ich dich gleich hier im Auto um.«

Seine Hand löste sich, und sie widerstand dem Impuls, ihre Finger vom Knauf zu lösen und zu schütteln, bis der Schmerz wich. Stattdessen setzte sie mit zusammengebissenen Zähnen den Blinker und trat das Gaspedal durch, um den Traktor zu überholen.

... bring ich dich gleich hier im Auto um.

Er würde sie töten. Nicht dass sie das nicht bereits geahnt hätte, jetzt wusste sie es. Eine kalte Ruhe überkam sie.

Kurz vor Moorbek ließ er sie auf einen Feldweg abbiegen. Das Gras in der Mitte des Weges kratzte am Unterboden des Audis entlang. Von weitem konnte sie die Kirche auf dem Hügel sehen. Weiß und trutzig ragte sie über dem Dorf auf. Das Getreidesilo von Averdiecks Hof tauchte kurz zwischen Bäumen auf, dann war es wieder verschwunden. Uta überlegte fieberhaft. Neben dem Feldweg verlief ein Graben, allerdings nur auf ihrer Seite, deshalb verwarf sie den Gedanken, hineinzulenken. Sie erreichten das erste Haus des Dorfes. Ein kleines graues Spitzdachhaus hinter einer in voller Blüte stehenden Weißdornhecke.

»Halt an!«, befahl Piehl.

Sie ließ den Wagen langsam ausrollen. Rührte sich nicht.

»Schalt den Motor ab und gib mir den Schlüssel.« Piehls Stimme klang plötzlich anders. Angespannt.

Sie musste über den Beifahrersitz aussteigen. Er stand neben dem Wagen und hielt die Waffe auf sie gerichtet, konnte aber nicht in den Wagen sehen. Uta quetschte sich über die Mittelkonsole. Stahl hatte dort immer ein Schweizer Messer liegen. Sie konnte das matte Rot seiner Hülle unter ihrem Mobiltelefon sehen. Sie stützte sich auf der Konsole ab, tastete mit ihren Fingern nach dem Messer.

»Beeil dich!«

Sie nahm das Telefon und ließ es zwischen die Sitze fallen. Piehl packte sie am Arm und zerrte sie aus dem Wagen. In letzter Sekunde schlossen sich ihre Finger um das Taschenmesser.

Das Haus war einsam gelegen, der nächste Hof verborgen hinter alten Bäumen. Kein Mensch weit und breit. Piehl war kaum größer als sie, dafür doppelt so breit. Sein schwarzes Hemd spannte, als er sie zu sich heranzog und seine Muskeln sich wölbten. Den Schwung nutzend, warf sich Uta mit aller Kraft gegen ihn, sah flüchtig die Überraschung in seinen grünen Augen, bevor sie gemeinsam in die Weißdornhecke stürzten. Äste krachten unter ihrem Gewicht. Der betäubende Duft der Blüten hüllte sie ein, und Dornen stachen durch ihr dünnes Sakko. Der Revolver flog aus Piehls Hand. Er landete auf dem Rücken und sie auf ihm. Uta schmeckte Schweiß, als ihr Gesicht gegen Piehls Wange prallte. Sie krallte ihre Hände in seine Schultern und zog das Knie hoch. Er schrie auf, aber der Schlag in seine Weichteile war nicht hart genug, um ihn außer Gefecht zu setzen. Seine Arme schlossen sich wie Schraubstöcke um sie. Sie spürte, wie sein Herz pumpte und sein Atem ihr Gesicht streifte. Uta begann zu würgen.

»Du verdammte Schlampe«, stieß er hervor. »Das wirst du bereuen.« Sie bekam kaum noch Luft. Ihre Rippen pressten schmerzhaft auf ihre Lungenflügel. Sie öffnete den Mund, doch statt eines Hilferufs kam nur ein heiseres Röcheln heraus. Und dann entdeckte sie den Revolver, der nur wenige Zentimeter außerhalb ihrer Reichweite lag. Sie reckte sich, ihre Finger glitten über die feuchte Erde, streiften heruntergefallene Blätter und vertrocknete Beeren. Ihre Fingerspitzen berührten den Knauf …

Piehl drückte fester. Uta rang erneut nach Luft. Doch auf einmal ließ er sie los. Sie verlor den Halt und atmete tief ein. Etwas schlug gegen ihre Schläfe, und ein stechender Schmerz zuckte durch ihren Kopf.

»Irgendeine Spur von Uta?«

Armin Stahl blickte auf. In seiner Bürotür stand Bernd Werner. Er sah angestrengt aus, die Augen hinter der Brille, die er neuerdings trug, müde, und die Wangen fahl unter dem grauen Bart.

»Was machst du denn hier?«, entfuhr es Stahl. »Solltest du nicht …«

»Ich bin auf dem Weg in die Reha-Klinik«, schnitt Werner ihm das Wort ab. »Ich wollte nur mal kurz reinschauen und mich verabschieden, und da erfahre ich, dass Uta verschwunden ist.«

»Wir haben immer noch keine Spur von ihr«, bestätigte Stahl. Es war inzwischen fast drei Uhr nachmittags. »Wir wissen inzwischen lediglich, dass unser Audi heute Morgen gegen 8.40 Uhr an einer Tankstelle in der Fockbeker Straße in Rendsburg gesehen wurde.«

»Und das ist alles?«

»Bislang ja.«

»Hast du eine Fahndung nach ihr rausgegeben?«

»Schon heute Mittag, nachdem ich von Leif Falkner erfahren hab, dass sie nicht in Moorbek angekommen ist.« Stahl spürte Werners Unruhe. Sie korrespondierte mit seinen eigenen Gefühlen. Sie hatten alles getan, was sie in einem solchen Fall tun konnten. Und jetzt hieß es warten – das war das Schlimmste.

»Du solltest nicht hier sein«, sagte Stahl. »Das ist nicht gut für dich.«

Werner winkte ab. »Ich bin gleich wieder weg. Aber erzähl mir erst, was sonst noch ist. Ich sehe doch an deinem Gesicht, dass dich was drückt.«

»Ich hatte gerade einen Anruf aus Wiesbaden«, sagte Stahl. Kurz und knapp setzte er Werner ins Bild.

Der starrte ihn ungläubig an und setzte sich auf Harms' freien Stuhl. »Das hat uns gerade noch gefehlt.«

»Das hab ich auch gedacht«, bemerkte Stahl. »Außerdem wirft es ein ganz neues Licht auf einige Aspekte. Insbesondere im Mordfall Jonas Haffkamp.«

Stahl stand auf und nahm seine Jacke von der Stuhllehne. »Ich muss los. Ich hab Birger informiert. Es wird das Beste sein, wenn wir das vor Ort klären.«

»Wo steckt denn Harms?«

»Er ist in der Rechtsmedizin, zusammen mit dem Anthropologen, den wir ausgegraben haben, um etwas über den letzten Toten aus Moorbek herauszufinden.«

Werner folgte Stahl in den Flur. »Ihr fehlt mir. Bei dem Gedanken an die Reha geht es mir gar nicht gut. Im Krankenhaus war es schon so entsetzlich ruhig.«

Stahl baute sich in seiner ganzen Größe vor seinem Chef

auf und tippte ihm mit spitzem Finger auf die Brust. »Stell dich nicht so an. Ich musste meinen Urlaub stornieren wegen deines matten Herzens, und Sabine versteht in diesen Dingen wenig Spaß.«

Es gelang Werner, betreten auszusehen. Allerdings nur ansatzweise. »Ich kann sie zur Kur mitnehmen.«

»Untersteh dich, auch nur dran zu denken«, warnte Stahl ihn lächelnd.

Der Anthropologe war ein junger Mann mit einem lockigen dunklen Haarschopf und neugierigen Augen hinter einer modischen Hornbrille, der so gar nicht Stahls Vorstellungen entsprach. Das Themenfeld Anthropologie war bei ihm mit alten, verknöcherten Wissenschaftlern besetzt.

Harms bemerkte seine Irritation und grinste. »Manchmal sollte man seine Vorurteile neu gruppieren«, raunte er ihm zu, während Stahl noch die Hand des Mannes schüttelte.

Hinter ihnen lag auf einem von Müllers blanken Stahltischen der Leichnam. Geruchsfrei. Eine willkommene Abwechslung.

»Wie viel Zeit werden Sie für Ihre Untersuchung benötigen?«, wandte er sich an Dr. Andreas Quantz.

»Das hängt davon ab, ob wir DNA-fähiges Material finden.«

Quantz wandte sich dem Leichnam zu. Stahl und Harms folgten ihm.

»Ich werde gleichzeitig die Bodenproben genauer untersuchen, um auf diese Weise den Todeszeitpunkt exakter eingrenzen zu können.«

»Wenn wir wissen, wann die Person gestorben ist, wäre das schon ein großer Schritt in Richtung Identifizierung«, warf Harms ein.

»Können Sie schon sagen, ob es sich um einen Mann oder eine Frau handelt?«, wollte Stahl wissen.

»Eindeutig ein Mann«, mischte sich Müller ein. »Das kann sogar ich euch sagen.« Er wies auf die Schulterknochen und das Becken. »Das sind die primären Unterscheidungsmerkmale.«

»Ein Mann mittleren Alters«, bestätigte Quantz. »Das erkennen Sie unter anderem hier an den Abnutzungserscheinungen ...« Die beiden beugten sich über den Körper und verloren sich in einer fachlichen Diskussion.

Stahl zog Harms beiseite. »Du musst mit mir nach Moorbek fahren. Ich bin nur hier, um dich abzuholen.«

»Ist etwas passiert?«

»Ich hab einen Anruf aus Wiesbaden bekommen.«

Harms zog die Augenbrauen hoch, als Stahl ihm erzählte, worum es ging. »Na, das ist ja ein Ding«, murmelte er. Dann sah er Stahl ernst an. »Was ist mit Uta?«

»Noch nichts Neues.«

»Das gefällt mir alles nicht«, setzte Harms hinzu und zog ein düsteres Gesicht. »Habt ihr ihren Mann schon informiert?«

»Behnke hat noch einmal Kontakt mit ihm aufgenommen, weil er hören wollte, ob sie sich bei ihm inzwischen gemeldet hat.«

Eine Dreiviertelstunde später passierten sie das Ortsschild von Moorbek. Es ging inzwischen auf sechzehn Uhr zu. »Dieser Ort sieht immer so verdammt verschlafen aus«, bemerkte Harms. »Aber der Schein trügt gewaltig.«

Stahl parkte ihren Wagen unterhalb der Kirche. Sie stiegen aus, und Stahl erinnerte sich an ihren ersten Besuch hier. Seither waren erst fünf Tage vergangen. Es kam ihm vor wie eine halbe Ewigkeit nach allem, was inzwischen passiert war. Und jetzt war auch noch Uta wie vom Erdboden verschluckt. Wenn ihr etwas zugestoßen war ...

Zwischen den Bäumen des Friedhofs tauchte ein Mann

auf. Bei seinem Anblick schlug Stahl die Wagentür so heftig zu, dass Harms mit gerunzelter Stirn zu ihm hinsah.

»Wenn er ein doppeltes Spiel spielt und doch etwas mit Utas Verschwinden zu tun hat …«, sagte Stahl drohend.

»Sssch«, machte Harms nur und legte ihm eine Hand auf den Arm. »Lass mich reden.«

Stahl nickte wortlos.

»Hallo, Leif«, begrüßte Harms den Mann mit bewundernswerter Neutralität in der Stimme.

Leif Falkners Zügen war ebenfalls nicht abzulesen, was er über ihren unangemeldeten Besuch dachte. »Hallo, die Herren«, entgegnete er. »Wollen Sie zu mir?«

»Kann man so sagen.« Harms stieg die wenigen Stufen zu der Pforte des Friedhofs hinauf.

Stahl folgte ihm mit einigem Abstand. Falkner war auf dem Weg ins Dorf gewesen, aber anscheinend war das, was er dort zu erledigen hatte, nicht so dringend, denn er öffnete die quietschende Pforte mit einladender Geste. Stahl betrachtete ihn misstrauisch. Entweder war er ein verdammt guter Schauspieler oder …

»Haben Sie etwas von Uta gehört?«, fragte Falkner. Stahl versuchte vergeblich, den Unterton in seiner Stimme zu deuten.

»Wir haben sie noch nicht gefunden«, antwortete Harms. »Aber die Fahndung läuft auf Hochtouren.«

Harms räusperte sich. »Leif, wir haben heute Informationen erhalten, über die wir gern mit Ihnen reden würden.«

Falkner zeigte weder Überraschung noch Nervosität. »Lassen Sie uns zum Pastorat gehen«, schlug er vor und ging ihnen voraus.

Vor dem Haus unter den Eichen standen Gartenmöbel im Gras. Falkner bat sie, Platz zu nehmen. »Kaffee?«, fragte er.

Harms verneinte, und Stahl war dankbar dafür. Er wollte

nicht länger bleiben als nötig. Auf dem Teakholztisch stand ein halbvoller Aschenbecher. Leere Becher wiesen darauf hin, dass Falkner Besuch gehabt haben musste. Harms zog ein Päckchen Zigaretten aus seiner Brusttasche und steckte sich eine an. Falkner sah ihn abwartend an.

»Wir haben heute einen Anruf aus Wiesbaden erhalten«, sagte Harms. »Sie haben uns nicht erzählt, dass Sie nicht mehr in Diensten des Bundeskriminalamtes stehen.«

Falkner machte eine entschuldigende Geste. »Ich hatte bislang nicht das Gefühl, dass das von größerem öffentlichem Interesse wäre.«

Stahl musste ihm wider Willen recht geben. Falkner hatte sich in keiner Form in die Ermittlungen eingemischt und auf seinen Status als Bundesbeamter gepocht. Im Gegenteil. Er hatte sich komplett herausgehalten, was ihnen seltsam vorgekommen war, da es sich bei dem ersten Mordopfer um seinen Vater gehandelt hatte. Jetzt wussten sie, warum.

Harms ging nicht auf Falkners Bemerkung ein. »Sie haben Ihre Wohnung in Wiesbaden gekündigt, Ihre Möbel verkauft – mit Ihrem gesamten bisherigen Leben gebrochen.«

Falkner lächelte, aber in seiner Stimme schwang jetzt Bitterkeit mit. »Sie meinen, das wäre eine kleine Anmerkung wert gewesen?«

Harms' Schweigen auf diese sarkastische Bemerkung war Antwort genug.

»Es wirft zumindest ein anderes Licht auf das Verschwinden der Spendengelder«, warf Stahl ein.

Falkner fuhr nicht auf. »Würde ich an Ihrer Stelle vermutlich genauso sehen«, erwiderte er lediglich.

Er war ein verdammter Profi. Das wurde Stahl wieder einmal überdeutlich klar.

»Was ist passiert?«, fragte Harms.

Falkner antwortete nicht sofort. Er schien abzuwägen,

welche Informationen er ihnen gefahrlos preisgeben könnte. Sie wussten nicht viel, lediglich, dass es eine interne Untersuchung gegen Falkner gegeben hatte, weil er im Dienst einen Mann getötet hatte. Falkner ergänzte einige Details. Stahl war sich nicht sicher, ob das, was er ihnen erzählte, ihren Eindruck färbte, oder das, was er verschwieg. Aber er war offener ihnen gegenüber als jemals zuvor. Entspannter. Was mochte diese Veränderung bewirkt haben? »Dass ich hier bin, ist reiner Zufall«, schloss Falkner. »Von der Existenz der Spendengelder wusste ich nichts. Dass mein Vater mich bat zu kommen, hing vermutlich mit seiner Erkrankung und dem Wissen zusammen, dass er nur noch wenige Monate zu leben hatte.« Einen Atemzug lang war da wieder der Falkner, den er kannte, der sich verbarg hinter seiner Mauer aus Unnahbarkeit. Doch dann sprach er weiter. »Mein Vater und ich haben uns damals, als ich Moorbek verließ, nicht in Freundschaft getrennt«, fuhr Falkner fort. »Vielleicht war es ihm ein Anliegen, das vor seinem Tod zu bereinigen.«

Falkners Geschichte klang plausibel. Natürlich würden sie alles noch einmal überprüfen, aber so misstrauisch, wie Stahl auf dem Hinweg gewesen war, so sicher war er jetzt, dass Leif ihnen die Wahrheit sagte – oder zumindest den Teil, über den er reden wollte. Außerdem hatte Falkner ein Alibi für den Zeitpunkt von Jonas Haffkamps Ermordung. Er war im Pfarrhaus gewesen und hatte Besuch von Andi Dahms gehabt. Wer auch immer Jonas Haffkamp getötet hatte, hatte ihn vermutlich in Rendsburg am Bahnhof aufgelesen. Dort hatte Andi ihn auf seinen Wunsch hingefahren. Auf dem Rückweg hatte er Leif Falkner besucht.

Noch während sie sich verabschiedeten, klingelte Stahls Handy. Umständlich fummelte er es aus seiner Jackentasche heraus. Es war Behnke.

»Wir haben das Auto.«

»Und Uta?«

»Noch immer nichts.«

»Wo?«, wollte Stahl wissen.

»Auf einem Parkplatz an der A 210 zwischen Rendsburg und Kiel, Fahrtrichtung Kiel. Ein Team der Spurensicherung ist schon unterwegs.«

»Wir kommen sofort.«

Falkner und Harms hatten schweigend mitgehört. »Wir müssen los«, sagte Stahl zu Falkner, der seine Hand auf Stahls Arm legte, was diesen verdutzt aufsehen ließ.

»Sagen Sie mir bitte Bescheid, wenn Sie Uta finden«, bat Falkner. Etwas lag in seiner Stimme, das Stahl nicht gefiel. Und erneut fragte er sich, wie nah sich die beiden in den vergangenen Tagen gekommen waren.

⁂

Es war dunkel und roch nach Rattendreck. Ihr Kopf schmerzte, und sie bekam kaum Luft. Etwas steckte in ihrem Mund und schmeckte so widerlich, dass sich ihr Magen zusammenzog. Unwillkürlich atmete sie dagegen an. Wenn sie sich mit einem Knebel im Mund erbrach, würde sie jämmerlich ersticken.

Irgendwo surrten Insekten. Durch Ritzen fiel Licht, unten am Boden, wo sie lag. Ihre Hände waren hinter ihren Rücken gebunden. Ihre Füße ebenfalls. Aber … Sie lebte!

Piehl hatte sie nicht getötet. Das wurde ihr plötzlich bewusst, und es war trotz ihrer misslichen Lage ein überwältigendes Gefühl. Sie lebte! Sie schloss vor Erleichterung die Augen. Erneut drohte der Brechreiz sie zu überwältigen. Vergiss, dass dir was im Mund steckt. Konzentriere dich auf das, was wichtig ist, sagte sie sich immer wieder in Gedanken vor, bis sie ruhiger atmete.

Sie war allein.

Wo war Piehl?

Was war geschehen?

Sie erinnerte sich an ihren Kampf und den Schmerz an ihrer Schläfe, in ihrem Kopf. An sonst nichts. Piehl hatte sie zusammengeschnürt wie ein Paket. Bei der kleinsten Bewegung spürte sie das Seil um ihren Hals. Und ihre eben noch verspürte Erleichterung wandelte sich in Entsetzen. Und Wut. Piehl hatte sie nicht getötet. Und er würde auch nicht zurückkommen. Das war überhaupt nicht nötig, denn über kurz oder lang würde sie sich selbst erdrosseln. Das Seil, das um ihren Hals lief, war mit ihren Händen und Füßen verbunden. Wenn sie sich bewegte, zog es sich zu. Schweiß lief über ihre Stirn. Unter ihrer Wange spürte sie trockene Erde, und in ihren Haaren krabbelte etwas. Bleib ruhig, ermahnte sie sich. Wenn du hier lebend rauskommen willst, musst du ruhig bleiben. Mit den Fingerspitzen tastete sie nach der Gesäßtasche ihrer Jeans. Das Messer war noch da. Piehl hatte es nicht bemerkt. Behutsam rutschten ihre Finger in die Hosentasche. Das Seil um ihren Hals spannte sich. Sie zog die Füße weiter an ihren Körper, so dass ihre Fersen von unten gegen ihr Gesäß stießen. Bald würden ihre Kräfte nachlassen, ihre Unterschenkel herabsinken, und das Seil würde sich zuziehen. Sie legte den Kopf in den Nacken, um ihrer Luftröhre mehr Platz zu verschaffen. Holte ein paarmal tief Luft und versuchte den Knebel zu ignorieren. Den ekligen Geschmack in ihrem Mund. Sie konzentrierte sich auf ihre Hand, auf das Messer. Sie berührte es mit ihren Fingerspitzen, umschloss es mit Zeige- und Mittelfinger, zog … und rutschte ab. Das Seil zog sich noch etwas fester um ihren Hals. Panik ergriff sie. Sie konnte sich gerade noch beherrschen, nicht wild um sich zu treten. Ganz ruhig, Uta. Atme! Denk nach! Wenn du dich gehenlässt, stirbst du. Sie entspannte ihre Muskeln. Dachte an das autogene Training, das sie in den Geburtsvorbereitungskursen geübt hatte. Locker lassen, nicht verkrampfen, atmen. Noch einmal glitten ihre Finger in ihre Hosentasche. Piehl war ein verdammtes, sadistisches Schwein. Sie musste überleben. Und sei es nur, um ihn hinter Gitter zu bringen. Und sie würde ihn kriegen. Erneut umschloss sie mit Zeige- und Mittelfinger das Messer. Und diesmal rutschte sie nicht ab.

Es war warm und stickig in ihrem Gefängnis. Jeder Atemzug schmerzte. Das Seil scheuerte an ihrem Hals. Das Messer hing zur Hälfte aus ihrer Hosentasche heraus. Wenn es herunterfiel, war sie verloren.

Leif begleitete Stahl und Harms zum Friedhofstor. Er blickte dem dunkelblauen Passat nach, bis er hinter der Biegung am Ortsschild verschwand. So war es also. Niemand war auf ihn angesetzt, um ihn zu töten. Das war ihm während des Besuchs der beiden Kriminalbeamten klargeworden. Stattdessen gab es eine offizielle Demontage seiner Person. Seiner Glaubwürdigkeit. Es irritierte ihn, dass er diese Möglichkeit nicht selbst in Betracht gezogen hatte. Er bewegte sich diesmal nicht in der Schattenwelt, er spielte auf öffentlicher Bühne. Dem Feld der Politik. Hier wurde unter dem Deckmantel von Recht und Gesetz mit anderen, subtileren Mitteln gekämpft, die auf ihre Art jedoch nicht weniger tödlich waren. Wie weit würden sie gehen, was konnten sie ihm noch anhängen, um ihn aus dem Weg zu schaffen? Ihn mundtot zu machen? Das erste Mal in seiner Karriere war er komplett auf sich allein gestellt. Es gab keine Rückendeckung.

Er musste mit Michael Thomsen sprechen. Seine Anweisungen dahin gehend erweitern, dass sie auch für den Fall galten, dass er in einer Haftanstalt verschwand. Und die Gegenseite genau darüber informieren. Es war wie beim

Schach – ein erfolgreicher Spieler war immer einen Zug voraus. Mindestens. Er ging zurück ins Haus und rief im Büro seines Anwaltes in Berlin an. Er hatte Glück und erreichte ihn sofort.

»Wieso ist dein Handy nicht an?«, wollte Thomsen wissen. »Ich versuch schon den ganzen Morgen, dich zu erreichen.«

»Ich hab hier nicht immer ein Netz.«

»Die Gegenseite hat ein Angebot formuliert.«

»Ach tatsächlich«, entfuhr es Leif, und er berichtete Thomsen von seinem Gespräch mit den Beamten. »Eine kleine Demonstration der Macht, würde ich sagen.«

»Das Angebot ist nicht schlecht«, sagte Thomsen.

»Nicht schlecht heißt noch lange nicht gut.«

Thomsen murmelte etwas wie »norddeutscher Sturkopf«. Leif zog es vor, nicht darauf einzugehen. Er kannte Michael Thomsen seit seiner Schulzeit. Danach hatten sie sich – bedingt durch Leifs Weggang – aus den Augen verloren. Thomsen hatte neben seiner Karriere als Jurist auch in der Politik Fuß gefasst, und so waren sie sich auf einem Staatsempfang vor ein paar Jahren in Berlin zufällig wieder begegnet. Die Wertschätzung, die Leif für Michael schon früher gehabt hatte, beruhte durchaus auf Gegenseitigkeit, und seit diesem Treffen in Berlin verband sie eine lose, aber innige Freundschaft.

»Du willst also weitermachen?«, unterbrach Thomsen seine Gedanken.

»Gerade du müsstest doch wissen, dass die Informationen viel zu brisant sind, um sie unter Wert zu verkaufen. Ich bin mir noch nicht einmal sicher, ob ich damit nicht vielleicht doch an die Öffentlichkeit gehen sollte.«

»Das würde eine Schlammschlacht bedeuten. Sie würden versuchen, dich und damit deine Glaubwürdigkeit mit allen Mitteln in Frage zu stellen – und wenn ich sage, mit allen

Mitteln, dann meine ich das auch. Du wirst danach in Deutschland und vielleicht auch europaweit keinen Fuß mehr auf den Boden bekommen.«

»Vielleicht«, gab Leif zurück.

»Sag hinterher nicht, ich hätte dich nicht gewarnt«, sagte Thomsen. »Wie lange bleibst du noch im Norden?«

»Ich weiß es nicht. Eigentlich wollte ich längst weg sein, aber du weißt, wie schnell man wieder drin ist.«

»Ein Grund, warum ich möglichst selten nach Hause fahre, obwohl es von Berlin wirklich nicht weit ist. Na ja, und du hattest ja Sonja kennengelernt.«

Leif lachte leise auf. Sich die elegante Sonja Thomsen auf einem anderen Parkett als dem der Hauptstadt vorzustellen trug etwas von einem Anachronismus in sich.

»Kann ich dich unter der Nummer erreichen, unter der du jetzt anrufst, wenn dein Handy aus ist?«, wollte Thomsen wissen. »Oder lieber per Mail?«

»Ja, unter dieser Nummer, aber bitte keine Mails und nichts über das Web«, warnte Leif.

»Du bist paranoid.«

»Nein, ich bin realistisch.« Leif legte den Hörer auf die Gabel und sah einen Moment nachdenklich aus dem Fenster. In der angeblich zivilisierten Welt war Politik ein verdammt schmutziges Geschäft. Deutlich schmutziger als anderswo auf der Welt. Eines, in das er sich nie hatte verstricken lassen wollen, und nun saß er doch mittendrin. Er wischte die Gedanken beiseite. Michael würde sich darum kümmern. Er selbst konnte im Augenblick nichts tun, außer abzuwarten.

Er verließ das Haus, zog die Tür hinter sich ins Schloss und machte sich auf den Weg ins Dorf. Der Dienstwagen der Kripo war aufgetaucht, Uta aber nicht. Ihnen lief die Zeit davon. Wenn sie Uta Thormälen nicht bald fanden, war es vermutlich zu spät. Sie war auf dem Weg nach Moorbek gewesen. Leif war sicher, dass die Ursache für ihr Verschwinden hier im Dorf zu finden war.

Die Polizeistation war in einem ehemaligen Einfamilienhaus untergebracht, im Altenteil eines aufgegebenen landwirtschaftlichen Betriebs. Piehls Dienstwagen stand vor dem Haus. Leif nahm an, dass die offizielle Nachricht von seinem Abschied in Wiesbaden noch nicht bis hierher vorgedrungen war, dennoch war er gewappnet. Jede Begegnung mit Sönke Piehl war eine zu viel. Aber Piehl war nicht da. Sein Kollege legte hastig die Zeitung weg, als Leif das Büro betrat. »Sönke hat seit gestern Urlaub«, sagte er. »Er kommt nächste Woche wieder.«

Leif betrachtete den Polizisten nachdenklich. Er hatte einen unzufriedenen Zug um den Mund. Sie waren sich vorher noch nicht begegnet. Er lehnte sich gesprächsbereit an den kleinen Empfangstresen, hinter dem der Mann saß. »Sie sind nicht von hier, nicht wahr?«

»Nee, ich bin vor drei Jahren mit meiner Frau hergezogen, nachdem der ehemalige Dienststellenleiter in Pension gegangen ist.«

»Vermutlich nicht ganz einfach, oder?«

Der Polizist warf ihm einen Blick zu, der Bände sprach.

Leif lächelte verstehend. »Ich kenne Sönke seit meiner Kindheit.«

»Na, dann wissen Sie ja, wie er ist.«

Leif nickte langsam. »Er hat so seine Vorstellungen.«

»Das kann ich Ihnen sagen.«

»Aber wenn Sie schon drei Jahre mit ihm zusammenarbeiten, dann haben Sie ihn ja gut im Griff«, bemerkte Leif mit einem Augenzwinkern.

Der Polizist lachte auf. »Im Großen und Ganzen kommen wir gut zurecht. Nur in der letzten Zeit …« Er bremste sich gerade noch.

Leif horchte auf. »In der letzten Zeit hatten Sie aber auch ungewöhnlich viel Arbeit«, bemerkte er vorsichtig.

Der Beamte lehnte sich ein wenig vor. »Sagen wir mal so – aber das bleibt unter uns«, er senkte seine Stimme verschwörerisch, »an uns bleibt nur die Schreibarbeit hängen. Und die mochte Sönke noch nie sonderlich. Da ist er lieber unterwegs, und keiner weiß wirklich, wo.«

»Ja«, erwiderte Leif gedehnt, »so war er schon in der Schule. Hat immer gern geschwänzt.« Er warf einen Blick auf seine Uhr. »Ich muss weiter. War nett, Sie kennenzulernen.«

»Ganz meinerseits.« Der Polizist lächelte. »Ganz meinerseits.«

Als Leif die Tür hinter sich zuzog, hörte er bereits wieder die Zeitung rascheln.

Piehls Haus lag nicht weit vom Averdieckschen Hof entfernt. Früher hatte dort eine Großtante von Traute Averdieck gelebt. Als Leif noch ein Kind gewesen war, war sie ihm immer schon steinalt erschienen. Ihre Leidenschaft war ihr Kräutergarten gewesen, und in ihrer Küche hatte sie in Töpfen und Gläsern allerlei gebraut, was sie in Kinderaugen damals zu einer unheimlichen Kräuterhexe gemacht hatte. Von dem Kräutergarten war nichts mehr übrig, stattdessen umgab ein kurzgemähter Rasen das Haus, dessen alte weiße Fassade durch neuen sandsteinfarbenen Klinker ersetzt war. Auf sein Klingeln tat sich nichts. Leif versuchte es noch einmal. Schließlich hörte er Schritte hinter der Tür. Die Tür öffnete sich einen Spalt, und Leif blickte in die rotverweinten Augen von Margret Piehl. Sie weiteten sich erstaunt, als sie erkannte, wer vor der Tür stand.

»Leif … was willst du denn hier?«, schniefte sie.

Sie sah nicht gut aus. Ihr Gesicht war aufgedunsen, so als ob sie regelmäßig trank oder Medikamente einnahm, ihre Bewegungen waren fahrig.

»Ich wollte mit deinem Mann sprechen.«

Tränen traten in ihre Augen und liefen über ihre Wangen. »Sönke ist nicht da.« Sie presste die Lippen aufeinander und wollte die Tür wieder schließen.

Leif stellte seinen Fuß in den Spalt. »Was ist passiert, Margret?«

Sie war einmal ein hübsches Mädchen gewesen, die Gesichtszüge ein wenig hart, ähnlich wie ihre Mutter, aber durchaus ansprechend. Davon war nichts mehr übrig geblieben. Tiefe Falten hatten sich zwischen Mund und Nase eingegraben, und ihr Körper war so dünn, dass es schon fast schmerzte sie anzusehen. Ihre hellen blauen Augen schwammen, als sie zu ihm aufsah. »Er hat mich verlassen«, wimmerte sie. Jetzt erst bemerkte Leif den Briefumschlag, den sie in der Hand hielt.

Er nahm Margret Piehl in seine Arme, und sie klammerte sich an ihn wie ein verlassenes, einsames Kind. Viel mehr war sie wohl auch nicht. Behutsam nahm er ihr Piehls Abschiedsbrief aus der Hand und überflog die wenigen Zeilen, die ihre zwanzig Jahre Ehe auf weniger als ein Nichts reduzierten. Der Umschlag war in Rendsburg abgestempelt. Kälte kroch in Leif empor.

»Komm«, sagte er sanft zu Margret. »Ich bring dich zu deinen Eltern.«

Sie leistete keinen Widerstand, als er sie die knapp hundert Meter zum Hof der Averdiecks begleitete. Niemand war auf der Straße, und er war froh darüber, auch wenn er sicher war, dass vermutlich das gesamte Dorf von der Farce dieser Ehe wusste. Traute Averdieck nahm ihre Tochter entgegen, warf einen flüchtigen Blick auf den Brief, den Leif ihr reichte, und schürzte verächtlich die Lippen.

»Wo finde ich Andi?«, fragte er. Etwas in seiner Stimme ließ sie aufsehen.

»Im Maschinenschuppen …«, antwortete sie überrascht.

Er spürte ihren fragenden Blick noch in seinem Rücken, als er mit schnellen Schritten über den Hof eilte. Er fand Andi zwischen den Einzelteilen eines Schleppermotors.

»Piehl hat Uta entführt«, sagte Leif statt einer Begrüßung. »Er hat seit gestern Urlaub, und Margret hat heute einen Brief von ihm bekommen, in dem er ihr mitteilt, dass er sich scheiden lassen will und nicht mehr nach Moorbek zurückkommen wird.«

Andi wurde blass unter seiner gebräunten Haut. »Dann hat er die Spendengelder.«

Leif nickte. »Und Uta ist ihm irgendwie auf die Schliche gekommen.«

Andi griff nach einem Lappen, der zwischen den Motorteilen lag. Noch während er seine ölverschmierten Hände sauber rieb, war er auch schon halb aus dem Schuppen. »Komm«, rief er Leif zu, »ich glaube, ich weiß, wo sie ist!«

Auf dem Hof stand einer von Averdiecks anderen Traktoren. Andi sprang auf den Fahrersitz, ließ den Motor an und fuhr los. Leif konnte gerade noch aufspringen. Während das Gefährt über die Hauptstraße von Moorbek rumpelte, kletterte Leif auf den Sitz auf der Radkappe neben Andi. Rechts vor ihnen ging ein Feldweg ab. Andi lenkte den Traktor so schnell um die Kurve, dass Leif fürchtete, sie würden umkippen, aber Andi wusste, was er tat. Als er den Weg vor sich sah, begriff Leif plötzlich, wohin Andi fuhr. Zu einem Platz, der ihm und Andi früher als Versteck gedient hatte. Ihr geheimer Rückzugswinkel, wo sie alles besprochen und ihre Wunden geleckt hatten …

Bis Piehl sie dort ausspioniert hatte. Sönke, der sich immer ausgeschlossen gefühlt und sich schließlich auf eine perfide Art an ihnen gerächt hatte. In jenem alten hölzernen Schober, der heute noch genauso klapperig und windschief in den Feldern stand wie schon vor fünfundzwanzig Jahren.

»Glaubst du wirklich?«, rief Leif Andi über den Lärm

des Motors und das Klappern der Ketten, die hinten am Gestänge befestigt waren, zu.

Andis Antwort war nur kurz. »Er hat damals Kirsten hierhergebracht. Das weißt du.«

Natürlich wusste er es. Das Bild von Kirsten würde er niemals vergessen können. Wie sie sie hier gefunden hatten, nackt, schutzlos und mit jenem gebrochenen Ausdruck in den Augen, nachdem sie eine ganz Nacht lang missbraucht worden war von Sönke Piehl und zweien seiner Saufkumpane, war etwas, das er nie hatte vergessen können. Auch heute noch wachte er schweißgebadet auf, wenn er von jener Nacht träumte. Piehl hatte nie dafür bezahlt, weil Kirsten es nicht gewollt, weil sie sich geschämt hatte.

Leif war von dem Traktor gesprungen, bevor Andi das Gefährt angehalten hatte. »Uta!«, rief er.

Nur der Wind und das leise Rufen eines Vogels antworteten ihm. Die Tür des Schobers war offen.

»Vorsicht«, mahnte Andi, der plötzlich hinter ihm war.

Langsam trat Leif in den Schober. Nach dem hellen Sonnenlicht brauchten seine Augen einen Moment, um sich an die Dunkelheit anzupassen. »Uta?«

War da ein Rascheln? Bewegte sich etwas? Erste Konturen tauchten auf: ein paar alte Zaunpfähle, die in einem Haufen auf dem Boden lagen, eine Rolle Weidedraht. Auf dem Boden erblickte Leif etwas Helles. Er griff danach. Ansonsten war der Schober leer.

»Andi, verdammt, sie ist nicht hier!« Er trat gegen die Tür, so heftig, dass sie aus ihren Angeln brach und in das Gras krachte. Dann blickte er auf das, was er in der Hand hielt. Es war ein Feuerzeug aus Metall. Übelkeit stieg in ihm auf, als er es erkannte. Er hatte es an diesem Morgen erst gesehen. Es trug die Initialen AD. Kirsten hatte es Andi letztes Jahr zu Weihnachten geschenkt. Er starrte seinen Freund an. Das konnte …das durfte nicht sein …

»Andi?«

Wortlos hielt er ihm das Feuerzeug hin. Andi starrte ebenso fassungslos darauf wie er.

»Erklär es mir!« Leif packte seinen Freund bei den Schultern.

»Ich … ich weiß ebenso wenig wie du, wie es hierherkommt …«

Andis Züge spiegelten pures Entsetzen.

»Verdammt, ich hab es heute Morgen noch bei dir gesehen!«

Andi schüttelte Leifs Hände von seinen Schultern. »Glaubst du etwa, ich hätte etwas mit Utas Verschwinden zu tun, nur weil …«

Eine Bewegung neben dem Schober ließ sie beide innehalten. Ein ersticktes Geräusch. Sie stürzten um die Ecke.

Sie lag im Gras, an Händen und Füßen gefesselt. In ihrem Mund steckte ein Knebel, und um ihren Hals lag ein Seil. Ohne dass Leif die Schürfwunden an ihrem Hals sehen musste, begriff er, wie knapp sie dem Tod entronnen war. Er kniete neben ihr nieder, zog sie vorsichtig in eine sitzende Position und befreite sie von dem Knebel, der nicht mehr war als ein alter Lappen, fixiert mit einem Stück Paketklebeband. Er strich ihr das Haar aus dem Gesicht, berührte ihre Wangen. »Alles klar?«, flüsterte er.

Aus großen Augen sah sie ihn an und nickte.

Andi kam zu ihnen, ein Messer in der Hand. Er kniete sich neben sie ins Gras und schnitt ohne viel Worte ihre Fesseln auf. Reichte Uta eine Flasche Wasser. Sei trank gierig ein paar Schlucke, dann setzte sie ab und ließ sich das Wasser mit geschlossenen Augen über den Kopf und das Gesicht laufen. Sie lehnte sich völlig erschöpft an die Holzwand. Andi hielt ihr seine Schachtel Zigaretten hin. Dankbar nahm sie eine. Leif gab ihr Feuer mit dem Feuerzeug, das er im Schober gefunden hatte. Uta legte ihre Hand kurz über die seine, wie um die Flamme vor dem Wind zu schützen, und ihre Finger verharrten auf seiner Hand, auch nachdem sie bereits den ersten Zug tief inhaliert hatte. Dann erst lehnte sie sich wieder zurück an die Holzwand, blinzelte kurz in die Sonne, zu dem Traktor, der mitten auf dem Weg stand, schließlich zu Leif und Andi, und ein Lächeln breitete sich in ihrem vor Schmutz starrendem, nassem Gesicht aus. »Danke«, sagte sie mit heiserer Stimme.

XI.

Uta spürte das Gras unter ihren nackten Füßen, die warme Abendsonne in ihrem Gesicht und den Wind, der mit einer Sanftheit um sie strich, als wolle er sie liebkosen, sie alles vergessen lassen, was in den vergangenen Stunden passiert war. Ein Vogel sang in ihrer Nähe, und Insekten surrten mit einer Geschäftigkeit unter den Bäumen hin und her, als gäbe es kein Morgen. Sie war sich nicht sicher, ob sie jemals wieder von diesem Platz aufstehen konnte oder wollte. Sie nahm einen langen Schluck aus der kalten Bierflasche und steckte sich noch eine Zigarette an. Ihr ganzer Körper schmerzte, sie war wie erschlagen und fühlte sich gleichzeitig wie neugeboren.

Sie hatte mit Stahl telefoniert, der sofort eine Großfahndung nach Sönke Piehl und seiner Komplizin in die Wege geleitet hatte. Die Chancen für ihre Ergreifung standen gut, da sich Uta das Kennzeichen des silbergrauen Mercedes gemerkt hatte.

»Piehl ist skrupellos und gefährlich. Er hat nichts mehr zu verlieren«, hatte sie gewarnt. »Er wird auch nicht davor zurückschrecken, noch einmal zu töten.«

»Geht es dir wirklich gut?«, hatte Stahl sie eindringlich gefragt. »Soll ich nicht doch lieber einen Kollegen rausschicken, um dich abzuholen?«

»Mir geht es gut«, war ihre Antwort gewesen, »und ich hab hier noch etwas zu erledigen.« Mehr konnte, wollte sie nicht sagen.

Einen Moment lang war es still am anderen Ende der Leitung gewesen. Stahl hatte verstanden, dass er sie von ihrem Vorhaben nicht abbringen konnte. »Es betrifft vermutlich Falkner?«, hatte er dennoch gefragt, und seine Hartnäckigkeit hatte sie aufhorchen lassen.

»Was ist mit ihm?«

Sie lauschte, während Stahl ihr von dem Anruf aus Wiesbaden erzählte, und fragte sich, warum die Neuigkeiten sie nicht überraschten. Nach dem Gespräch mit Stahl rief sie Stefan an. Sie erreichte ihn auf seinem Handy. Er saß im Zug auf dem Weg von Rendsburg nach Hause. »Ich hab den Kindern noch nichts erzählt«, gestand er mit vor Erleichterung zitternder Stimme. »Ich wollte warten, ob …«

»Danke«, sagte sie nur. »Es ist besser, sie erfahren nicht, was passiert ist. Schließlich ist alles gutgegangen. Wir sehen uns morgen.«

»Ja …« Da war noch etwas, was er sagen wollte.

»Was ist?«, fragte sie und lauschte dem atmosphärischen Rauschen, das sein Schweigen untermalte.

»Nichts …«, sagte er schließlich. »Ich bin froh, dass es dir gutgeht … Ich liebe dich.« Das Telefon wog plötzlich schwer in ihrer Hand.

Und dann war Leif neben ihr aufgetaucht, hatte ihr das Handy aus der Hand genommen und sie unter die Dusche geschickt, wo sie den Staub und die Angst der vergangenen zwölf Stunden von ihrem Körper gewaschen hatte. Er hatte ihr eine Jogginghose und ein Sweatshirt gegeben und ihre völlig verschmutzte Kleidung in die Waschmaschine gesteckt. Als sie runter in die Küche gekommen war, hatte er ihr ein Bier in die Hand gedrückt. »Setzen Sie sich raus und legen Sie die Füße hoch. Das Essen ist gleich fertig.« Er schien genau zu wissen, was sie nach den Erlebnissen des Tages brauchte.

Jetzt saß sie hier und wartete auf das Essen, auf Leif und

darauf, dass sich in ihr etwas regte. Aber die einzige Reaktion war und blieb Erleichterung. Vielleicht, weil sie sich selbst hatte befreien können, weil sie sich nicht in ihr Schicksal ergeben hatte. Nachdem sie das Seil zu ihrem Hals durchtrennt hatte, war die Klinge von Stahls Schweizer Messer abgebrochen. Mit letzter Kraft war es ihr gelungen, zur Tür zu robben, den einfachen Klappriegel mit der Schulter hochzudrücken und sich nach draußen fallen zu lassen. Sie war sich sicher gewesen, dass Piehl nicht zurückkehren würde, wollte jedoch kein Risiko eingehen und war durch das hohe Gras auf die Seite des Schobers gerobbt, wo ein Strauch sie vor jedem verbarg, der auf das alte baufällige Gebäude zukam. Hier war sie erneut ohnmächtig geworden, denn als sie wieder zu sich kam, stand die Sonne ein ganzes Stück tiefer, und nicht viel später hörte sie das Motorengeräusch eines Traktors näher kommen. Die Zweige des Strauchs hatten ihr die Sicht genommen, aber irgendwann hatte sie Leifs Stimme erkannt.

»Sie träumen mit offenen Augen.« Er stand vor ihr, ein Tablett in der Hand. »Das werden Sie wohl noch einige Male durchdenken müssen.«

Uta lächelte gequält. »Posttraumatischer Stress, ich weiß. Aber mit Ihnen hab ich ja einen Profi an meiner Seite.«

»Psychologie ist nicht meine Stärke.«

»Dafür haben Sie sich bislang aber perfekt um mich gekümmert.«

Ein flüchtiges Lächeln huschte über seine Züge. »Ich hab einfach nur meinen eigenen Erfahrungsschatz ausgewertet.«

»Sie waren also auch schon in derart unangenehmen Situationen?«

»Nicht ganz so …« Er stellte das Tablett auf dem Tisch ab. »Haben Sie Hunger?«

Als sie auf gebratenes Fleisch, Salat und Brot blickte,

wurde ihr klar, dass sie seit dem Frühstück, das aus zwei mageren Toasts mit Marmelade bestanden hatte, nichts weiter gegessen hatte.

Mit einem Rest Brot stippte sie die letzte Fleischsoße auf ihrem Teller auf. »Sie können gut kochen«, sagte sie. »Vielen Dank für dieses herrliche Essen. Es wird ja allmählich schon zur Gewohnheit, dass ich mich bei Ihnen nach einer Bruchlandung einlade …«

»Freut mich, wenn es Ihnen geschmeckt hat.«

»Kochen Sie gern?«

»Ich esse gern gut«, gab er zu. »Da ist der Weg vorgezeichnet.«

»Sicher hatten Sie in Wiesbaden eine entsprechende Küche. Männer, die gern kochen …«

Sie sah, wie sich seine Brauen zusammenzogen. Er ließ sich von ihrem leichten Plauderton nicht täuschen. »Worauf wollen Sie hinaus?«, fragte er, und der Unterton in seiner Stimme signalisierte, wie schmal der Grat zwischen freundlicher Annäherung und kühler Distanz war.

Sie verspürte einen Anflug von Unsicherheit, und ärgerte sich darüber. Sie würde sich nicht von ihm einschüchtern lassen. Uta räusperte sich. »Was ist wirklich vorgefallen in Wiesbaden? Warum haben Sie Ihre Zelte dort abgebrochen?«

Er betrachtete sie nachdenklich. »Wer will das wissen? Die Psychologin, die Polizistin oder die Frau?«

»Ist das so wichtig?«

»Ja.« In seiner Hand hielt er das Feuerzeug mit Andis Initialen und ließ es ohne hinzusehen auf der hölzernen Tischplatte rotieren. Sie hatten herausgefunden, wie das Feuerzeug in den Schober gelangt war. Ihr Kampf mit Piehl, der mit ihrer Bewusstlosigkeit in der Weißdornhecke geendet hatte, hatte vor dem Dahmsschen Haus stattgefunden.

Piehl hatte dort spontan gehalten, wohl wissend, dass Andi um diese Tageszeit bei Averdieck arbeitete. Vor der Haustür hatte er auf der Fensterbank neben einem Aschenbecher das Feuerzeug gefunden. Er hatte es mitgenommen, um Andi auf diese Weise den geplanten Mord an ihr in die Schuhe zu schieben. In der Erinnerung an den Schlag, den er ihr versetzt hatte, fasste sie sich unwillkürlich an die Schläfe. Eine leichte Beule war zurückgeblieben. Mehr nicht. Falkner verfolgte ihre Bewegungen. Wen sah er in ihr? Die Psychologin, die Polizistin oder die Frau? Sie würde sich auf diese feinsinnige Unterteilung nicht einlassen.

»Ich möchte es wissen, um zu verstehen, was für ein Mann mir gegenübersitzt«, sagte sie und begab sich auf gefährliches Terrain. Sie lehnte sich vor und griff nach seiner Hand, die auf dem Tisch ruhte. Umschloss sie. Behutsam erwiderten seine Finger die Annäherung, und alles, was sie fühlte, reduzierte sich plötzlich auf diese Berührung.

»Erinnern Sie sich an Alexei Malenko?«, fragte er nach einer Weile und schlug damit ein heikles Kapitel ihrer gemeinsamen Vergangenheit auf.

»Malenko, ja, natürlich«, begann sie zögerlich, »aber …«

»Er hat mir damals im Austausch gegen seine ungehinderte Ausreise und die seiner Frau Material geliefert, das letztlich zu der Ergreifung eines der wichtigsten russischen Mafiabosse geführt hat.«

»Ja, ich erinnere mich.« Knapp anderthalb Jahre war es her. Ein spektakulärer Fall, der weit über Schleswig-Holsteins Grenzen hinaus Aufmerksamkeit erregt hatte.

»Auf dem USB-Stick, den ich von ihm bekommen habe, habe ich weitere Daten gefunden, die nichts mit der Sache zu tun hatten. Daten, die …« Er machte eine Pause. In der zunehmenden Dämmerung konnte sie seinen Gesichtsausdruck nur noch schemenhaft erkennen, spürte nur seine Finger, die beinahe abwesend mit den ihren spielten. Schließlich gab er sich einen Ruck und fuhr fort. »Es handelt sich um Schriftsätze, Unterlagen und Bankdokumente, die zweifelsfrei belegen, dass sich einige hochrangige deutsche Politiker für die Einbringung bestimmter Gesetzesvorschläge in den Bundestag von russischen Unternehmen vornehmlich aus dem Energiesektor haben bezahlen lassen.«

»Wow!«, entfuhr es Uta. »Dahinter steckt Malenko. Aber wie kommt er dazu, Ihnen solche brisanten Informationen zuzuspielen?«

Huschte da ein Lächeln über Leifs Gesicht? »Ein Geschenk, wenn Sie so wollen. Um mich abzuwerben.«

»Sie? Für die Mafia?«

»Ich wäre nicht der Erste, der die Seiten wechselt.«

Aber würde er es ihr dann erzählen? Uta betrachtete ihn nachdenklich. »Was haben Sie mit dem Material gemacht?«

»Ich habe einen Fehler gemacht: Ich habe mit meinem Vorgesetzten darüber geredet, aber das hat genügt, um mich in Schwierigkeiten zu bringen.«

»Schwierigkeiten? Ich verstehe nicht …«

»Die interne Untersuchung, die gegen mich läuft.«

»Aber Sie haben einen Mann während der Ausübung Ihres Dienstes getötet, da …«

»Er war in einem Undercover-Einsatz, über den ich nicht informiert war«, unterbrach Leif sie. »Er hat auf mich geschossen. Entweder er oder ich. Inzwischen bin ich mir sicher, dass das nicht zufällig passiert ist.«

Uta nickte langsam. Allmählich verstand sie die Zusammenhänge. »Dummerweise haben Sie überlebt und nicht er – und um Sie dennoch zu demontieren, wurde Ihnen diese interne Untersuchung angehängt.«

»Genau. Ich bin von meinem bisherigen Job abgezogen worden und habe eine lächerliche Aufgabe in Wiesbaden bekommen. Angeblich bis sich alles geklärt hat, aber …« Er zuckte die Schultern.

»Sie glauben nicht daran.«

»Nein. Und seit heute weiß ich es sogar. Mein Anwalt hat ein Angebot zum Kauf der Daten vorliegen.«

»Das ist unglaublich«, sagte sie und gab damit mehr noch ihrer Bestürzung über die Machenschaften der Politik Ausdruck als über Leifs Schicksal. Irgendwie hatte sie schon immer geahnt, dass es, wenn vielleicht auch nur in Einzelfällen, genauso vonstattenging. Die Gewissheit zu bekommen tat dennoch weh und erschütterte ihr Demokratieverständnis bis in die Grundfesten. »Werden Sie auf das Angebot eingehen?«

»Ich weiß es noch nicht. Ich brauche erst mal Abstand.«

Eine Auszeit, um in Ruhe nachdenken zu können. Das konnte sie verstehen. »Deswegen Ihre Tour nach Skandinavien?«

Er lachte, aber dieses Lachen war nicht frei von Bitterkeit. »Liegt für gestresste Mitteleuropäer nahe, nicht wahr?«

Da war noch mehr, etwas ganz Persönliches, sie spürte es daran, wie seine Finger sich bei seinen letzten Worten um die ihren krampften. Sie widerstand der Versuchung, danach zu fragen. Im Halbdunkel sah sie das Weiß in seinen Augen kurz aufleuchten. »Jetzt wissen Sie, warum ich meine Wohnung verkauft und alle Zelte abgebrochen habe.«

»Ja …« Es war verrückt. Leif Falkner war sicher einer der fähigsten, motiviertesten Beamten, den sie kannte. Dass es gerade ihn treffen musste …

»Aber um das zu erfahren, haben Sie sich heute Morgen nicht auf den Weg nach Moorbek gemacht, oder?«, fuhr er fort.

Uta biss sich auf die Lippe. »Nein, das hatte einen anderen Grund.« Sie zog ihre Hand zurück und griff nach ihren

Zigaretten. Leif reichte ihr das Feuerzeug über den Tisch. »Aber bevor ich darüber mit Ihnen reden kann, musste ich einfach wissen, ob ich Sie richtig eingeschätzt habe.«

»Und?«

Sie antwortete darauf nicht. Nahm nur einen langen Zug von ihrer Zigarette. Leif trank den letzten Schluck aus seiner Bierflasche. Die ihre war leer. Er nahm die Flaschen und stand auf. »Wollen Sie auch noch eins?«

Sie nickte. Augenblicke später kam er wieder und brachte außer zwei gekühlten Bierflaschen auch zwei Windlichter mit. Die Kerzen darin flackerten unruhig, doch sobald er sie auf dem Tisch abgestellt hatte, beruhigten sie sich. Fremde Schatten tanzten über sein Gesicht, als er ihr zuprostete. »Warum sind Sie hier?«, fragte er.

Konnte sie ihm vertrauen? Wie würde er reagieren, wenn sie die Karten auf den Tisch legte? Prüfend betrachtete sie ihn. Schlossen sich seine Finger eine Spur zu fest um die Flasche in seiner Hand? Ahnte er vielleicht bereits, worum es ging? Sie würde es nur herausfinden, wenn sie sich einen Ruck gab und endlich die Frage stellte, die ihr schon den ganzen Abend unter den Nägeln brannte. »Die Leiche, die wir unter dem Baum gefunden haben«, sagte sie schließlich. »Sie wissen, wer es ist?«

»Ja.«

Die Antwort kam so schnell und ohne jegliches Zögern, dass sie fast glaubte, sich verhört zu haben. Seine Miene verriet nichts.

»Ich nehme an, dass Sie einen guten Grund haben, warum Sie dieses Wissen nicht mit der Polizei teilen.«

Sein Blick wanderte von ihr fort in die zunehmende Dunkelheit, die sich unter den Bäumen ausbreitete. Fledermäuse huschten wie schwarze Schatten lautlos zwischen ihnen hin und her auf der nächtlichen Jagd nach Insekten.

»Mord verjährt nicht. Ist es nicht so?«, sagte er ruhig.

Sie schluckte. Sie hatte recht gehabt mit ihrer Vermutung.

Es war plötzlich sehr still um sie herum. Die Schatten tief und beklemmend. Feiner Nebel wehte von den Feldern unterhalb der Kirche herauf, aber es war nicht die Feuchtigkeit, die sie plötzlich zittern ließ. Das Weiß in Leifs Augen blitzte kurz im Lichtschein der Kerzen, als er zu ihr zurücksah. Er würde alles abstreiten. Er würde …

Er stand auf.

»Sie wussten, dass ich Ihnen diese Frage stellen würde«, sagte Uta.

Er kam um den Tisch herum auf sie zu. »Ich habe damit gerechnet«, gab er zu.

Uta dachte an Sönke Piehl. An seine großen sommersprossigen Hände. Leif hielt ihr seine Hand hin – schlank und sehnig. Warum? Warum hatte er es getan? »Kommen Sie«, sagte er ruhig.

Zögerlich stand sie von ihrem Stuhl auf. Ihre Knie drohten unter ihr nachzugeben. Leif stützte sie, als sie schwankte. »Ich glaube, Sie sollten sich jetzt ein wenig hinlegen. Es war ein langer, schwerer Tag für Sie.«

Der Arm, der sich um sie legte, war warm und beinahe vertraut, ebenso die Hand, die sie an der Taille umfasste. Uta schluckte. Spürte plötzlichen Schweiß auf ihrer Stirn. Kurz vor den ausgetretenen Stufen, die zur Tür des Hauses hinaufführten, blieb sie stehen. »Warum, Leif?«

Er sah sie an. Seine Züge waren wie gemeißelt in dem schwachen Licht. Hart und unnahbar, so wie sie ihn kennengelernt hatte vor anderthalb Jahren. Eine Fassade. Doch dahinter lag eine ganze Welt. Eine Welt voller Verletzlichkeit. Sie musste darauf vertrauen.

»Warum, Leif?«, fragte sie noch einmal.

Mit dem Finger strich er ihr behutsam eine Strähne aus dem Gesicht. Seine Hand verharrte dabei kurz auf ihrer Wange. »Es gab keinen anderen Ausweg«, sagte er.

Die Nachricht von Sönke Piehls Verhaftung erreichte Stahl auf dem Weg nach Hause.

»Sie haben ihn in Belgien auf einer Autobahnraststätte festgenommen«, informierte Behnke ihn, der an diesem Tag den Spätdienst übernommen hatte.

»Wann wird er hier sein?«

»Schätzungsweise morgen am späten Vormittag.« Stahl hörte Behnke blättern. »Bargeld konnten sie nicht sicherstellen.«

»Was ist mit der Frau?«

»Nicole Raddatz. Sie haben ihr nichts nachweisen können und sie gehen lassen.«

»Verdammt. Die weiß bestimmt, wo das Geld ist.«

»Glaub ich nicht«, widersprach Behnke, »bei dem Eindruck, den Piehl bislang vermittelt hat, hat nur er darauf Zugriff. Ich hab übrigens noch was für dich.« Stahl hörte, wie ein Stuhl gerückt wurde. »Bleib dran. Ich hol es.«

»Worum geht es?«, fragte Stahl, als Behnke wieder am Telefon war.

»Es geht um den letzten Toten in Moorbek. Jörn hat angerufen. Sie haben erste Ergebnisse.«

»Hm«, murmelte Stahl nicht besonders euphorisch. »Bei allem, was wir sonst noch erledigen müssen, kann das doch warten, oder?«

»Das ist doch aber mal ein außergewöhnlicher Mord.« Behnke klang enttäuscht, als Stahl seine Begeisterung nicht teilte.

»Mord?«, fragte Stahl, nun doch hellhörig.

»Ja, das Loch im Schädel stammt von einem Schlag auf den Hinterkopf. Das konnte der Kollege von Jörn anhand geborstener und abgesplitterter Knochen eindeutig feststellen. Er hat auch einiges zur möglichen Tatwaffe aufgeschrieben und …«

»Sebastian«, unterbrach Stahl den engagierten Redefluss

seines jüngeren Kollegen, »der Mann hat so lange unter der Erde gelegen, dass wir die Suche nach seinem Mörder ohne schlechtes Gewissen auch noch morgen beginnen können, meinst du nicht?« Kopfschüttelnd beendete er das Gespräch.

Rike war zu Hause, als er dort ankam. Sabine würde erst später kommen. Sie war direkt nach der Arbeit mit Kolleginnen ins Kino gegangen. Als sich Stahl in der Küche etwas zu essen machte, gesellte sich seine Tochter zu ihm. Sie nahm sich eine Scheibe von dem Käse, den er gerade für sich aufgeschnitten hatte, und griff auch nach einer der Scheiben Brot, die er belegen wollte.

»Allein essen macht dick«, sagte sie mit einem Augenzwinkern.

»Und Kinder machen arm«, konterte er.

Rike grinste. »Ach, Papi.« Sie drückte ihm einen Kuss auf die Wange. Dann öffnete sie den Kühlschrank. »Trinkst du Bier oder Tee?«

»Wohl besser Tee«, erwiderte Stahl mit einem flüchtigen Blick auf seinen Bauch.

Rike ließ die Kühlschranktür wieder zufallen und griff nach dem Wasserkocher. »Heute Abend gibt es im Fernsehen im Dritten so eine Art Rededuell zwischen den beiden Bischofskandidaten«, sagte sie, während sie den Behälter füllte. »Wollen wir uns das anschauen?«

»Seit wann interessierst du dich für die Kirche?«

»Eigentlich nicht. Aber die Idee, wie sich Politiker den Fragen der Öffentlichkeit zu stellen, finde ich ganz … amüsant. Außerdem ist der eine der beiden Kandidaten doch in der letzten Zeit dauernd in der Zeitung gewesen wegen dem Mord an diesem Pastor und der Spendengelder, die angeblich verschwunden sind.«

»Ach, der Wehmut?«

»Genau der.«

Stahl war sich nicht sicher, ob er an diesem Abend gelassen genug war, sich zwei in christlichen Fragen wetteifernde Kandidaten für das Bischofsamt anzuhören, aber Rike zuliebe setzte er sich schließlich vor den Fernseher.

»Der Wehmut macht das recht gut«, sagte Rike nach einer Weile. »Irgendwie kommt er ziemlich sympathisch rüber.«

»Das ist sein Job«, murmelte Stahl zwischen zwei Bissen. Er bedauerte es ehrlich, dass er Rike nicht die Wahrheit über Propst Johann Wehmut erzählen durfte. Der Mann, der sich dort als der gute Hirte seines Herrn verkaufte, der mit salbungsvoller Stimme über die wichtigen sozialen Aufgaben der Kirche in der Gesellschaft resümierte und sich als Retter der Armen und Unterdrückten präsentierte, war bis über beide Ohren in fragwürdige Adoptionsgeschäfte verstrickt. Er tarnte sie geschickt mit dem Mäntelchen der Nächstenliebe, aber letztlich waren sie nichts anderes als kalter, profitbringender Menschenhandel. Er warf einen letzten Blick auf das Fernsehbild. Ein Mann Anfang sechzig mit stahlgrauen Haaren, einer hohen Stirn und einem maskenhaften Lächeln, das keine Rückschlüsse auf seine wahren Gefühle zuließ. Nein, für ihn war er alles andere als sympathisch. Er griff nach der Tageszeitung, die auf dem Couchtisch lag.

»Du magst ihn nicht, nicht wahr?«, fragte Rike.

»Nicht sonderlich«, gab Stahl zu.

»Aber du –«

»Ich möchte auch nicht über ihn reden«, würgte Stahl seine Tochter ab, die ihm darauf beleidigt den Rücken zuwandte und den Fernseher lauter stellte.

*

Uta schnappte verzweifelt nach Luft. Aber die Schlinge lag bereits zu eng um ihren Hals. Tief schnitt das Seil in ihre

Haut und zog sich weiter zu. Ein Schmerz, den sie kaum wahrnahm. Sie würde sterben. Es gab keine Rettung. Ihre Finger tasteten vergeblich nach dem Knoten, kämpften gegen den Druck und erlahmten plötzlich. Sie hatte keine Kraft mehr, sich zu wehren. Sie wollte schreien, ein letztes Mal ihre eigene Stimme hören, aber …

Sie schreckte hoch.

Starrte in die Dunkelheit, und ihre Hand fuhr unwillkürlich zu ihrem Hals. Langsam begriff sie, dass sie geträumt hatte. Erschöpft sank sie in ihr Kissen zurück und brach in Tränen aus.

Du weißt, was mit dir passiert.

Natürlich wusste sie es. Doch die Stimme ihres Verstandes konnte die geballte Kraft ihrer Emotionen nicht übertönen. Die Angst, die aus jeder Ecke des Raumes auf sie zukroch.

Atme dagegen an.

Es funktionierte nicht. Sie konnte das Zittern ihres Körpers nicht kontrollieren. Die Tränen, die ungehemmt über ihr Gesicht strömten. Die Dunkelheit, die nach ihr griff. Plötzlich ging die Tür auf. Licht strömte herein. Sie wandte sich ab, wollte nicht, dass er sie so sah.

Seine Hand berührte ihre Schulter. »Uta … Sie haben so laut geschrien, dass …«

Langsam drehte sie sich um.

»Tut … tut mir leid, wenn ich Sie geweckt habe«, schniefte sie.

Er schüttelte nur den Kopf und zog sie in seine Arme, presste sie wie ein Kind an seine Brust. Die Wärme seines Körpers, die sie durch den dünnen Stoff spüren konnte, und das langsame Klopfen seines Herzens beruhigten sie. Die Ruhe, die von ihm ausströmte und die Geister der Nacht vertrieb. Sie atmete tief durch. Einmal. Zweimal. Ungehindert atmen. Was für ein wunderbares Gefühl. Er legte ihr zwei Finger unters Kinn, hob ihren Kopf und sah sie an. »Besser?«, fragte er.

Sie nickte wortlos. Das Licht vom Flur fiel in einem schmalen Streifen durch die geöffnete Tür und streifte sein Gesicht.

Uta wachte auf, weil ihr die Sonne ins Gesicht schien. Sie fühlte sich wie gerädert, ihr Nacken war steif, und sie hatte Schmerzen in Muskeln, von denen sie vorher noch nicht einmal gewusst hatte, dass sie existierten. Neben ihr regte sich Leif, blinzelte verschlafen ins Licht.

Sie lag noch immer in seinem Arm. Halb auf ihm. Ihre Beine mit den seinen verschlungen.

»Gut geschlafen?«, fragte er leise und strich ihr durchs Haar.

Sie antwortete mit einem vorsichtigen Lächeln. Er erwiderte ihr Lächeln auf diese ihm eigene flüchtige Art, dann warf er einen Blick auf seine Uhr. »Dann sollten wir jetzt aufstehen, bevor deine Kollegen uns überraschen. Ich fürchte, egal was wir vorbringen …«

»… sie würden uns nicht glauben«, beendete Uta den Satz und dachte dabei an Stahls missfallende Blicke, wenn er sie und Leif beobachtete. Nein, niemand würde ihr glauben, dass sie nur neben und nicht mit ihm geschlafen hatte.

Sie löste sich aus seinem Arm, und er reckte sich. Als er aufstand, blitzte unter seinem T-Shirt die Tätowierung auf seinem Arm hervor. »Kaffee?«, fragte er.

»Gern«, sagte sie und seufzte. Das Bett fühlte sich leer an ohne ihn.

Sie griff nach seinem Arm. »Leif … es gibt noch etwas, über das wir sprechen müssen.«

Seine Muskeln spannten sich unter ihren Fingern. Er wusste, woran sie dachte. »Ich habe dazu alles gesagt.« Er wich ihrem Blick nicht aus. Langsam ließ sie ihn los.

Mord verjährt nicht.

Nachdenklich verfolgte sie, wie sich sein Schatten im Flur verlor. Leif war kein Mann, der leichtfertig mit dem Gesetz umging. Seine Reaktion auf die Daten, die Malenko ihm zugespielt hatte, bestätigte diesen Eindruck. Dass er sich im Fall des Toten so unzugänglich zeigte, musste einen triftigen Grund haben. Sie würde ihn herausfinden, aber vorher musste sie mit Stahl telefonieren, der bereits unterwegs war, um sie abzuholen. Uta war überrascht, wie erleichtert sie war, als sie erfuhr, dass Piehl gefasst war.

»Er ist schon auf dem Weg nach Kiel, aber du musst ihm nicht gegenübertreten, wenn du das nicht willst«, fuhr Stahl fort. »Wir müssen später nur deine Aussage aufnehmen.«

Piehl.

Uta wusste nicht, ob sie ihn sehen wollte, andererseits war es vielleicht die beste Therapie. »Ich überleg es mir«, erwiderte sie vage.

»Was wolltest du eigentlich noch in Moorbek?«, fragte Stahl. »Birger meinte, du hättest was rausgefunden über den Toten unter dem Baum.«

Uta runzelte die Stirn. Sie war sich sicher, dass sie nicht darüber gesprochen hatte. »*Der* Tote?«, fragte sie deshalb lediglich.

»Ja, es gibt erste Ergebnisse. Es war auf jeden Fall ein Mann, vermutlich um die vierzig, als er getötet wurde.«

»Ich würde auf dem Rückweg gern einen Abstecher in die Rechtsmedizin machen«, sagte Uta. »Kannst du einen Termin für uns organisieren?«

Sie fand ihre Kleidung gewaschen und getrocknet im Bad. Als sie wieder herunterkam, saß Leif auf der Treppe vor der Haustür, das Gesicht der Morgensonne zugewandt. Er hatte die Augen geschlossen. Uta betrachtete ihn und hörte wieder Stahls Stimme. *Ein Mann um die vierzig.* Was war hier vor fünfundzwanzig Jahren geschehen? Sie stellte sich diese Frage zum hundertsten Mal. Seit sie in Leif Falkners Gesicht einen Ausdruck puren Entsetzens gesehen hatte. *Es gab keinen anderen Ausweg.* Keinen anderen Ausweg als den Tod? Sie schauderte plötzlich, da sie wusste, welche Verantwortung sie auf sich nahm.

Schließlich setzte sie sich neben ihn, stellte ihren Kaffeebecher auf die Stufen und zündete sich eine Zigarette an.

»Hast du dir eigentlich schon einmal überlegt, dich als Profiler zu bewerben?«, fragte er, ohne sich zu bewegen.

Sie sah ihn erstaunt an.

»Eine so ungewöhnliche Idee ist das nicht, oder?«

»Nein, ist es nicht«, sagte sie. »Ich bin nur überrascht, dass du es ansprichst.«

Er schlug seine Augen auf und sah sie an.

Uta lächelte verlegen. »Genau so ein Angebot vom LKA habe ich in meiner Schreibtischschublade liegen.«

Er nickte anerkennend. »Hast du schon zugesagt?«

Sie nahm einen langen Zug von ihrer Zigarette und schnippte die Asche in den feuchten Sand unterhalb der Treppe. »Nein, hab ich nicht.«

Unten auf der Dorfstraße rumpelte ein Trecker vorbei. Dieselqualm zog zu ihnen herauf.

»Nimmt dein Mann Rücksicht auf dich, wenn er Karriereentscheidungen trifft?«, wollte Leif wissen und traf damit zielgenau in die Mitte ihres Schmerzzentrums, so dass sie unwillkürlich das Gesicht verzog. »Wenn dir wirklich etwas daran liegt, solltest du es tun«, fügte er hinzu.

»Sag jetzt bitte nicht, das Land bräuchte Menschen wie mich.«

Er lachte auf. »Altruismus ist nicht eine meiner bestechendsten Eigenschaften, von daher erwarte ich das auch nicht von anderen. Nein, du wärst die Richtige dafür.«

»Du kennst mich kaum. Wie kannst du das beurteilen?«

Schweigend sahen sie sich an, und in dieser Stille lag so viel mehr als nur das Fehlen von Worten, dass es beinahe schmerzte.

Gedanken unter feiner Haut –
Sind deutlicher zu sehn –
Wie Schaum die Brandung offenbart –
Und Dunst – den Apennin –

Sie widerstand der Versuchung, ihn zu berühren. »Es ist nicht so einfach. Das weißt du vermutlich selbst«, sagte sie stattdessen und drückte ihre Zigarette aus. In den vergangenen Tagen hatte sie keine Zeit gehabt, über das Angebot in ihrer Schreibtischschublade nachzudenken, hatte es, wenn sie ehrlich mit sich war, verdrängt, nachdem sie es bei Stefan angedeutet und vorsichtig von einer Option gesprochen hatte, die eventuell bestünde. Seine Reaktion war nicht motivierend gewesen. Ganz im Gegenteil. »Dann hättest du vermutlich noch weniger Zeit für deine Familie«, hatte er nur bemerkt und das Thema gewechselt. Und sie hatte sich gefragt, ob es das war, was sie wollte – mehr Zeit für ihre Familie. Machte er sich wirklich Sorgen um die Familie oder ging es um etwas anderes hier? Sie musste sich bald entscheiden. Ein solches Angebot würde sie nicht wieder bekommen. Mit knapp über vierzig war sie in einem Alter, in dem sie jetzt den Sprung wagen oder sich damit abfinden musste, in ihrem Dezernat alt zu werden.

Wenn dir wirklich etwas daran liegt, solltest du es tun.

Sie sah zu Leif. Er hatte keine Familie, die ihn einforderte. Und er war ein Mann. Lag ihr genug an dem Job, um damit ihr vermeintliches Familienglück zu riskieren? Das war eine Frage, die sie noch nicht endgültig beantwortet hatte. Würde es ihre Beziehung aushalten, wenn sie Stefan zuliebe auf etwas verzichtete, das ihr so viel bedeutete? War sie dazu bereit?

Leif stellte seinen Kaffeebecher ab. »Beziehungen von Menschen unseres Berufsstandes unterliegen dem Klischee, schwierig zu sein. Warum sollte es bei dir anders sein?«

Sie sah ihn von der Seite an, unsicher, ob er seine Bemerkung ernst meinte. Er hatte ihren wunden Punkt getroffen. »Sicher«, erwiderte sie, »der Umgang mit dem Verbrechen kann nicht spurlos an uns vorübergehen. Und an einer Frau schon gar nicht.«

Ihm entging ihr bitterer Unterton nicht. Er nahm ihre Hand in die seine. »Versuch es leichterzunehmen, es ist ein Kampf gegen Windmühlen.«

»Das sagst du so.«

»Die Literatur liefert einschlägige Beweise.«

»Ich lese keine Krimis.«

»Ach.«

Nun musste sie doch lachen.

Doch dann wurde Leif wieder ernst. »Uta, ich meine es ernst. Du wirst es sonst irgendwann bereuen. Du könntest es bis ins BKA schaffen, trotz deines Dienstgrades.«

Sie wusste, wovon er sprach. Es war ein offenes Geheimnis, dass das Bundeskriminalamt sein Personal am liebsten selbst ausbildete und nur ungern Beamte aus den Landeskriminalämtern übernahm. Und je höher der Dienstgrad, desto schwieriger wurde es, einen Fuß in die Tür der Bundesbehörde zu bekommen.

»Ja«, sagte sie, »ich werde darüber nachdenken.« Aber wo wirst du sein, wenn ich dort ankomme? Vielleicht auf der Gegenseite? Alexei Malenkos Angebot war nicht das Einzige, was zwischen ihnen stand.

In diesem Moment trat Stahl durch das Friedhofstor.

Johann Wehmut betrachtete das gutsituierte Ehepaar mittleren Alters, das vor ihm saß. Er war Unternehmer im Bausektor. Sie führte eins seiner Hotels an der Ostsee.

»Wir haben von dem Tod der jungen Frau aus der Zeitung erfahren«, sagte er vorwurfsvoll.

»Wir hätten mehr von Ihnen erwartet«, mischte sie sich ein. Sie war eine aparte Frau: groß, blond, auf gewisse Weise mondän.

Wehmut hatte inzwischen erfahren, dass sie durchaus in der Lage gewesen wäre, Kinder zu gebären, das aber aus ihm unbekannten Gründen nicht wollte.

Wehmut räusperte sich und faltete seine Hände vor sich auf dem Tisch.

»Es ist wirklich sehr bedauerlich, was passiert ist«, gab er zu. »Aber durch den entsetzlichen und unerwarteten Tod von Pastor Falkner …«

»Wir haben bereits eine Anzahlung geleistet. Was wird daraus?«, fiel sie ihm ins Wort, und Wehmut begriff, dass er sich mit ihr auseinandersetzen musste.

Er blätterte in den Papieren, die vor ihm lagen. »Aus den Unterlagen geht hervor, dass es eine Zahlung in Höhe von fünfzigtausend Euro gab, um der Mutter vor und nach der Geburt den Lebensunterhalt zu sichern.«

»Fünfzigtausend Euro sind kein Pappenstiel«, mischte der Mann sich wieder ein. Sein braungebranntes Handgelenk zierte eine Uhr, die sicher mehr gekostet hatte.

»Wir werden Ihnen selbstverständlich die Zahlung erstatten«, beteuerte Wehmut.

Sie beugte sich vor. »Wir wollen nicht das Geld.«

Genau das hatte er befürchtet. »Mir sind momentan die Hände gebunden. Das müssen Sie verstehen.«

»Wir haben so lange gewartet, da kommt es auf ein weiteres Jahr auch nicht mehr an.«

»Ich … kann Ihnen wirklich nichts versprechen.«

Sie musterte ihn mit kaltem Blick. »Sie möchten nicht, dass unser Geschäft öffentlich wird, oder?«

Wehmut spürte, wie ihm der Schweiß ausbrach. »Das wäre doch sicher auch nicht in Ihrem Interesse«, antwortete er vorsichtig.

Sie lächelte so boshaft, dass es ihm kalt über den Rücken lief. »Propst Wehmut, ich habe Sie gestern im Fernsehen gesehen. Sie waren gut. Aber glauben Sie mir, ich bin besser.«

Als sie fort waren, blieb er wie paralysiert sitzen. Schließlich trat er an den kleinen Safe, der hinter einer Ikonenmalerei in die Wand eingelassen war. Es lag nicht viel darin außer dem kleinen, in schwarzes Leder gebundenen Notizbuch, das er von Eckhard bei seinem letzten Besuch erhalten hatte.

»Nimm es an dich«, hatte Eckhard ihn gebeten. »Und verwahr es sicher.«

Natürlich hatte Eckhard dabei nur an seine Krankheit gedacht, von der er nie erzählt hatte. Er hatte befürchtet, es könnte bei ihm entdeckt werden.

Wehmut blätterte die dünnen handbeschriebenen Seiten durch, bis er fand, was er suchte. Dann griff er zum Telefonhörer. Er hatte gehofft, die Nummer nie wählen zu müssen. Es war die Nummer für Notfälle.

»Das Geschlecht spielt keine Rolle«, erwiderte er mit fester Stimme auf die Frage der Frauenstimme am anderen Ende. »Ja, bitte, von europäischer Herkunft.«

Die Wege des Herrn waren manchmal sehr verschlungen.

Stahl war nicht besonders gesprächig auf der Fahrt nach Kiel. Uta war es nur recht. Erst als sie die Außenbezirke der Stadt erreichten, räusperte er sich. »Uta ... sag mal ... was läuft zwischen dir und Falkner?«

Sie begriff, dass er die ganze Fahrt über an der Frage herumgekaut hatte. Jetzt war sie erleichtert, dass er sie endlich stellte, aussprach, was er dachte, statt sie ständig nur mit gerunzelter Stirn zu betrachten. »Leif Falkner hat mir in den letzten Tagen zweimal das Leben gerettet«, erwiderte sie.

»Ja ... ich weiß, aber ... das meine ich nicht.« Er warf ihr einen flüchtigen Blick zu. »Und das weißt du auch.«

»Sonst ist da nichts«, sagte Uta mit fester Stimme.

»Uta ...«

»Armin, was willst du hören? Dass ich ein Verhältnis mit ihm habe?«

»Es wäre nicht das erste Mal, dass sich im Rahmen einer Ermittlung so etwas ergibt ...«

»Armin, es ist nichts zwischen uns. Ich hatte keinen Sex mit ihm. Ich kenne die Regeln, und glaub mir, andernfalls hätte ich dich gebeten, mich von dem Fall abzuziehen.«

Stahls Kehlkopf hüpfte, wie immer, wenn er nervös war. »Tut mir leid, wenn ich dir etwas unterstellt haben sollte. Es war nur ...« Er zuckte die Schultern. »Wenn man euch zusammen sieht, die Blicke, die ihr tauscht ...«

Tief in ihrem Inneren zog sich etwas zusammen. Vielleicht wollten sie es nicht merken. Sie sagte nichts. »Thema beendet?«, fragte sie nur.

Er nickte langsam.

Nicht viel später betraten sie auf dem Gelände der Universitätsklinik das Rechtsmedizinische Institut. Einige Studenten eilten an ihnen vorbei auf dem Weg zur nächsten Vorlesung. Uta realisierte, dass sie beinahe selbst hier gelandet wäre. Auf einem von Müllers blanken Seziertischen. Eine Frauenleiche, zweiundvierzig Jahre alt. Tod durch Strangulation. Ihre Knie wurden weich. Stahl merkte es und hielt sie fest. »Alles in Ordnung? Du bist auf einmal ganz blass.«

»Alles okay.« Uta zupfte ihr Halstuch zurecht, das sie trug, um die Spuren des gestrigen Tages zu verbergen, und wappnete sich innerlich, als sie die Tür zu Müllers Reich öffneten.

Jörn Müller wartete bereits mit dem jungen Kollegen, von dem Armin ihr erzählt hatte. Dr. Andreas Quantz. Angelika Merwitz war auch anwesend.

»Ein interessanter Fall«, raunte sie Uta zu. »Mal was anderes als das, was wir hier sonst reinkriegen. Da lernt man noch was.«

Sie schlug die Decke über dem Leichnam zurück, und Uta blickte in das grinsende Gesicht des Totenkopfes. Die Knochen waren gelbbraun verfärbt von ihrem langen Aufenthalt in der Erde. Uta trat an den Tisch.

Müller und Stahl unterhielten sich hinter ihr, aber sie bekam nur Bruchstücke davon mit.

Wer bist du?, fragte sie sich, als sie in die leeren Augenhöhlen blickte, über die Rippen, die einst eine Lunge geschützt hatten. Ein Herz. Und warum musstest du sterben?

Die Mediziner hatten die einzelnen Knochen so angeordnet, dass der Umriss des Körpers vorstellbar war. »Wir haben einige signifikante Details gefunden, die uns die Identifizierung erleichtern werden«, begann Quantz, der Uta mit seiner Jugend, seinen dunklen kurzen Locken und seiner Hornbrille fehl am Platz erschien. Ihr Eindruck verflüchtigte sich jedoch sehr schnell, als er weitersprach: »Es ist uns gelungen, den Zeitraum, den der Körper unter der Erde gelegen hat, relativ genau einzugrenzen.« Über den Rand seiner Brille hinweg warf Quantz einen Blick in die Runde. »Erfahrungsgemäß sind Mitarbeiter der Polizei nicht an den genauen chemischen und biologischen Prozessabläufen interessiert, sondern lediglich an ihren Ergebnissen. Ich werde Sie damit jetzt auch nicht langweilen.« Er räusperte sich. »Falls Sie dennoch tiefer in die Materie eintauchen möchten, können Sie alles in meinem Bericht nachlesen.« Uta unterdrückte ein Grinsen und hoffte nur, dass Stahl auf eine seiner flapsigen Bemerkungen verzichtete, aber auch ihn schien die vergeistigte Ernsthaftigkeit von Quantz zu beeindrucken.

»Wir haben es hier mit einem Mann zu tun. Wir schätzen das Alter zum Todeszeitpunkt auf etwa vierzig Jahre. Getötet wurde er vor rund fünfundzwanzig Jahren, anhand der Fraktur der Schädelknochen müssen wir bei der Tatwaffe von einem stumpfen, schweren Gegenstand ausgehen, der mit großer Wucht auf den Kopf geschlagen wurde …«

Uta presste die Lippen zusammen, als sie Quantz' monoton vorgetragenem Abriss weiter lauschte. Ein Stein fügte sich zum anderen. Sie blickte durch ein Fenster zurück in eine weit entfernte Vergangenheit. Etwas Dunkles und Grausames hauste dort. Regte sich jenseits der Öffnung und starrte sie an. Sie blickte zurück auf den Körper des toten Mannes unter dem kalten Licht der Neonröhren. Auf die gelbbraun verfärbten Knochen. Sie war sich nicht sicher, ob sie die Wahrheit erfahren wollte.

»Der Mann muss in seiner Jugend einen schweren Unfall gehabt haben, dessen Folgen nicht richtig behandelt worden sind. Sein linker Oberschenkelknochen weist Spuren eines unsachgemäß verheilten Bruches auf. Es könnte sein, dass er aufgrund dessen leicht humpelte. An der rechten Hand fehlen die oberen beiden Glieder des Ringfingerknochens. Außerdem war der Mann starker Raucher, was wir der Untersuchung seiner Zähne entnehmen konnten, die ansonsten einwandfrei sind. Es ist uns nicht gelungen, ihn über sie zu identifizieren. Wir konnten keine zahnärztlichen Unterlagen über diesen Mann finden.«

Quantz nahm von einem zweiten Tisch neben dem Körper des Toten eine kleine Plastiktüte und hielt sie hoch. »Um das linke Handgelenk trug er ein silbernes Armband«, referierte er weiter. Uta war sicher, dass er Vorlesungen an der Uni hielt. Etwas in seiner dozierenden Art erinnerte sie an Stefan. »Wir haben das Schmuckstück untersuchen lassen und in diesem Zusammenhang feststellen können, dass es hier in der Gegend hergestellt wurde, in einem kleinen Goldschmiedebetrieb in Fockbek, in der Nähe von Moorbek. Den Betrieb gibt es zwar nicht mehr, aber der ehemalige Ladeninhaber lebt noch und hat das Silberarmband zweifelsfrei als eine Arbeit aus seinem Haus identifiziert.«

»Bei allem, was Sie uns bis jetzt erzählt haben, ist es vermutlich naheliegend, dass es sich bei unserem Toten um einen Mann aus der Region, wenn nicht sogar aus Moorbek handelt«, warf Uta ein.

Quantz' Augen, die hinter den dicken Gläsern seiner Brille leicht vergrößert wirkten und ihm den verschreckten Ausdruck einer Eule verliehen, richteten sich auf sie. »Das ist selbstverständlich möglich«, sagte er, »aber …«

Sie hörte nicht länger zu. Es drängte sie plötzlich an die frische Luft. Sie war so dicht an der Lösung, so knapp davor. Stahl spürte ihre Unruhe und legte ihr beruhigend eine Hand auf den Arm. Dann warf er einen Blick auf seine Uhr. Quantz nahm die Geste wahr und unterbrach seinen Vortrag. »Sie sind knapp in der Zeit?«, fragte er, ohne im mindesten beleidigt zu sein.

Stahl nickte.

Quantz warf Müller und Merwitz einen Blick zu. »Im Großen und Ganzen haben wir auch alles erwähnt, was für Frau Thormälen und Herrn Stahl von Relevanz sein dürfte, oder?«

Die beiden stimmten ihm zu.

»Ich schicke Ihnen dann meinen vollständigen Bericht

per Mail ins Kommissariat«, wandte er sich darauf wieder Uta und Stahl zu, zog eine Karte aus der Brusttasche seines Kittels und reichte sie ihnen. »Unter dieser Nummer erreichen Sie mich, wenn doch noch Fragen auftauchen sollten.«

»Was brennt dir unter den Nägeln?«, wollte Stahl wissen, sobald sie allein waren. »Du wusstest bereits, dass der Leichnam nicht länger als fünfundzwanzig Jahre dort gelegen haben konnte? Quantz hat dir nur die Bestätigung geliefert.« Seine kleinen dunklen Augen hatten jene freundliche Naivität verloren, die er sonst gern zur Schau trug.

Uta presste die Lippen zusammen, aber Stahl ließ nicht locker. »Was hast du rausgefunden?«

»Armin, bitte …«

Seine runde Stirn zog sich in tiefe Falten. »Hat es was mit Falkner zu tun?«

Konnte er noch an etwas anderes denken? Sie zwang sich zur Ruhe. »Ich kann noch nicht darüber reden.«

Stahl blieb abrupt auf der Treppe stehen. »Es gibt keine Alleingänge in unserer Abteilung, Uta.«

»Gib mir noch zwei Tage. Gerade du müsstest verstehen …«

»Ich weiß, worauf du hinauswillst«, brummte er. »Aber das mit Luisa war etwas anderes.«

»Nein«, widersprach sie ihm. »Nicht, was deine Handlungsweise gegenüber der Abteilung betraf.«

Seine Stirnfalten glätteten sich etwas bei ihren Worten. »Zwei Tage«, sagte er schließlich. »Und dann will ich deinen Bericht ohne weitere Ausflüchte.«

Uta nickte langsam. Verkaufte sie gerade ihre Seele? Sie konnte nur weitermachen, wenn sie das Ende ihrer Deadline und mögliche Konsequenzen von sich schob.

Stahls Handy klingelte, und er ging ein paar Schritte außer Hörweite, um das Gespräch anzunehmen. Uta setzte sich auf eine Bank im Foyer des Instituts und lehnte den Kopf gegen einen der kalten Steinpfeiler. Auf was hatte sie sich eingelassen? Nach allem, was passiert war, wäre es das Beste gewesen, sich zwei Tage freizunehmen, um sich zu erholen, anstatt sich in Ermittlungen zu stürzen, vor deren Resultat sie sich im tiefsten Inneren ihres Herzens fürchtete. Ihre dänische Freundin Solveig besaß ein Ferienhaus am Meer gleich hinter der Grenze, das sie außerhalb der Saison schon oft genutzt hatte, um wieder zu sich zu kommen. Jeder würde unter den gegebenen Umständen verstehen, wenn sie eine Auszeit in Anspruch nahm …

Stahl kam zurück und riss sie aus ihren Träumen von endlosem Sandstrand, weißen Dünen und dem Geschmack von Salz auf ihren Lippen. »Können wir gehen?« Er hielt ihr seine Hand hin. Mit einem leisen Seufzen nahm sie sie und ließ sich von ihm hochziehen. Dänemark musste warten.

Als sie wenig später auf den Parkplatz des Kommissariats einbogen, stieg gerade Sönke Piehl aus einem Polizeifahrzeug. Seine Hände waren in Handschellen, und mit undurchdringlichem Gesichtsausdruck starrte er Uta durch die Windschutzscheibe hindurch an.

»Verdammt«, murmelte Stahl.

Uta saß wie paralysiert im Wagen. Wie im Zeitraffer spulte sich ihre letzte Begegnung mit Piehl noch einmal vor ihrem inneren Auge ab. Spürte sie plötzlich wieder seine schwitzende Nähe. Wenn es nach ihm gegangen wäre, wäre sie jetzt tot. Langsam und qualvoll erstickt.

»Ich fahr dich nach Hause«, sagte Stahl und legte den Rückwärtsgang ein.

»Nein, warte«, hielt Uta ihn zurück. »Es gibt keine Zufälle. Ist das nicht einer deiner Lieblingssprüche?« Sie wusste, was sie zu tun hatte. Er hatte sie nicht getötet. Sie lebte und war frei. Sie würde nicht weglaufen, sondern ihren Job machen. Entschlossen stieg sie aus dem Auto, atmete tief durch und ging auf Piehl zu. Sie ignorierte geflissentlich das viel zu schnelle Klopfen ihres Herzens. »Guten Tag, Herr Piehl«, sagte sie. »Das hat wohl alles nicht so geklappt, wie Sie sich das vorgestellt haben.«

Er antwortete nicht, ließ sie aber nicht aus den Augen. Sie sah, wie sich seine Hände in den Handschellen langsam zu Fäusten ballten. Er konnte ihr nichts tun. Hier nicht.

»Na, dann wollen wir hochgehen und hören, was Sie uns zu erzählen haben«, fuhr sie mit fester Stimme fort. Aus dem Augenwinkel sah sie, wie Stahls Gesichtsausdruck alle Facetten von Überraschung bis Bewunderung durchlief.

Sie ließ Piehl in das Vernehmungszimmer bringen. Stahl suchte derweil Harms. Uta betrat ihr Büro. Sie setzte sich erst gar nicht, sondern nahm nur den großen Umschlag aus ihrer Schublade, der schon seit zwei Wochen dort lag, versah die Papiere mit den nötigen Unterschriften und einer kurzen Antwort und brachte ihn zur Poststelle, bevor sie Stahl und Harms in das Vernehmungszimmer folgte.

XII.

Du hast es die ganze Zeit über gewusst«, sagte Traute Averdieck.

Ernst Averdiecks Blick wanderte zwischen seiner Frau und seiner Tochter hin und her. Margret war blass, das Gesicht geschwollen vom Weinen. Sie hatte die Nacht über kaum geschlafen. Trautes Augen durchbohrten ihn, als sie seinen Blick erwiderte. Es war lange her, dass sie ihn so angesehen hatte. Und er erinnerte sich nicht gern daran.

»Was hätte ich denn machen sollen? Hätte es etwas geändert, wenn ihr es gewusst hättet?«

Traute schnaubte leise. »Stell dir vor, er hätte Margret etwas angetan.« Wie eine Glucke, die ihre Flügel über ihren Nachwuchs breitete, hatte sie ihre Arme um ihre Tochter gelegt.

Averdieck platzte der Kragen. »Hat er das nicht die ganze Zeit über getan?«, schrie er und schlug mit der Faust auf den Tisch, dass die Tassen klirrend hochsprangen. »War sie etwa glücklich mit ihm, oder warum hat sie hier ständig bei dir gesessen und geheult? Doch sie wollte ja nicht weg von ihm. Wir sollten froh sein, dass es vorbei ist.«

Trautes Mund wurde bei seinen Worten zu einem schmalen Strich in ihrem hageren Gesicht. Aber sie sagte nichts. Und Averdieck wusste, warum.

»Hört auf!«, brach es aus Margret hervor. »Ich will nicht, dass ihr euch seinetwegen streitet. Er hat schon so viel kaputt gemacht. Nicht auch noch das hier ...« In einer weitausholenden Geste schloss sie Haus, Hof und Familie ein. »Das … das ist es nicht wert!« Sie sprang auf und rannte aus der Küche. Die Tür schlug mit einem Knall hinter ihr zu.

Averdieck starrte auf die Maserung des Tisches und dachte an das Geld in dem Plastiksack zwischen der Wäsche. Er würde eine Weile warten müssen, bis er damit den Kredit ablösen konnte, und er musste eine gute Begründung finden, woher er es hatte.

Plötzlich spürte er Trautes Hand auf der seinen. »Wir teilen es auf in kleine Portionen, gerade genug, um die Raten zu bezahlen.«

Er starrte sie ungläubig an. Hatte er laut gedacht?

»Du hättest dir ein besseres Versteck suchen müssen«, bemerkte sie trocken. »Da musste ich es ja finden.«

»Und … und du willst es nicht zurückgeben?« Ihre Augen blitzten kurz auf. »Das sind fast hunderttausend Euro, Ernst. Bist du verrückt? Irgendwas Gutes muss der Kerl doch vollbracht haben.«

Er wollte gerade aufatmen, als sie den Druck ihrer Finger um die seinen verstärkte. »Aber dass du es mir nicht erzählt hast, nehm ich dir wirklich übel.«

»Ich … ich wollte dich nicht damit belasten.«

Traute zog eine Braue hoch, und Ernst Averdieck seufzte.

»Wird Zeit, dass Lukas zurückkommt und den Hof übernimmt, du bist allmählich zu alt für so was«, bemerkte Traute, bevor sie aufstand. »Ich schau nach Margret.«

Averdieck starrte noch lange auf die Tür, hinter der sie verschwunden war. Zu alt. Nachdenklich betrachtete er seine Hände.

Im Flur klingelte das Telefon. Er hörte, wie Traute ranging. »Nein, meine Tochter ist momentan nicht zu sprechen. Ja, ich werde es ihr ausrichten. Selbstverständlich. Sie meldet sich bei Ihnen. Vielen Dank, Ihnen auch …«

Averdieck stand auf und öffnete die Tür.

Traute stand mit dem Rücken zu ihm an der kleinen Kommode, auf der auf einer gehäkelten Zierdecke Fax und Telefon standen. Sie hatte bereits aufgelegt, aber ihre Hand ruhte noch auf dem Hörer.

»Wer war das?«, fragte er.

Langsam wandte sie sich um, stützte sich dabei auf die Kommode. »Kriminalpolizei Kiel. Sie haben Sönke. Sie wollen eine Aussage von Margret.«

Averdieck schluckte. »Sie darf nichts sagen.«

»Ich weiß«, sagte Traute nur. »Ich werde mit ihr reden.«

***

Piehl schwieg zu allen Vorwürfen. Mit stoischer Miene saß er ihnen gegenüber, die Hände auf dem Tisch, die Haltung gerade, den Blick auf einen Punkt an der Wand hinter ihnen fixiert. Als wäre er nicht anwesend. Nur als Uta den Raum betreten hatte, hatte er kurz aufgesehen, hatte sich sein Blick verändert, ohne dass sie es jedoch hätte deuten können.

Sie konnten ihm lediglich den Mordversuch nachweisen. Und auch das nur aufgrund Utas Aussage. Die Spurensicherung hatte den Audi noch nicht wieder freigegeben, aber bislang hatten sie noch keine Spuren von Piehl in dem Fahrzeug finden können. Doch Habicht wusste, worum es ging. Er würde nicht so schnell lockerlassen. Inzwischen war auch ein Team seiner Abteilung in Moorbek gewesen und hatte sowohl den Platz vor dem Dahmsschen Haus untersucht, wo Piehl und Uta in ihren Kampf verwickelt gewesen waren, als auch den alten Heuschober, wo er sie zurückgelassen hatte. Die Kollegen hatten ihr versichert, dass sie, wenn sie nur gründlich genug suchten, die Beweise finden würden, die Utas Aussagen untermauerten und eine wasserdichte Anklage gegen Piehl möglich machten. Die Waffe, mit der er sie bedroht hatte, der Revolver Kaliber 38, mit dem vermutlich auch Jonas Haffkamp getötet worden war, war verschwunden, und zum jetzigen Zeitpunkt konnten sie Piehl den Mord an Jonas ebenso wenig nachweisen wie den Diebstahl der Spendengelder. Der silberne SLK war für eine Woche gemietet gewesen. Eine erste Überprüfung von Piehls Konten und Ausgaben hatte ebenfalls nichts ergeben, was darauf hätte schließen lassen, dass er mit einem Mal über außergewöhnlich viel Geld verfügte. Zu allem Überfluss hatten sie soeben die Nachricht erhalten, dass Margret Piehl nicht gegen ihren Mann aussagen würde. Es war, als hätte sich alle Welt gegen sie verschworen.

»Wir wissen, dass er der Täter ist, aber wir können ihm nichts nachweisen. Das gibt es einfach nicht«, fluchte Stahl, nachdem sie die Vernehmung schließlich abgebrochen und Piehl ins UG hatten bringen lassen. »So viel Durchtriebenheit hätte ich ihm nicht zugetraut.«

»Solange wir keine Beweise, Zeugenaussagen oder ein Geständnis von Piehl haben, können wir nicht sagen, dass er die Taten begangen hat«, widersprach ihm Harms.

»Wenn er nicht der Täter ist, warum entführt er dann Uta und versucht sie zu töten?«

»Ein findiger Anwalt wird das im Zweifelsfalle auf eine Kurzschlussreaktion zurückführen«, mischte sich Matthias Sommer ein. Der Staatsanwalt war zum Ende der Vernehmung dazugekommen. »Uta hat herausgefunden, dass er ein Verhältnis mit dieser Nicole Raddatz hat, und Piehl fürchtet, dass seine Frau und Familie auf diesem Weg davon erfahren, also schafft er sie aus dem Weg.«

Uta lehnte am Fenster und verfolgte das Gespräch schweigend. Sie fühlte sich wie in einem Alptraum. Hatte sie sich so getäuscht? War vielleicht alles ganz anders? Unwillkürlich fuhr ihre Hand an ihren Hals, um sich zu versichern, dass das, was geschehen war, Wirklichkeit und nicht ein

Produkt ihrer Phantasie war. Stahl stand auf einmal neben ihr. »Wir kriegen ihn dran. Mach dir keine Sorgen.«

Sommer hatte Stahls letzte Worte gehört. »Der versuchte Mord an Ihnen rechtfertigt vorläufig eine Untersuchungshaft«, sagte er beruhigend zu Uta. »Aber wir werden mehr brauchen als Ihre Aussage, damit das auch so bleibt.« Dann sah er sie ernst an. »Warum sind Sie überhaupt hier? Sie sollten längst Feierabend haben, nach allem, was passiert ist. Ich war schon überrascht, Sie bei der Vernehmung zu sehen.«

Uta lächelte. »Ich hab noch ein bisschen was auf dem Zettel, aber dann gehe ich, versprochen.« Stahl sah bei diesen Worten auf.

»Ich hoffe, du bereust nicht, was du tust«, sagte er, als sie sich wenig später auf dem Flur verabschiedeten. Sie sah ihm nach. Trotz seiner Fülle bewegte er sich bisweilen mit der Leichtigkeit eines Tänzers, was sie immer wieder verblüffte. Schließlich verschwand er in seinem Büro, und sie stattete Dirk Baumann einen Besuch ab, der für sie an diesem Nachmittag fünfundzwanzig Jahre alte Vermisstenmeldungen durcharbeitete.

»Es sieht nicht gut aus«, begrüßte er sie. »Bis jetzt hab ich nichts Passendes gefunden.«

Uta seufzte. »Vielleicht gab es keine Vermisstenmeldung.« Konnte es sein, dass jemand ermordet wurde und niemand ihn vermisste? Was für ein deprimierender Gedanke.

Sie druckte sich den Obduktionsbericht aus, den Quantz geschickt hatte, überflog ihn noch einmal und markierte sich dabei die relevanten Stellen mit einem Textliner.

»Was hältst du davon, wenn wir uns die Einwohnerverzeichnisse aus Moorbek und den umliegenden Gemeinden aus der Zeit schicken lassen?«, fragte Baumann und rieb sich seinen Dreitagebart.

»Keine schlechte Idee«, stimmte sie zu. Vielleicht brachte sie ein Vergleich mit den heutigen Daten auf eine Spur.

Es war jedoch nicht so einfach an die Unterlagen heranzukommen, wie Uta und Dirk es sich vorgestellt hatten. Die Fusionen der Ämter und die damit verbundene Neuordnung der EDV-Systeme erwies sich im Nachhinein als ein unerwartetes Datengrab. Ein leicht gereizter Verwaltungsangestellter versprach ihnen schließlich, es bis zum nächsten Tag zu versuchen. »Alle wollen immer alles ganz dringend haben«, nörgelte er. »Aber wir haben auch noch unsere ganz normale Arbeit zu erledigen.«

Seine offensichtliche Abwehrhaltung raubte Uta plötzlich die Energie. Wenn die Kollegen herausfanden, dass sie wissentlich …

Sie ließ ihren Kopf in die Hände sinken. Als sie wieder aufsah, stand Dirk vor ihr. In der Hand hielt er ihre Jacke. »Feierabend, Uta. Ich ruf deinen Mann an, damit er weiß, dass du kommst.«

»Ich muss noch …«

»Heute nicht mehr. Hier sind die Schlüssel für meinen Wagen. Ich fahr nachher mit Jörn.«

Zögerlich nahm sie sie entgegen.

Dirk hatte Wort gehalten. Stefan erwartete sie bereits und öffnete die Tür, bevor sie den Schlüssel ins Schloss stecken konnte. Er zog sie in seinen Arm und hielt sie. Schließlich sah er sie forschend an, als suche er nach Spuren des Geschehenen in ihren Augen, ihrem Gesicht. Der dünne Schal, den sie umgeschlungen hatte, rutschte herunter. Schweigend fuhr Stefan die Male des Seils nach, die Schürfwunden und blauen Flecke, die sich wie ein Band um ihren Hals zogen. »Was ist mit dem Kerl?«, fragte er leise. »Habt ihr ihn?« Uta nickte langsam. »Ja, aber wir können ihm bislang kaum etwas nachweisen. Mit etwas Pech …« Ihre Stimme versagte.

Stefan verstand auch so. Er legte ihr seinen Arm um die Schultern und führte sie ins Haus.

Er hatte aufgeräumt, und im Wohnzimmer standen Blumen auf dem Tisch. Die untergehende Sonne schien durch die großen Fenster, die auf den Garten hinausgingen, und warf goldene Flecken auf den Holzfußboden. Uta streifte ihre Schuhe von den Füßen und ließ sich in ihren Lieblingssessel fallen. Zu Hause. Endlich. Im Stillen dankte sie Dirk für seine Konsequenz.

Stefan setzte sich zu ihr. Er hatte die *Süddeutsche* aufgeschlagen auf dem Tisch liegen. Aber er blätterte sie nur flüchtig durch, bevor er sie zusammenfaltete und zur Seite legte. Uta warf einen Blick auf das Titelfoto, das eine Reihe führender deutscher Politiker bei einem Treffen in Berlin zeigte. War unter ihnen auch einer jener, die sich auf Falkners Liste wiederfanden? Sie studierte nachdenklich ihre Gesichter.

»Woran denkst du?«, wollte Stefan wissen.

»Ich überlege gerade, wie korrupt unsere Politiker wirklich sind.«

Stefan lachte. Er war Politikwissenschaftler. »Dein Interesse ist sicher nicht wissenschaftlicher Art, oder?«

Uta grinste. »Kaum.«

»Ich werde dich jetzt nicht fragen, was hinter deinen Betrachtungen steckt, da ich vermutlich sowieso keine Antwort darauf bekomme.« Im Gegensatz zu sonst klang seine Stimme bei diesen Worten nicht resigniert. Diesmal war es eine neutrale Feststellung.

»Ich bin froh, dass du es nicht mehr persönlich nimmst.«

Er nahm ihre Hand in die seine. »In den vergangenen anderthalb Tagen hatte ich viel Zeit zum Nachdenken«, sagte er. »Mit ist klargeworden, dass wir viel unnötigen Streit hatten – unter anderem deswegen.«

Uta nickte langsam, sagte aber nichts.

Seine Finger schlossen sich fester um die ihren. »Ich bin gestern vor Angst um dich fast verrückt geworden. Ich …« Es war ihm schon immer schwergefallen, offen über seine Gefühle zu sprechen. »Ich möchte das nicht noch einmal erleben.«

»Ich auch nicht«, erwiderte Uta. »Es ist schließlich auch nichts, was in meinem Beruf regelmäßig vorkommt.«

»Sicher«, bestätigte Stefan, »aber dennoch muss ich damit rechnen, dass du eines Tages vielleicht nicht nach Hause kommst. Das ist mir noch nie so klargeworden wie gestern.«

In diesem Moment flog die Haustür auf. Torben und Ole kamen vom Handballtraining nach Hause. Schuhe und Sporttaschen flogen auf den Boden, Jacken verteilten sich darüber. Kurz schauten sie ins Wohnzimmer. »Hi, Mum, wieder da? Gibt's was zu essen?«

»In der Küche steht alles bereit«, sagte Stefan. »Ihr müsst es euch nur warm machen.«

Uta lauschte ihren Stimmen und dem gedämpften Klappern des Geschirrs, das aus der Küche zu ihnen herüberdrang. Oles blonder Schopf schob sich noch einmal durch die Tür. »Haben wir noch Apfelsaft?«

»Im Keller«, antwortete Stefan.

Wenig später hörte Uta die beiden die Treppe hinauf in ihre Zimmer poltern. Stefan stand auf, trat an die Terrassentür und öffnete sie. Vogelgezwitscher und ein frischer Luftzug strömten herein. »Als du vorige Woche von dem Angebot vom LKA erzählt hast«, griff er den Faden ihrer unterbrochenen Unterhaltung wieder auf, »da ging es mir nicht darum, ob noch genug Zeit für die Familie bleibt, auch wenn ich das gesagt habe …« Langsam kam er zurück, legte die Hände auf ihre Schultern und massierte ihre verspannten Muskeln.

Sie sah zu ihm auf. Für sie hatte er sich in all den Jahren, die sie nun zusammen waren, kaum verändert. Vielleicht war sein Gesicht etwas hagerer geworden, sein Haar etwas lichter, aber sonst schien er immer noch der Mann, den sie vor neunzehn Jahren auf einem Sportplatz kennengelernt hatte, wo er einsam seine Runden gedreht und sie nach ihrer Freundin Ausschau gehalten hatte. Ein drahtiger Ausdauersportler, der sie schon damals gern über den Rand seiner Brille hinweg betrachtet hatte.

Sie verstand sehr gut, was er jetzt meinte. Was ihn beschäftigte. Sie war keine Frau für den Schreibtisch, und ihre Arbeit konnte sie immer wieder in Situationen bringen, die ihr Leben bedrohten.

»Ich hab das Angebot vom LKA heute angenommen«, sagte sie leise und fragte sich, ob das den Todesstoß für ihre Ehe bedeutete.

Seine Hände hielten in ihrer Bewegung inne. Ihre Blicke trafen sich.

»Und nun?«, fragte sie.

Stefan schüttelte seufzend den Kopf. »Ich weiß es nicht, Uta. Ich liebe dich … das ist mein Problem.«

Sie schmiegte ihre Wange an seine Hand und versuchte ihre eigenen Gefühle zu ergründen. Der Knoten, der sich während ihres Gesprächs in ihrem Inneren gebildet hatte, war fest und schmerzhaft.

Aber ihr blieb nicht viel Zeit, darüber nachzudenken. Das Piepen ihres Handys teilte ihr mit, dass sie eine SMS erhalten hatte. Sie nahm es vom Tisch und rief die Nachricht ab.

Morgen, 13 Uhr, Beerdigung von Amelie Dahms in Moorbek. Sie sollten kommen. LG, Kirsten

Uta starrte so lange auf die Mitteilung, bis sich die Beleuchtung des Displays abschaltete. *Sie sollten kommen.* Warum? Woran hatte Kirsten Martens gedacht, als sie ihr geschrieben hatte? Nachdenklich legte Uta das Handy zurück auf den Tisch. Amelie Dahms. Was hatte die alte Frau ihr vor zwei Tagen im Krankenhaus mitteilen wollen, als sie Leifs Namen auf einen Zettel geschrieben hatte? Und hatte die Nachricht von Kirsten etwas damit zu tun?

In der Nacht hatte sie erneut Alpträume. Piehl war frei, verfolgte sie und sah schließlich lachend zu, wie sie verzweifelt versuchte, sich aus seinem Griff zu befreien, mit dem er ihr fester und immer fester die Luft abdrückte. Als Stefan sie aufweckte, schlug sie wild um sich.

Leif wanderte ziellos durch das Dorf. Zumindest dachte er selbst, kein Ziel zu haben, doch dann fand er sich plötzlich vor dem unscheinbar grauen Haus der Dahms wieder. Es war das letzte Gebäude auf dem Weg, der sich dann zwischen den Feldern verlor. Vor der Weißdornhecke blieb er stehen. Wo genau hatte Uta ihren Kampf mit Piehl ausgefochten? Der Boden war hart hier, die Erde fest angetrocknet und die Hecke so dicht, dass er nicht sicher war, eine Spur zu finden, aber dann entdeckte er sie. Er hockte sich nieder und betrachtete die Stelle genauer, an der die Äste abgeknickt waren und weiße Blüten den Boden bedeckten. Die Spurensicherung war längst hier gewesen, aber ein Anruf von Stahl hatte ihn aufgeschreckt. Herausgejagt aus der vermeintlichen Ruhe des Pfarrhauses. »Wir müssen Piehl wieder laufenlassen, wenn wir keine stichhaltigen Beweise finden.«

Sönke Piehl. Bei dem Gedanken, dass er erneut ungeschoren davonkommen sollte, hatte Leif eine solche Wut erfasst, dass es ihm unmöglich gewesen war, untätig zu bleiben, obwohl er sich der Gefahr, der er sich damit selbst aussetzte, durchaus bewusst war. Wenn Piehl erfuhr, dass er …

Leif hob einen der abgeknickten Zweige vom Boden auf und drehte ihn zwischen seinen Fingern. Weißdorn war eine eigenwillige Pflanze. Spitze Stacheln saßen auf den Zweigen, verborgen von den runden, tiefeingeschnittenen Blättern, waren sie auf den ersten Blick kaum zu erkennen. Hatten die Mitarbeiter der Spurensicherung Proben dieser Zweige mitgenommen, um sie auf mögliche DNA-Spuren zu untersuchen und damit Utas Aussage zu verifizieren?

Was empfand sie in diesem Moment? Ihre Nähe fehlte ihm. Das Haus war leer gewesen ohne sie. Sie war ihm auf der Spur. So dicht an des Rätsels Lösung, dass er sich fragte, warum er es zuließ. Was würde sie tun, wenn sie die ganze Wahrheit erfuhr? Würde er dann noch genügend Zeit haben?

Er ließ den Zweig zurück auf den Boden fallen, stand auf und blickte auf das Haus, das vor ihm in der Nachmittagssonne lag. Auf den Schuppen, der sich daran anlehnte, als suche er Halt. Er wartete beinahe darauf, dass die Tür aufging und Amelie herauskam, um in ihren Garten zu gehen. In ihren Beeten zu hacken, bis ihr Rücken sie schmerzte und sie nicht mehr gerade stehen konnte. Als ob sie auf diese Weise büßen könnte, für alles, was geschehen war.

Wieder blieb sein Blick an dem Schuppen hängen. Und er meinte wieder den Staub und den Dreck zu riechen, die Angst und die Schmerzen, deren Echo noch immer von den grauen Holzwänden zurückzuhallen schien. Er hatte ihn anzünden wollen. Ihn in eine orangerote Glut verwandeln wollen, die alles auffraß, auch die Erinnerung. Aber Heiner hatte ihn erwischt. Er hatte ihn nicht angezeigt, nicht zur Polizei gebracht. Leif erinnerte sich noch an den behäbigen Beamten, der damals in Moorbek seinen Dienst getan hatte. Der sich darauf beschränkt hatte, Verkehrsdelikte zu verfolgen, und wie alle anderen die Augen verschlossen hatte vor dem, was hier geschah.

Heiners Strafe war drakonisch gewesen. Leif wandte sich ab und blickte den Weg hinunter, der zurück ins Dorf führte. Zweihundert Meter. Ein Katzensprung. Heute.

Niemand begegnete ihm, als er zurückging. Es war still, selbst die Vögel schwiegen, und der Wind, der hier immer wehte, hatte sich einen anderen Ort gesucht. Es war, als bewege er sich außerhalb der Zeit, auf einer Reise, die nur er machen konnte, allein mit sich, das Ziel ungewiss. Erst als er in den Schatten der alten Linden am Dorfteich trat, löste sich die Vision mit dem Klingeln der Türglocke des Bäckerladens auf, und er kehrte zurück und schaute in das Gesicht von Alexandra Beljajew. »Ich habe dich gesucht«, sagte sie mit ihrer rauhen Stimme auf Russisch. In der Hand hielt sie einen Laib Brot und ein Paket Kaffee. »Meine Söhne müssen mit dir reden.«

Er begleitete sie zu dem alten Peters-Hof, der am anderen Ende des Dorfes lag. Sie schwiegen. Erst als sie die Auffahrt hinunter zum Haus gingen, sprach sie ihn plötzlich an, sah ihn beinahe flehentlich an: »Bitte, versteh, sie hätten schon früher kommen sollen, aber … sie konnten nicht.«

Leif fragte nicht, was sie damit meinte. Er wusste, sie versuchte lediglich den Boden zu bereiten, die Steine aus dem Weg zu räumen. Sie führte ihn in ihr Wohnzimmer mit den abgenutzten Möbeln. Er war nur einmal hier gewesen, an dem Tag nach dem Sturm. Und wie an jenem Tag auch, so erschien es ihm auch heute so, als ob bei dem Betreten des Hauses das Licht verlorenging. Als ob er eintauchte in eine trübe Dämmerung, der die Hoffnung fehlte. Er setzte sich auf einen der ausladenden Sessel und fuhr mit den Fingern über den zerschlissenen Stoff.

Aus den Gesichtern der Jungen war die Feindseligkeit gewichen. Es war nur noch Vorsicht in ihren Augen zu erkennen. Er wusste nicht, was ihre Mutter über ihn erzählt hatte, er wollte es auch nicht wissen. Sie setzten sich ihm gegenüber auf das Sofa, und er spürte ihre Unschlüssigkeit, ihre plötzliche Unsicherheit. »Was ihr mir erzählt, bleibt unter uns, wenn ihr wollt«, sagte er.

»Wir haben gehört, dass der Polizist im Gefängnis ist«, sagte der Ältere der beiden. Sein Akzent war so ausgeprägt wie der seiner Mutter. »Er soll Jonas getötet haben.«

Die Nachricht hatte schnell die Runde gemacht.

»Das ist richtig«, bestätigte Leif.

»Er wird nicht wieder zurückkommen, oder?«, fragte der Jüngere. Leif schätzte ihn auf höchstens fünfzehn. Nervös strich sich der Junge mit den Fingern über seine Jeans.

»Wenn die Polizei ihm das Verbrechen nachweisen kann, wird er in den nächsten Jahren nicht freigelassen. Wir haben hier in Deutschland keine Todesstrafe, aber ein Mord wird in der Regel mit wenigstens zehn Jahren Gefängnis bestraft.«

Stille folgte seinen Worten. In ihren Gesichtern las er, wie sie abwogen. Sie tauschten einen verstohlenen Blick. Der Ältere nickte schließlich. Leif wurde sich bewusst, dass er ihre Namen vergessen hatte.

»Wir haben ihn gesehen – in der Kirche.«

Sie waren also da gewesen. Leif erinnerte sich, dass die Spurensicherung ihre Fußabdrücke hinter der Kirche gefunden hatte und ihre Fingerabdrücke auf dem Kerzenständer, der fälschlicherweise für die Mordwaffe gehalten worden war.

»Was habt ihr in der Kirche gemacht?«

Der Ältere senkte den Blick. »Wir wollten das Geld.«

Leif zog eine Braue hoch. »Woher wusstet ihr davon?«

»Sie schnüffeln überall herum«, hörte er Alexandra Beljajews Stimme hinter sich, und ihm wurde klar, dass sie die ganze Zeit über in der Tür gestanden haben musste. »Aber sie haben es nicht genommen.«

»Was habt ihr gesehen?«, fragte Leif.

Sie waren auf dem Friedhof gewesen, als Jonas gekommen war. Er hatte sie nicht bemerkt, und sie hatten die Hintertür geöffnet und waren leise hineingeschlichen, während er mit einem Baseballschläger in der Hand durch das Portal gestürmt war.

Leif sah die Szene vor sich, als wäre er dabei gewesen. Sie mussten in der Kinderkapelle gekauert haben. Von dort stammte auch der Leuchter, auf dem ihre Fingerabdrücke waren. Nachdem Jonas Leifs Vater getötet hatte, hatten sie es mit der Angst zu tun bekommen. Jonas war nicht sofort weggelaufen. Er hatte sich auf der Empore versteckt, wo Leif später sein Handy gefunden hatte, denn als er die Kirche verlassen wollte, war Sönke Piehl auf dem Friedhof aufgetaucht. Piehl, der keinen Krankenwagen und keine Kollegen informiert hatte, sondern die Gunst der Stunde genutzt hatte, um Eckhard Falkner den Schlüssel für den Tresor abzunehmen und das Geld an sich zu nehmen.

Leif begriff jetzt, warum Jonas sterben musste. Er hatte Piehl beobachtet und im Nachhinein versucht, ihn zu erpressen, um auf diese Weise an das nötige Geld für seine Flucht zu kommen. Was Andi ihm gegeben hatte, hatte nicht gereicht, um das Land zu verlassen. Doch Piehl kannte keine Gnade. Das hatte er nicht zuletzt auch bei Uta gezeigt.

Und was hatten die beiden Aussiedlerjungs getan? Als alle fort waren, waren sie zu dem am Boden liegenden Pastor gestürzt. Dabei war der Kerzenständer, den sie aus Angst immer noch bei sich hatten, mit seinem Blut kontaminiert worden. Sie hatten seinen Vater bereits für tot gehalten. Dass Piehl den Verdacht auf sie gelenkt hatte, war reiner Zufall gewesen. Nicht mehr als eine Taktik, weil er Jonas noch nicht hatte …

Es war sehr still in dem dämmrigen Wohnzimmer. »Würdet ihr das, was ihr mir erzählt habt, auch der Polizei erzählen?«, fragte Leif.

»Bleibt er dann im Gefängnis?«

»Ich denke schon.« Leif betrachtete die beiden eingehend. »Warum ist euch das so wichtig?«

Ihre Blicke flogen zu ihrer Mutter, die noch immer in der Tür stand. Und Leif begriff, dass sie nicht weitersprechen würden, solange sie zuhörte. Doch er brauchte nichts zu sagen. Sie hatte es verstanden, zog sich zurück und schloss die Tür mit Nachdruck, als ob sie ihnen damit zu verstehen geben wollte, dass sie einverstanden war.

»Er wollte, dass wir ein paar Sachen für ihn erledigen«, sagte der Ältere der beiden. »Er hat uns gedroht. Wenn wir es nicht machen, würde er …« Der Junge sah beschämt zu Boden.

»Es ging um eure Mutter?«, sagte Leif.

Die Jungen nickten, und Leif fragte sich, wie vielen Menschen Kummer und Schmerzen erspart geblieben wären, wenn sich Kirsten damals nicht geweigert hätte, Sönke anzuzeigen, nachdem er sie vergewaltigt hatte. »Ich rufe jetzt bei der Kriminalpolizei in Kiel an und sage ihnen, dass ihr was zu erzählen habt. Ist das in Ordnung?«

Wieder nickten beide.

Leif wusste, dass Piehl trotz der Aussage der beiden Jugendlichen der Mord an Jonas noch nicht nachzuweisen war, es sei denn, es gelang, weitere Spuren zu finden. Aber der erste Schritt in die richtige Richtung war getan. Sönke Piehl würde auch so keinen Fuß mehr auf den Boden bekommen. Der Druck war gewaltig. Irgendwann würde er ihm nachgeben müssen. Leif sprach mit Stahl, der es jedoch versäumte, Uta über dieses Gespräch zu informieren.

Uta erfuhr von der Aussagewilligkeit der russischen Jungen erst am nächsten Morgen im Kommissariat, als sie Alexandra Beljajew und ihren Söhnen auf dem Flur begegnete. Die Russin grüßte sie zurückhaltend.

»Guten Morgen«, erwiderte Uta erstaunt, »was führt Sie so früh hierher? Hat Ihnen schon jemand einen Kaffee angeboten?«

»Wir … das heißt meine Söhne … werden eine Aussage machen.«

In diesem Moment kam Armin Stahl aus seinem Büro, Birger Harms im Schlepptau. »Frau Beljajew, wir wären jetzt so weit, wenn Sie – oh, guten Morgen, Uta«, unterbrach er sich selbst, als er sie bemerkte.

»Worum geht es hier?«, wollte sie wissen.

Stahl sah sie mit gerunzelter Stirn an. »Hat dich niemand informiert?«

Uta schüttelte den Kopf.

»Gehen Sie doch schon mit Herrn Harms rein«, sagte er darauf zu der Russin. »Ich komme gleich nach.« Mit wenigen Worten erzählte er Uta den neuen Sachverhalt. »Die Schlinge zieht sich zu um Piehls Hals«, bemerkte er abschließend und klopfte ihr väterlich auf die Schulter. »Du wirst sehen, das ist erst der Anfang.«

»Wenn ich das gewusst hätte, hätte ich sicher besser geschlafen.«

»Tut mir leid«, entschuldigte er sich. »Ich wollte dich noch anrufen, aber irgendetwas kam dazwischen, und dann …«

»Schon gut«, winkte sie ab. »Ich hab es überlebt. Ach übrigens, ich hab gestern Abend noch eine Mitteilung von Kirsten Martens aus Moorbek bekommen«, kam sie auf ihr eigentliches Anliegen zu sprechen. »Heute um eins ist die Beerdigung von Amelie Dahms. Ich würde gern hinfahren.«

Stahl sah sie nachdenklich an. »Wir hatten genug Aufregung in den vergangenen Tagen«, antwortete er schließlich. »Vielleicht nimmst du diesmal einen Kollegen mit, der auf dich aufpasst.« Ein Lächeln spielte jedoch in seinem Mundwinkel, so dass sie seine Bemerkung nicht ganz so ernst nahm.

Trotzdem schaute sie bei Baumann ins Büro, brachte ihm seine Autoschlüssel zurück und fragte, ob er sie begleiten wolle.

»Muss ich?«, fragte er nicht sehr begeistert.

»Nein, natürlich nicht.«

»Dann würde ich lieber hierbleiben. Die Listen aus der Amtsverwaltung sind gekommen, die wir gestern angefordert haben.«

»So schnell?« Uta war überrascht, da sich der Verwaltungsbeamte am Vortag so unwillig gezeigt hatte. »Rufst du mich an, wenn du was findest?«

Baumann schenkte ihr sein samtiges Lächeln. »Klar, dich zuerst.« In solchen Momenten bedauerte sie es zutiefst, dass er schwul war.

Aus dem Fuhrpark bekam sie einen dunkelblauen Passat-Kombi zugewiesen. Spuren von Kräckern, ein übervoller Aschenbecher und die letzte Ausgabe des *Spiegels* unter dem Beifahrersitz wiesen darauf hin, dass der Wagen zuletzt vermutlich zu Observationszwecken genutzt worden war. Ihr BMW hatte, wie ihr die Werkstatt heute Morgen mitgeteilt hatte, nach dem Unfall in dem Gewittersturm einen Totalschaden.

Schon als sie den Dienstwagen unterhalb der Kirche ausrollen ließ, wurde ihr klar, dass die gesamte Dorfbevölkerung bei der Beerdigung zugegen sein musste. Einen Parkplatz fand sie erst ein paar hundert Meter weiter in der Einfahrt zu einem der Gehöfte. Ihr Bein, das nach wie vor schmerzte, ließ einen schnellen Gang nicht zu, und so machte sie sich langsam auf den Weg. Es war ein schöner Tag, der Himmel von tiefem Blau, gespickt mit weißen Wolken, wie aus dem

Bilderbuch. Der Raps blühte noch immer, und der Wind trug den bittersüßen Geruch der gelben Felder ins Dorf. Die Glocken läuteten, als sie die Kirche erreichte. Uta stieg die Stufen von der Dorfstraße hoch. Der Platz vor dem Kirchenportal lag verlassen im gleißenden Licht. Sie war spät dran.

Aus dem Gebäude drangen Orgelklänge zu ihr heraus. Ihre Augen brauchten einen Moment, um sich an das Halbdunkel im Vorraum zu gewöhnen. Ein intensiver Blumenduft strömte ihr entgegen. Ein Angestellter des Bestattungsunternehmens begrüßte sie mit ernster Miene und wies auf das Kondolenzbuch, doch Uta schüttelte den Kopf und trat durch die niedrige Tür in das Kirchenschiff, das bis auf den letzten Platz besetzt war. Schulter an Schulter saßen die Dorfbewohner nebeneinander, den Blick nach vorn gerichtet auf den Sarg aus hellem Holz, der vor dem Altar plaziert war. Sie erhaschte einen flüchtigen Blick auf Andis breiten Rücken in einem dunklen Anzug in der ersten Reihe und daneben den blonden Schopf von Kirsten, bevor sich ein anderer Rücken davorschob und ihr die Sicht versperrte. Dann war plötzlich Leif neben ihr und nahm ihren Arm, führte sie auf einen Platz in der vorletzten Reihe. Er schien auf sie gewartet zu haben. Er trug denselben Anzug, den er auch auf der Beerdigung seines Vaters getragen hatte. Als sie sich neben ihn in die Bankreihe setzte, spürte sie die Blicke der Menschen um sich herum.

Der letzte Orgelton verklang. Eine junge Pastorin trat an den Sarg. Ihre helle Stimme durchdrang mühelos das Kirchenschiff. Uta versuchte sich auf ihre Worte zu konzentrieren, in der Hoffnung, etwas zu hören, das ihr Kommen rechtfertigte. Doch es fiel ihr schwer. Abschied zu nehmen gehörte nicht zu ihren Stärken. Sie hatte Amelie Dahms nur flüchtig kennengelernt, und es war auch nicht ihr Tod, der ihr die Tränen in die Augen trieb, sondern der Ausdruck des

Schmerzes und der Trauer derer, denen sie etwas bedeutet hatte. Sie fürchtete den Augenblick, in dem alle aufstehen und der Sarg an ihnen vorbei aus der Kirche gerollt würde, begleitet von den getragenen Klängen der Orgel und den nächsten Angehörigen. Als es so weit war, nahm sie nur flüchtige Momentaufnahmen wahr: Andis stoisches Gesicht, das keine Regung verriet, während seine Faust eine einzelne Rose so fest umschloss, dass seine Knöchel weiß hervortraten; Kirstens rotgeränderte Augen; Traute Averdiecks fahles Gesicht, halb in einem Taschentuch vergraben. Uta biss sich auf die Lippe und wischte verstohlen eine Träne von ihrer Wange. Sie spürte, wie Leifs Hand sich um die ihre schloss und sie behutsam drückte. Sie wagte nicht, ihn anzusehen.

Bänke knarrten, und Schuhe scharrten über den kalten Stein, als die Trauergemeinde sich nach und nach aus den Reihen löste und Amelie Dahms zu ihrer letzten Ruhestätte auf dem Friedhof folgte. Uta und Leif gehörten zu den Letzten, die aus der Kirche hinaus in das gleißende Licht auf den Vorplatz traten. Leif blieb stehen und reichte ihr wortlos ein Papiertaschentuch, dann bot er ihr seinen Arm, seine Miene wie so oft in den letzten Tagen eine ausdruckslose Maske, hinter der er seine Emotionen verbarg.

Der Weg zu dem kleinen Moorbeker Friedhof war kurz. Das offene Grab lag am Rand, beschattet von einer Gruppe hoher Thujen und alten Rhododendren. Es war ein Familiengrab. Als Uta näher kam, konnte sie die Inschriften lesen. Hertha Kröger, geborene Manz, und Wilfried Kröger. Beide waren bereits in den sechziger Jahren verstorben. Amelies Eltern. Aber wo war das Grab ihres Mannes? Warum fehlte sein Name auf dem Stein? Uta runzelte die Stirn, blickte sich suchend um. Sie war immer davon ausgegangen, dass Amelie Dahms verwitwet war, aber …

Der Sarg wurde in das Grab hineingelassen, und über die

Beileidsbekundungen der Trauernden hinweg begegnete Uta Kirstens Blick. Und sie vergaß die Averdiecks und Haacks, die Piehls und Tiedemanns um sich herum, ja für einen flüchtigen Moment sogar Leif, um dessen Arm ihre Finger sich fest schlossen, als sie begriff, was Kirsten ihr sagen wollte. *Sie sollen kommen.* Kommen und begreifen. Mit eigenen Augen sehen. Sie blickte auf das Grab. Auf die Steine und die Inschriften. Amelie Dahms' Ehemann lag nicht auf diesem Friedhof. Nein. Für Heiner Dahms gab es keinen Grabstein und kein Grab. Seine sterblichen Überreste lagen in Kiel, im Institut für Rechtsmedizin auf einem Tisch aus blank poliertem Edelstahl. Es schien ihr, als ob Kirsten kaum merkbar nickte, und sie spürte Leifs Blick auf sich.

*

Stahl war gerade zu Hause angekommen, als ihn Harms' Anruf erreichte. »Piehl will mit uns reden«, sagte er.

»Ach«, erwiderte Stahl. »Jetzt auf einmal doch? Hat er mit seinem Anwalt gesprochen?«

»Nein, angeblich nicht. Soll ich allein fahren, oder willst du mitkommen?«

»Mit Piehl sollten wir lieber zu zweit reden«, entschied Stahl und sah durch die offene Tür zu Sabine, die im Wohnzimmer saß und die Zeitung las. »Wollen wir uns am UG treffen?«, fragte er Harms.

»In einer halben Stunde.«

Sabine ließ die Zeitung sinken, als ihr Mann in das Zimmer trat. »Ich muss wieder los. Tut mir leid.«

»Wer ist es diesmal?«, fragte sie spöttisch. Er mochte diesen Ton nicht, aber er verkniff sich eine Bemerkung.

»Ach, wir haben da einen in U-Haft ...«, sagte er nur. »Ich bin froh, wenn Werner wieder auf den Beinen ist.«

»Ich auch«, bemerkte sie. »Wie geht es eigentlich Uta?«

Stahl zögerte. Das Gespräch hatte beste Voraussetzungen schwierig zu werden. »Ich mach mir Sorgen um sie«, sagte er zurückhaltend.

»Wegen ihrem Unfall oder der Entführung?«

»Nein, das hat sie gut im Griff, ich befürchte, sie hat sich vergaloppiert. Es geht um diesen BKA-Mann, Falkner, erinnerst du dich?«

Sabine runzelte die Stirn. »Vage. War er nicht hier im Zusammenhang mit diesem Organhandelskandal vor anderthalb Jahren? Was hat Uta mit ihm zu schaffen?«

»Ist eine längere Geschichte und hat mit dem aktuellen Fall zu tun.«

Sabine verstand. »Du kannst nicht drüber reden, schon klar.«

Stahl räusperte sich. »Ich hab das dumme Gefühl, dass sie sich in ihn verliebt hat.«

Sabine lachte auf. »Das kann ich mir bei Uta nicht vorstellen. Sie wirkt immer so ... überlegen, so selbstbewusst. Als ob sie genau weiß, was sie tut.«

»Das dachte ich auch immer«, brummte Stahl und warf einen Blick auf die Uhr. »Ich muss los.« Er drückte seiner Frau einen Kuss auf die Wange und war im nächsten Moment schon zur Tür hinaus.

Harms wartete bereits vor dem UG auf ihn. »Wenn ich an diesen selbstzufriedenen Sack denke, der da drin auf uns wartet, hab ich schon gar keine Lust mehr, reinzugehen«, maulte Harms um seine Zigarette herum.

Stahl grinste wider Willen. »Sönke Piehl ist ein Arschloch. Leider haben in unserer Gesellschaft auch Arschlöcher einen Anspruch auf ihr Recht.« Er öffnete die Tür. »Nach Ihnen, Herr Kollege.«

Piehl betrat gleichzeitig mit ihnen den kleinen Raum, der ihnen als Vernehmungszimmer diente. Er wirkte erstaunt, dass sie zu zweit waren. Stahl hatte das Gefühl, dass er auf die Schnelle seine Taktik anpasste, und fragte sich, was er vorhatte.

Piehl wirkte durch die Untersuchungshaft nicht eingeschüchtert. Mit blasierter Selbstgefälligkeit saß er ihnen gegenüber und musterte sie herablassend aus seinen grünen Augen.

»Was hat Sie bewogen, nun doch mit uns zu sprechen?«, fragte Stahl und bemühte sich, seine Gefühle hinter einem neutralen Tonfall zu verbergen. »Und sind Sie sicher, dass Sie keinen Anwalt hinzuziehen möchten?«

»Ich möchte Ihnen einen kleinen Handel vorschlagen«, sagte Piehl. »Ich denke, ich habe ein paar Informationen, die wertvoll für Sie sein könnten, in Bezug auf den Toten, den Sie auf dem Peters-Hof gefunden haben. Im Gegenzug …« Er ließ den Rest des Satzes bedeutungsvoll verklingen.

»Damit kommen Sie jetzt?«, fragte Stahl ungehalten.

Piehl zuckte die Schultern. »Ist viel passiert in den letzten Tagen. Da kann auch mal was in Vergessenheit geraten, oder?«

»Was wissen Sie?«, mischte sich Harms ein.

»Es ist eine alte Geschichte, aber Mord verjährt bekanntlich nicht.«

»Sie wissen, wer Täter und Opfer sind.«

Piehl lächelte. Mehr nicht.

»Davon mal abgesehen, werde ich meinerseits Anzeige gegen Frau Thormälen erstatten wegen falscher Beschuldigungen«, fuhr er schließlich fort. »Ihre Kollegin hat nichts in der Hand gegen mich.«

»Wir werden das, was Sie uns vorgeschlagen haben, mit dem Staatsanwalt besprechen«, sagte Harms. »Sie hören dann von uns.«

Piehls selbstzufriedenes Lächeln begleitete sie nach draußen. Einzig sein schweißiger Händedruck zum Abschied zeugte von seiner Nervosität.

»Das gefällt mir nicht«, bemerkte Harms, als sie allein waren. »Du solltest dringend Uta kontaktieren, bevor wir darüber mit Sommer sprechen.«

»Wo ist die überhaupt?«

»In Moorbek auf der Beerdigung von Amelie Dahms.«

Natürlich. Wo sonst. Stahl unterdrückte einen Fluch.

XIII.

Johann Wehmut traute seinen Augen nicht, als er die kleine unscheinbare Meldung in seiner Tageszeitung las über die Leiche, die in Moorbek gefunden worden war. Es war bisher nicht gelungen, den Toten zu identifizieren. Bekannt war lediglich, dass es sich um einen Mann handelte, der im Alter von etwa vierzig Jahren vor rund fünfundzwanzig Jahren erschlagen und unter einem Baum am Dorfrand verscharrt worden war.

Wehmut spürte, wie eine kalte Hand nach seinem Herzen griff. Gab es solche Zufälle? Oder war hier der Teufel am Werk? Eckhard hatte den Menschen, dessen Leiche jetzt wieder zum Vorschein gekommen war, einmal als das personifizierte Böse bezeichnet. »Wo er aufgetaucht war, hatte das Unglück seinen Lauf genommen«, hatte er zu ihm gesagt und sich bekreuzigt.

Aber dieser Dämon in Menschengestalt hatte ihm schließlich auch alles genommen, was er liebte. Erst die Frau, dann den Jungen. Er war es, der verantwortlich dafür war, dass Eckhard diesem Fanatismus erlegen war, der ihn letztlich ins Grab gebracht hatte. Nach dem Tod seiner Frau und dem Verlust seines Sohnes hatte Eckhard geglaubt, eine Schuld abtragen zu müssen. Er war davon wie besessen gewesen.

Es hatte Wehmut viel Mühe gekostet, viele Gespräche und gemeinsame Gebete, um die Not seines Freundes zu lindern. Seine Gedanken auf andere, gesündere Pfade zu lenken. Auf die Aufgabe, die er gegenüber seiner Kirche, seinem Glauben und nicht zuletzt Gott, seinem Herrn, zu erfüllen hatte. Es hatte Eckhard eine oberflächliche Ruhe gegeben, sein Leben so rückhaltlos in den Dienst der Kirche zu stellen, aber Wehmut wusste, dass er tief in seinem Herzen nie aufgehört hatte zu trauern, nie den Schmerz über den Verlust seiner Liebe verwunden hatte. Es war einer von Gottes Gnadenbeweisen gewesen, dass es ihm vor seinem Tod vergönnt gewesen war, seinen Sohn ein letztes Mal zu sehen, zu spüren, dass das Warten nicht vergeblich gewesen war.

Aber der Dämon hatte nur gewartet, geruht und Kräfte gesammelt. Und jetzt war er zurückgekehrt. Wehmut schauderte unwillkürlich, und seine Finger schlossen sich um das Kreuz auf seiner Brust. Viel Leid hatten sie alle erfahren in den vergangenen Tagen. Viel Schmerz. Jetzt verstand er, warum. Alle Beteiligten – die Lebenden wie die Toten – würden erst Ruhe finden, wenn die sterblichen Überreste von Heiner Dahms ein christliches Begräbnis erfahren hatten. Er würde sich darum kümmern.

»Wir müssen reden«, sagte Kirsten Martens leise zu Uta, als sie sich an dem offenen Grab endlich allein gegenüberstanden. Die meisten Trauergäste waren bereits aufgebrochen in den Dorfgasthof, wo es traditionell nach der Trauerfeier noch eine Kaffeetafel gab. Leif hatte bei der Beerdigung seines Vaters mit dieser Tradition gebrochen, Andi dagegen beugte sich. »Kommen Sie mit zu mir, da sind wir ungestört«, fügte Kirsten hinzu.

»Gehen Sie nicht mit den anderen in den Gasthof?«, fragte Uta erstaunt.

»Nein, ich ertrage das nicht«, erwiderte Kirsten ehrlich,

die in ihrem schwarzen Kostüm, das sie trug, noch fragiler wirkte als sonst. »Und außerdem will ich den Babysitter nicht noch für eine weitere Stunde bezahlen.«

»Kennen Sie eigentlich den Film ›Wenn die Gondeln Trauer tragen‹?«, fragte Uta auf dem Weg zum Auto. Kirsten sah sie an, und an dem Lächeln, das um ihre Mundwinkel spielte, erkannte Uta, dass sie nicht die Erste war, die diesen Vergleich zog.

Wenige Minuten später fuhren sie auf den staubigen Hofplatz. Uta fühlte sich schon fast zu Hause, als sie die Autotür öffnete und ihr der schon vertraute Geruch nach Ziegen entgegenströmte. Die alten Pappeln rauschten leise, ihre Blätter flirrende Schatten im Licht. Kirstens Kinder spielten draußen. Ein junges Mädchen, nicht älter als zwölf oder dreizehn, saß bei ihnen und stand auf, als Kirsten auf sie zuging. Sie wechselten leise ein paar Worte, dann kramte Kirsten in ihrer Tasche, gab dem Mädchen einen Zehneuroschein und verabschiedete es mit einem flüchtigen Kuss auf die Wange. Uta sah der schlanken Gestalt nach, die auf ihrem Fahrrad zwischen den Pappeln verschwand, und fühlte sich an ihre eigene Jugend erinnert.

Mit einem Aufseufzen streifte Kirsten ihre hochhackigen Schuhe von den Füßen. »Wollen Sie einen Tee?«, fragte sie. Als Uta nickte, ging sie ihr voraus barfuß ins Haus und stieß die Küchentür auf. Auf dem Tisch standen Schüsseln und eine geöffnete Packung Cornflakes. Eine halbgegessene Banane lag daneben auf einem Teller. Mit flinken Handgriffen räumte Kirsten alles beiseite und stellte Wasser auf. »Ich bin gleich wieder hier, ich will mich nur schnell umziehen«, sagte sie und verschwand in den Tiefen des Hauses.

Uta trat ans Fenster und blickte auf den Hof hinaus, wo die Kinder noch immer in ihr Spiel vertieft waren. Sie hatten sich mit Steinen und Sand eine Burg gebaut, die Schauplatz war für eine Schlacht von bunten Playmobilmännchen. Der

Jüngste, der kleine Goldschopf, den Uta schon kennengelernt hatte, war vor allem damit beschäftigt, das, was seine großen Geschwister aufgebaut hatten, zu zerstören – was ihm nicht deren Zuneigung eintrug. Der alte Hund lag nicht weit von den Kindern entfernt und reckte seinen Bauch in die Sonne.

»Vielen Dank, dass Sie heute gekommen sind«, sagte Kirsten, die plötzlich neben ihr stand. Uta hatte sie nicht hereinkommen hören. Sie trug jetzt ein pinkfarbenes T-Shirt und eine Jeans und bereitete den Tee zu.

»Auf dem Friedhof habe ich mich gefragt, warum Amelie Dahms nicht an der Seite ihres Mannes beerdigt wird«, sagte Uta. »Ich war immer davon ausgegangen, dass sie verwitwet ist.«

Kirsten sah sie von der Seite an. »Sie war verwitwet.«

»Aber ihr Mann liegt nicht auf dem Friedhof.«

Kirsten schüttelte ihre blonden Locken. »Sie wissen, wo Heiner Dahms liegt.«

»Er liegt in der Rechtsmedizin in Kiel. Es sind seine sterblichen Überreste, die wir unter dem Baum im Garten der Aussiedler gefunden haben.«

Kirsten nickte langsam. »Er hat sich schon einen sehr speziellen Zeitpunkt ausgesucht, um wieder aufzutauchen.«

»Was wollen Sie damit sagen?«

»Seit seinem Tod ist es das erste Mal, dass wir alle wieder hier sind.«

Wir alle. Uta wusste, wen sie meinte. Leif, Andi und sich selbst.

Kirsten stellte Becher auf den Tisch. Uta setzte sich und erinnerte sich, dass sie bei ihrem letzten Besuch auf demselben Platz gesessen hatte. Vor wenigen Tagen erst, als Andi und Kirsten ihr von Jonas und Mila erzählt hatten. Kirsten schenkte Tee ein. »Was, glauben Sie, hat das zu bedeuten, dass Heiner Dahms' Leiche gerade jetzt wieder aufgetaucht ist?«, fragte sie und blickte Uta aus ihren großen meerblauen Augen an.

»Ich bin nicht besonders esoterisch veranlagt«, gestand Uta. »Ich schätze, es handelt sich um einen Zufall.«

»Das ist kein Zufall«, behauptete Kirsten und griff nach ihren Zigaretten, die hinter ihr auf der Anrichte lagen. Sie bot Uta auch eine an, die sie dankbar entgegennahm.

»Was ist hier vor fünfundzwanzig Jahren passiert, Kirsten?«, fragte sie dann.

»Was wissen Sie?«

»Ich weiß, dass Heiner Dahms erschlagen worden ist«, erwiderte Uta. »Das hat die Obduktion ergeben.«

»Ja«, sagte Kirsten, »ein Schlag auf den Kopf tötet schnell. Viel zu schnell und leicht für all das, was er angerichtet hat.«

Uta spürte, wie sich die Tür, die sie bereits geöffnet hatte, weiter aufschob, wie das Dunkel dahinter Konturen annahm. Und sie spürte die Kälte, die von ihm ausging.

Es gab keinen anderen Ausweg. Leifs Worte.

»Ich habe Sie und Leif heute in der Kirche und auf dem Friedhof zusammen gesehen«, sagte Kirsten, und in ihrer Stimme lag mit einem Mal ein seltsamer Unterton. »Er ... ist ein wunderbarer Mensch ... ich vertraue darauf, dass Sie die richtige Entscheidung treffen. «

Uta atmete gegen die Beklemmung an, die sie verspürte. »Erzählen Sie«, bat sie nur.

Später, viel später, wünschte sich Uta, sie hätte genau das nicht gesagt, sondern wäre in jenem Moment aufgestanden, fortgegangen und nie wiedergekehrt. Aber dafür war es jetzt zu spät. Zu tief war sie schon involviert. Sie war Teil der Geschichte geworden, als sie Leif Falkner in der Kirche in die Augen geblickt hatte, an jenem Tag, an dem sie Birger Harms das erste Mal nach Moorbek begleitet hatte. Es gab kein Zurück.

Heiner Dahms war nach dem Krieg in Moorbek gestrandet, wie viele andere, die aus dem Osten geflohen waren und in Schleswig-Holstein eine neue Heimat gefunden hatten. Fünfzehn war er gewesen und hatte auf der Flucht seine gesamte Familie verloren. Er sprach nie davon. Lediglich der Name *Wilhelm Gustloff* war einmal gefallen.

»Ich habe versucht, mehr herauszufinden, aber es war unmöglich«, erzählte Kirsten. »Amelie hatte alles verbrannt, was ihm gehört hat, nachdem …« Uta sah, wie sich die tiefen Linien in Kirstens Gesicht angesichts der Erinnerung noch tiefer einzugraben schienen.

Heiner Dahms hatte sich im Dorf als Lohnarbeiter verdingt, als Erntehelfer und in den Ställen, bis er genug Geld gespart hatte, einen eigenen kleinen Betrieb aufzumachen. Er hatte ein Gefühl für Maschinen und richtete sich in dem kleinen Haus am Dorfrand, das er Ernst Averdiecks Vater für wenig Geld abkaufte, eine Werkstatt ein. »Es war anfangs nicht mehr als ein Schuppen«, sagte Kirsten. »Er steht immer noch. Später dann hatte er eine eigene Halle im Dorf.«

Heiner Dahms war ein Einzelgänger gewesen. Schweigsam und zurückgezogen, aber sein Fleiß und sein handwerkliches Geschick hatten ihm die nötige Achtung eingebracht. Als er Mitte zwanzig war, heiratete er. »Es war ein Mädchen aus einem der Nachbardörfer.« Kirstens Stimme war seltsam emotionslos. »Sie starb nur zwei Jahre später bei der Geburt ihres ersten Kindes.« Auch das Neugeborene hatte nicht überlebt.

Erst Jahre später, mit etwa Mitte dreißig, wagte er einen zweiten Anlauf und heiratete Amelie. »Es gab da noch eine andere Frau, aber …« Kirsten schüttelte den Kopf. »Später mehr davon. Amelie jedenfalls war die jüngste der Kröger-Töchter, gerade erst siebzehn oder achtzehn, und zu scheu, um sich gegen die Eheschließung zu wehren. Die Eltern waren froh, sie unter der Haube zu haben.«

Uta war überrascht, mit welcher Akribie Kirsten nachgeforscht haben musste, um all diese Informationen zu bekommen.

»Meine Großmutter hat sich immer für alles interessiert, was im Dorf passierte«, gestand sie mit einem Lächeln auf Utas Frage. »Und Hertha Kröger, Amelies Mutter, war ihre Cousine.«

»Aber warum wollten Sie das alles wissen?«

»Ich hatte gehofft, dadurch vielleicht irgendwann zu verstehen, warum das alles geschah, und mit diesem Wissen all die Schmerzen lindern zu können.«

Die erste eigene Erinnerung, die Kirsten an Heiner Dahms hatte, war die von einem großen, dunklen Mann mit einer barschen Stimme. »Als ich klein war, hab ich entsetzliche Angst vor ihm gehabt. Vor ihm und all den lauten Maschinen in seiner Werkstatt. Aber Andi und Leif waren oft dort, und wenn ich bei ihnen sein wollte ...« Sie zuckte die Schultern. Später dann hatte sich ihr Spiel verlagert, hauptsächlich auf das Geheiß von Andis Mutter. »Amelie sagte immer, sie hätte Angst, dass etwas passiert.« Kirsten schnaubte. »Früher dachte ich natürlich, sie meint die Maschinen, aber ...«

Amelie meinte nicht die Maschinen. Sie kannte die pädophilen Neigungen ihres Mannes.

»Oh, Gott«, entfuhr es Uta. »Hat er ...«

»Uns nicht«, sagte Kirsten, und ihre Stimme zitterte plötzlich. »Aber Andi.« Eine Träne rollte über ihre Wange. »Ich ... weiß nicht, wann es angefangen hat. Wir haben es als Kinder nicht begriffen. Andi war manchmal komisch, aber dann war er wieder wie immer ...« Sie griff nach ihren Zigaretten. »Amelie sah selbst als erwachsene Frau immer noch aus wie ein Mädchen. Sie war so dünn und hatte kaum Oberweite. Vielleicht hat ihn das anfangs befriedigt. Sie war ja auch so viel jünger als er.«

»Wie haben Sie davon erfahren?«

»Leif hat es herausgekriegt.« Dreizehn waren sie damals gewesen. »Er hat sich zwei Tage verkrochen und nicht mit mir geredet, und jedes Mal wenn ich ihm begegnet bin, hatte er rotverweinte Augen. Schließlich hat er es mir erzählt.«

Es war eine Zeit gewesen, zu der die Dahms im Dorf bereits in eine Außenseiterposition geraten waren. Heiner Dahms hatte seinen Betrieb aufgegeben und arbeitete auf Montage. Er war nur noch an den Wochenenden zu Hause. »Leif und ich durften nicht mehr zum Spielen dorthin. Früher hatte Amelie es verboten, inzwischen wollten unsere Eltern es nicht mehr.«

Niemand sprach offen darüber, aber abgesehen von den Kindern, musste nahezu jeder im Dorf von Heiner Dahms' perversen Neigungen und dem Martyrium seines Sohnes gewusst haben. Aber niemand hatte sich gekümmert, niemand war eingeschritten.

»Ich habe das bis heute nicht verstanden.« Kirstens Stimme zitterte. »Wir sehen nur das, was wir sehen wollen«, sagte Uta leise mehr zu sich selbst als zu Kirsten. Sie sah Andi vor sich, diesen Bären von einem Mann, gezeichnet vom Alkohol …

Es war einen Moment lang sehr still in der Küche. Nicht einmal die Kinder draußen auf dem Hof waren zu hören. Sie spürte Kirstens fragenden Blick auf sich.

»Der menschliche Geist ist durchaus in der Lage wegzusehen und Tatsachen umzudefinieren, bis sie ins eigene Weltbild passen«, sagte Uta, obwohl ihr nicht nach Erklärungen zumute war. »Auch wir blenden täglich aus – Hunger in Afrika, Kriegsgreuel im Irak … aber es funktioniert auch in der direkten Nachbarschaft. Die Zeitungen sind voll mit diesen Geschichten.«

Kirsten nickte langsam. »So habe ich es noch nie betrachtet, aber vermutlich haben Sie recht.« Sie wischte sich eine

Träne aus dem Augenwinkel. »Was mit Andi geschah, passte nicht in die saubere kleine Welt unseres Dorfes. Also existierte es auch nicht.«

»Es ist bitter, ich weiß«, sagte Uta. »Doch so funktionieren wir Menschen. Immer wieder.«

»Das ist keine Entschuldigung«, stieß Kirsten heftig hervor.

»Nein, soll es auch nicht sein. Es gibt schließlich auch immer Menschen, die nicht wegsehen, sondern handeln. So wie Sie damals und Leif. Wie ist er überhaupt dahintergekommen?«

Kirsten lächelte bitter. »Wir waren Kinder. Und Sie wissen, wie Kinder mit Verboten umgehen.«

Andi war ihr bester Freund gewesen, und wenn sie ihn sehen wollten, trafen sie sich mit ihm im Zweifelsfalle auch auf dem Dahmsschen Gelände. »Eines Tages hatte Leif etwas vergessen.« Kirstens Finger spielten nervös mit dem Feuerzeug. »Ich weiß nicht mehr, was es war. Es war Herbst gewesen und schon früh dunkel. Als er das Grundstück erreichte, hat er Licht im Schuppen gesehen und sich zum Fenster geschlichen, um zu sehen, wer da war ... Und da hat er Andi gesehen – und seinen Vater.« Heiner Dahms hatte sich zu diesem Zeitpunkt nicht mehr allein darauf beschränkt seinen Sohn zu missbrauchen. Er war weitergegangen.

Uta schloss die Augen und kämpfte gegen die plötzliche Übelkeit.

»Aber Amelie ...«

»Sie hat die Augen verschlossen«, fiel Kirsten ihr ins Wort. »Sie hat so viel Angst gehabt um ihr schäbiges kleines Leben, dass sie es zugelassen hat, dass ihr Mann ihren Sohn fast umgebracht hat.« Es lag so viel Verachtung in Kirstens Stimme, dass Uta schauderte.

»Sie haben auf der Beerdigung geweint«, sagte sie.

Kirsten sah sie aus schmalen Augen an. »Ich habe nicht

um Amelie geweint, sondern wegen Andi. Er hat um sie getrauert, obwohl er dachte, er könne es nicht.«

Uta schluckte. Es dauerte eine Weile, bis sie wieder etwas sagen konnte. »Was … was haben Sie gemacht, nachdem Sie von dem Missbrauch erfahren haben?«

»Wir haben mit Andi gesprochen. Es war entsetzlich. Er ist wütend geworden, und wir hatten einen Riesenstreit. Und dann hat er nur noch geweint. Er wollte nicht mehr nach Hause, und Leif ist zu seinem Vater gegangen, um mit ihm darüber zu sprechen.« Erneut huschte ein bitteres Lächeln über Kirstens Gesicht. »Bis zu diesem Tag hatten Leif und sein Vater ein einigermaßen gutes Verhältnis.«

»Eckhard Falkner hat nicht geholfen?«, fragte Uta. Der Alptraum schien keine Ende zu nehmen.

Nein, Eckhard Falkner hatte nicht geholfen. Warum auch immer. Im Gegenteil. Er hatte darauf bestanden, dass Andi zu seiner Familie zurückkehrte.

»›Das geht uns nichts an‹, hat er zu Leif gesagt.« In Kirstens Augen schwammen Tränen, als sie es erzählte.

Uta war fassungslos. Was mochte Eckhard Falkner dazu bewegt haben, Stillschweigen zu bewahren und untätig danebenzustehen, bei einem solchen Verbrechen? Vor allem nachdem sein Sohn den Mut gefasst hatte, zu ihm zu kommen? Gerade als Vertreter der Kirche oblag ihm doch die Pflicht, in einer solchen Situation einzugreifen oder zumindest die Behörden zu informieren. Wie konnte er einen Menschen in Not einfach fortschicken, ihn alleinlassen in seiner Angst und seiner Hilflosigkeit? Es musste mehr dahinterstecken.

Endlich verstand Uta, wodurch die kühle Distanz und die undurchdringliche Maske, die Leif Falkner zur Schau trug, um seine Gefühle zu verbergen, geboren worden waren.

»Wie können Menschen so sein?«, flüsterte sie. Noch nie in ihrem Leben hatte sie in solche Abgründe geblickt.

»Das haben wir auch nicht begriffen«, sagte Kirsten. »Wir haben uns so allein gefühlt. Und irgendwie schuldig, obwohl wir es nicht waren.«

Kirsten seufzte. »Leif wollte in seiner Verzweiflung den Schuppen anzünden«, fuhr sie schließlich fort. »Aber Heiner hat ihn erwischt und …«

»Was?«

Kirsten rührte sich nicht. »Er hat es mir nie erzählt.«

Sie war inzwischen kreideweiß, und Schweißperlen standen auf ihrer Stirn. Uta fragte sich, ob auch nur einer der drei je in seinem Leben einen Therapeuten gesehen hatte. Sie bezweifelte es.

»Nach diesem Vorfall haben wir Andi kaum noch zu Gesicht bekommen. Wir waren inzwischen fünfzehn. Er kam jetzt auch häufiger nicht zur Schule, und wir hatten entsetzliche Angst um ihn. Leif ist damals fast verrückt geworden.« Sie sah Uta an. Und der flehentliche Ausdruck kehrte zurück in ihre Augen. »Er hat schließlich beschlossen, Heiner Dahms zu töten.«

Mord verjährt nicht.

War es das, was er gesagt hatte?

»Und er hat es getan«, flüsterte Uta. Sie wusste es längst, und doch war dieser Moment, der alle Zweifel, alle verbliebene Hoffnung auslöschte, so kalt und von so schmerzhafter Einsamkeit, dass es ihr Tränen in die Augen trieb.

Kirsten fuhr fort: »Er hatte alles genauestens geplant. Er wusste, er hatte nur eine Chance. Wenn es ihm nicht gelingen würde …«

Uta hob abwehrend die Hand, und Kirsten verstand. Sie ersparte Uta die Details. »Andi und ich haben ihm geholfen, die Leiche zu vergraben. Der alte Peters-Hof war damals unbewohnt …« Kirsten senkte plötzlich den Blick, und ihre Finger verkrampften sich. Da war noch etwas.

»Kirsten, was ist?«

»Jemand hat uns beobachtet. Er ... ist uns gefolgt und ...«

»... hat Sie erpresst mit seinem Wissen.«

Kirsten nickte. »Er hat verlangt, dass Leif und Andi weggehen. Er hat damals gesagt, wenn sie je zurückkehren, würde er alles erzählen.«

»Und was war mit Ihnen?«

»Ich sollte bleiben.« Kirsten presste die Lippen zusammen, und Uta fragte sich, was schlimmer gewesen sein mochte. Mit fünfzehn auf Trebe zu sein oder als Mädchen in einem Dorf zurückgelassen zu werden, das solche Menschen hervorbrachte.

»Wer war es?«

Kirsten sah sie an. »Sönke Piehl.«

Die letzten Puzzleteile fielen an ihren Platz, und Uta begriff, was das bedeutete. Für sie. Heute. Er wusste alles, und er würde dieses Wissen nutzen, um aus dem Gefängnis freizukommen. Er würde Leif, Andi und Kirsten ohne mit der Wimper zu zucken ins Verderben stoßen.

Sie schloss für einen Moment die Augen.

»Leif ist nie wieder zurückgekommen. Bis heute«, hörte sie Kirstens Stimme wie von fern. Ein tiefer Seufzer verließ ihre Brust. Nun konnte sie ihre Tränen nicht mehr zurückhalten. »Andi ist vor fünf Jahren heimgekommen. Zu mir ...«

Uta stand auf, ging um den Tisch herum und legte ihre Arme um Kirstens zerbrechlichen Körper. Eine ganze Weile verharrten sie so, auch Uta fand Trost in dieser Nähe.

»Wir haben keine Vermisstenmeldung zu Heiner Dahms gefunden«, sagte sie schließlich.

Kirsten nahm ein Taschentuch und schneuzte sich. »Glauben Sie mir, jeder wusste, wo Heiner war, und keiner hat ihn vermisst.«

Aber es hatte auch niemand das Rückgrat gehabt, ihn anzuzeigen und seinem Treiben ein Ende zu bereiten. Stattdessen hatten sie sich in ihren Intrigen verloren. In ihrem verfluchten Dorf mitsamt ihrer Kleingeistigkeit und ihrer Angst. Sie fragte sich, welchen Grund Eckhard Falkner gehabt hatte für sein Verhalten. Warum er untätig zugesehen hatte und sein fünfzehnjähriger Sohn in seiner Hilflosigkeit zum Mörder werden musste.

»Da ist noch etwas«, sagte Kirsten, löste sich aus Utas Umarmung und stand auf. Sie verließ den Raum. Uta hörte, wie sie im Wohnzimmer Schubladen aufzog. Gleich darauf kam sie zurück und legte eine Fotografie vor Uta auf den Tisch. Es war ein schwarzweißer Abzug, einer mit Zähnen am Rand, vergilbt vom Alter. Er zeigte einen Mann, der ernst in die Kamera blickte. Heiner Dahms. Uta starrte ungläubig darauf.

»Wann ist die Fotografie aufgenommen worden?«, fragte sie mit klopfendem Herzen.

»Ende der Fünfziger«, erwiderte Kirsten.

Sie sahen sich an.

»Die Ähnlichkeit mit Leif ist nicht zu übersehen«, sagte Uta schließlich. »Weiß er es?«

Kirsten schüttelte den Kopf. »Soweit ich weiß, nicht.«

»Das meinten Sie, als Sie die ›andere Frau‹ erwähnten.«

»Ja.«

»Werden Sie es ihm sagen?«

Sie bekam keine Antwort, denn in diesem Moment öffnete sich die Tür, und Leif kam herein, gefolgt von Andi. Kirsten ließ mit einer schnellen Bewegung die Fotografie unter dem Tisch verschwinden.

Uta starrte die Männer an wie Geister aus einer anderen Welt.

Mord verjährt nicht.

Was sollte sie nur tun?

Er kam herein und sah ihr Gesicht. Sie wusste es. Sie kannte die ganze Geschichte. Und noch mehr. Aber was?

Kirsten wich seinem Blick aus, sah zu Boden, dann zu Andi. Streckte ihm eine Hand hin. »Wie geht es dir?«, fragte sie leise.

»Es ist vorbei«, sagte Andi und griff nach den Zigaretten, die auf dem Tisch lagen. Schwer ließ er sich auf den Stuhl neben Kirsten fallen, zündete sich eine Zigarette an und inhalierte den Rauch tief. Kirsten fuhr ihm mit den Fingern durchs Haar, und er lehnte sich gegen sie.

Uta trat einen Schritt zurück. »Na, dann werd ich mal ...«

Kirstens Blick flog zu ihr. »Wollen Sie nicht noch zum Essen bleiben?«

Uta schüttelte den Kopf. Sie sah müde aus. Angespannt. »Nein, ich ... vielen Dank. Ein andermal vielleicht ... Wiedersehen, Herr Dahms.«

Andi nickte ihr zu. Sie wandte sich zu Kirsten, küsste sie flüchtig auf die Wange. Dann stand sie vor ihm. »Leif ...«

Was lag in ihren Augen? Sie schienen ihm dunkler als sonst.

»Soll ich dich begleiten ...?«, begann er.

Sie schüttelte den Kopf. »Nein ... danke.«

Er hatte das Gefühl, dass sie nur noch rauswollte. Fort. Allein sein. Er trat einen Schritt zur Seite, um sie vorbeizulassen. Ihr Arm streifte den seinen, der Duft ihrer Haare.

Die Tür fiel hinter ihr ins Schloss. Alles in ihm wehrte sich dagegen, sie gehen zu lassen. Er wandte sich zur Tür, doch Kirsten hielt ihn zurück. »Lass sie«, sagte sie nur.

Er hörte den Motor ihres Wagens anspringen, das Geräusch der Reifen auf dem Sand, und dann nur noch Stille.

»Du bedeutest ihr genauso viel«, sagte Kirsten, ihre Hand noch immer auf seinem Arm. »Deswegen muss sie gehen. Gib ihr Zeit.«

Sehr geehrte Leserin, sehr geehrter Leser,

danke für Ihr Interesse an unserem Fachbuch-Programm.
Wenn Sie in Zukunft über unsere Neuerscheinungen informiert werden möchten, senden Sie uns diese Karte ausgefüllt zurück.
Und tragen Sie sich für unsere Newsletter ein unter
www.klett-cotta.de/newsletter

Foto: fotolia © Olivier Le Moal

www.klett-cotta.de/fachbuch

Fach-
buch
Klett-Cotta

900785

»Zeit ist das Einzige, was ich nicht habe«, sagte er und hörte selbst die Bitterkeit in seiner Stimme. »Sönke Piehl ist in Untersuchungshaft.« Er sah, wie Kirsten bei seinen Worten blass wurde. »Die Aussiedlerjungen haben in der Kirche beobachtet, wie er die Spendengelder gestohlen hat.«

»Was ist mit dem Mord an Jonas?«, fragte Andi. »Können sie ihm den nachweisen?«

»Bislang nicht. Ich hab heute mit Birger Harms telefoniert. Er war recht zugeknöpft, aber das hat er durchsickern lassen.«

»Sönke wird reden«, sagte Kirsten dumpf. »Wenn er das Gefühl hat, damit den Kopf aus der Schlinge zu bekommen, wird er reden.«

»Ja, das glaube ich auch«, sagte Andi und drückte seine Zigarette aus.

Leif meinte förmlich zu spüren, wie sich die Türen hinter ihm schlossen und sein altes Leben dahinter verschwand. Seine Vergangenheit war gerade dabei, ihn mit großen Schritten einzuholen.

»Was wirst du tun?«, wollte Andi wissen.

»Packen. Etwas anderes bleibt mir kaum übrig.«

Kirsten schluckte hart. Leif zog sie an sich und strich ihr durch die blonden Locken. »In einem anderen Leben werden wir mehr Zeit füreinander haben.«

Sie legte den Kopf an seine Brust. »Du glaubst nicht an so was, also hör auf damit.«

»Sehen wir uns noch?«, fragte Andi.

»Ich denke schon.«

Als Leif wenig später am Pfarrhaus ankam, saß Uta auf den Stufen vor der Haustür. Er nahm den Helm ab und ging langsam auf sie zu.

Er erinnerte sich plötzlich an ihre erste Begegnung in der Kirche, wo sie im Vorraum im Gästebuch geblättert hatte.

Sechs Tage waren seither vergangen. Es fühlte sich an wie sechs Jahre. So viel war passiert. Er blieb stehen. Uta stand auf und trat ihre Zigarette aus.

»Warum bist du hier?«, fragte er.

»Ich werde morgen meine Aussage gegen Sönke Piehl zurückziehen.«

Er starrte sie an. »Wenn du das tust ...«

»... wird er freikommen. Richtig. Das ist das, was ich damit bezwecken möchte.« Sie strich sich eine Strähne ihres langen dunklen Haars aus dem Gesicht. »Ich hatte gerade einen Anruf von Armin Stahl. Sönke Piehl beschuldigt mich, die ganze Entführung nur inszeniert zu haben. Über das Warum wollte er sich noch nicht auslassen, aber Armin zählt bereits eins und eins zusammen.« Sie trat einen Schritt näher. »Sie haben nur meine Aussage gegen ihn. Sonst nichts. Sie fangen langsam an, ihm zu glauben.«

Sönke Piehl. Leif spürte, wie sich seine Fäuste wie von selbst ballten. Uta legte ihre Hand auf die seine. »Es hat keinen Sinn, Leif.«

Es stand mehr auf dem Spiel für sie. Das begriff er plötzlich. Er legte den Helm auf den Stufen vor dem Haus ab. »Erzähl mir alles.«

»Armin glaubt, dass zwischen uns etwas ist, und ...«, sie sah ihn nicht an, »... will durchsetzen, dass ich vom Dienst suspendiert werde, wenn ich mich künftig nicht völlig aus den Ermittlungen hier in Moorbek raushalte.«

»Er will dich nur beschützen.«

»Ich weiß nicht«, seufzte sie. »Wir waren uns nicht gerade grün in den vergangenen Tagen. Und letztlich wird er einen Bericht darüber schreiben.«

»Das muss er.«

»Verdammt, Leif, vergiss mal den Beamten!«, brach es aus ihr hervor. »Wenn Sönke Piehl redet, wird es einen langwierigen und unangenehmen Prozess geben. Du wirst des

Mordes angeklagt werden. Dabei ist es erst einmal völlig gleichgültig, ob Heiner Dahms den Tod mehr als verdient hatte oder nicht. Deine Karriere –« Sie unterbrach sich selbst und biss sich auf die Lippe. »Tut mir leid«, sagte sie leise und trat einen Schritt zurück, als ob ihr in diesem Moment erst bewusst wurde, was sie ihm an den Kopf geworfen hatte. »Es tut mir leid, es geht mich im Grunde genommen alles gar nichts an …«, wiederholte sie, wandte sich ab und schlang die Arme um ihren Körper, als ob ihr kalt wäre.

»Uta …«

»Vielleicht ist es besser, wenn ich jetzt gehe«, sagte sie mit dem Rücken zu ihm. »Du weißt, was ich morgen tun werde. Was du draus machst …« Sie zuckte die Schultern. »… ist letztlich deine Sache.«

Er machte einen Schritt auf sie zu, drehte sie zu sich um und zwang sie, ihn anzusehen. Sie hatte Tränen in den Augen.

»Bitte«, sagte er ruhig. »Geh nicht.«

Sie redeten bis tief in die Nacht. Es gab kein Hinhalten, kein Taktieren mehr. Er erzählte ihr seine Version der Geschichte, wobei kaum etwas ungesagt blieb, bis auf das Ereignis jener Nacht, in der er Heiner Dahms' Schuppen niederbrennen wollte. Nur Andi wusste, was damals geschehen war, und er würde ebenso wenig darüber sprechen wie Leif. Uta lauschte schweigend, manchmal nahm sie seine Hand und hielt sie, als wolle sie ihn davor bewahren, sich erneut in der Vergangenheit zu verlieren, manchmal verirrten sich ihre Finger auf seine Wange, strichen über sein Haar. Doch egal wie weit sie kreisten, egal worüber sie sprachen, wie sie auch analysierten, sie kamen immer wieder auf ihren Ausgangspunkt zurück. Zu jenem Menschen, der sowohl damals wie heute versuchte, die Ereignisse zu seinem Vorteil zu nutzen und Schicksal zu spielen: Sönke Piehl.

»Warum hat er euch gezwungen fortzugehen?«, wollte Uta wissen.

»Ich weiß es nicht«, sagte Leif und erwiderte das vorsichtige Spiel ihrer Finger. »Lange Zeit habe ich gedacht, es ging ihm um Kirsten. Er wusste, es würde ihm nie gelingen, sie für sich zu gewinnen, solange Andi oder ich da waren. Aber er hat sie in Ruhe gelassen.« Hatte er das wirklich? Noch während er sprach, kamen Leif plötzlich Zweifel.

Sönke wird reden.

Er erinnerte sich an Kirstens Gesichtsausdruck, als sie diesen Satz aussprach. Sie kannte ihn. Besser, als sie ihm oder Andi gegenüber zugegeben hatte. Sönke hatte sie nicht in Ruhe gelassen, aber sie hatte geschwiegen, weil sie fürchtete, dass die beiden Männer Rache üben würden …

»Auch Kirsten hat das Recht über Erlebtes zu schweigen. Genau wie du, oder Andi«, sagte Uta.

Er sah sie an. »Was hat Kirsten dir erzählt?« Er hörte die Kälte in seiner Stimme.

»Nichts, Leif.« Sie erwiderte seinen Blick offen und voller Selbstbewusstsein, das sie so besonders machte. »Und selbst wenn sie mir etwas erzählt hätte, würde ich es nicht weitertragen.«

Er starrte in die Nacht, die sich wie schwarzer Samt um sie herum ausgebreitet hatte, sie einhüllte mit Lauten und Gerüchen. Von den Feldern her kroch der Nebel herein, und hinter den Bäumen stand ein fast voller Mond. Eine Spur seines silbrigen Lichts fiel auf die Stufen vor dem Haus und zauberte fremdartige Schatten.

»Wenn ich meine Aussage zurückziehe, hat Piehl keinen Grund mehr, über die Ereignisse von damals zu reden«, sagte Uta.

»Er wird es dennoch tun«, erwiderte Leif nach einer Weile. »Nicht sofort. Nicht offensichtlich. Aber es wird geschehen. Ich verkörpere all das, was er nicht ist, was er nicht erreicht hat. Ich bin fortgegangen und nicht krepiert. Und komme wieder und …«

»Ich verstehe, was du meinst«, sagte sie nachdenklich.

Konnte er sie dazu bewegen, ihren Entschluss rückgängig zu machen?

Sie ahnte, woran er dachte. »Du wirst auf jeden Fall wieder von hier fortgehen, egal, was ich mache.«

»Ja.«

Es ging nicht nur um ihn. Wenn Kirsten und Andi eine Zukunft in Moorbek haben wollten, konnte er nicht bleiben. Schließlich waren auch sie beteiligt. Stand auch ihr Ruf auf dem Spiel.

»Ich habe ein anderes Leben gefunden«, sagte er. »Im Gegensatz zu Andi bin ich hier nicht mehr zu Hause.«

Sie glaubte ihm nicht. Und er fragte sich, ob sie recht damit hatte. Wie in alter Gewohnheit schon berührte er den USB-Stick auf seiner Brust. Seine Lebensversicherung und seine Zukunft. Sie bemerkte es.

»Bist du nicht lange genug davongelaufen?«, fragte sie leise.

»Anscheinend noch nicht«, erwiderte er. »Vielleicht ist das die Strafe für einen Vatermörder.« Es erstaunte ihn selbst, wie ruhig er es sagen konnte. Wie viele Jahre hatte er mit sich gekämpft, wie oft hatte er versucht, die Tatsache vor sich selbst zu leugnen, und jetzt kam es ihm so einfach über die Lippen. Er erstickte nicht daran.

Uta zeigte keine Überraschung. »Ich war mir nicht sicher, ob du es weißt. Kirsten hat mir eine Fotografie gezeigt, von Heiner Dahms.« Sie wich seinem Blick aus.

Er ahnte, worauf sie anspielte. Wenn er nicht schon gewusst hätte, dass Heiner Dahms sein leiblicher Vater war, hätte er es spätestens an dem Blick erkannt, mit dem die Alten im Dorf ihn betrachtet hatten bei seiner Rückkehr – vor allem Amelie. Die Ähnlichkeit war wohl nicht zu übersehen.

»Mein Vater, Eckhard Falkner …« Trotz allem war er immer für ihn der Vater gewesen, selbst in seiner Erinnerung. »… er hat es mir geschrieben, kurz nachdem ich weggegangen war.« Es war dieser eine, dieser einzige Brief gewesen, den er erhalten hatte und dem Eckhard Falkner das Tagebuch von Leifs Mutter beigefügt hatte. »Meine Mutter hatte ein Verhältnis mit Heiner Dahms, bevor sie Eckhard geheiratet hat«, fasste er jenen Sachverhalt knapp zusammen, der ihm jahrelang den Schlaf geraubt hatte. »Seinetwegen ist sie nach Moorbek gekommen. Sie war schwanger damals. Er hat immer gewusst, dass ich nicht sein Sohn bin. Die Eifersucht hat Eckhard in den Jahren der Ehe zerfressen, und meiner Mutter hat es letztlich den Tod gebracht …«

Er sprach nicht weiter. Es schmerzte. Auch nach all der Zeit.

»Hat er Heiner Dahms nicht angezeigt, weil er dein leiblicher Vater war?«, fragte Uta nach einer Weile. »Ich kann immer noch nicht begreifen, warum er so untätig geblieben ist.«

Leif fuhr sich durchs Haar. Er war müde. So müde wie seit Jahren nicht mehr. »Ich weiß es nicht«, erwiderte er und lehnte den Kopf gegen die Hauswand. »Ich weiß es wirklich nicht.« Es war eine Frage, die ihn fünfundzwanzig Jahren, umgetrieben hatte, sie war der Grund für seine Rückkehr gewesen. Nicht um Abschied zu nehmen, nicht um Versöhnung zu finden. Doch Eckhard Falkner war gestorben, bevor er ihm die Antwort hatte geben können.

Er sah, wie Uta fröstelte.

»Es ist spät«, sagte er.

Sie blieb. Schlief in seinem Arm, und das erste Mal in seinem Leben wünschte er, die Nacht möge nicht enden. Die Dunkelheit möge ewig andauern, sie einspinnen in ihren Kokon und der Welt entziehen, der Realität, in der sie mehr trennte als verband. Sie war ihm vertraut geworden, viel zu vertraut für die kurze Zeit, die sie miteinander verbracht hatten. Ihm näher gekommen als jeder andere Mensch in den vergangenen Jahrzehnten. Näher als Sylvie, die nichts geahnt hatte von seiner Vergangenheit, die nur den Mann gekannt hatte, den er sie hatte sehen lassen. Doch die Dunkelheit brach, und erstes Licht sickerte durch die Fenster. Ein Vogel begann zu singen, und ein zweiter schloss sich ihm an. Die Sonne ging auf und warf ihre Strahlen über das Bett und auf das Kopfkissen. Berührte Utas Gesicht.

Träume sind heikle Gaben
Die eine Stunde beleben –
Dann scheuchen sie uns fort
Verarmt durchs Purpurtor
An jenen rohen Ort
Der unsrer war zuvor -

Unter den Bäumen lag noch der Nebel der Nacht, golden angehaucht von den Strahlen der Sonne, als er seinen Tankrucksack auf dem Motorrad festschnallte. Er schloss das Haus ab und legte den Schlüssel unter den Stein. Feuchtigkeit perlte von den Blättern, Tausende glitzernde Edelsteine in der kühlen, frischen Luft. Als er die Maschine in die erste Kurve außerhalb des Dorfes legte, fiel ihm ein, dass er sich nicht von Andi verabschiedet hatte. Er warf einen letzten Blick in den Rückspiegel auf die zitternden Silhouetten der Häuser in dem leuchtenden Gelb der Rapsfelder. Andi würde es verstehen.

EPILOG

Wir haben unseren Toten identifiziert. Es ist Heiner Dahms.« Mit diesen Worten begrüßte Dirk Baumann Uta strahlend im Kommissariat. »Du hattest recht, die Akten aus der Verwaltung …« Er verstummte, als er ihren Gesichtsausdruck sah. »Du weißt es schon«, bemerkte er enttäuscht.

»Tut mir leid«, sagte sie. »Ich hab es … zufällig herausgefunden.« Sie lehnte in der Tür zu seinem Büro, die Hände in den Taschen ihrer Jeans vergraben. Sie fühlte sich elend wie noch nie in ihrem Leben.

Baumanns Blick wanderte zwischen dem Aktenberg auf seinem Schreibtisch und ihr hin und her. Sie sagte nichts weiter, aber das war auch nicht nötig. »Aber das ist längst nicht alles«, bemerkte er ruhig.

»Ja«, erwiderte sie abschließend.

Er fragte nicht weiter, und sie war ihm dankbar dafür.

Baumann war nicht der Einzige, den sie an diesem Morgen enttäuschte. Armin Stahl und Matthias Sommer starrten sie ungläubig an, als sie mit fester Stimme verkündete, dass sie ihre Aussage gegen Sönke Piehl zurückziehen wolle.

»Damit nehmen Sie uns jegliche Grundlage, ihn länger in U-Haft zu behalten.« Sommer schüttelte den Kopf. »Frau Thormälen …«

»Haben Sie meine Aussage nicht längst angezweifelt?«, fragte sie stattdessen.

Sommer und Stahl tauschten einen flüchtigen Blick.

»Uta, wir müssen so einen Fall von allen Seiten beleuchten, das weißt du und solltest es nicht persönlich nehmen.« Stahls Stimme klang bittend.

»Ich nehme es nicht persönlich«, sagte sie.

Als sie wenig später allein in ihrem Büro war, sah sie Armin plötzlich in der Tür stehen. »Was ist passiert?«, fragte er nur.

»Nichts.«

»Uta, bitte, lass uns reden.«

Sie schüttelte den Kopf. »Es gibt nichts zu reden, Armin.«

Es tat weh, die Enttäuschung in seinen Augen zu sehen. Es war nicht ihre Art, ihre Kollegen so vor den Kopf zu stoßen. Jetzt wusste sie, wie sich Stahl damals gefühlt haben musste, als er gegen den erklärten Willen der Abteilung weiter ermittelt hatte in einem Fall, der angeblich als aufgeklärt galt. Wie allein er sich gefühlt haben musste. Damals war es allerdings so gewesen, dass er damit die Unschuld eines Menschen beweisen konnte. In ihrem Fall lag es etwas anders.

»Es tut mir leid, Armin, bitte glaub mir, aber ich …« Uta biss sich auf die Lippe. Es war auch nicht ihre Art, vor ihren Kollegen in Tränen auszubrechen, und sie würde es auch jetzt nicht tun, egal in welcher seelischen Notlage sie sich befand.

»Schon gut«, sagte Stahl, aber an seiner Stimme hörte sie, dass nichts in Ordnung war. Im Gegenteil.

Zwei Tage später wurde Sönke Piehl aus dem Untersuchungsgefängnis in Kiel entlassen. Doch er hatte nicht viel von seiner wiedergewonnenen Freiheit. Als er sich vor dem Gefängnistor reckte und sich mit selbstzufriedener Miene umsah, traf ihn die Kugel eines Scharfschützengewehrs mitten ins Herz. Er war sofort tot. Die Ermittlungen ergaben, dass das Geschoss aus dem Fenster einer leerstehenden Wohnung in einem der umliegenden Häuser abgefeuert worden war. Viel mehr ergaben die Ermittlungen nicht. Sie führten die Beamten der Kripo Kiel noch einmal nach Moorbek. Uta war jedoch nicht dabei. Jeder, der ein Interesse am Tod von Sönke Piehl gehabt haben könnte, wurde befragt. Alibis wurden überprüft von Margret Piehl, Andi Dahms, Kirsten Martens und Nicole Raddatz, Piehls Geliebter. Sogar Ernst Averdieck musste zu Protokoll geben, wo er sich zum Todeszeitpunkt aufgehalten hatte. Über Kirsten Martens fanden die Beamten der Kripo heraus, dass sie lange Jahre in einem Rendsburger Schützenverein eine der besten Schützinnen im Kleinkaliber war, aber Kirsten war zum Zeitpunkt der Tat bei Traute Averdieck gewesen, wo sie Rezepte ausgetauscht hatten für die bald beginnende Beerensaison. Es gab mehrere Zeugen, die gesehen hatten, wie sie mit dem Fahrrad auf der Averdieckschen Hofstelle angekommen war. Es erhärtete sich der Verdacht, dass Piehl vielleicht doch tiefer in unlauteren Geschäften verstrickt gewesen sein mochte als bisher angenommen und es sich um einen Milieumord handeln könnte. Da Piehl Polizist gewesen war, war der Wunsch der Behörden verständlich, den Fall nicht zu sehr aufzubauschen. Stahl zog schließlich wegen eines Tötungsdelikts am Ostufer die meisten Beamten ab, und die Ermittlungen verliefen nach und nach im Sand. Noch weniger Interesse bestand an der Aufklärung des Verbrechens, dem Heiner Dahms zum Opfer gefallen war. Das aktuelle Tagesgeschehen ließ es kaum zu, sich mit einem Mord zu befassen, der vor einem Vierteljahrhundert verübt worden war. Die Akte landete schließlich auf dem Stapel ungeklärter Fälle, der hin und wieder von einem Beamten in einer konjunkturschwachen Zeit in Angriff genommen wurde. Doch die Chance, eines dieser Verbrechen aufzuklären, war eher zufällig. Die sterblichen Überreste von Heiner Dahms wurden freigegeben und auf Wunsch seines Sohnes eingeäschert und anonym auf einem Friedhof in Kiel beigesetzt. Niemand wunderte sich darüber. Verwunderung gab es nur, als Propst Johann Wehmut die Beisetzung persönlich begleitete.

Die Aufregung im Kommissariat legte sich, und nach zwei Wochen war mehr oder weniger wieder Routine eingekehrt. Zumal sich bei einer nachträglichen Routineüberprüfung von Piehls Nachlass Unterlagen fanden, die die Beamten zum Versteck der entwendeten Spendengelder führten. Propst Johann Wehmut nahm das Geld mit Tränen in den Augen vor laufenden Kameras entgegen. Es wurden viele Hände geschüttelt und Versprechungen gemacht. Hinter verschlossenen Türen ging es nicht so harmonisch zu. Wehmut behauptete, es fehlten an der Gesamtsumme rund einhunderttausend Euro. Er konnte seinen Anspruch jedoch nicht mit Beweisen untermauern. Wenige Tage später wurde er zum neuen Kieler Bischof gewählt.

Auch Uta wurde rehabilitiert, und die Ressentiments, mit denen ihr einige Kollegen begegnet waren, lösten sich auf. In diese allmähliche Entspannung platzte die Nachricht, dass sie zum LKA wechseln wollte, wie eine Bombe.

»Du willst uns verlassen?«, fragte Harms. »Was sollen wir denn ohne dich machen?«

Auch Behnke und Baumann sahen betreten drein. Stahl sagte nichts. Zumindest nicht in Gegenwart der anderen. Als er sie später allein erwischte, packte er sie bei den Schultern und zog sie in seine Arme. »Falls es dir nicht gefällt, werde ich mich persönlich dafür einsetzen, dass du zu uns zurückkommen kannst.« Sie legte den Kopf an seine breite Brust und schluckte ihre Tränen hinunter.

Am Abend nach ihrem Abschied aus der Abteilung saß Uta auf der Terrasse ihres Hauses und nippte an einem Glas Wein. Es ging auf Mittsommer zu. Warme Tage voller Licht, das sich in blauer Dämmerung verlor. Kurze Nächte voller Leben. Eine gefährliche Zeit für jemanden voller Sehnsucht. Sie war allein zu Hause. Stefan würde erst später kommen, und die Jungen waren mit Freunden für ein paar Tage zum Segeln gefahren.

Der Gong der Haustür riss sie aus ihren Gedanken, und einen Moment überlegte sie, ob sie überhaupt öffnen sollte. Sie erwartete niemanden. Dann siegte jedoch die Neugier.

»Hallo«, sagte Kirsten Martens schüchtern, als die Tür aufging. Uta war überrascht. »Kirsten ... das ist ...«

»Komme ich unpassend?«

»Nein, überhaupt nicht. Ich bin allein zu Hause.«

Kirsten lächelte. Sie sah gut aus in dem leichten blauen Sommerkleid, das der Farbe ihrer Augen entsprach. Die blonden Locken waren zu einem Knoten in ihrem Nacken gebändigt, aus dem sich einzelne Strähnen wie zufällig gelöst hatten und die Zartheit ihres Gesichts unterstrichen. Es schien Uta, als hätten sich die Falten darin geglättet, und sie überlegte, wie viele Wochen seit ihrem letzten Treffen in Kirstens Haus vergangen waren. Am Tag von Amelie Dahms' Beerdigung. Fünf waren es, fast auf den Tag genau.

»Kommen Sie herein« sagte sie. »Kann ich Ihnen auch ein Glas Wein anbieten?«

»Wasser. Ich bin mit dem Auto hier.« Kirsten blickte sich unauffällig um, als habe sie sich schon häufig gefragt, wie Uta wohnen mochte. »Ich war in Kiel«, fuhr sie fort, als sie Uta zur Terrasse folgte, »ich hatte schon länger geplant, Sie zu besuchen, aber ...«

Uta holte ein Glas aus der Küche und eine Flasche Wasser.

»Wie geht es Ihnen?«, fragte sie, als sie sich zu Kirsten setzte. »Und wie geht es Andi?«

»Gut«, erwiderte Kirsten. »Es ist Ruhe eingekehrt.«

Die beiden Frauen tauschten einen vielsagenden Blick.

»Sie schießen sehr gut«, sagte Uta dann.

Kirsten antwortete darauf nicht, aber ein kaum merkbares Lächeln umspielte ihre Lippen. Uta nahm ihre Zigaretten vom Tisch und bot Kirsten eine an. »Weiß Andi davon?«, fragte Uta, als sie ihr Feuer gab.

»Nein«, sagte Kirsten und nahm einen langen Zug. »Es würde ihm Angst machen.«

»Die Kollegen gehen inzwischen von einem Milieumord aus.«

»Danke«, sagte Kirsten.

Uta schüttelte den Kopf. »Ich hab damit nichts zu tun.«

»Das meine ich nicht.«

»Was dann?«

»Ich meine Ihre Hilfe, in der Zeit als …« Sie sprach seinen Namen nicht aus, und Uta war ihr dankbar dafür. »Ich weiß nicht, wie es sonst ausgegangen wäre.« Kirsten öffnete ihre Handtasche. »Ich hab noch etwas für Sie.« Sie zog ein in Stoff gewickeltes Päckchen heraus. »Er hat es für Sie im Pfarrhaus zurückgelassen. Es lag ein Zettel dabei, mit der Bitte, es Ihnen zuzuschicken, aber ich fand es besser, es persönlich zu bringen.«

Utas Herz klopfte heftig, und ihre Finger zitterten, als sie das Päckchen von Kirsten entgegennahm.

Sehnsucht ist wie das Saatkorn
Das noch im Boden ringt,
Und glaubt, daß es gefunden wird
Falls der ihm wohlgesinnt –

Ein Ring fiel aus dem Stoff, ein einfacher Goldreif mit einem schlicht gefassten Opal, dessen Farben wie der Abendhimmel leuchteten. Uta streifte ihn über ihren Ringfinger. Er passte, wie für sie gemacht.

»Es war der Lieblingsring seiner Mutter«, sagte Kirsten

leise, als sie ihn erkannte. Mehr sagte sie nicht. Mehr war auch nicht nötig.

Als sich Kirsten verabschiedete, kam Stefan gerade nach Hause. Uta bemerkte den Blick, mit dem er ihr nachsah, als sie das Haus verließ. »Eine schöne Frau«, sagte er anerkennend. »Sie erinnert mich irgendwie an ...« Hilfesuchend sah er zu Uta.

»Julie Christie.«

»Richtig. Und wer ist sie?«

»Das war Kirsten Martens aus Moorbek.«

Erinnerung blitzte in Stefans Augen auf. »Deine Arbeit dort ist doch abgeschlossen, oder?«

Utas Finger schlossen sich um den Ring. »Mehr oder weniger«, sagte sie und ging zurück ins Haus.

»THIS ONE had it coming – THIS ONE found a vein
THIS ONE was an accident, but never gave me pain
THIS ONE was my father's and THIS ONE you can't see
THIS ONE had me scared to death,
But I guess I should be glad I'm not dead

Yeah – CUT right into me
Yeah – because I am made of SCARS
Yes, I am made of SCARS«

Stone Sour, 2006

Dank

Els Steffin
Birgit Zöftig
Joachim Baumm
Angelika Scholz
Edith Mannhest
Andrew Pretzel
Wolfgang Streumel
Meinem Agenten Michael Meller und seinem Team
Andrea Ludorf von Droemer Knaur
Und ganz besonders meiner Lektorin Alexandra Löhr!

Quellenverzeichnis

Gedichte aus
Emily Dickinson, Gedichte, 2006 Carl Hanser Verlag München Wien
Übersetzungen von Gunhild Kübler

S. 47 »Hundert Jahre später …« 1149/S. 385
S. 116 »Herz! Vergessen wir ihn …« 64/S. 15
S. 168 »Die ›Zeit heilt‹ – heißt es oft …« 861/S. 305
S. 206 »Mehr als das Grab ging zu für mich …« 1532/S. 467
S. 232 »Mich von Mir selbst – verbannen …« 709/S. 247
S. 287 »Gedanken unter feiner Haut …« 203/S. 47
S. 341 »Träume sind heikle Gaben …« 1401/S. 439
S. 348 »Sehnsucht ist wie das Saatkorn …« 1298/S. 423

Gedicht auf S. 350 aus The Norton Anthology of American Literatur Third Edition, Vol. 1, 1989, Emily Dickinson 449/S. 2383